소설
추사 **김정희**

진흥왕순수비편

權五奭 著

6

명문당

提菩依般若波羅
蜜多故心無罣礙無
罣礙故無有恐怖遠

離顛倒夢想究竟涅
槃。三世諸佛依般若
波羅蜜多故得阿耨

多羅三藐三菩提。故
知般若波羅蜜多是
大神咒。是大明咒是大

無上咒。是無等等咒
能除一切苦真實不
虛故說般若波羅蜜

多咒即說咒曰
揭帝揭帝波羅揭帝
波羅僧揭帝菩提薩婆訶

반야바라밀다심경(般若波羅蜜多心經) 추사가 해서로 쓴 《반야심경》이다. 지본 묵서(紙本墨書). 각 쪽 24cm×14cm. 호암미술관 소장. 추사가 쓴 《반야심경》은 몇 종이 있는데 그 중에는 각판인행(刻板印行)된 것도 있다. 이 작품의 서법은 구양순(歐陽詢)에서 나온 것이다.

般若波羅蜜多心經

觀自在菩薩行深般若波羅蜜多時照見五蘊皆空度一切苦厄。舍利子色不異空空不異色色即是空空即是色受想行識亦復如是舍利子是諸法空相不生不滅不垢不淨不增不減是故空中無色無受想行識。無眼耳鼻舌身意無色聲香味觸法無眼界乃至無意識界無無明亦無無明盡乃至無老死亦無老死盡無苦集滅道無智亦無得以無所得故菩

〔上左〕 북한산 진흥왕순수비(北漢山 眞興王巡狩碑) 국보 제3호. 비신의 높이 1.54m, 너비 0.71m, 두께 0.16m. 추사가 1816년 처음으로 실사 내독(來讀)했는데 파손이 우려되어 현재는 국립중앙박물관으로 옮겨 놓았다.
〔上右〕 북한산 진흥왕순수비 유지(遺址) 사적 제228호. 북한산 비봉(碑峰) 절벽에 있으며 1972년에 원비를 옮기고 그 자리를 사적으로 지정하였다.
〔下〕 함흥 진흥왕비각제액(咸興眞興王碑閣題額) 1828년 추사 김정희가 쓴 것이다.

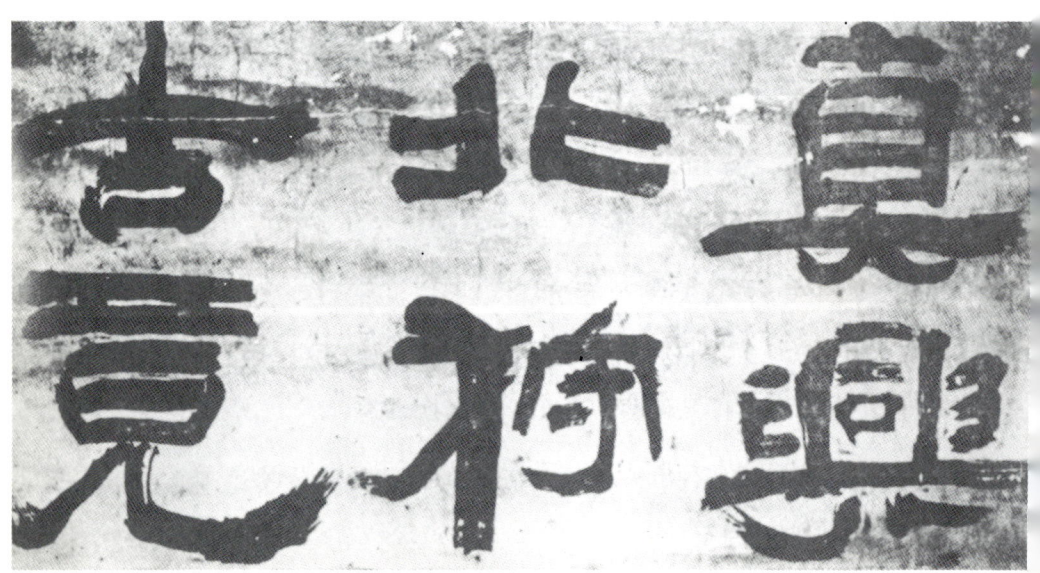

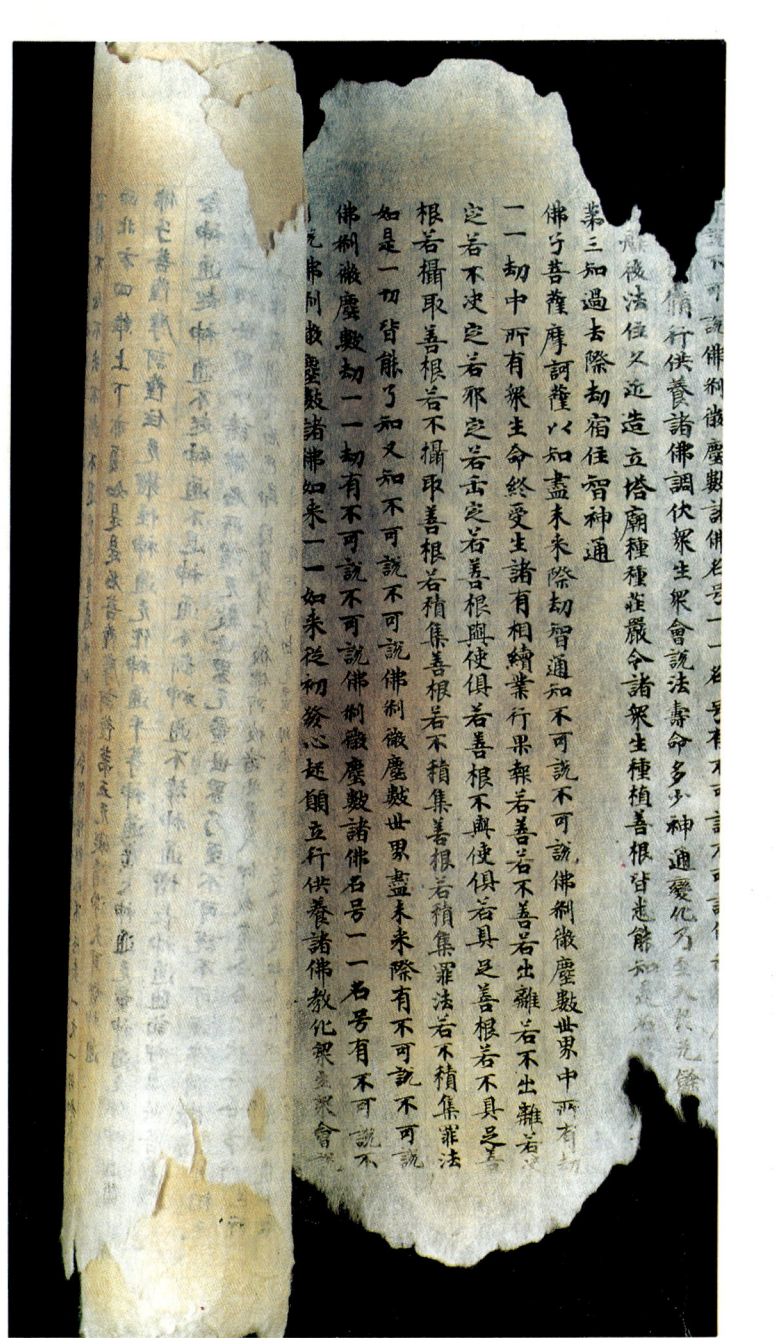

신라백지묵서 대방광불 화엄경(新羅白紙墨書大方廣佛華嚴經) 저지묵서(楮紙墨書). 27.2cm×139.7cm(부분). 호암미술관 소장. 이모(異毛) 등 10여 명의 글씨로 씌어졌으며 755년의 것이다.

〔上〕 서거정(徐居正)의 시고(詩稿) 지본묵서. 15.5cm×35cm. 성균관대학교 박물관 소장. 안동(安東)의 향토풍물을 높이 찬양한 고시(古詩) 장편.

〔下〕 휴정(休靜)의 어록(語錄) 지본묵서. 27.5cm×35cm. 성균관대학교 박물관 소장. 세속적인 서가(書家)로서는 휴정의 신수(神髓)는 상상조차 할 수 없을 정도로 천의무봉한 선필(禪筆)이다.

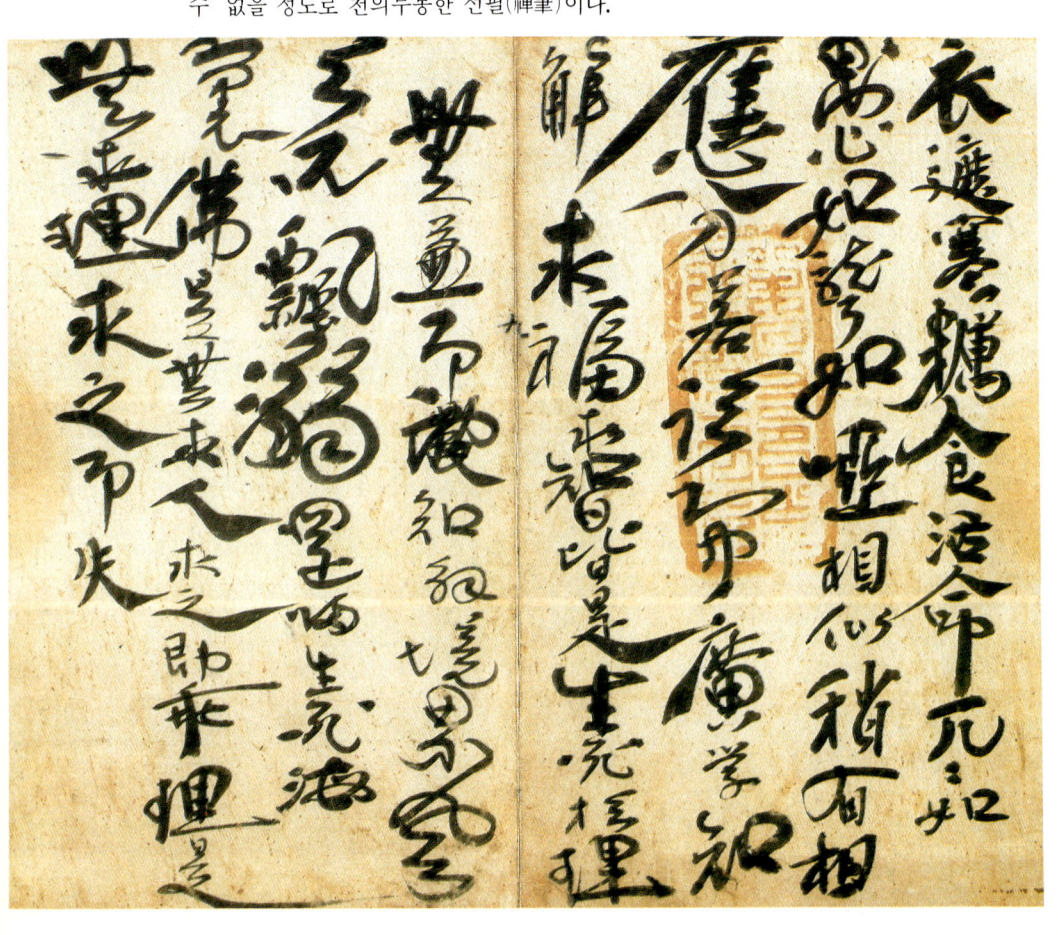

황공망(黃公望)의 구주봉취도(九珠峯翠圖) 견본묵화(絹本墨畵). 79.6cm× 58.5cm. 대북 고궁박물관 소장. 황공망은 원대사가(元代四家)의 필두이며 이 작품은 강한 필세(筆勢)의 웅위(雄偉)한 것으로 유명하다.

〔上〕 조맹부(趙孟頫)의 조량도(調良圖) 지본묵화. 22.7cm×49cm. 시서화(詩書畫)에 빼어났던 조맹부는 정세(精細)한 신품(神品)을 그렸는데 말 그림이 특히 교묘했다. 대북 고궁박물관 소장.

〔下〕 유관도(劉貫道)의 원세조출렵도(元世祖出獵圖) 견본착색(絹本着色). 182.9cm×104.1cm(부분). 유관도는 인물·산수·화조 그림을 잘 그렸는데 이것은 원(元) 세조 쿠빌라이의 수렵 풍경을 그린 것이다. 대북 고궁박물관 소장.

제 6 권

진흥왕 순수비(眞興王巡狩碑)편

제6권 진흥왕 순수비(眞興王巡狩碑)편 / 차 례

왜국이라는 것… 13
도학으로서의 주자학… 71
벗…181
국 난(國難)…267
진흥왕 순수비(眞興王巡狩碑)…335

왜국이라는 것

경오년 3월 17일, 추사는 한양에 무사히 돌아왔다. 갈 적보다 올 때에는 길을 재촉했지만 40일은 걸린 셈이다.

연보를 보면 3월 8일에 계씨인 산천 김명희는 은진 송씨를 상배(喪配)하고 있다.

귀국 인사며 문상, 그리고 가까운 친지들이 찾아와 연경 소식을 묻는 등 그 응접을 하면서 3월 한 달도 훌쩍 지나가 버렸다.

이때 스승은 아니지만 추사로서 존경하고 가까이 지냈던 분은 자하 신위였다. 아직 장마가 시작되기 전 5월의 어느 날, 추사는 자하의 집을 찾았다.

자하는 반갑게 추사를 맞는다.

"맨 먼저 달려오고 싶었지만 이제야 왔습니다."

자하는 기축생(1769)으로 이때 마흔둘. 추사보다는 17년이나 연장이다. 그러나 자하는 어디까지나 추사의 인격을 존중하고 하대하거나 하지 않는다.

"그래, 무사히 다녀오셨으니 무엇보다도 기쁜 일이오. 그리고 아무래도 완당으로선 큰 수확이 있었을 거요."

"아니, 저의 별호를 벌써……."

"핫핫핫…… 소문은 빠르지요. 관심있는 사람들은 완당의 동정을 궁금해 합디다."

하기야 서화의 세계에서는 완당의 소식이 화제에 오를 만하다. 자하는 자를 한수(漢叟)라 했으며, 송하(松下) 조윤형(曹允亨: 1752~1799)의 서랑(사위)이었다. 송하는 이미 작고했지만 영조 시대의 유명한 서화가로 특히 예서를 잘 썼으며 성주(星州)에 있는 이보혁(李普赫) 무신기공비는 그의 필적이다. 여기서 말하는 무신년 공적이란 당시 성주 목사이던 이보혁이 이인좌(李麟佐)의 난을 평정한 공을 기린 것이다.

송하가 그러했으므로 집안은 묵향(墨香)으로 알려졌고 나중에 등장할 조윤대(曹允大)도 일족이다.

"수확이라면."

하고 완당은 잠시 생각한 뒤 뒷말을 이었다.

"금석학과 소동파에 대해서 더욱 관심을 가지게 되었다는 것일까요."

"동파를?"

자하도 진지한 표정이 된다. 그리고 유쾌한 듯 웃었다.

"수년 전 우리가 퇴지 한유에 대한 말을 했었지요."

"예?"

"완당과 나는 그때 한유를 높이 평가했었는데, 나는 요즘에 와서 동파에 대한 관심을 부쩍 갖기 시작했소이다. 그런데 완당이 연경에서 돌아오시자마자 동파 이야기를 하니 우연의 일치랄까, 놀랍군요."

완당은 자하의 이런 소탈한 성격이 좋았다. 지식이란 인색해서는 안되는 것이다. 그러나 학자 중에는 무슨 권위처럼 도도한 인간이 많다. 그런 사람일수록 자기의 모자람을 절대로 시인하지 않으며, 남의 의견을 받아들이지 않는다.
"자하 선생의 겸손이시겠지요. 앞으로 동파에 대해 많이 가르쳐 주십시오."
"배우는 데는 노소가 없소이다. 오히려 내가 완당에게 배워야 하지요."
또 자하는 자연스레 물었다.
"완당의 이번 수확으로 금석학이 있다고 하던데요. 나는 금석이라 하면 법첩 정도나 알 정도로 잘 모르지요. 대체 금석학이란 무엇입니까?"
이런 데에도 자하의 성실한 인품이 엿보인다. 완당이 설명했다.
"연경은 한마디로 금석학이라 할 만큼, 그것이 유행되고 있더군요. 금석문은 물론 글씨를 배우는 데 있어 중요하지만, 있는 그대로의 역사를 전해준다는 데 가치를 두고 있었습니다. 서적은 혹 지은이의 주장이 치우쳐 있을 수 있지만 현재 남아있는 금석은 한 시대를 대표할 만한 것이라는 생각입니다. 또 금석은 사서에 나타나지 않은 사실도 고증시켜 줍니다. 기록과 금석이 일치된다면 우선은 확실하다고 인정되는 셈이지요……."
완당도 용어를 골라가면서 신중히 말했지만, 자하도 깊이 생각하며 신중히 듣고 있다. 그리하여 확인하듯 되묻는다.
"금석학은 범위가 넓다고 했는데……."
"예, 금석학은 고대의 유물로서 글씨가 새겨져 있다면 모두 대상이 됩니다. 중국에선 송대 이전의 것이 대상입니다만 우리로선 고려・신라・삼국 시대까지 거슬러올라갈 수 있겠지요. 아니 우리 조선의 임란 이전의 것도 훌륭한 금석학의 대상이 됩니다."
"고려며 신라·백제·고구려의 것이라면…… 불가의 것도?"
"물론입니다. 중국에선 유불선 어느 것이든 가리지 않습니다. 그것이 학문이니까요!"
완당은 얼굴마저 상기시키며 잘라 말했다. 자하도 고개를 크게 끄덕인다. 그러면서도 자하는 주의깊게 말한다.
"완당, 내가 소동파에 관심을 가진 것도 그 점이오. 동파는 5천년래의 독립된(홀로서기의) 시문 대가라는 게 공통된 내외의 평이외다. 더욱이 그는 시문의 대가일 뿐 아니라 서도에도 알려졌고 한유처럼 배불(排佛)하지도 않았지요. 그 자신 상당한 불가의 이해자였어요. 더욱이 동파는……."
하고 자하는 문득 뒷말을 삼켜버렸다. 그리고 나직이 동파의 시 한 수를 읊는다.

　　배꽃은 담백인데 버들은 짙푸르구나/버들꽃 날 제 꽃은 고을에 가득하네./애달프도다, 동쪽 난간의 한 그루 눈과도 같은 이 화여/인생으로 몇번이나 이런 청명을 볼꼬.
　　(梨花淡白柳深靑　柳絮飛時花滿城　惆悵東蘭一株雪　人生看得幾淸明)

이 시는 〈화 공밀주 동란이화(和孔密州東欄梨花)〉라는 제(題)가 붙어 있다. 공밀주는 동파의 후임으로 고밀(高密) 태수가 된 공종한(孔宗翰)을 가리키는데, 고태수는 사임하는 동파를 위해 잔치를 베풀고 '동란이화'라는 시까지 지어 불렀다. 동파는 그 시에 화답한 것이다.

자하는 이때 무엇을 말하려다가 그만둔 것일까?

동파의 시 자체는 하나의 풍물시로 마치 그림을 보는 것과 같다. 기련(起聯)의 흰 배꽃과 푸른 버들. 봄빛이 바야흐로 무르익었다. 이어 전련(前聯)의 버들꽃이 난다는 표현. 그렇게 되면 금년의 봄도 끝난다. 다시 후련(後聯)의 동란──동쪽 난간 너머에 만발한 배꽃을 눈으로 표현한 솜씨. 기승전결의 '전'부분으로 절구의 노른자위다.

동파는 여기서 감상에 젖고 있다. 만발한 눈처럼 흰 이화를 보고 아름다움보다 오히려 비애를 느낀다. 결련(結聯)에서 그것은 감상이 아닌 인생의 무상으로 마무리된다. 자하는 이 시의 다른 측면을 생각하고 있었다. 동파 역시 당쟁의 희생자였던 것이다.

하지만 그런 말은 아무리 허물없는 완당이라도 할 수 없었다. 소동파가 유불선의 삼도(三道)에 통했다는 말도 완당이 아니라면 하지 않았을 터이다.

"핫핫핫…… 우리집 배꽃도 오래 전에 지고 잎이 푸르렀지요. 자, 우리 술이라도 한 잔 합시다. 동파는 따르지 못할망정 시라도 한 수 지어보며."

비가 내리고 있었다.
완당은 시를 한 수 짓고서 그것을 살펴보고 있었다.
〈내가 입경하여 제공들과 서로 교유했으나 시로써 정계(訂契: 수정하거나 퇴고했다는 것)한 적은 없었다. 돌아올 무렵에 섭섭한 회포를 금할 길 없어 만필(漫筆)로 그적거려 본다〉

나는 구이에서 태어났으니 참으로 촌스러웠고(我生九夷眞

可鄙)
　중원의 선비들과 결교하기엔 부끄러움이 많다네.(多媿結交中原士)
　누각 앞의 붉은 해는 꿈결과도 같은 일이고(樓前紅日夢裏明)
　소재 선생 문하에 판향을 바쳤다네.(蘇齋門下瓣香呈)

완당은 연경에 가서 자신이 우물 안 개구리였음을 깨달은 것이다. 이런 자각이 있다면 반드시 희망이 있는 법이다.
여기서 흥미로운 것은 판향이란 말이다. 흔히 불전에서 향불을 사르듯이 스승과 제자 사이에 이 정도의 정성을 가지고 서로 맹세했음을 알 수가 있다.

　오백 년 뒤에야 오직 이 날이 있고(後五百年唯是日)
　천만 사람을 거쳐서야 선생을 발견했네(閱千萬人見先生)
　운대는 완연하기가 그림 속에서의 얼굴이고(芸臺宛是畫中覩)
　경적의 바다라면 금석의 비부일세.(經籍之海金石府)
　흙도 정관의 구리 비문을 깨거나 없애지 못했고(土華不蝕貞觀銅)
　허리에 찬 작은 탁본은 천 년의 옛날일세.(腰間不碑千年古)
　화도비를 만난 것은 진돈재가 처음이니(化道始自鹽蟫齋)
　담계와 완원의 경지에 오를 수 있는 사다리가 되었네.(攀覃緣阮竝作梯)

여기서 오백 년이니 천만 명이니 하는 것은 추사로서 최고의 스승을 만났다는 의미이고 최대의 찬사였으리라.

그림에서 본듯 완원의 모습이 꼭 같았다는 것은 원주로서 밝혔지만, 완당은 운대의 작은 초상화를 가지고 있었다.

그 내력에 대해선 설명이 없지만 어쩌면 스승 초정을 통해 얻은 것인지도 모른다. 그리고 여기서 밝혀졌지만 옹담계와 완운대를 만날 수 있는 행운을 잡은 것은 심암 이임송의 서재 진동재였고, 구양순의 〈화도사비〉가 베푼 인연이었다. 〈화도사비〉에 대한 완당의 의견은 이미 〈제구서화도사비첩후〉에서 나타난 바 있다.

정관은 당태종의 연호이고, 원주에서 완운대는 동주(銅鑄)의 정관비를 찾았다고 했다. 운대 완원은 참으로 많은 비석을 찾아내고 거의 마멸되어 비문을 전혀 읽을 수 없는 것이라도 전액을 쓰며 보존에 힘썼던 것이다.

완당은 정관동본을 완운대의 쌍비지관에서 보게 되지만, 그 상세한 것에 대해선 시의 이것만으로는 알 수가 없다.

하지만 왕희지를 당태종이 선호했던 만큼 그것이 왕희지의 단간이었던 것 같다.

그대는 바로 벽해에서 고래를 끄는 명수이니(君是碧海挈鯨手)
나의 영심은 그 점에서 통서했다네.(我有靈心通點犀)
주야운의 묵화는 천하에 알려졌고(埜雲墨妙天下聞)
구죽도는 일찍이 조선에서도 보았네.(句竹圖會海外見)
옛모습을 돌아오게 함은 명월과도 같았고(況復古人如明月)
선생의 손끝따라 나타났네.(却從先生指端現)
옹씨댁 형제는 쌍벽인데(翁家兄弟聯雙璧)
일생을 두고서 애전하는 어려운 버릇을 남겼네.(一生難遺愛錢癖)

체경(掣鯨)이란 말은 추사의 시에서 자주 발견되는데 명인·명장의 솜씨를 형용하는 말로 후진을 위한 길잡이란 뜻이며 다음의 통서(通犀)와 짝말로 사용되고 있다. 즉 서각(무소뿔)은 신이한 영력을 지녔고 그 뿔머리 부분이 뚫려 있으며 그곳으로 영기를 뿜는다고 믿어졌다. 그래서 통서라는 표현이 생겼는데 여기서 통첨서라고 함은 운자를 위해 도치(倒置)된 것이다.

주야운에 대해선 이미 알려진 일이지만 조선에도 그 명성이 전부터 있었던 모양이다. 원주로서 야운이 옛사람의 참 모습을 잘 그렸고, 곧 인물화에 능하여 나에게도 주었다 했는데 연보에서 나온 모기령·주이존의 초상화가 그런 예이다.

해외(海外)란 중국 이외의 외국을 가리키며 여기서는 조선을 말한다. 비슷한 말로 사해(四海)가 있고 따라서 중국은 해내(海內)가 되는 셈이다.

옛 화폐를 수집하는 것을 한인의 고칠 수 없는 애전벽으로 보았다는 데 추사의 도덕관이 나타나 있다.

영치에도 뿌리가 있고 예천에도 근원이 있으니(靈芝有本醴有源)
아취와 호탕이 높아 하나의 격일세.(爾雅迭宕高一格)
주송을 지은 유령(三山임)을 가장 아꼈으며(最憐劉伶作酒頌)
때때로 서막(夢竹임)이 하나로 어우러져 무료함을 달랬다네.(徐邈聊復時一中)
조옥수는 명문가 자제이고(名家子弟曹玉水)
가을 물은 정신되고 옥은 뼈가 되었네.(秋水爲神玉爲髓)
담계 문하의 고제는 청진하기 이를 데 없었고(覃門高足劇淸眞)

붓을 놀리면 홍개정은 긴 시구마다 정신이 있었네.(落筆長歌
句有神)

이 대목에 이르러 추사가 연경에서 교유한 제공은 모두 옹담계
의 제자들로 준재였음을 알게 된다. 영지나 예천은 그 본성을 비유
한 것이고 이아며 질탕은 그 기상을 비유한 말이었다.
 그러면서 유화동(삼산)·서송(몽죽)·조옥수(석계)·홍점전(개
정)의 개성을 간결하게 전하고 있는 것이다. 더욱이 재미있는 것은
유삼산──유희해(劉喜海)를 죽림 칠현의 하나인 유령에 비유했
음은 그가 애주가였다는 증언이고, 서막은《명화기》에서도 소개된
애주가이며 천재형의 화가였던 것이다. 그리고 홍점전은 글씨를
잘 쓰고 시인이었음을 시사한다.

 돌이켜보니 애당초 만난 그날에(却憶當初相逢日)
 다만 만남이 있음을 알았을 뿐 이별이 있음은 몰랐노라.(但知
有逢不有別)
 내 지금 발길을 돌리자 곧 만리요(我今旋踵卽萬里)
 땅 모퉁이 하늘끝 한 방에 있구나.(地角天涯左一室)
 조물주의 농락으로선 너무도 교활하여(生憎化兒弄狡獪)
 사람마다 둥글면 곧 이즈러짐이 있게 마련일세.(人每喜圓輒
示缺)
 눈길을 스친 구름에도 눈에 남긴 자국에도(烟雲過眼雪留爪)
 그 가운데 마멸되지 않는 한 대목은 있으렷다.(中有一段不
磨滅)
 용뇌는 공작 꼬리를 끌어당기나니(龍腦須引孔雀尾)

비파는 유빈의 쇠와 서로 감응한다네.(琵琶相應蕤賓鐵)
넋마저 녹이는 아득한 이별이고 보니(黯然銷然別而己)
압록강의 물도 잔 속에서 마른 격이로세.(鴨綠江水盃中渴)

유빈은 소리의 명칭인데 고음이고 맑은 쇳소리가 난다. 용뇌는 곧 용뇌향.

특별히 적을 말은 없지만, 이 시는 중간에 산일되어 몇 구절이 빠졌다는 느낌이다. 이를테면 오숭량이나 이정원(李鼎元)에 대해서 그 언급이 없다는 것이 그런 느낌을 준다.

그런 며칠 뒤 자하가 적선방(積善坊)에 있는 월성위 궁을 찾아왔다. 비는 그쳐 있었지만 장마달이라 언제 비가 쏟아질지도 모를 그런 날이다.

"선생님께서 어쩐 일로……"
하고 완당이 반갑게 맞자 자하는 소탈하게 웃는다.
"섭섭한 말로 들리는군. 못올 데를 왔단 말이오?"
"그게 아닙니다만."
"사실은 일부러 온 것이야."

자하는 웃음을 걷고 가져온 두루마리 하나를 꺼내 보였다. 조맹부(趙孟頫：1254~1322)의 〈청삼백발시(靑衫白髮詩)〉의 탑본이었다. 조맹부는 원대를 대표하는 서가인데 우리나라 글씨에 가장 많이 영향을 끼친 사람이랄 수 있다.

"이것은?"
"추사에게 주려고 가져온 것이오."

그제야 완당은 비로소 자하 선생의 뜻을 알았다. 며칠 전 연경에서 가져온 것도 대강 정리를 끝내자 동악묘에서 옹성원이 구해준 조자앙(趙子昂 : 조송설의 자)의 탑본이 생각났고 자하에게 보냈던 것이다. 자하가 조송설의 글씨를 좋아하는 것을 알았기 때문이다. 아무튼 꼼꼼하고 자하다운 성격이었다.

"고맙습니다. 그런데 탑본을 몇벌 연경에 보내야 할 텐데 마땅한 것이 있겠습니까?"

"글쎄, 신라 때의 것은 많지가 않고 고려 때의 것으로 골라야 하겠지. 고려 때라면 태자사의 낭공대사 백월비, 홍왕사의 대각국사비……."

"대각국사비는 저도 유념하고 골랐지만 그밖에도 한두 점쯤 더……."

"그렇다면 석기준(釋機俊)의 단속사(斷俗寺) 대감(大鑑)국사비가 어떨런지?"

자하가 돌아가자 완당은 마침 집에 있던 대감국사비명·병서의 탁본을 보면서 생각에 잠겼다.

단속사(斷俗寺)는 경남 산청군 단성면에 있는 절로 이곳에는 진정(眞定)대사 탑비도 있지만 역시 대감국사비가 유명했다.

태자 태사를 지낸 이지무(李之茂) 찬·석기준이 쓴 탑비로 임진년(고려 명종 2년, 1172)에 건립되었다. 행서인데 《동국금석평》에서는 글씨가 말랐다고 했으며 《서청》은 《성교서》를 본뜬 것으로 대감국사의 필법이라고 한다.

대감국사가 바로 탄연(坦然 : 1069~1158)이며 속성은 손씨(孫氏)이고 아버지는 군공이 있어 교위를 지냈다. 어머니는 안씨(安氏).

탄연은 어려서 남다른 재질이 있어 여덟아홉 살에 글을 깨치고 시를 지어 사람들을 놀라게 했다. 13세에 6경을 얼추 큰 뜻은 파악했고 명경(明經)에 대해선 늙은 스승이 더 가르칠 게 없다며 탄복했다. 아직 야에 있을 때 숙종이 그 총명함을 듣고 궁중에 불러 세자를 모시게 한다. 세자는 곧 예종인데 겨우 하루만에 그만두었다. 그는 세속의 명리보다는 출가에 뜻을 두었고 마침내 경북산(京北山) 안적사(安寂寺)에 가서 축발했는데, 이때 19세였다. 이어 광명사(廣明寺)로 옮겨 혜소(慧炤)선사에게 배웠으며 드디어 심요(心要)를 전수받는다.

이어 각지로 유력하려고 했지만 연로한 어머니가 있어 떠나지 못하고 가까운 대소의 선당에서 수도했다.

요의 건통(乾統) 9년(고려 숙종 9년 1104), 탄연은 대선장에서 거듭 급제하였고 중원(中原)의 의림사(義林寺), 개돈사(開頓寺)에 주했으며 예종 4년(1109)에는 중대사(重大師)에 오른다. 다시 예종 10년엔 삼중대사(三重大師)가 되고 예종 16년(1121)에는 선사(禪師)가 가해졌던 거다. 탄연선사는 예종의 신임뿐 아니라 다음 대인 인종의 신임도 이만저만 받은 게 아니었다. 그리하여 인종 10년(1132)에는 대선사의 칭호가 내려진다. 그리고 의종(毅宗) 2년(1148)에,

"이미 늙었으니 진주 단속사로 돌아가게 해주십시오."
라고 말했다.

왕은 좀처럼 허락을 하지 않았지만, 마침내 이를 윤허했다.

이때부터 선사는 일국의 종장(宗匠)으로서 우리나라의 선문을 크게 일으킨다. 그리하여 의종 13년(1159) 춘추 90세로 獨玩心宗 廓然快樂 遊泳淸風 偈畢端座하고 손을 맞잡고서 천화했는데 평소의 얼굴 그대로였다.

이 탄연선사야말로 당대의 홍관(洪灌)과 더불어 당대의 명필이

었다고 일컫는다. 홍관에 대해서는 이미 소개된 바 있다.

사가정(四佳亭) 서거정(徐居正)은 말했다.

"우리나라 글씨는 김생 필법을 첫째로 치고 그 버금은 요극일(姚克一 : 생몰 불명), 석탄연, 석영업이며 모두 왕우군을 본받았고 또 구양공을 본받았다고 했다."

그런데 이인로의 《파한집》에 의하면,

'본조에선 오직 대감국사·학사 홍관만이 글씨로써 이름을 드날렸다. 모든 궁전·누각의 편액과 병풍·기장·묘지명·교훈 등은 모두 두 분의 필적이었다. 청평의 진락공(眞樂公 : 이자현)이 졸하자 서호(西湖)의 승려 혜소가 글을 지었는데 국사께서 이를 쓰셨고, 가장 힘을 다하여 석각하고 후세에 전하도록 했다. 세상에서 이른바 삼절이라 일컫는 최·양·배와 같은 풍기취골(風肌脆骨)이 아닌, 늘 평자가 평하는 쇠라도 끌어당기는 근력과 산도 꺾을 만한 골기가 있고 수레채를 엎을 수 있는 힘에 널빤지라도 뚫을 날카로움이 있었다.'

라 하였고 백운거사 이규보도 〈동국제현서결평론서(東國諸賢書訣評論序)〉 및 찬(贊)에서 말했다.

'왕사 탄연의 글씨는 행서에서 가장 뛰어났는데 서첩 한 장을 펼쳐 볼 적마다 정채(精彩)가 무르익은 것이 이를테면 못의 연꽃이 나오는 것만 같았고 그 속에 단단한 뼈를 가졌다. 천의무봉(天衣無縫)의 매끄러움이 또한 있어 이는 배워서 될 일이 아니고 하늘이 주신 재주라고 극찬했으며, 따라서 신품 제2(제1은 김생)라고 한다.'

그 찬에서 백운거사는 말한다.

'교교한 밝은 달이 구름을 젖히듯이, 또는 찬란한 연꽃이 못에서 피어나는 것만 같았다. 그러면서도 여인의 아름다움처럼 여리지 않고 겉보기는 매끄럽고 맵시가 있으나 속에는 강인한 근력이 숨겨져 있다. 일점일획이 알맞게 균형을 잡았으며 도저히 인간의 글씨가 아닌 신령의 것만 같다.'

탄연의 글씨로는 인종의 경술년(1130) 건립의 〈진락공 중수문수원기〉로서 김부철 찬·산문 탄연 서의 비문과 전액이 있고 그보다 앞선 을사년(1125)에 있었던 청평산 거사 진락공의 제문이 있는데 이것은 석혜소가 찬하고 석탄연이 서한 것이었다. 이상의 것은 모두 춘천의 청평산에 있었다.

이밖의 서적으로는 양주 삼각산의 승가사 중수기, 예천의 북룡사(北龍寺) 비가 모두 선사의 글씨였고 근세 조선의 서가 원교도 그의 〈서결후편〉에서,

'탄연의 글씨엔 《성교서》의 흔적이 있고 이는 실로 우리나라 사람으로서 단뇌법(團挼法 : 글씨를 둥글게 갈무리한 필법)의 선구이다.'

라고 했던 것이며, 신위도 《경수당집》에서 '진락공 중수문수원비'를 가리켜 해서로선 솔갱체이고 행서로선 《성교서》의 모방이라고 했다.

"이것이다, 이것으로 정하자."

하고 추사는 마침내 결정했다.

김종서의 《고려사절요》는 탄연 대선사의 죽음에 대해선 한 줄도 기록하지 않았다. 이 무렵 김돈중(金敦中)은 김부식의 아들로 전중시어사(殿中侍御史)였는데 사람이 경박하고 오만했으며 무신을 얕보았다. 일찍이 그는 섣달 그믐에 대궐에서 전통적으로 베풀어지

는 궁중 행사에서 당시 견룡대정(牽龍隊正)이던 정중부(鄭仲夫)의 수염을 촛불로 그을린 일이 있었다.

아무리 취중이라도 이는 용서될 수 없는 일이다. 그러나 당시 김부식은 권세가였으며 유학을 가장 과시하던 때로 의종도 돈중과 나이도 비슷하여 그를 감싸주어 무사히 넘어갔다.

중요한 것은 그 인간의 허물이 아니고 자기의 잘못을 시정하려는 노력과 반성에 있으리라. 기록을 보면 돈중은 과거에 장원 급제했다고 했는데, 이런 경박한 재사가 등용된 것을 보면 정실이 개입되었다고도 볼 수가 있으리라.

이런 유신 아닌 유신이 행세한 셈인데 여기에는 왕의 책임도 있는 것 같다. 왕은 노는 것을 좋아하고 자주 격구(공차기)를 즐겼다고 한다.

신사년(의종 15 : 1161) 겨울 10월에 함음(咸陰)의 현민 자화(子和)·의장(義章) 등은 정서(鄭敍)의 아내 임씨(任氏)와 현리 인량(仁梁)이 왕과 대신을 저주한다는 무고를 했다. 정서는 곧 국문학에 그 이름을 남기는 정과정인데 아마도 임씨는 절세 미녀였고 불미한 남녀 관계 고발로선 무고 내용이 약하기 때문에 왕을 저주한다고 한 모양이다.

왕은 각문지후(閤門祗侯) 임문분(林文賁)을 시켜 자화와 인량을 대질 심문하는 등 조사토록 했는데, 양자 사이에 틈이 벌어져 모함하기 위한 무고라는 게 판명되었다. 그래서 자화와 의장은 강물에 던져 죽이고 현을 강등시켜 부곡(部曲)을 만들었다고 한다.

부곡이란 포로·귀순자 등 이민족의 집단으로서 당시엔 전국 방방곡곡에 있었으며 이를테면 천민들이었다.

대륙에선 이 무렵 금나라가 변경으로 천도하고 있다.

한편 김돈중은 한때 그 방자한 행동으로 좌천되기도 했지만 도무지 유신답지 않게 아부와 아첨을 일삼았고 왕의 유락을 부추겼다. 그리하여 정해년(의종 21 : 1167) 정월, 왕은 연등회 행사를 구경코자 봉은사에 납시었다. 돈중은 이때 좌승선(左承宣) 직에 있었지만 활쏘기 대회에 출전한다.

꽹과리와 북소리도 요란한 가운데 활을 쏘게 마련인데 돈중이 탄 말은 미훈련으로 놀라 갑자기 날뛰었다. 돈중은 이를 제어하지 못하고 화살은 엉뚱하게 날아가 왕의 관람석 근처에 떨어졌다. 어쩌면 이때도 술에 취해 있었는지도 모른다.

분명한 것은 놀란 왕이 허겁지겁 궁성에 돌아오자 계엄을 선포하고 수없이 많은 사람을 무고하게 죽였는데, 돈중은 비겁하게도 자기의 실수였음을 자수하지 않았던 것이다.

이때 희생된 사람들이 무인이고 정중부와 관련된 인사들이다. 그러고 보면 정중부도 윤관 부자와 마찬가지로 화랑이었다고 추정된다.

왕은 후회했지만 이미 엎질러진 물이었고 문신과 무신의 골은 깊이 패였다.

경인년(의종 24 : 1170) 여름 4월에 왕은 화평재라는 재에 행차했다. 재는 모든 조상신의 명복을 빌고 국태민안을 기원하는 불교의 큰 행사로서, 왕은 하필이면 무신들의 증오 대상인 좌승선 김돈중으로 하여금 충주 죽지사(竹枝寺)에 나아가 그 행사를 주관케 했던 것이다.

왕은 도무지 휘하 군졸의 마음을 살펴볼 능력도 없었고 오직 놀기에만 바빴다. 실록에 의하면 때없이 행차를 하여 호위하는 군졸을 몹시 피곤케 만들었다고 한다.

즉, 왕은 화평재에 참석하면서 춤과 노래를 즐기고 밤에는 강물에 배를 띄우며 불을 환히 밝힌 채 밤새도록 뚱땅거렸건만 군사들은 강바람에 춥기도 하고 허기가 져서 눈이 십 리는 기어들어갈 판이었다.

이런 일은 하루 이틀이 아니고 실록을 보면 일년 내내 계속되고 있다.

경인년에는 윤달이 들어 윤5월에 왕이 연복정(延福亭)에 군신을 거느리고 행행했는데, 이때 서초내시(瑞草內侍)이던 황문장(黃文莊)이란 사람이 물새를 가리켜 현학(玄鶴)이라며 시를 지어 바치자 왕은 크게 칭찬하고 즉각 한림학사를 시켰다는 기사도 보인다.

그리하여 8월── 왕은 보현원(普賢院)에 행행했는데, 《절요》에선 이 행행을 가리켜 왕이 무신들을 위무(慰撫)하기 위한 수박(권법) 대회였다고 한다. 그리고 정중부·이의방(李義方)·이고(李高) 등이 왕을 제거하려는 사전의 모의가 있었다는 것이다. 하지만 사건은 우발적이었다.

시합이 계속되어 대장군 이소응(李紹膺)과 또 한 사람이 서로 권법을 겨뤘는데 소응이 당하지 못하고 피하기만 했다. 그러자 느닷없이 한뢰(韓賴)라는 자가 소응의 뺨을 때려 단 아래로 굴러 떨어지게 만들었고 왕과 문신은 손뼉을 치며 웃는 한편 종식(宗植)·이복기(李復基) 등은 욕설로 모욕했다.

이렇게 되자 정중부는 얼굴빛이 달라졌으며 항의했다.

"소응이 비록 한낱 무부이기는 하지만 관직이 3품인데 이다지도 욕을 뵐 수 있단 말입니까?"

그러자 과격한 이고는 칼을 뽑았고 당황한 왕은 중부의 손을 잡고 어루만지며 달랬다. 중부도 이고를 제지하여 그 자리는 무사했으나, 그날 밤 술이 취한 왕이 보현원에서 자게 되었고 물러나서 집으로 돌아가는 종식과 복기를, 기다리던 이고가 잡아 죽였다. 김돈중은 사태가 심상치 않자 미리부터 술에 취한 척하며 말에서 떨어지는 계략을 썼고 한뢰는 다시 안으로 들어가 환관들 속에 끼어들었으며 왕의 침실 마루 밑에 숨었다.

왕이 놀라 이고를 힐문했는데 이고는 다시 발끈하며 한뢰를 내놓으라고 했다. 마지못해 한뢰를 내주자 곧 살해했다.

그러자 김석재(金錫才) 등이 이의방에게 어전에서 칼을 뽑은 이고의 죄는 용인될 수 없다고 하자, 의방은 눈을 부릅뜨고 석재와 그에 동조한 다수의 문신을 죽인다. 김돈중도 결국 살해되고 의종과 태자는 추방되었으며 왕제인 익양공(翼陽公) 호(皓)가 추대되는데 이분이 고려 명종(1132~1203, 재위 27년)이다. 정중부의 난으로 되어 있지만, 그는 소극적이었고, 주동자는 이고・이의방이었다.

계사년(명종 3 : 1173), 동북면 병마사 김보당(金甫當)이 거병하여 치려고 했지만 오히려 실패했고, 의종은 유배지인 경주에서 이의민(李義旼)에 의해 살해된다. 이때부터 무신 정치가 시작되는데 그것도 결국에 있어 김부식・돈중과 같은 유신답지 않은 유신에 의해 시국이 잘못 오도되었다고 하겠다.

유신이 모두 그랬다는 것은 아니다. 이를테면 《파한집》의 저자 이인로(李仁老)는 자가 미수이고 호는 쌍명재(雙明齋)인데, 그는 무신의 난이 일어나자 삭발하고 출가했지만 다시 환속한다. 그러나 관직에 연연치 않고 산수간에 놀며 당시의 명유 임춘(林椿)・오세과(吳世戈)・조통(趙通) 등과 사귀었다. 또 이광필(李光弼 : 1180년 졸)은 앞에서 나온 이녕의 아들로 역시 산수화의 묘수였다.

명종은 그 자신 글씨를 잘 썼지만, 그림에 대해서 이해심도 있었다.

이광필의 선배 화가로서, 자가 수산(壽山)이고 호를 취수 선생(醉睡先生)이라는 이기(李琪)가 의종 때 있었다고 최자(崔滋 : 1188~1260)의 《보한집(補閑集)》에 전한다. 이녕이 의종의 내각회사(內閣繪事)로 있었던 만큼 이광필도 어려서 면식은 있었으리라.

이수산의 그림에 대해서는 언급이 없고 다만 자화상이 있는데 이런 후기가 있었다고 한다.

'도가 있는데도 실행하지 않으니 취하지 않을 수 없고/입은 있지만 말을 하지 않으니 졸지 않을 수 없네./선생이 취하여 살구나무 그늘에서 잠자는데/세상의 사람으로 이 마음을 아는 이 없네.

(有道不行不如醉 有口不言不如睡 先生醉睡杏花陰 世上無人知此意)'

아무튼 명종은 문신에게 〈소상팔경부(瀟湘八景賦)〉를 짓게 했는데 이광필이 이것을 그림으로 그렸다. 이 그림은 전하지 않지만 당시 고려는 주운(舟運)이 발달되었으므로 역대의 왕들이 서경 또는 충주에 행행했다는 것도 이런 뱃길을 이용한 것이 분명하다. 소상팔경은 어디를 가리키는지 분명치 않으나, 뱃놀이와 수향(水鄕) 풍경이 그려져 있었으리라.

당시의 서가로선 초서와 예서에 능했다는 최균(崔均)이 있는데 그는 '조위총(趙位寵)의 난' 때 희생된다.

갑오년(명종 4 : 1174), 서경 유수이던 조위총이 거병하여 정중부·이의방을 공격했으며 출령 이북 40여 고을이 이에 호응한 사건이다. 이 난리는 거의 3년이나 계속되고 윤언이의 아들 윤인첨

(尹鱗瞻 : 1110~1176)을 보내어 난을 평정한다.

문공유의 아들 문극겸(文克謙)도 이름난 서가로서 《지봉유설》에서는,

'고려 시대의 서가로 이름난 이는 문공유·문극겸·이암·탄연·영업이 그 가장 두드러진 존재이다.'

라고 했는데 글씨가 전하지 않으니 어느 말을 믿어야 할지 모를 정도이다.

또 《이상국집》에서는 석오생(釋悟生)이 초서로 탁월한 솜씨였다고 전한다. 이제현(李齊賢 : 1287~1367)의 《역옹패설(櫟翁稗說)》에서도,

'의종 말년의 무인 변란으로 옥석이 함께 불타버릴 제 그 몸은 호구에 들었으나 탈출하여 산으로 갔으며, 관과 띠를 벗어버리고 승려가 되었는데 결국 여생을 절에서 마치게 되었다.'

라고 전한다.

명종은 이광필과 고유방(高惟訪)의 그림을 벽에 걸어놓고 종일토록 바라보았지만 싫증을 느끼지 않았다. 고유방에 대해선 단지 그 이름이 전할 정도이고 문종의 현손으로 의종의 부마였던 왕면(王沔)도 그림을 잘 그렸다고 한다. 그는 특히 성품이 온후하고 침착하여 글씨도 잘 썼는데 특히 의술에 정통했다. 화가로선 단청을 잘했고 불상을 그렸다.

앞에서 잠깐 나온 정서는 호가 과정이며 벼슬은 내시낭중인데 참언을 받아 동래에 유배되고 늘 금을 쓰다듬어가며 노래를 지어 불렀다. 가사가 매우 처량하고도 호소력이 있어 뒷사람이 〈정과정곡〉이라는 이름을 부쳤던 것이며, 묵죽도 그렸다.

기해년(명종 9 : 1179), 청년 장군 경대승(慶大升)이 거병하여 정

중부를 죽인다. 경대승(1154~1183)은 청주 사람으로 자세한 경력은 불명이나 최초로 무인 정권의 효시라고 할 도방을 설치했고 후대에 이르기까지 그의 평판이 나쁘지 않은 것을 보면 당시의 폐풍을 일소하려는 혁신의 치적이 있었던 모양이다.

《고려사절요》 명종 9년조를 보면 흥미로운 기사가 발견된다.

기탁성(奇卓誠)은 문하시랑에 평장사였다. 그는 인물이 빼어나게 잘생기고 활쏘기와 말을 잘 타는 까닭에 의종의 총애를 받아 견룡(牽龍)으로 발탁된다. 견룡이 무엇인가 싶었는데 여기서 기사를 읽어 보니까 의종이 말을 달려가며 공을 치는 경기, 곧 격구를 좋아해서, 탁성은 견룡으로 발탁되어 늘 왕 곁에 있게 되었다는 설명이다.

앞에서 정중부가 견룡대청이었다는 표현을 상기한다면 이는 신라 때의 화랑과 같은 것이며, 명칭만 달랐을 뿐이다. 그렇듯 명예로운 자리인데 인간의 성격이란 여러 가지여서, 탁성은 재물을 좋아하여 매관 매직하며 치부했고 마침내는 충고하는 친구는 떠나가고 아첨하는 자만 남았다. 당시 광평궁(廣平宮)은 주인 없이 폐저가 되어 있었는데 탁성은 아내의 반대에도 불구하고 이 왕자의 궁전을 가로채고 들어갔다가 죽었다는 기사이다.

당시의 사회상을 전하는 다른 한 토막의 기사. 수정봉(水精峯) 길은 산이 깊고 으슥하여 적어도 장정 대여섯 명이 작당하여 지나갈 정도였는데, 그 중에 용모와 몸매라도 아리따운 부녀자가 끼어 있다면 반드시 겁탈하고 그 하인·노비 등은 살해되곤 했었다.

정국검(鄭國儉)은 수정봉 아래 살았는데 어느 날 무심코 바라보니 양갓집 부인이 도적들의 습격을 받고 그 노비들은 뿔뿔이 도망쳤으며 갈 데 없이 겁탈을 당할 참이었다. 국검은 도저히 보고만 있을 수가 없어 사위 이유성(李維成)·최겸(崔謙)과 집의 하인들을 데리고 달려가 도적들과 결사적으로 싸웠으며 그 가운데 세 명을 사로잡았다. 그런데 잡고 보니 대장군[이런 호칭이 많다. 상급 장교인 듯] 이부(李富)의 조카이고 그밖에도 명문가의 자제들이었다. 그래서 이들을 관가로 넘기자 흐지부지 석방될 참인데, 형부의 원외랑(員外郞)이던 조문식(趙聞識)이 홀로 강력하게 주장하여 이들의 목을 벴다.

역시 명종 9년의 일로, 경대승이 궐기하여 정중부 등을 주살하자 왕 이하 사람들은 모두 쾌재를 불렀다.

그러나 계묘년(명조 13 : 1183)에 경대승이 향년 30세로 병사하자 사태는 다시 역전되어 이의민이 세력을 잡는다.

명종 역시 나약한 인물로 다음의 이야기를 보면 그것이 증명된다. 명종은 이광필을 총애하여 그의 아들을 견룡대정으로 발탁하려고 했다. 그러자 정언(正言)이던 최기후(崔基厚)가 반대했다.

"왕께서는 광필의 아들로 대정을 삼으려 하시는데, 그 이유로 서정(西征 : 조위총의 난)의 공을 들고 계십니다. 광필의 아들로 말하면 지금 겨우 스무 살로 10년 전의 서정 때 그는 아직 열 살의 아이였는데 어찌 공이 있다고 하겠습니까?"

그러나 명종은 버럭 화를 내었다.

"그대는 전공만을 생각하는가? 광필이 없었다면 삼한의 도화가 거의 끊어질 뻔 했으므로 그 아들에게 벼슬을 주는 것이다."

이것은 그림을 사랑했다는 명종의 일면을 전하는 것이기는 하지만, 역시 낡은 상태로 돌아간 당시의 혼탁상을 전한다.

을사년(명종 15 : 1185)에 왕은 이광필을 시켜 앞서의 〈소상팔경도〉를 그리게 했다.

추사가 연경에서 돌아온 경오년 9월, 다산 정약용이 강진에 유배된 지 19년만에 방송되고 있다. 추사는 이때 동지사 편에 보낼 옹담계·완운대를 비롯한 연경 여러 사람들의 안부를 묻는 편지 쓰기에 여념이 없었다. 따라서 다산 선생의 소식은 미처 듣지 못했으리라.

관례에 따라 동지사 일행은 시월 초순에 한양을 출발했다. 그리고 경오년도 저물어가는 동짓달 초 완당은 오랜만에 내실에서 부인과 함께 있었다.

완당은 마음속으로 손가락을 꼽아가며 지금쯤 동지사 일행이 어디쯤 갔는지 상상했다. 부인 이씨는 아까부터 무슨 말을 하고 싶은 듯이 안절부절못했다.

'또 무슨 생각을 하신담. 재미가 없어.'
하고 부인은 생각했다.

완당은 식사를 하면서 문득 숟갈을 멈추고 허공을 보곤 한다. 그렇다고 체통 있는 집인데 여자가 밥상머리에서 물을 수도 없는 일이다.

완당은 평소 고집스런 데가 좀 있기는 하지만 농담도 잘하는 편이었다. 그런데 연경을 다녀오고 나서는 말이 적어진 것 같다.

이씨 부인은 약이 올랐다. 이씨 부인도 고집은 있는 편이었다.
'흥, 절대로 묻지는 않겠어.'
그런 심정이다.

부인이 화가 난 것도 이유가 있다. 부인은 완당의 이번 연경 유행(遊行)이 얼마나 깊은 영향을 주었는지 모른다. 몰랐지만, 완당은 이날따라 저녁상에 반주를 곁들였으면 하는 말이 있었다.

당시의 웬만한 사대부 집으로서 사랑에 손님이 오는 일도 있고,

월성위 종손으로 제사가 거의 매달 있기 때문에 집에서 술을 늘 담그었다.

그러나 완당은 30대 이후, 중년기까지는 술을 썩 즐기는 편은 아니었다. 완당이 중년 이후에 술을 즐겼다는 것은 최근 수년 전에 발굴된 추사의 한글 편지로 추정할 수 있다.

추사는 매우 입이 짧았던 것 같다. 부인에게 부탁하는 말로 어란(魚卵)을 구해오라는 구절이 몇통의 편지에서 발견된다. 그래서 제주도로 귀양갔을 때도 장조림, 마른 포, 어란 등을 쓰고 있다. 물론 제주도 같은 전혀 다르다 할 고장에서의 음식이 입에 맞지 않아 그런 표현을 했으리라.

하지만 어란이나 건포는 모두 술안주로 우리가 즐겨 먹던 것이었다.

어쨌든 이때는 가까운 친구나 피치 못할 손님이 왔다면 그 대작 삼아 석 잔쯤 마시는 게 보통이었다.

'그런데 반주로 술을 분부하셨다…….'

부인의 궁금증은 그런 데도 있었다. 더욱이 완당은 그런 첫잔을 비우고 나서 잔을 내려놓았지만, 안주인 명란젓을 집는 것도 잊고 있다.

부인은 살며시 술잔을 옮겨 놓았다. 이윽고 완당은 안주 생각이 났는지 명란젓을 집었고, 좀 있다가 다시 술잔을 찾았다.

그 술잔은 부인 앞에 옮겨져 있다.

"아니, 술잔이 왜 그곳에?"

"저도 따라주시면 한잔 마실까 해서요."

완당의 눈이 둥그레졌다.

"당신이 술을?"

"예, 따라 주시겠어요?"
하고 부인은 웃음을 억지로 참았다.
"이거, 정말 뜻밖이군. 나는 당신이 술을 마신다는 것은 처음 알았소."
"서방님은 기억력도 없으시군요. 제가 대례청에서 술 마시던 것도 잊으셨나요?"
"참, 그랬었군. 그럼 따라 드리리다."
하며 추사는 술병을 찾았다.
"아녜요, 되었어요."
부인은 얼른 술잔을 완당 옆에 돌려주고 술을 따랐다.
완당은 그 술을 들여다보고 있다.
"저……."
"뭐요?"
"또 생각하고 계세요?"
하고 풀어졌던 부인의 마음이 다시 굳어졌다.

이씨 부인은 정미생으로 이때 스물넷이다. 완당과는 한 살 터울이다.
시집 온 지 이제 3년째로 새댁인데 당시로서 과년한 나이였다.
그런데 자녀가 없다.
부인은 원래 가냘픈 몸매의 작은 체구였는데 임신을 하지 못하는 최가 자신에게 있는 것으로 믿고 있었다.
이는 당시의 공통된 여성의 심리였다고 추정된다.
칠거지악을 들 필요도 없이 여인으로서 아이가 없다는 것은 중대한 콤플렉스였다. 그 이유가 어디에 있든 그런 것은 당시 생각되지도 않았던 것이다.
　다행히도 서방님은 그런 점에서 아직은 별 내색을 하지 않았으며 오히려 금슬은 좋았다. 그러나 남편의 사랑이 지극하다 생각될수록 여인은 자녀가 없음을 죄스럽게 느끼지 않을까? 더욱이 남편은 출계자로서 월성위의 제사를 받드는 몸이었다.
　이날 낮에 간난이가 왔었다.
　간난이는 이미 서른 고개를 바라보는 중년이었다. 신분으로는 상전집 아씨와 이전의 종이었다는 엄연한 벽이 있었지만 이따금 들러 이씨 부인의 좋은 말벗이 되어 준다.
　아이도 주렁주렁 딸린 간난이였다. 덕보의 남매를 데려다 기르고 있을 뿐 아니라 다시 딸 하나 아들 하나를 낳고 있었다. 이날은 가을에 낳았다는 구덕이를 들쳐업고 있었다. 구덕이는 백일이 지났고 젖살이 올라 뺨도 토실토실하니 귀엽기만 하다.
　"아씨, 안녕하셨어요?"
하는 간난이의 얼굴은 아무런 근심이 없어 보였다.
　"어서 와요."
　이것도 이씨 부인의 심덕이었다.
　이씨 부인이 깐깐한 성격이었다면, 아무리 남편과 친남매처럼 자란 사이라도 종은 종이고 스스로 벽을 쌓고서 대했으리라.
　그러나 이씨 부인은 천성이 덕성스럽고 악이란 모르는 성격이었다. 더욱이 자신이 아이가 없는 탓인지 갓난애를 좋아했다. 곧 구덕이를 스스럼없이 받아 안는다.
　처음에는 간난이도 질겁을 하며 사양했지만 그것도 몇번 지나고 보니 익숙해져서 별 어려움없이 아이를 내주었다. 아이의 몸에서 건강한 여인의 물씬한 젖내가 풍겼다. 아이도 자기한테 잘 해주는 사람은 알아보는지 방싯 웃고 입마저 헤헤거렸다.
"새아씨님."
하고 갑자기 간난이는 입을 열었다.
"어머, 나를 불렀어요? 갓 시집 온 사람도 아닌데."
하며 이씨 부인은 입을 가리며 웃었다.
"그럼 뭐라고 부르지요? 아씨라는 것도 저는 좀 이상해요."
 이씨 부인은 뭐라고 반론할 수 없었다. 우리말의 호칭은 참으로 까다롭다. 그러면서도 알맞은 호칭이 개발되지 않고 있었다. 아씨(아가씨), 마님 하는 따위는 이른바 상류층의 말이지 서민의 용어는 아니다. 서민은 뭐라고 했는지 과문한 탓으로 모르겠다. 아이나 있다면 ○○엄마라고 했음직한데 이것도 사실은 자신이 없다. 그러고 보니 부부간의 호칭도 알맞는 게 떠오르지 않는다.
 이능화(李能和)의 《조선여속고》를 보면 아내가 남편을 호칭할 때 사랑이라고 했다. 남편이 사랑에서 거(居)하며 좀처럼 내실에 들어오지 않기 때문이라고 설명된다. 그리고 남편은 아내를 부를 때 그의 출신지, 예컨대 이씨는 예산이 친정이므로 예산댁이라며 불렀다고 한다.
 《여속고》는 더 이상의 설명이 없지만 사랑·○○댁이라는 호칭이 아무래도 저항감을 준다. 위의 호칭은, 이를테면 어른들 혹은 남들 앞에서 부득이 불러야 할 때 썼다고 추정된다. 그것도 쑥스럽다면 저…… 하거나 눈짓으로 대용했다고 짐작된다. 특히 여성의 경우는 그러했다.
 여보가 순수한 우리말 같은데 이것은 사대부 집에서 쓰지 않았었다. 그런 의미에서 여보는 서민의 용어였다. 영감·마누라도 그런 의미로 해석된다.

조선조의 사대부는 이두로 남아있는 그나마의 우리말을 방언(方言：사투리)이라며 경멸했다. 무의식으로 그렇게 생각했다. 그 대신 한문투의 호칭이 사용되었다. 예를 들어 자기의 딸이라도 그 사위의 성을 따라 이실(李室)·김실(金室)이니 하고 불렀다. 며느리는 순수한(?) 우리말처럼 생각되기 쉬운 '큰아기·작은아기'로 호칭했다. 아기의 아(阿)는 한자에서 왔다고 생각되므로 일종의 합성어이다. 다만 성은 금기(禁忌)였으므로 부부간의 호칭이 그렇듯 후대에 제대로 전하지 않았던 게 아닐까?

점잖게 부인이라고 남편이 아내를 호칭함은 충분히 있을 수 있다. 그렇다고 아내 쪽에서 낭군이니 부군(夫君)이니 한 것은 실제 사용되었다 하더라도 전하지 않는다.

"참 그렇네요."

하고 이씨도 소리내어 웃었다. 그 웃음에는 어딘지 공허한 울림이 있었다.

간난이는 진지한 표정이다.

"아씨님."

"뭐예요, 갑자기? 무서워지네."

"진심입니다. 부디 제 말씀을 들어보세요! 제가 감히 이런 말을 하면 건방지다고 생각하실지 모르지만 절에 가시지 않겠어요?"

"절이라구요?"

하고 부인도 긴장했다.

"혹은 절이 아닌 무당집일지도 몰라요! 쉰네가 안내해 드리겠습니다요.⋯⋯ 백악산에 참으로 용한 보살님이 있다나 봐유. 쉰네가 안내할 테니 한번 속는 셈 치시고 가시도록 하세유."

어지간한 이씨 부인도 즉답할 수가 없었다. 또 대답할 수도 없는 문제였다.

어떤 시인은 노래했다.

'아이를 낳지 못하는 여인의 슬픔은/그 누구도 모르는 일./오직 자기만이 아는 일일세.'

사실 아이 낳기를 바라는 여인의 소원은 자기의 생명보다도 더 절실한 문제일 수도 있었다. 각지에 남아있는 우리의 속신(俗信)이 그것을 증명한다.

"아씨님, 지금 당장 결심하지 않으셔도 좋아유. 새해는 양해라 더군요. 새해 정월쯤 가시더라도 좋을 거예유."

그래도 대답을 않고 있자 간난이는 이런 소리까지 지껄였다.

"아씨님께서 결단을 내리시지 못하는 까닭은 아무리 무식한 쇤네라도 알고 있어요. 하지만 산에 가는 일은 누구나 하고 있는 일이죠."

"……"

"아씨께서 정 서방님께 말씀드리기 어렵다면 쇤네가……."

그러자 이씨 부인은 날카롭게 말했다.

"그것은 안돼."

부인의 품안에 있던 구덕이가 놀라서 울음을 터뜨렸다. 간난이도 자기 말이 지나쳤음을 깨달았다.

아씨의 속눈썹이 바르르 떨리고 있다. 그러나 곧 부드러운 얼굴이 되어 구덕이를 얼러주었다. 구덕이가 울음을 그치자 이씨 부인은 간난이에게 구덕이를 건네준다.

간난이는 어색한 표정으로 구덕이를 들쳐업자 말없이 아씨 앞을 물러갔다.

이씨 부인은 지금 그 생각을 하고 있다. 자신이 간난이에게 화를 낸 것이 부끄럽다. 간난이가 그런 문제까지 남편에게 말한다는 것은 부인으로서 자존심이 허락하지 않았었다.
이번엔 완당도 문득 생각이 났던지,
"술빛이 참 노리끼한 것이 곱구려."
하며 단숨에 마셨다.
그리고 술잔을 내밀었다.
"자 부인, 이 술잔을 받아요."
"저는 못 마셔요!"
"아니, 아까는 마실 줄 안다고 하시지 않았소?"
"그때는 그때고 지금은 지금이어요."
"허허."
고집이 센 완당이었지만 그런 고집을 아무 때나 부리지 않는 점이 그의 매력이었다. 자기의 잘못을 깨달으면 그것을 곧 시인하고 뒤끝이 없다는 점이기도 했다.
"이것, 부인께서 화가 단단히 나셨구려. 그렇다면 술은 석 잔이라고, 한 잔만 더 따라주시겠소?"
부인은 대꾸없이 술을 따랐다. 그러자 완당은 이번에도 술잔의 술을 들여다보고 있다.
술잔은 작은 것이었으나 보통의 보시기로서 한 홉의 분량은 되었다. 완당으로선 보시기 석 잔은 많은 분량이었다.
'성난 여자의 얼굴은 처염(凄艶)하다더니 틀린 말은 아니야. 무엇 때문에 화가 났는지는 모르겠으나 풀어 주어야겠다. 그러자면……'
하고 그는 생각할 여유를 갖고자 했다.

이윽고 그는 불쑥 말했다.
"부인, 오늘 간난이가 왔다 갔지요?"
그 순간 완당도 놀랄만큼 부인의 얼굴빛이 달라졌다. 대답하는 목소리도 얼굴처럼 차가웠다.
"네."
사실 이씨 부인은 완당의 이 말이 날카로운 비수처럼 가슴에 박혔다. 처음으로 느끼는 간난이에 대한 증오심이었다.
그러나 남편의 다음 말은 자신의 짐작이 빗나간 것 같았다.
"그런데 참 이상한 일이여. 중문 소리에 문득 보니까 구덕이를 업은 간난이의 뒷모습이 보입디다. 오늘은 인사도 없이 그냥 가느냐고 했으나 들은 척도 않는 거야."
이씨 부인의 태도가 굳어진 것은 종 주제인 간난이가 그 사이를 참지도 못하고 고자질했다 싶었던 것인데 그게 아니었다.
이씨 부인은 입술이 씰룩거렸다. 폭발하려는 감정과 싸우고 있는 거다.
완당은 그것을 곁눈질로 보면서 마음속으로 고개를 갸웃했다.
"정말 이상한 일이라니까! 간난이가 나가고 조금 있자니 이번에는 김서방이 씩씩거리며 들이닥쳤어요."
이야기가 엉뚱하게 빗나갔으므로 이씨 부인도 약간 숨결을 가다듬었다.
"간난이는 토라져서 억만이한테도 대꾸를 않았다나 봐요. 그래서 씩씩거리며 달려온 것이라나……. 그러나 저러나 안에서 무슨 일이 있었소? 부인께서 심하게 꾸짖기라도……."
이씨 부인은 더 이상 버티지 못했다. 끼익하듯 이상한 목구멍 소리를 내며 완당의 무릎에 얼굴을 처박고 소리없는 통곡을 했다.

그 어깨가 크게 출렁이고 있다. 완당은 조심스럽게 아내의 등을 쓰다듬고 있었다.
'자식을 갖지 못하는 여자의 슬픔은/그 누구도 모르는 일./남편에게도 말할 수 없네.'

감정이 격할 때는 그것을 가슴에 담아두지 않고 한껏 풀어 버리는 게 약이다. 얼마쯤 있다가 완당은 말했다.
"당신을 이렇듯 슬프게 하다니 간난이는 역시 나쁘군."
"아녜요, 구덕이 어멈 잘못은 아녜요."
"그럼, 내 잘못인가? 어쨌든 간난이가 나빠도 나에게 잘못은 있어. 부인을 슬프게 했으니."
그러자 모처럼 진정되었던 이부인의 감정이 다시 격해졌다. 어린 아이처럼 심하게 고개를 젓는다. 그는 다시 부드럽게, 부드럽게 등을 쓰다듬어 주었다.
"모든 게 제 잘못이에요."
"부인 잘못이라니? 간난이가 대체 뭐라고 했기에 당신을 이처럼 슬프게 만들었소?"
"아녜요, 구덕 어멈 잘못이 아니라니까요. 구덕 어멈은 다만 산의 절에 갈 생각이면 안내하겠다고 했을 뿐인데……."
"산?"
하고 완당은 크게 웃었다.
"핫핫하, 난 또 뭐라고!"
이부인은 너무도 뜻밖이라 자기도 모르게 고개를 들었을 정도이다.
"그런 말에 화를 낼 게 무어요? 마침 잘 되었다 생각하고, 가겠다고 하실 것이지."
"정말이세요?"
그러자 완당은 또 웃었다.
"부인은 바보요. 그런 말에는 점잖게 가면 가겠다, 싫으면 싫다고 대답하는 거예요. 나에게 물을 것도 없습니다."
완당의 말은 당연한 것이었다. 봉건 사회라도 우리의 선인들은 주부의 소박한 신앙까지 억압하지는 않았다.
억압했다면 어지간히 완고한 집안이었으리라. 이미 돌아갔지만 완당의 양모 남양 홍씨도 만년에 절에 다니는 등 불교를 믿었었다. 이씨 부인은 양모가 돌아간 뒤 시집왔으니까 몰랐을 것이지만 사실은 그런 전례가 있는 것이다.
"돌아가신 생모님도 양모님도 모두 절에 다니셨소. 역시 내가 그것을 일러주지 않았으니 잘못했군."
하며 완당은 빙그레 웃었다.
기자(祈子) 신앙——.
보통 자녀 점지를 바라는 여성의 애틋한 방법은 두 가지가 있었다. 하나는 이름난 곳, 영험이 있다고 알려진 곳에 가서 비는 일과 절에 가서 불공을 드리는 일이었다.
지금도 절에는 칠성각이라는 게 있다. 절 경내의 눈에 잘 띄지 않는 곳에 있는데 주로 자녀(아들)를 비는 장소로 사용된다.
그런 칠성각에는 불상 아닌 산신〔호랑이를 탄 도사로 표현되기도 한다〕을 모셨으며, 산제(山祭)라는 말도 여기서 비롯되었다고 여겨진다.
애초엔 산신각이 따로 있었겠지만 무속은 불교보다도 더욱 금압(禁壓)되어 절에 칠성각이 있는 셈이었다.

예를 들어 충주의 창룡사(蒼龍寺)는 일명 기자사(祈子寺)로서 영험이 있기로 알려졌다. 충주는 옛날 사고(史庫)가 설치된 곳으로 요지이다. 《여지승람》〈충주조〉를 보면 개천사(開天寺)라는 게 있고 왜구가 한창 극성을 부렸을 때 해인사의 《대장경》을 선산(善山)의 득익사(得益寺)로 옮겼다가 그래도 안심이 안되어 이곳 개천사에 옮겼으며, 왜구가 완전히 자취를 감춘 뒤 다시 해인사로 옮겼다는 기사가 보인다. 《여지승람》에는 창룡사의 이름이 보이지 않으나, 1911년 일제가 사찰령이라는 것을 공표하며 통제할 제 개천사의 이름은 보이지 않고 오히려 창룡사라는 이름이 보인다.

이밖에도 유명한 불사가 많았지만 선바위는 인왕산에 있는 것으로 일명 부부 바위·부처 바위라고도 불렸었다. 또 지금 부암동(附岩洞)이라는 동네 이름으로 남아있는 북악 골짜기에도 기자 바위가 있었다.

"당신은 바보야."

하고 완당은 위기는 넘겼다 싶자 부인을 놀렸다.

"부끄러워요. 그런 줄도 모르고……. 내일이라도 당장 구덕 어멈한테 잘못했다고 하겠어요."

"그걸로 일이 끝나지는 않아요."

하는 뜻밖의 완당 말에, 부인은 그제야 자기가 남편의 무릎에 상반신을 의지한 채 안겨 있음을 알고 몸을 빼려 했다. 그러자 완당은 부인을 더욱 힘있게 포옹했다.

"놓아 주세요…… 부끄러워요."

"죄인이 무슨 소리를 하고 있어요. 첫째로 하늘 같은 서방님한테 잘못했다고 용서를 빌어야 하지 않소?"

"하지만 어떻게요?"

"첫째는 웃어야 합니다. 눈물 같은 것은 보이지 말아야 합니다."
 "이렇게 말인가요?"
 부인은 억지로 웃어보이려고 했는데 그것은 아직도 웃음 반, 울음 반의 표정이었다.
 "입을 크게 벌리고 웃어요."
 "어떻게……."
 "부끄럽다는 것입니까?"
 "예……."
하고 부인은 할 수 없다는 듯이 입을 벌렸다.
 그 순간 완당은 등잔불을 훅 불어 꺼버렸다. 그리고 입을 포개면서 속삭였다.
 "그러나 함부로 절에 가서는 안됩니다. 아직은 젊으니까 좀더 기다리시구려."
 부인은 무엇인가 대답하려고 했지만 말할 수가 없었다.
 넓은 월성위 궁은 조용했다. 숨이 막히는 시간이 지나가자 정지되었던 세계가 다시 움직이듯 벌레소리가 들렸다.
 귀뚜라미일까…… 며칠 계속된 이상 기온으로 잠이 깬 가을 벌레가 죽음을 예감한 듯 울고 있는 걸까?
 "부인, 저 소리가 들리오?"
 "네에?"
 "저 벌레소리 말이오."
 그러나 부인은 고개를 저었다. 사실 부인의 귀에는 아무것도 들리지 않았다.
 "그럼 불을 켤까요, 나는 시장한데."
 그러나 부인은 못 들은 척 고개를 흔들었고 팔에 힘을 주어왔다.

신미년이 밝았다.

정월이 지나면서 완당은 또 바빠졌다. 전년인 경오년 11월에 통신사 절목을 새로 정하여 통신사의 대마도(對馬島) 입송(入送 : 파견)을 정례화시켰던 것이다. 절목이란 세밀한 규정을 의미한다.

《문헌비고》〈교빙고(交聘考)〉를 보면 순조 9년(1809)에 현의순(玄義洵) 등을 대마도에 보내어 통신 문제를 의논케 하고 있다.

그 보충 설명으로 앞서 병오년(1786)에 왜국의 간바쿠(쇼군) 도쿠가와 이에하루〔德川家治〕가 사망하고 이에나리〔家齊〕가 계승했는데, 무신년에 왜국에서 사신을 보내어 조선 통신사의 교빙을 연기해 달라는 요청을 했다. 그 이유로 에도의 실화(失火)와 물가 상승을 들었다.

통신사라는 것은 일본에 보냈던 조선측의 사신을 말하는데, 고려 때의 왕래는 접어두더라도 태조 6년(1397) 박돈지(朴敦之)를 왜국에 보내고 있다.

그때 양촌 권근이 국서를 지었다.

'인인(仁人)의 마음으로 사해(四海 : 중국・명 이외의 나라들)를 형제가 되도록 하기 위함이요, 비록 바다를 사이에 두고 강토의 산악이 다르며 풍속과 언어에 두드러진 구별이 있다 할지라도 사람으로 같은 동아리인지라 서로 화목함은 필연적이다. 그러므로 옛 성현도 방교(邦交)와 빙문(聘問)의 예를 정하셨던 것이다. 말로서 그 의사를 통하게 하고 폐백(幣帛)으로 그 정리를 두터이 하는 상징이 되게 함은, 그와 같은 글이 있고 서로 접하는 기쁨이 있음으로써 은의와 상애(相愛)를 찬란케 함이며, 이것은 천지간에 부끄러움이 없는 사람으로서의 할 일이다.'

요컨대 이 글의 내용은 왜구에 시달림을 받았던 고려의 뒤를 이은 새왕조로서 기본적인 외교 방침의 천명이라고 할 수 있다.
 이런 조선측의 제의에 대해 왜국은 정종 원년(1399)에 곧 사신을 보내고 있다. 신속한 대응이다.
 즉 일본 대장군이 사신을 보내어 방물(方物 : 조공)을 바쳤으며 피납했던 남녀 백여 명을 남김없이 돌려보냈다. 왕은 이들을 조정에서 만나보았는데 사신을 4품관[당하관으로 장령·서윤급]의 반열에 서는 예로 대했다는 기사가 그것이다.
 당시의 일본 대장군이란 연대로 보아 아시카가 요시미츠[足利義滿 : 1358~1408]인데 한자를 해독하는 계층은 승려였던 만큼 사신도 승려였다고 생각된다.

 여기서 일본 역사를 잠깐 짚고 넘어갈 필요가 있다.
 이미 나라 헤이안[平安] 시대의 왜국 역사는 간략하게 소개한 바 있다.
 고려에서 경대승 장군이 도방을 설치(1179)했을 무렵 왜국도 무사라는 게 나타나 막부(幕府)가 시작된다(1192).
 막부란 원래 우리도 쓰던 말로 이를테면 윤관 장군이 육진을 개척하며 여진족을 다스리기 위한 군정 담당의 현지 사령부 정도의 기구란 의미였는데 왜국에선 그것이 정권이란 의미로 사용되었다는 데 차이가 있다.
 다만 이해되기 힘든 것은 덴노[天皇]와 무사, 곧 사무라이와의 관계이다.
 왕을 덴노라고 한 점에서 묘한 착각을 주는데 11세기 이후 덴노와 또 그 위에 군림하는 쇼코[上皇 또는 法皇]가 나타남으로써 복잡해진다. 쇼코는 말하자면 상왕이다. 그 명칭도 가지각색으로 변화되고 이름도 일부러 위엄을 부여하기 위해 보통 명사와는 다르게 발음되고 형용사 격의 표현까지 덧붙였지만, 이는 무엇보다 인위적 조작이 작용된 증거이다.

이것은 결코 악의로 말하는 게 아니며 《고지키》《니혼쇼키》와 같은 저술을 통해 일본인 자신도 이해 못할 신들의 이름을 창작했다. 그 연장선상에서 덴노의 명칭이나 귀족들의 성명을 서민들과 구별한 것이 왜국 역사의 특징이다.

원래 일본의 덴노란 여러 가지로 종합해서 판단하건대 일종의 제사장(祭司長)이고 그 받드는 종교는 샤머니즘이었다. 이윽고 불교가 전래되면서 그런 무속적 색채가 도태되기는커녕 갖가지로 분식되면서 발전되었다. 그리고 다시 정치 제도로 당나라 율령(律令)이 수입되었다고 하지만, 실제는 별로 달라진 것 같지 않다.

그러므로 그것을 감추려는 이중적 잣대와 무리한 견강부회(牽强附會)가 있어 모호한 역사만이 남았던 것이다.

덴노는 그 성격상 간바쿠를 내세우게 된다. 간바쿠는 바로 섭정(攝政)인데 일본에선 반드시 그렇지가 않고 덴노와의 인척, 곧 외척이었다. 이상하게도 덴노가 있다면 태자가 있게 마련인데 11세기의 왜국 정치는 덴노보다 그 뒤에 있는 쇼코와 간바쿠의 정치사라 해도 좋을 정도이다. 그것도 어떤 권력 다툼이라기보다 간바쿠가 여자를 공물로 쇼코에게 바쳐 권력을 유지한다는 식이었다.

덴노란 현대의 일본인도 신성시하고 있지만, 그것은 앞에서 말한 일종의 착각이 환상(幻想)으로 변질된 거라고 한다면 그들은 노발대발하리라.

그러나 덴노 역시 엄연한 인간이고 신은 아니며 잘못된 허상(虛

像)에 의해 만들어졌다고 생각되지 않을 수 없는 것이다. 그 두드러진 현상이 이 11세기에 나타났다.

헤이안 시대라고 부르는 그 말기부터 덴노와 간바쿠는 권력을 강화하기 위해 근친 결혼 내지 혈족 결혼을 하게 된다. 또 권력자는 그 속성으로 다수의 후비를 거느렸고 많은 이복(異腹) 형제 자매가 태어났으며 혈족 결혼을 위한 정신 박약자 등도 태어났다. 신이라서 이런 정신 박약아는 역사의 어둠 속으로 사라졌지만 실제로 많은 생명이 태어났다가는 곧 말살되었다고 추정된다.

여담이지만, 그런 혈통 순화(純化)가 자손 번식의 전제 아래 양차라는 게 성행되었고 일본에서는 권력자일수록 이런 사고방식이 강했다. 우리는 조상의 제사를 잇는다는 것이 양자 제도의 유일한 목적이었으나, 일본인들은 보다 우수한 씨를 도입한다는 점이 우리와는 다르다. 즉 동족이 아니라도 건강하고 총명하면 양자의 조건이 되며 이것은 데릴사위 형식의 양자였다.

우리의 경우는 어떤 경우라도 성씨까지 바꾸는 일은 없지만, 일본은 남자가 씨를 빌려주는 숫말처럼 여자의 성씨를 계승하며 자기의 혈통은 버리는 것이다.

각설하고 간바쿠란 어째서 덴노에게 필요했는가 하는 문제가 제기된다.

실질적 왕이던 덴노를 둘러싼 신하를 구게(公家)라고 한다. 이것도 한자로 보아 제사장 아래의 보조자였고 덴노와 마찬가지로 세습제였다.

그리하여 덴노나 구게는 재산으로 신의 사당, 곧 신사(神社)에 딸린 전답을 가지고 있었다. 이런 땅을 공천(公田)이라고 했는데 간바쿠는 그런 공전 관리인이 변한 말이라고 생각된다. 이것이 점차로 조정 형태의 것이 생기면서 일반의 서정(庶政)도 담당하게 되었으리라. 사실 알아야 할 것은 11세기의 덴노는 전국적 통치자는 결코 아니었다는 사실이다.

덴노의 세력권은 이른바 교토(京都)를 중심한 기나이(畿內) 지방에 많았고 교토에서 멀리 떨어진 지방은 통치권이 미치지 않고 있었다.

예를 들어 교토의 서쪽이 서국(西國)이고 그 동쪽은 동국(東國)인데 11세기 경 그 동한(東限)은 현재의 후지산(富士山) 기슭이었다. 그 동쪽 내지 북쪽은 미개·야만 지역으로 여겼는데 몇몇의 씨족(부족)이 있었고 이들은 스스로 일군 땅을 가지고 있었다. 이것이 이른바 장원(莊園)인데 장원이란 상전과 그 가족들 아래 다수의 노예들, 곧 농노(農奴)를 거느린 독립된 세력이며 이를 호족이라 부르는 것이다.

동국에 비해 서국은 거의 개척을 끝내고 있었다(서국에 현재의 큐슈 남부와 시고쿠는 포함되지 않음).

또 여담이지만, 일본처럼 신이 많은 나라도 없다. 생식기 신앙이 있는가 하면 여우·고양이도 신이고 뱀도 신이었다.

일본 열도는 남북으로 5천km나 되지만, 그 민족 구성은 처음에 소수의 원주민이 있었고, 이어 대륙에서 주로 한반도를 통해 건너간 초기의 이주자가 있었다. 이것은 삼한 이전부터 있었던 일이고 빙하 시대까지 거슬러올라가면 현재의 대한 해협은 없었으며── 즉 육지가 이어져 있었다── 말이나 소와 같은 가축도 없었다. 말은 삼한 시대에 건너갔다고 추정되고, 소는 아마 19세기 이후라고 생각된다. 최근 일본 열도에서는 공룡의 화석이 북부 지방에서 발견되고 있는데 마소보다 사람의 이주가 빨랐다.

그리하여 대륙으로부터의 이주자〔이것을 도래인이라고 부름〕가 현재의 후쿠오카〔福岡〕가 있는 기타큐슈〔北九州〕나 시모노세키〔下關〕 일대에 건너와서 촌락을 이루며 터전을 잡았는데, 이들은 고유의 신을 가지고 있었으며—— 그것은 천신이었다—— 그것을 중심으로 생활했다. 이윽고 이들은 동진했는데, 그런 때에도 신을 분가(分家)시켜 새로운 고장의 신〔토지신〕과 합사(合祀)하는 것을 잊지 않았다.

이것을 긴죠〔勸請〕라고 하는데, 뜻을 풀이한다면 불씨를 나눠 가듯이 신의 일부를 모셔간다는 의미로 영락없는 양자나 같았다. 이래서 신의 성격도 달라졌고 수도 많아졌다.

대륙계의 도래인과 다른 계통으로 남방계가 있는데—— 이들은 표류자〔떠밀려 온 자〕라 했다—— 그들이 믿는 신의 대표적의 것은 하치만〔八幡〕이었다. 이것은 정체 불명의 신인데 무신(武神)이라 하지만, 사실은 수신(해신)이었다고 추정된다. 그리하여 큐슈 남쪽의 사쓰마〔용맹성으로 알려짐〕, 시고쿠의 도사〔土佐〕족〔해적이 많았다〕, 그리고 기슈〔紀州 : 와카야마·태평양 연안〕 지방〔고래잡이가 생업〕에 정착했는데 그들의 신 하치만은 불교신과 결합되고 혹은 왜구의 신이 되어 그 잔학성을 발휘했다.

간바쿠의 지위는 오랫동안 후지와라〔藤原〕가 독점했는데, 11세기가 되면서 겐지〔源氏〕와 헤이지〔平氏〕가 나타난다. 이것은 처음부터 그런 씨족이 있었던 게 아니고 덴노가 내린 성이다.

그리하여 계도(족보)가 조작되고 덴노의 황자가 그 조상으로 만들어졌다.

이를테면 후지와라 키미자네〔君實〕의 딸 쇼시〔璋子〕는 10세 안팎에 벌써 절세의 미녀로 소문이 자자했다. 그러자 시라카와 쇼코〔白

川上皇)가 탐내어 자기의 수양딸로 달라고 했다.

쇼코는 알기 쉽게 상왕(上王)인데, 아마도 덴노의 지위를 둘러싼 정치 세력간의 타협책으로 어떤 연령에 도달하면 그 자리에서 물러나기로 되어 있었던 모양이다.

그러므로 물러난 쇼코는 출가하고 삭발하며 속세와는 인연을 끊어야 했는데 시라카와는 그렇지가 않았다.

그는 관례를 좇아 양위하기는 했지만 권세욕이 강했으며, 실제로 권력을 유지하여 덴노보다 막강했다. 그런 시라카와는 어느덧 쇼시와 부녀로서 넘어서는 안될 선을 넘었다.

당시 열서너 살이면 여자로서의 구실을 하게 되고 스무서너 살을 최성기로 꼽았다고 한다.

쇼시가 17세 때 임신을 하자, 시라카와는 체통 문제가 있어 간바쿠의 며느리로 떠넘기려 했고, 간바쿠 후지와라 다다자네(忠實)가 이를 사양하자 손자뻘인 도바(鳥羽) 덴노의 비로 하가(下嫁)시켰다. 도바는 이때 15세였는데 조부의 권력 앞에 반항할 수가 없어 울며 겨자먹기로 쇼시를 비로 맞아들였다.

이윽고 쇼시는 황자 아키히토를 낳았는데, 이는 누가 보아도 시라카와 쇼코의 자식이었다.

1123년 도바는 아키히토(슈도쿠)에게 덴노의 자리를 물려주고 쇼코가 되었다. 이때쯤 조부도 죽은 뒤였으므로, 후지와라 나가자네(長實)의 딸 도쿠시(得子)를 총애했다. 1139년 도쿠시가 나리히토를 낳자, 도바는 옛날의 복수를 위해 슈도쿠 덴노를 강제로 퇴위시키고 그 뒷자리에 나리히토(고노에 덴노)를 앉혔다. 슈도쿠도 쇼코가 되기는 했지만 도바가 있으므로 아무런 권력도 없었다.

1150년 도바는 위독 상태에 빠졌다. 그러자 슈도쿠는 급히 달려왔지만 문도 열어주지 않았다. 그리하여 도바는 죽고 고노에는 자리를 황자에게 물려주고〔고시라카와〔後白河〕덴노〕자기는 쇼코가 된다.

이렇게 되자 슈도쿠도 마침내 군사를 일으켜 대항했다. 이것이 '호겐〔保元〕의 난'인데, 이때 무사들은 그 전쟁에 참가했지만 우리네의 상식과는 동떨어진 행동을 한다. 즉 같은 형제라도 적과 아군으로 갈라져 가담하는 양다리 방식이다.

일본의 사가는 이를 설명하여 어느 쪽이 이기든 살아남기 위한 고육책(苦肉策)이고 지혜로운 처신인 것처럼 말하지만, 요컨대 궤변이다. 성씨도 없었던 당시의 사무라이들이 이런 발상(發想)을 했다는 것은 역시 민족의 특성으로 파악된다.

이 전쟁은 고시라카와측이 승리하고 슈도쿠측은 죽음을 당했으며, 무사로서 미나모토노〔源義朝〕요시토모니 다이라노 기요모리〔平淸盛〕니 하는 이름이 나타난다. 노는 한자의 치(之)에 해당되며 성씨에 권위를 부여하기 위해 일부러 만들어진 것이다.

무사라는 집단 역시 애당초 모호한 존재로 학자들의 의견이 갈라진다. 장원에 딸린 농민이 그 시작이라는 설이 유력하지만, 이것도 확실한 것은 아니다.

이를테면 시라카와 쇼코는 또다른 여자로 기온〔祇園〕을 총애했는데 임신하자 부하였던 다이라노 다다모리〔平忠盛〕에게 하사했다. 당시는 이런 일이 많았으며 상전의 자식을 밴 여자를 오히려 감지덕지하고 그 몸에서 난 아이를 귀종(貴種)으로 여기며 자기의 후계자로 삼음은 물론이고 주인으로도 섬겼다.

이것은 후대에 내려갈수록 심해졌고 특히 다이묘〔大名〕라는 무사 집단을 거느린 봉건 영주 가문에서 두드러진 현상으로 발견된다. 이것도 일종의 변형된 양자 제도로 볼 수 있는 것이다.

어쨌든 기온이 낳은 아들이 기요모리였다. 그리하여 그가 헤이지의 동량(棟樑 : 대들보, 곧 우두머리)이 된다.

따라서 당시의 권신은 자기의 딸을 덴노·쇼코의 후궁으로 바치는 일이 성행되었다. 기요모리가 권력을 잡았을 무렵 쇼코는 고시라카와이고 덴노는 다카쿠라(高倉)였다.

1164년 기요모리는 자기의 딸 세이시(盛子 : 9세)를 당시의 간바쿠 후지와라 다다미치(藤原忠通)의 아들 모토자네(基實 : 22세)와 정략 결혼을 시킨다. 보통 민간에선 기요모리와 같은 권신의 딸과 결혼하면 그 아버지는 은퇴하고, 이 경우 모토자네가 간바쿠의 자리를 세습하며 일족의 우두머리가 되는 것이다.

일반의 장사꾼이라도 사위를 맞아 상호(商號)와 재산을 물려주면 장인은 사업에서 손을 떼고 은퇴하는 이치와 같다. 그렇게 함으로써 집(가문)과 성씨를 유지하는 것이다.

이것이 오늘날까지도 계속되는 대부분의 일본인 가족 형성이며 다른 나라에는 없는 차이점이다.

기요모리의 경우는 그 원형(原型)이라고 하겠다. 다만 당시는 여자가 출가하더라도 지금처럼 남편의 성을 따르는 게 아니고 아버지의 성을 따랐다.

기요모리는 딸 세이시를 모토자네와 결혼시킴으로써 출차(出自)가 분명치 않은 또는 미천한 출신의 헤이지를 후지와라와 같은 명문과 혼인한 가문으로 끌어올리는 이익이 있었다. 후지와라는 그들대로 기요모리와 같은 권신과 사돈이 되어 가문의 지위가 보장된다는 이익이 있었다.

그런데 세이시는 그 2년 뒤 모토자네가 죽었으므로 11세로 과부가 된다. 기요모리는 이때 모토자네의 아우로서 그 후계자가 된 모토후사〔基房〕에게 재산(전답) 대부분을 뺏기지 않도록, 모토자네가 다른 여자한테서 난 젖먹이 모토미치〔基通〕를 세이시의 양자로 앉히고 딸은 그 후견인으로 계속 후지와라 가문에 머물러 있도록 했다. 이럴 경우 과부는 여승이 되는 게 원칙인데 아버지의 권력으로 그렇게 하지 않은 셈이다.

1169년 로쿠조라는 덴노가 죽자 기요모리는 자기의 또다른 딸〔권력자는 첩이 많아 딸은 얼마든지 있다〕 도쿠시〔德子:17세〕를 덴노가 된 다카쿠라(11세)의 비로 입궐시킨다.

이것도 양다리 걸치기의 변형으로 헤이지 일문의 영화를 유지하기 위해서이다. 기요모리는 또 자기와 무녀(巫女) 사이에 태어난 딸(18세)을 당시의 실권자 고시라카와 쇼코의 후궁으로 들여보내고 있다. 이렇듯 이중·삼중의 규범을 만드는 게 권력 유지의 방법이었다.

그런데 1178년쯤 다카쿠라는 도쿠시가 아닌 마스시〔滋子〕라는 여자의 몸에서 노리히토 황자를 얻는다. 도쿠시는 아마 딸만 낳고 아직 황자는 낳지 못했던 모양이다. 그러자 기요모리는 이때 23세이던 세이시를 노리히토의 유모로 입궐시킨다. 당시의 귀부인은 임신·출산은 하지만 일체 수유(授乳)는 하지 않았고 대개는 건강한 농부의 아내로 유모를 임명하여 젖을 먹이게 했던 것이다.

유모 또한 그 황자가 장차 덴노라도 되면 권세를 누리게 되는 것인데, 후지와라는 간바쿠의 아내였던 여자가 유모로 입궐함은 가문의 수치라고 반대했지만 기요모리의 결정 앞에선 찍소리도 하지 못했다.

그런데 세이시는 11세로 과부가 된 여자로서 처녀였고 어떻게 유모인가 하는 의심이 제기되는데, 아마 당시의 귀부인은 대개 숨은 애인이 있었던 모양이며 출산하여 아이가 있었다는 증거이다.

그러나 그런 점에 대해선 기록이 없으려니와, 비난도 받지 않았다는 점에서 일본인의 또다른 일면이 발견된다.

복잡하게 얽힌 남녀 관계, 불륜(不倫)은 당시의 귀족들 사이에서는 흔해빠진 일이며 조금도 지탄받지 않았던 것이다. 일본이 세계에 자랑하는 《겐지모노가다리〔源氏物語〕》는 이 무렵에 씌어진 문학인데 거기에는 그런 상류층 여인들의 애정 행각이 묘사되고 있다.

그런데 세이시는 유모가 된 이듬해(1179) 24세란 나이로 죽는다. 그러자 이것을 기다렸다는 듯이 고시라카와 쇼코는 그녀가 가졌던 장원을 몰수한다. 다른 자였다면 쇼코의 이런 행동에 불만을 품는 데 그쳤겠지만, 기요모리는 정변을 일으켜 쇼코를 감금하는 한편 그 일파를 축출한다.

고시라카와는 이런 기요모리에 대항하기 위해 겐지와 손을 잡았고, 1181년 기요모리가 병사하자(향년 64세) 헤이지는 급격히 무너지기 시작했다. 헤이지도 무사이긴 하지만 그 동안의 안일에 젖어 버려 반은 월급이나 타먹는 나약한 부류인데 겐지는 지방의 군소(群少) 장원주들로서 조야하고 야만스런 무사였다.

그리하여 너도 나도 겐지를 자칭하며 당시 이즈〔伊豆〕 지방에 유배되고 있던 미나모토노 요리토모〔源賴朝 : 미나모토노 요시모토의 아들〕의 편을 들었다.

이 무렵 도쿠시도 황자를 낳았고 아직은 헤이지의 세력이 강하여 젖먹이로 덴노(안도쿠)가 되었는데, 겐지에게 연거푸 패하여 멀리 서국으로 쫓겨갔으며 1185년 단노우라〔포구 이름. 현재의 시모노세키~모지 사이〕 해전에서 패배하여 멸망한다. 안도쿠 덴노는 시녀가 안고 바다에 몸을 던져 익사했다.

이리하여 요리토모는 정권을 잡았지만 그는 기요모리와는 다른 타입의 무장이었다. 그는 자기의 본거지 가마쿠라〔鎌倉〕에서 꼼짝도 하지 않은 채 주로 동생 요시스네〔義經〕를 내세워 헤이지와 싸웠는데 각박하고 의심이 많은 성격이었다. 그리하여 헤이지 일족은 비록 뱃속의 아이라도 가차없이 모두 죽였으며 동생마저 의심한다. 동생의 인기가 높아 그를 새암하기도 했다.

이래서 요시스네는 오슈〔奧州 : 현 아오모리현〕 히라이즈미〔平泉 : 현 小松시〕까지 쫓겨갔고 그곳에서 살해된다(1189).

오슈까지 정복한 요리토모에겐 1192년 세이다이쇼군〔征夷大將軍〕이라는 관직이 내려졌는데 이를 줄여 쇼군이라 하는 것이며 최초의 막부가 개설되었다.

가마쿠라에 막부를 둔 것은 그의 성격을 잘 나타내는 것이었고, 이런 지나친 의심으로 결국 20년 남짓의 정권밖에 유지하지 못한다. 즉 요리토모는 1199년에 죽었고(향년 53세), 막부의 실질적 권력은 그의 처가이던 호죠씨〔北條氏〕에게 넘어갔다.

가마쿠라 막부는 약 150년간 지속되지만, 그 실질적 지배자는 처음부터 호죠씨였다. 이 시기에 무사라는 게 비로소 후세의 그것과 비슷해진다. 즉 무사는 상전에게 의지하여 그 생활과 장래〔봉록과 신분의 세습〕를 보장받는 대신 언제라도 주인을 위해 죽을 수 있는 집단으로 발전하기 시작했다.

그리하여 무사와 선종의 관련이 깊어지며, 무사로서의 교양은 주로 좌선과 같은 정신 수양이 강조되었다. 다도가 보급된 것은 13세기 이후로 일본 정토종(淨土宗)의 조(祖) 호넨〔法然, 80세〕이 죽고(1212) 요사이〔榮西〕의 《끽다양생기》(1214)가 저술된 것도 이 무렵의 일이었다.

다음의 인물도 가마쿠라 시대의 고승인데 비교적 일본인의 사상을 아는 데 도움이 된다 생각되므로 상술하겠다.

즉 정토진종(淨土眞宗)의 개조 신란〔親鸞 : 1173~1262〕이다. 우리는 정토종이 제 종파에 들어 있었다고 말했지만 왜국에서는 이것이 불교의 주류가 된다.

염불의 가르침을 중심으로 일본 정토종을 연 것이 호넨〔法然 : 1133~1212〕인데 신란은 호넨의 주장을 계승·발전시켰다.

호넨은 숱한 대승 불전 가운데 《무량수경》《관무량수경》《아미타경》을 선정하여 정토 3부경이라 하고 가르침의 중심에 두었다. 신란은 이런 정토종의 가르침을 심화(深化)시켰던 것인데, 호넨은 《관무량수경》에 중점을 두었다고 한다.

호넨은 신분·남녀의 구별·연령에 관계없이 염불의 실천에 의해 모든 사람이 평등하게 구제된다고 주장했지만, 신란은 이 가르침을 진일보시켜 단지 기계적으로 외는 염불이 아닌 그 근저(根底)가 되는 신심(믿는 마음)이 정토에 왕생하는 인(원인)이 된다고 가르친다.

그런 신앙도 인간의 노력이나 수행과 같은 자력——스스로의 힘으로서가 아닌 아미타불의 작용〔타력(他力)〕이므로, 염불하여 부처가 되는 것은 자연의 과정이라고 주장했다〔타력본원(他力本願)〕.

그리하여 정토진종에선 출가하여 수행하는 도를 주장하지 않고, 가정 생활을 영위하면서 아미타불이 중생에 걸고 있는, 한 사람도 빠짐없이 구제되기 바란다는 소원에 눈뜨며, 염불을 하면서 보은·감사의 하루하루를 사는 것을 가르쳤다.

신란의 주장에 들어가기 전 신라의 의상법사를 존경하고 의상의 애인으로서 용이 되었다는 선묘(善妙) 비구니 그림 두루마리를 그리게 했다는 묘에〔明惠 : 1173~1232〕를 기억하는 독자도 있으리라. 그 묘에 상인(上人)은 《최사륜(摧邪輪)》이라는 저술을 남겼다.

화엄종의 승려인 묘에는 호넨의 주장이 올바른 불교에 어긋난다는 신념을 가졌다. 묘에는 주로 두 가지 점에서 호넨의 정토설을 비판했다.

하나는 호넨의 보리심(菩提心)을 부정했다는 것이다. 보리심이란 깨달음을 구하며 부처가 되겠다고 바라는 마음이다.

호넨은 《관무량수경》을 상세히 검토한 결과 진실된 아미타불의 신앙으로 살 때에는 보리심이 초극(超克)되어야 할 행업(行業) 중에 들어 있을 뿐 아니라 진실된 믿음이란 부처님의 구제에 모든 것을 맡겨 버리는 타력(他力 : 부처의 힘)을 믿어야 한다고 믿었다.

따라서 부처가 되고 싶다는 마음은 자력심(自力心)이므로 부정되어야 한다는 주장을 하기에 이르렀다.

그러나 불교의 일반적 개념, 곧 묘에의 생각으로서 말하면 보리심이야말로 불교에 들어가는 문이고 보리심 없이 불도는 있을 수 없다. 같은 정토종을 믿는 중국이나 고려의 정토종 승려는 모두 보리심을 인정한다. 그렇건만 호넨 혼자서 보리심을 부정하니 잘못이다 하는 비판이었다.

두 번째는 정토종 이외의 온갖 불교는 적(도적)으로 비유한 호넨의 과실이 있다고 비판했다. 정토종의 중국 개조인 선도(善導 : 613 ~681)는 그 저술 《관경소(觀經疏)》에서 이하백도(二河白道)라는 비유를 들었다.

'어떤 나그네가 서쪽으로 길을 재촉했다. 보니까 앞에 북으로는 물의 강이 있고 남으로는 불의 강이 이어져 있는데, 그 사이에 겨우 네댓 치의 흰길이 서쪽으로 이어져 있을 뿐이었다. 더욱이 물이나 불이 그 좁은 길 위로 덮쳐오고 있어 위험했으며 도저히 건널 수가 없었다. 되돌아가려고 하니 뒤에서 많은 도적이며 맹수가 나그네를 죽이려고 몰려오고 있어 돌아갈 수도 없다.
 이것을 인간의 실상(實相 : 실제 모습)으로 비유한다. 그럴 때 그 흰길을 건너가라는 소리(부처님의 가르침)가 들려오므로 용기를 얻은 나그네는 곧장 건너갔으며 무사히 건너편에 이르렀다.'
이 비유 중에서 뒤쫓아오는 도적을 호넨이 성도문(聖道門)으로 비유하는 것은, 똑같은 부처의 깨달음을 구하는 불교인데 큰 잘못이라는 비판이었다.

 신란을 숭배하는 사람들은 그가 보다 인간적이었다는 데 매력을 느끼고 있다. 그의 출생에 대해선 불명인 점이 많아 확실치 않지만 젊었을 적에 당시의 불교 도량인 히에이산(北叡山)에서 수도했다. 가마쿠라 막부가 개설되자 당시 20세이던 신란은 새로운 무인 정권에 기대를 걸었다. 그때까지의 귀족 중심의 퇴폐와 부패된 정치 대신 소박한 시골 무사의 개혁 정치가 기대되었기 때문이다.
 그러나 요리토모가 죽자 무사 정권에 혼란이 생겼고 농촌은 어느덧 수탈의 대상이 되었다. 농촌 출신의 무사가 겨우 10년도 지나기 전에 탄압하는 지배자로 바뀌었다는 것이다.
 그리하여 1207년 신란이 속하는 염불집단은 탄압되고 스승이던 호넨을 비롯한 신란은 추운 북부 지방(에치고 : 니가다켄)에 유배되고 동문 몇 사람은 처형된다.
 당시의 실정은 불명의 부분이 많다.《우지슈이슈(宇治拾遺集)》에 이런 이야기가 실려 있다.

'히에이산에 한 사미승이 있었다. 벚꽃이 한창인데 봄바람이 불면서 꽃이 지는 것을 보자 사미는 하염없이 눈물을 흘리며 울었다. 승려가 그것을 보자 다가가서 물었다.

"왜 우느냐, 벚꽃이 지는 게 아까워서이냐? 벚은 덧없는 꽃이고 곧 지게 된다. 하지만 그것이 세상의 이치이다."

"스승님, 벚꽃이 지는 것은 저로서는 아무렇지도 않습니다. 다만 시골에 있는 아버지가 애써 가꾼 보리꽃이 지게 되면 쭉정이가 많아져, 그것이 걱정될 뿐입니다." '

당시의 농촌은 가난했고 자식들은 연년생으로 주렁주렁 매달리듯 많았다. 그래서 아들이 일고여덟 살만 되면 절로 보내고 식량을 절약하기에 필사적이었다.

그런데 당시의 직업화된 승려로서는 농촌의 배고픔을 몰랐다. 경문이나 읽고 하루하루 보내면 살 수가 있으며 세월이 지나면 관직이 오르듯 지위도 높아져 사미와 같은 시중꾼도 곁에 두며 호강을 한다.

신란은 이런 불교에 의문을 가졌다. 애당초 호넨 등 염불 집단이 탄압된 것은 기존의 불교 교단의 진정에서 비롯되었다. 그들이 공격한 것은 주로 다음과 같은 조목이었다.

①일본엔 이미 8개 종파가 있고 안정되어 있다. 설사 새로운 종파를 세우더라도 조정의 허락을 받아야 하는데 자기들 멋대로 종파를 주장하고 있다.

②일본에선 불교와 신도(神道)가 굳게 결합되고 있다. 그러나 염불 집단은 미타만이 최고이고 만일 신도를 믿으면 마계(魔界)에 떨어진다며 비방하고 있다.

③그들은 바둑・장기로부터 여범(女犯)・육식(肉食)에 이르기까지 조금도 상관없다 하면서 불법의 청정계(淸淨戒)를 경멸한다.

이리하여 탄압된 것인데, 실제 신란에게는 아내가 둘 있었고 자녀도 일곱이나 있었다. 신란의 주저(主著)는《교행신증(敎行信證)》인데 그 중에 이런 구절이 있다.

'말법의 세상에선 승려가 아내를 거느리고 자식을 가짐은 당연하다. 그럼에도 세속의 유력자가 이를 파계로써 꾸짖고 나무란다면, 이는 매우 잘못된 것이고 그릇된 것이다. 그것은 마치 불신(佛身)에서 많은 피를 흘리는 듯한 악역(惡逆)의 짓이다.'

그러니까 여범은 죄악시되지 않고 당당히 주장되고 있는 셈이다. 그리하여 이것이 일본 불교의 특징인 대처승의 근거가 된다.

《교행신증》은 교(敎)・행(行)・신(信)・증(證)・진불토(眞佛土)・화신토(化身土)의 6권으로 되어 있는데, 이미 설명된 것이며 특별한 것은 없다. 다만 증권(證卷)에서 현세의 몸으로 왕생이 정해진 자는 정토에 태어나자 곧 깨달음을 얻어 부처가 되는데, 부처가 되면 즉시 사바 세계로 돌아와 다른 사람을 교화하며 이끈다는 주장이 주목된다. 그것을 환상(還相)이라 하는데, 그것도 아미타 여래의 중생 제도 본원이 그와 같이 해준다는 설명이다.

신란은 또 〈삼첩화찬(三帖和讚)〉이란 것을 지었는데 이것은 〈정토화찬〉〈고승화찬〉〈정상말(正像末)화찬〉의 3첩을 말하며, 여기서 화찬이란 한문이 아닌 일본어로 부처의 덕을 찬양한다는 의미였다. 이런 것이 종래의 불교에서 탈피하여 민중 속으로 파고든 원동력이 되었다.

그리고 그가 썼다는 편지가 22통 있고《말등초(末燈鈔)》라는 1권본으로 전하는데, 이 역시 일본어로 평이하게 교리를 설명하고 있어 정토진종 보급에 도움을 주었다고 여겨진다.

〈제 3 통〉
 정토에 태어난다고 정해진 사람은 미륵과 같은 자리이므로 여래와 동등하다 하는 것입니다. 정토의 참된 신심을 얻은 사람은 그 몸이야 천하고 더러움과 사악으로 범벅이 된 몸이더라도, 마음은 이미 여래와 같으므로, 여래와 같은 일도 있는 것이라고 알아주십시오.

〈제 7 통〉
 타력(他力)이란 꾀함이 없음을 본의(本義)로 한다는 것입니다. 꾀함(義 : 옳음의 의미)이란 사람들 저마다가 약삭빠른 꾀를 부리는 것으로서, 이를 의(義)라고 하는 것입니다. 여래의 서언(誓言)은 마음도 언어도 미치지 못하는 것이므로, 부처님이어야 부처님 마음을 헤아릴 수 있는 것이며 어리석은 인간으로선 헤아려도 도달하지 못합니다.…… 그러므로 여래의 서언에 있어선 꾀함이 없는 일이 본의이다, 하며 큰스승 호넨 성인은 말씀하셨습니다.

 이상 두 통의 편지로 알 수 있듯이 범인이 쉽게 접근할 수 있는 길이 마련되어 있었다고 하겠다. 그러나 그렇게 간단하지는 않다.
 에신〔惠信〕은 신란의 아내(여승)인데 그녀가 쓴 편지도 남겨져 있다.

〈제11통〉

아아, 이 세상에 살아 있는 동안에 다시 한 번 당신을 뵙기도 하고 또 당신에게 보일 수도 있을까요? 이 몸은 극락에라도 곧 갈 수가 있겠지요. 극락에선 어떠한 일도 밝게 보실 수가 있으므로 반드시 염불을 외우셔 극락에 가시고 만나게 해주십시오.

신란은 90세로 1262년에 그야말로 왕생했지만, 현재까지도 일본에서 널리 교양서로 읽히는 《탄니쇼〔歎異抄〕》는 신란의 제자 유엔〔唯圓〕이 지은 것(1권)이라고 한다. 그 일부분을 초역하면 다음과 같다.

〈제 2 장〉

신란에 있어선 다만 염불하면 미타의 도움이 있을 거라는 것이며, 좋은 사람의 가르침을 만들고서 믿는 길 이외에는 다른 연유도 없었다.——비록 호넨 성인에게 속고 염불하여 지옥에 떨어진다 하더라도 후회하는 일은 없으리라고 믿는 일이다.

어떠한 행(行 : 곧 염불. 칭명이며 믿는 것)도 미치지 못할 이 몸이고 보면, 지옥이라도 일정의 주처(住處)는 될망정 못할 것도 없느니라.

단순하여 평이하지만, 그렇다고 쉽게는 실천하지 못한다는 의미였다. 신심이 없이는 이해 못하는 경지였다.

다시 교빙으로 돌아가서, 고려 문종 10년(1056)에 그 동안 끊겼던 왜국과의 왕래가 시작된다. 그리고 동 27년(1073)에 왜인 왕칙

(王則) 등 42명이 또 와서 나전・안장・도경(刀鏡)을 바친다. 이키〔臺岐〕 섬의 구당관(勾當官)도 사람을 보내어 방물(토산물)을 바쳤는데 바닷길로 서울에 이르는 길을 상례화하자는 요청이 있어 이를 허용한다. 부기로써 이로부터 왜인이 오기 시작했는데 끊기지를 않았다고 한다.

동 33년 왜의 사쓰마에서 사자를 보내어 공물을 바쳤고 동 36년엔 대마도 역시 공물을 바쳤다.

선종 2년(1085)에 대마도는 감귤을 바쳤는데 이로부터 진기한 구슬・수은・보도(寶刀)・마소 따위를 바쳤고 연락 부절이었다고 기록된다. 즉 이들 지방 정권은 독립되어 있고 마소와 같은 왜국 본토에는 없는 공물을 바치고 있는 것이다.

껑충 뛰어 고종 14년(1227)의 기사——.

'왜의 원뢰조(源賴朝)가 용병(用兵)한 이후부터 국내가 다난해서 해구(해적)가 멋대로 횡행하며 우리의 연해를 늘 침입・노략질하므로 왜구 침략에 대한 조정의 근심이 있었는데, 또한 이에 이르러 해적배로 변경을 침범한 죄를 사과해 오고 글로써 수호와 교역을 청하기도 했으므로 마침내 박인제(朴寅齎)를 보내어 역대에 걸친 화호(和好:선린)로 타이르고 침입하지 않겠다는 약속을 받았다.

이듬해 도적의 괴수가 주살됨을 확인하고 인제는 드디어 화친을 맺고 돌아왔는데, 이로부터 침략이 조금 뜸해졌다.'

위의 기사로 보아 왜구는 겐지와 헤이지의 싸움이 벌어진 이후에 발생되었음을 알 수가 있다.

왜국의 역사를 보면 안도쿠가 바다에서 익사한 뒤 덴노의 자리도 공간이 있었던 듯 기술이 모호한데, 고시라카와가 다시 나서서 다카쿠라의 제4남을 덴노의 자리에 앉힌다(고도바). 이윽고 고시라카와도 죽는데(1192년, 향년 66세) 이 무렵에 카마쿠라 막부가 성립되므로 덴노의 지위도 상대적으로 약해졌다.

다시 요리토모가 죽자(1199) 그 아내 호죠 마사코〔北條政子〕가 정권을 잡았지만 이 때문에 겐지와의 사이에 알력이 있었던 모양이다. 그러므로 미나모토노 사네토모〔源實朝〕가 쇼군이 되는데 (1203) 그 사이 4년의 공백기가 있으며 이때의 일이 또한 모호하다. 알기 쉽게 막부의 기능은 가마쿠라 주변에서 작용될 뿐 전국은 무정부 상태였다고 추정된다.

사네토모도 쇼군의 권위를 제대로 행사한 것 같지 않다. 덴노 또한 이 무렵 고도바〔後鳥羽〕는 쇼코가 되고 쓰치미카도〔土御門〕가 계승하고 있지만, 애당초 병권은 없으므로 각지에서 도둑떼가 횡행하고 그런 여파가 고려까지 미쳤던 셈이다.

사네토모는 곧 축출되고(1205) 호죠 요시도키〔北條義時 : 마사코의 친정동생〕가 집권이 된다. 호죠씨는 원래 토호이고 지방의 장원주라서 무사들이 대두한 것은, 실제로 이들 때부터였다. 이들은 몇 가지 변화를 가져왔다.

이를테면 종래의 분할 상속제를 없애고 장자 상속제를 실시했다. 즉 과거에는 첫자녀가 딸일 경우 사위를 들여 가문을 상속케 하고 이하 차례로 동생들에게 재산을 나눠주었는데 장남에게 거의 모든 재산을 상속시키는 제도였다. 이 때문에 여자는 상속권이 없어졌고 그 지위는 전락했으며 주부는 아이나 출산하고 묵묵히 일 하는 게 미덕으로 여겨졌다.

호죠 요시도키는 1224년에, 마사코는 1225년에 각각 죽는다. 이 남매는 콤비로 정권을 유지했고 막부 체제도 흔들림이 없게 다졌으며, 그 후계자인 야스도키〔泰時〕가 고려에 수호와 교역의 사신을 보낸 것도 그런 배경이 있었기 때문이라고 이해된다.

왜국에 대한 완당의 관심은 《완당전집》 곳곳에서 발견된다. 그리고 관심을 보인 목적도 명시된다.

'일본 문자의 시작은 백제의 왕인으로부터 일어난 것이고 그 나라의 글은 그 나라의 일컫는 바에 의하면 기비씨〔黃備氏〕가 제정했다고 한다. 그때는 중국과 통하지 못하고 무릇 중국에 관계되는 서적은 모두 우리나라에서 취한 것이며, 지금 아시카가 학소(학문소임)에 있는 옛 경적은 바로 당나라 이전의 옛 자취이다. 일찍이 《상서(서경)》를 번각한 것을 얻어 본 일이 있지만, 제·양(남조)의 금석과 더불어 글자체가 서로 동일하며 또 신라 진흥왕비의 글자와도 같으니 이는 필연코 왕인 때 얻어 가져간 것으로 지금에 이르기까지 천여 년이 지나도록 탈없이 소장된 것이니 이는 참으로 천하에 없는 일이다. 더구나 황간(皇侃)의 《논어의소》며 소길(蕭吉)의 《오행대의》 같은 것은 중국에서도 이미 없어진 것인데 그쪽에 아직껏 있다니 어찌 이상타 하지 않으리요.

조감(晁監)·주연(奝然:둘다 카마쿠라 시대의 승려명)은 지금 고증할 수가 없지만 삼서경(三西京)과 동도(東都:에도를 말함) 사이의 글이라 일컫는 것은 협소하고 잘못으로 치우쳐져 있을 뿐 아니라 그 언어를 좇아 곧바로 나아가고(직역이란 의미) 문세(文勢)에 있어서도 꺾임이나 변화 또는 높낮이·토납(吐納:호흡)의 의(義)마저 없다. 이를테면 무림전(武林傳)에 이르러선 구독(句讀:구절로 끊어서 읽는 것)조차 없는 것이다.

그리하여 백여 년 이래로 등수(藤樹, 中江藤樹:1608~1648)·

물부(物部)의 학문이 크게 성행했지만, 시문에 있어선 오로지 창명(滄溟)을 숭상하여 여전히 속체(俗體)로 흘렀으며 옛날에 물든 것은 이미 고질이 되어 버려 갑작스럽게 혁파할 수가 없었다.

지금 동도의 사람으로 조사본렴(篠四本廉)의 문자 세 편을 보면 고루하고 치우쳐 있던 것을 말끔히 씻어버려 문사에 활기가 넘치고 창명의 문격(文格)도 쓰지 않고 있어 비록 중국의 작자로도 이에 더할 것이 없었다.

아, 장기(長崎 : 나가사키)의 선박이 날로 중국과 더불어 호흡하고 사동(絲銅 : 생사와 구리)을 서로 주문하며 무역함은 오히려 두 번째로 밀려났고 천하의 서적을 산과 바다로 실어가지 않는 게 없다. 옛날에는 우리한테 취해야만 했는데 마침내 우리보다도 먼저 보는 것도 있으니 조사본렴이 아무리 글을 잘 아니하고자 해도 안되게 되었다. 이 한 가지 일만 봐도 천하의 대세를 알 수 있거니와 그 사람들이 사동이나 서적말고도 중국에서 얻어가는 게 또 있다는 사실을 어찌 알리요, 아!'

내용으로 보아 이 글은 나중에 씌어진 것이겠는데, 완당은 왜국에 대해 관심을 가진 것이 분명했고 신미년에 바빴던 이유도 통신사로 가는 사람에게 부탁할 일이 있었기 때문이다.

도학으로서의 주자학

 범중엄(范仲淹 : 989~1051)은 소주의 명문 출신으로 어려서 아버지를 여의고 홀어머니 아래서 엄격한 훈육을 받으며 가난이란 역경 속에서 공부했다. 당시에는 서원이라는 게 아직 없었기에 희문(希文 : 범중엄의 자)은 절에서 면학했다. 송학과 불교의 관계는 이런 데서도 설명된다.
 범희문은 이윽고 호원(胡瑗 : 자는 익지)을 소주의 교수로 초빙하여 향리의 자제들을 가르치게 했는데 이는 자기의 가난했던 시절을 돌이켜 의장(義莊)을 설립하고 장학금을 지급한 데서 비롯된다.
 장학금이라고 해서 현금은 아니며 토지를 기부하여, 학생들은 밭을 갈면서 그 수확으로 의장을 유지했다.
 범중엄은 유학자일 뿐 아니라 뛰어난 정치가로서 치적을 남겼다. 그는 특히 조정의 고관이나 지방의 호족이 그 자손을 관리로 천거하는 제도를 혁파하고, 실용적이 아닌 진사 시험을 개혁했으며, 지방에 학교를 세워 인재 양성에 힘썼다.
 그것도 학문·지식보다 평소의 소행을 중시했다.
 '천하의 근심에 앞서 근심하고, 천하의 즐거움에 뒤져 즐긴다.'라는 말은 범중엄의 유명한 명언이다.

1033년, 태후가 죽자 송인종(宋仁宗)은 비로소 친정(親政)을 시작했는데 경우(景佑)라고 개원했다. 그는 장미인(張美人)이란 여자를 총애하면서 곽황후를 폐하려고 했다. 이때 범중엄은,
"황후는 국모로서 가벼이 폐할 수는 없습니다."
라며 반대했고 구양수와 한기도 이에 동조했다.

송인종은 격노하여 범중엄과 구양수를 지방으로 좌천시켰다. 중엄은 일찍이 백관도(百官圖)라는 것을 만들어 파당의 정실 인사를 폭로한 적이 있었는데, 이때를 기회삼아 소인들이,
"범중엄이야말로 조정에서 파당을 일삼는 자이다."
라며 공격했다.

그러자 구양수는 〈붕당론〉이라는 것을 지어 이를 반박한다. 그 대요는 다음과 같다.
'군자(君子)는 뜻을 같이 하는 자가 붕(朋 : 벗)이 되는 것이며, 소인은 이익을 함께 하는 자가 도(徒 : 무리)가 되는 것이다.
  이런 무리는 이익이 있다면 서로 싸우고, 이익이 없다면 흩어진다. 폐하께선 벗의 당(붕당)과 무리의 당(도당)을 구별하셔야 합니다.'
결국 당파 싸움인데 이런 자부심은 있었던 셈이다.

주돈이는 많이 알려졌지만, 호익지(胡翼之)에 대해선 비교적 생소한데, 옛사람은 주염계와 호안정(胡安定)을 병칭했다.
익지는 태주(泰州 : 양주의 속현) 사람인데 7세에 글을 지었고 열셋에 오경을 통했으며, 이로부터 스스로 자신은 성현 못지않다며 자부했다.
집이 가난하여 스스로 학비를 댈 수 없어 태산(泰山)에 갔는데

거기서 태산 손복(孫復 : 자는 명복)을 만나 함께 수학한다. 그리하여 10년을 배웠는데 마침내 경학으로서 오중(吳中)에서 가르쳤고, 다시 범중엄의 초빙을 받아 소주로 갔던 것이며, 정이천도 나중에 그에게 배운다.

그는 독특한 방법으로 가르쳤는데, 그것은 솔선하여 모범을 보이는 일이었다. 주염계보다 조금 연장이었던 모양인데 편지로 친교가 있었다.

송인종의 경력(慶曆) 연간(1041~1048)에 태학을 부흥시켰는데 호주(湖州)에 조서를 내려 그의 법을 취하여 학칙을 삼았다. 그 뒤 부름을 받아 국자감의 직강(直講)이 되는데 선비들이 운집하여 학사(學舍)가 넘칠 정도였다. 정이가 배운 것은 이때의 일로 국자감의 직으로 그를 천거했다. 정이천은 호원에 대해 이렇게 평했다.

"무릇 안정 선생을 좇아 배우는 자는 그 순후(淳厚)하고 화이(和易)한 기풍에 감화되지 않는 자가 없었다."

주돈이(周敦頤 : 1017~1073)는 초명이 돈실(敦實)인데 영종의 휘를 꺼려 돈이라 했던 것이다. 자는 무숙(茂叔), 호는 염계이고 도주(道州 : 호북성 남영주) 사람이다.

어려서 부모를 잃고 15세에 개봉으로 갔으며 정향(鄭珦)이란 사람의 사위가 된다. 나이 스물에 장인의 천거로 장작감 주부가 되었는데 3년 후 홍주 분녕(分寧 : 현 강서 남창)의 주부로 전임된다. 이어 나이 27세로 남안군 사리참군(南安軍 司理參軍 : 군은 송대의 행정구역명이고 이민족을 통치하기 위한 기구인 듯)이 된다.

이때 정향(程珦)을 알게 되고 그의 두 아들인 정호·정이 형제의 교육을 위탁받는다.

당시 주자(周子)는 30세이고 정명도는 15세, 정이천은 14세였다. 정명도의 말로,

"옛날에 학문을 주무숙에게서 받았다. 늘 중니와 안자가 즐기는 바가 무엇이냐 하시며 물으셨다."

고 회고했으며, 선생을 뵙고서부터 사관의 뜻을 버리고 음풍농월(吟風弄月)로 일생을 마칠 것을 결심한다.

주무숙은 너무도 유명한 《태극도설》《통서(通書)》, 기타 문집이 있는데 주희가 이를 편집하여 《주자전서》 7권을 만들었다.

《태극도설》은 곧 태극도의 설명이고, 태극도는 주자(周子)의 우주론을 도시(圖示)한 것이다.

즉, 無極而太極 太極動而生陽. 動極而靜 靜而生陰(무극이 곧 태극이고, 태극이 움직여 양이 생긴다. 움직임이 극에 이르면 조용해지고 조용해지면 음이 생긴다)이며, 그림 위로부터 설명을 하고 전반에선 우주론, 후반에선 도덕론을 풀이했다.

즉 우주론에서, 앞에서 계속하여 조용함이 극에 이르면 또 움직이고, 이렇듯 일동일정(一動一靜)하여 서로 그 근원이 되어 음과 양으로 갈라지고 양의(兩儀)가 성립된다. 양변음합(陽變陰合)하여 목・화・토・금・수의 오행이 생기고 다섯의 기가 순환하여 사철이 생긴다. 오행은 하나의 음양이고 음양은 하나의 태극이며, 태극은 본디 무극이다.

대체로 이것은 《역경》의 '태극이 양의를 낳고 양의는 사상(四象)을 낳는다'는 말과 오행설을 합친 것으로 종래의 유가설과 다를 게 없었다.

그렇지만 그 벽두에서 '무극이태극'이라 하고 그 중간에서 '태극본무극'이라 한 점은 종래의 유가로선 없는 말이었다.

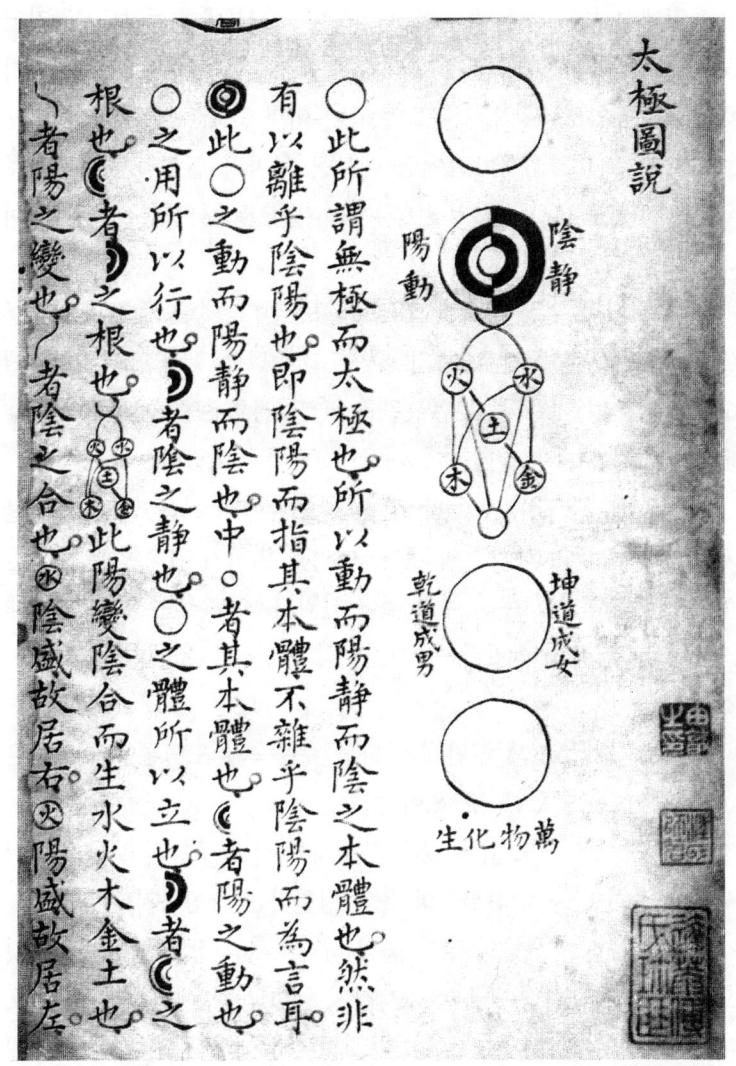

태극도설(太極圖說) 만물의 생성을 나타낸 그림과 그 해설인 '설(說)'로 이루어진 것으로서 송학(宋學)의 우주론·존재론의 원점이라고도 할 수 있는 것이다. 그림은 청나라 가경(嘉慶) 23년(1818)에 만들어진 것을 사진으로 찍은 것이다.

유가에선 무극이란 말을 쓰지 않는다. 유서(儒書)를 보면 극자엔 모두 유자가 붙는다. 《역경》〈계사전〉에서 '역유태극(易有太極)'이라 했고 홍범도 '황도유극(皇道有極)'이라고 했다.

그런데 노장(老莊)의 글에선 대부분 무자가 붙는다. '복귀우무극(復歸于無極)'(《노자》)·'유무극지야(遊無極之野)'(《장자》) 등이 그런 예이다.

또 무극이란 말은 불서에서도 늘 사용된다. 승조(僧肇)의 〈조론(肇論)〉에서, '妙契之致 本乎冥一. 物我以命 歸于無極'이라 했고, 징관(澄觀)대사의 〈보현행원품소(普賢行願品疏)〉에서도, '靈鑒虛極 保合太和'라고 했는데 허극이 곧 무극이었다.

따라서 《태극도설》 벽두의 일구인 '무극이태극'은 도가 내지 불가의 영향을 받았음을 알게 된다. 이것을 밝히기 위해 많은 학자들이 연구했는데 예로부터 여러 설이 있었다. 여기서는 다만 도가 내지 불가의 영향을 받았다는 게 일반적 통설임을 소개하는 데 그치겠다.

다음은 《태극도설》 후반에 나타난 주무숙의 도덕론인데 이것은 《통서》(역총론)를 참고로 해야 한다.

원래 《통서》와 《도설》은 많은 부분에서 서로 부합되고 두 저술이 서로 보충하며 주자학(周子學)을 설명한다는 느낌마저 든다. 이를테면 《도설》에서 사람이 만물 중의 하나로서 가장 수령(秀靈)한 것으로 규정되고 허령(虛靈)은 그 신지(神知) 유무에 달렸다고 했으며, 다시 사람의 행위는 오성(五性)의 감동에 의해 생기는 것인데 선악의 구분이 있음을 주장했다. 여기서 말하는 성(性)은 《도설》 중 이를 설명하는 부분이 없는데 《통서》 제7에서 성이란 강유선악(剛柔善惡)의 중뿐이라고 했으며, 그 강유선악이란,

①강선 : 의(義)·도(道)·단(斷)·엄의(嚴毅)·재간
②강악 : 사나움·소견이 좁음·고집·굳셈
③유선 : 인자함·온순함·사양함
④유악 : 나약함·결단력이 없음·아둔함

의 넷으로 그 착함도 최고는 아니고 단지 중(中)만이 달도(達道)라 할 수 있으며, 중이란 화애롭고 절도가 있는 것이다. 그러므로 성인이 가르침을 세우게 되면, 사람으로 하여금 스스로 변역시켜 그 중에 이르게 할 뿐이라고 한다.

주돈이를 따른다면 성이란 곧 강유선악의 중도로서 나타날 수 있는 잠재력이었다. 그러므로 그의 성설(性說)은 성선설도 아니고 성악설도 아니며, 사람에겐 선으로 향할 성도 있지만 악으로 향하는 성도 있을 수 있다는 말이 된다.

성인의 가르침은 악을 버리고 선으로 나아가게 하는 데 있다. 그리하여 달도란 오직 중뿐이며《도설》과《통서》에서 말하는 중정(中正)이 또한 이것이다.

중이란 양끝의 중앙이고 정(正)은 사(邪)의 반대말이다. 따라서 중정은 인도(人道 : 사람의 도리)를 추상적으로 가리킨 말이고, 인의(仁義) 두 가지는 이를 구체적으로 제시한 것이었다.

이를 다시 부연한다면 인간 도덕은 중정인의의 넉 자로서, 이를 실천하는 극점은 정(靜)에 있다고 그는 설명한다.

《통서》에 의하면 인은 만물을 낳는 힘이고, 의는 만물을 이루게 하는 활동인데 우주 현상을 태극의 생성이라고 본 주무숙은 사람의 도덕 인의 역시 생성의 작용 그 자체라고 해석한 것이다.

그리하여 생성 작용은 만물 모두가 각각 올바른 바를 얻고서 조화하는 데 있으므로 그는 또한 중정 두 글자를 인의 위에 씌웠던

것이다. 《통서》에서 '중은 화'라고 했으므로 중이란 곧 조화라는 뜻이었다. 그리고 이 중정 두 글자 역시 《역전(易傳)》에서 자주 반복되는 글자이며, 만물 모두가 각각 정위(正位)에 있고 중효(中爻)를 귀하게 여긴다는 역사상(易思想)에서 비롯된 것인데 동시에 중용의,

'중인 것은 천하의 대본이고 화는 천하의 달도이며, 중화(中和)에 이르게 하여 천지가 자리잡으며 만물이 키워진다.'

는 사상에도 관련된다.

요컨대 주무숙은 우주의 생성 조화의 이치를 좇는 일이 곧 인간 도덕이라고 믿었다. 그리하여 이런 인간 도덕을 깨는 원인은 모두 욕심에 있으므로, 《도설》에서 '정(靜)을 주로 하여 인극(人極)을 세운다'고 했던 것이다.

정(조용함)을 주로 한다는 것은 욕망에서 떠난다는 뜻이다. 그러나 욕망을 떠난다고 해서 불교처럼 고목·식은 재처럼 되라는 뜻은 아니다. 욕망으로 어두워져 자연의 생성 조화를 깨지 말라는 의미이며, 적극적으로 말하면 스스로를 속이지 말고 성(誠)이 되라는 뜻이었다.

그러므로 《통서》에서 '誠이 무위'라고 했으며 또는 '誠은 오상의 근본이고 백 가지 행동의 근원'이라고 했던 것이다.

무위란 곧 靜이고 靜과 誠의 같은 마음가짐을 양면에서 가리킨 말이라고 해석된다. 그리하여 이런 성(지성)을 강조하는 것도 《역전》과 《중용》에서 얻은 사상이었다. 요컨대 주무숙의 우주론과 도덕설은 《역경》과 《중용》을 깊이 되씹고 성찰하여 깨닫게 된 바를 발표한 것이며, 이 점으로 말하면 범중엄의 사상을 인용하고 더욱 깊이 들어간 학문이라고 하겠다. 그리하여 우주 현상과 인간 도덕

을 다만 하나의 생성 조화라는 원리로 일관시켰다는 점에서 송학(宋學)의 장점을 가진 것이다.

다른 말로 표현한다면, 주돈이 일파의 학문을 도학(道學)이라 하는 것이며《송사》의〈도학전〉[《사기》《한서》등은〈유림전〉이 있을 뿐이고 유학을 제자백가의 한 유파로 분류하는 데 그치고 있지만,《송사》에 이르러 비로소〈유림전〉외에〈도학전〉이 따로 설치되었다. 이것은 한에 이르러 유학이 거의 국교의 형태가 되고 유가의 가르침이 국가의 교권인 지위를 차지했다는 의미이기도 하다]에 그 대요가 설명되고 있다.

'도학은 공자·맹자·증자·자사(子思)의 학문을 부흥시킨 것으로서, 그 특징은《대학》《중용》《논어》《맹자》의 4서를 표준삼아 선성 부전(不傳)의 대의를 발휘하여 유일한 천리(天理)가 나눠져 만인의 성(性)으로 나타난 것이다. 다시 말해서 인성(人性)은 각자가 다르고 같지가 않은 것 같지만, 애당초 하나인 이치에서 비롯되었다는 일원(一元)의 철학에 근거하며 격물치지(格物致知)의 방법에 의해 성신명선(誠身明善)으로 천리를 완성해야 한다는 주장이었다.'

그리고 그런 공맹 부전의 대의[미언(微言)이라고 한다]를 처음으로 주장한 것은 당의 한유(韓愈)이고 천리·인성 문제에 잠심(潛心)한 것은 이호(李翺)가 처음이며《대학》《중용》을 중시한 것이 한유·이호 등 두 사람으로부터 비롯되었다.

도학의 대표적 인물 주돈이·장재(張載)·이정(二程 : 程顥와 程頤)·주자(朱子)는 유(儒)로서 자임하고 있지만, 그 학설은 종래의 유림설과는 크게 다르다.

그런데〈도학전〉은 주돈이·장재로부터 도학이 일어나고 이정에 의해 계승되며 주자에 의해 대성되었다는 게 그 취지였다. 그리하여 이른바 도통(道統)이 나열되고 있는데 요·순·우·탕·주문왕·주무왕·주공(周公)의 이상(理想)이 공자에 의해 천명되고, 공자의 정신은 증자·자사를 거쳐 맹자에게 계승된 것이며, 맹자 이후 그 정통은 끊어졌다.

그래서《예기》속에서《대학》과《중용》을 꺼내고 이것을《논어》《맹자》와 동렬(同列)에 두며, 이것에 의해 공자·증자·자사·맹자의 학문을 명확히 하려 한 것이며, 천 수백 년간 끊겨왔던 절학(絶學)을 다시 일으켰기 때문에 도통을 잇는다는 의미로 '도학'이라 했던 것이다.

이상이 유교의 정통이 되고 우리나라도 이를 좇았음은 여기서 말할 필요도 없다.

이미 장재와 정호에 대해서는 소개했으므로 생략하겠다. 정이천·정이는 형인 정명도와 더불어 맹자의 학문을 계승한다고 자부했었다.

그리하여 주자는 이정의 학설을 구별하지는 않았지만, 역시 미묘한 차이는 있는 것이고 주희도 두 사람의 성격을 비평했었다.

"명도는 덕성이 너그럽고 넓고도 확 트여 있다. 이천은 기질이 강직한 것이 반듯하고 문리(文理 : 학문 이치)가 세밀하다. 그 도는 같다 하더라도 덕을 이루는 데는 다르다."

그러니까 학문 목표는 같지만 방법론이 달랐다는 의미이다. 이천의 학문을 문리 밀찰(文理密察)이라고 표현했는데 이는 좀더 부연한다면 보다 세밀히 관찰했다는 뜻이며, 명도의 덕성 관대(德性寬大)는 인격적으로 높다는 것이겠으나 추상적인 표현이다. 그러나 이것이 이정(二程)의 성격을 그대로 나타내고 있었다.

언젠가 명도·이천 형제가 절간을 방문하고 법당에 들어갔는데 명도는 우측에 앉았으며 이천은 좌측에 앉았다. 그러자 따라온 사대부들이 모두 명도 곁에 가서 앉았다. 깐깐한 기질인 이천보다 너그러운 명도를 따랐다는 말이 된다.
 이천은 이때 자기 제자를 돌아보며 말했다.
 "이것이 형님만 못한 점이다."
 명도 역시 제자에게 이런 말을 했다.
 "뒷날 사도(師道)의 존엄을 세우는 것은 내 아우이리라. 하지만 후학(後學)을 이끌어 기(기회)에 임하여 학문을 성취시키는 데는 나도 아우에 못지않으리라."
 아무튼 명도는 《역경》을 학설의 바탕으로 삼았는데, 이천 역시 같았다. 이천의 《역전(易傳 : 전은 주석이나 같다)》은 평생의 심혈을 기울인 것인데 거의 완성된 뒤에도 좀처럼 남에게 보여주지 않았다. 고증에 고증을 가하고 만전을 기한 성격의 일단(一端)이다.
 이천은 그런 《역전》에서 이렇게 설명했다.
 '천이나 제나 귀신이나 모두 '도'의 다른 이름으로, 다만 그 보는 바를 달리할 뿐이다.(夫天專言之則道也……分而言之 則以形體謂之天 以主宰謂之帝 以功用謂之鬼神 以妙用謂之神 以性情謂之乾)'
 보통의 서민은 막연히 '하늘'이라 하지만 형체 있는 게 천(天)이고, 주인으로 다스리는 게 제이고, 어떤 효능을 나타내는 게 귀신이고, 영묘한 작용을 하는 게 정신이고, 인간의 성정을 건이라고 한다…… 그리고 이런 것은 천에 포괄된다는 해석이다. 한자의 발전·분화(分化)를 연상케도 하지만 인지가 발달하면서 이런 다양한 표현이 생긴 것이다.
 이천은 계속한다.

'음양을 떠나서는 도도 없다. 음양이 있는 까닭이 곧 도이다. 음양이란 기(氣)이다. 기는 곧 형이하(形而下)이고 도는 곧 형이상(形而上)이며 형이상은 조용함〔密〕이다.'

형이상이란 직역하면, 형체의 위에 있는 것일 뿐이다. 아마도 서양의 철학(필로소피)이라는 말이 들어왔을 때, 그것을 일본인이 번역하면서 형이상학(철학)이라는 말을 썼던 것 같다. 그리하여 형이상이니 형이하니 하는 말이 한때 유행되고 지금도 쓰이고 있다. 그러나 이런 조어가 본래의 뜻과는 동떨어진 것임을 알 수 있다.

이천은 다만 도를 형체보다 위에 있는 것이라 했고, 형체보다 아래에 있는 것을 음양 이기로 해석했을 뿐이다. 형이상을 철학이라 생각한 것은 위에 있다고 하니까 초월된 것으로 여기고 형이하는 엉뚱하게도 감각되는 것을 말한다고 해석했다.

어쨌든 이천은 도를 체(體:근본)라고 했으며 음양의 작용을 상(象) 또는 사(事)라고 정의했다.

참고로 밀(密)이라는 한자는 촘촘하다·비밀스럽다·조용하다는 뜻이 있고 조용함이란 한자로 정(靜)이다. 어쩌면 이천은 기로서 세밀한 것·진한 것·알맹이가 있는 것을 '밀'이라고 했는지도 모른다. 그리하여 이천은,

'지현(至顯:드러난 것의 극치)한 것으로선 사(事:사물의 사, 어떤 현상)만한 게 없고 지미(至微:아주 미세한 것, 정밀한 것임)한 것으로선 이(理)만한 게 없다. 그리하여 사리일체(事理一體)·현미일원(顯微一源)이다.'

또,

'지미한 것이 이(理)이고 지저(至著:매우 두드러진 것)인 게 상(象)이다. 체와 용(用:작용)은 일원이고 현과 미는 무간(無間:

차이가 없음)이다.'
라고 말한다. 결국인즉 근원은 하나라는 뜻이다.

다시 말해서 이천은 현상을 사상(事象)으로 보았고 본체를 이 또는 도라고 했던 것이며, 음양의 소장을 이라고 본 명도의 설과는 조금 다르다. 명도는 이와 기의 설명이 분명하지 않았으나, 이천은 이를 본체로 규정하고 이기의 효험(사상)을 용(작용)이라고 했던 것이다.

이것은 이사이원론(理事二元論) 같지만 체용일원(體用一源)·사리일치(事理一致)라고 한 점으로 보아 역시 일원론이다. 율곡 이이의 사단칠정설(四端七情說)이나 이기이원론(理氣二元論)은 이런 이천의 사상을 더욱 세밀화한 것이라고 이해된다.

그렇다면 여기서 발전된 이천의 성설(性說)은 어떤 것인가?
'이(理)로부터 말하면 이를 천이라 하고, 품수(稟受 : 기를 우주에서 받는다는 것)로 말하면 이를 성(본성)이라 하며 사람에게 있는 것으로 말하면 심(心)이라 한다.'
또,
'하늘에 있다면 명(命)이고, 의(義)에 있다면 이(理)이고, 사람에게 있다면 성(性)이며, 몸의 주인됨을 심(心)이라 하는데, 실은 하나이다.'
이천은 여기서 나아가 본연의 성과 기질의 성을 구별했다.

즉 '성(性)자는 일률적으로 논할 수는 없다. 생(生)을 성(性)이라고 함은 다만 품수(稟受)하는 것을 훈고한 데 불과하다. 천명을 성(性)이라고 함은 성리(性理 : 본성의 이치)를 말한 것이다.…… 인성(人性)을 선(善)이라고 함은 성(性)의 근본이다. 생(生)을 성(性)이라고 함은 그 받음(기를 받음)을 논한 것이다.…… 성(性)은 서로 가깝고 습(習)은 서로 멀다. 성(性)은 하나인데 무엇으로 상근(相近)이라 하는가. 이는 다만 기질의 성을 말한 것이다. 흔히 성급하고 느리다고 하는 따위이다. 성(性)에 어찌 완급이 있겠는가.'

이 설에 의하면 본연의 성이란 천명(天命 : 하늘이 준 것) 곧, 천리이고 기질의 성이란 구체적 인간의 타고남이다. 천리에는 선불선이 없지만 기질엔 차별이 있다. 때문에 현우(賢愚)가 생긴다. 이천은 이 기질의 성을 재(才 : 재능)라고도 불렀다. '성(性)은 하늘로부터 나오고 재는 기로부터 비롯된다. 기가 맑다면 재도 맑고 기가 흐리다면 재도 흐리다. 재에는 성불선이 있지만 성(性)엔 불선이 없다.'(《近思錄》 一)

이어 이천은 재를 기르는 방법으로써 용경(用敬)과 치지(致知)를 강조했다.

'함양(涵養 : 품성을 기름)은 마땅히 경(敬)을 써야 한다. 학문 진보는 치지에 있다.…… 경(敬)이란 주일(主一)을 말한다. 이른바 추일이란 무적(無適 : 나아갈 곳이 없음)이다.'

여기서 말하는 주일은 하나만을 주로 한다. 곧 마음을 딴 곳에 보내지 않고 하나만을 지킨다는 뜻이다. 마음을 하나로 모은다는 건 의관을 갖추고 잡념을 버리며 행동을 오로지 예에 맞도록 하는 일이다. 《역경》의 '敬以直內 義以方外'에서 나오는 직내가 곧 주일인데, 이것은 속이지 않고 오만하지 않으며 마음에 한점 부끄러움도 없는 것을 가리킨다. 여기서 말하는 속이지 않고 오만하지 않으며 마음에 한점의 부끄러움도 없다는 것은 《중용》에서 성(誠)을 풀이한 말이기도 하다. 따라서 이천이 말한 경(敬)은 마음속에 성(지성)을 간직하고 밖으로는 예로써 자기의 행위를 절제한다는 것이 된다. '치지'에 대해선 이미 설명되었다.

요컨대 정이천의 도덕설은 그의 성설이고 실천 강령은 거경(居敬)·치지에 있었다. 정명도의 학문이 육왕(육상산과 왕양명)에게 전해졌다고 하면, 정이천의 학문은 주자(주희)에게 전해졌고 이것이 유학의 주류가 된다. 정이천의 학문은 주로 사서에 근거를 두었기 때문에 오경이 경시되고 사서가 중시되는 학풍이 청대에까지 이어진다.

정명도·정이천 두 사람을 이정자라고 일컫는다. 명도 정호는 송신종의 원풍(元豊) 8년(1085)에 향년 54세로 졸하고, 이천 정이는 송휘종의 대관(大觀) 원년(1107)에 향년 75세로 졸했다. 이정자의 저술 및 언행은 《이정 전서》 중에 모아져 있어 이것을 통독하면 두 사람의 사상이 대체로 일치되거나 다소 틀린 점도 있다.

주희, 즉 주자로 들어가기 전에 이 두 사람에 대해 다시 복습하면 주자의 성리학이 더욱 명료해지리라.

정명도는 처음에 주무숙에게 배우고 그 뒤에 또 제가와 불로(佛老)에 드나들기를 10년 남짓하다가 다시 6경에 돌아와 자득(自得)했다 하므로, 그 학설 중에는 주돈이와 일치하는 점이 많으며 또한 그것이 명도학의 특징이기도 했다.

주돈이는 태극이 음양 2기로 갈라지며, 2기의 교감(交感)에 의해 만물이 생성된다고 했다. 장자(張子 : 장재. 자는 횡거)는 일기의 집산에 의해 만수(萬殊)가 생긴다고 했는데, 명도 또한,

'천지의 대덕(大德)을 생이라고 한다. 천지가 인온(絪縕 : 화합)하여 만물이 화생한다.' (유서 12)

며, 생성을 우주의 도라고 생각했다. 그러나 명도는,

'음은 홀로 생기지 않고 양은 홀로 생기지 않는다.'(유서 11)

고도 말했고, 또,
 '만물로서 짝 아닌 게 없다. 일음일양·일선일악, 양이 자라면 곧 음이 사라진다〔消長〕.'(유서 11)
라며 음양의 소장(消長)을 하나로 보고 이를 천지의 이치 또는 단지 이(理)라고 불렀다.

그리하여 이 음양의 소장에 의해 만물이 화생되는 것을 천리라고 설명한 점은 돈이·횡거가 아직 말하지 않았던 것으로 명도 스스로도 '내 학문은 받은 바 있다고 하나 천리의 두 글자는 스스로 만들었다'고 말했다.(외서 12)

음양상생은 천리라고 해석한 명도는 인간 도덕 또한 이 이치라고 믿었다.

 '이는 곧 천하에서 다만 이것 하나인 이이며…… 경(敬)이란 다만 이를 경이라 하는 것이다. 인(仁)은 이를 바로 인이라는 것이고 신(信)은 이를 바로 신이라 하는 것이다.'(유서 2상)

그러나 인·신·경 등의 제 덕 중에서 특히 인을 중하게 보고, '배우는 자는 마땅히 먼저 인을 알아야 한다. 인이란 만물과 혼연 동체로서 의례지신도 모두 인이다.'(동 상)
라고 하였다. 따라서 인이란 천지 생생의 이치를 좇는 것으로, 상생을 인이라고 본 것은 주무숙과 같았다.

주돈이는 사람이 만물과 다른 이유는 형체와 정신을 아울러 갖추고 있기 때문이라고 했는데 명도는,
 '천지간에 홀로 사람만이 지령(至靈)인 것은 아니다. 자가(自家)의 마음은 곧 초목 금수의 마음이다. 다만 사람은 천지의 중을 받아 생겼을 뿐이다.'(유서 1)
라 했고 또한,

'사람과 만물은 단지 기의 편정(偏正)이 있을 뿐이다.'
라면서 사람과 물질을 기품의 중을 얻는 여부에 의해 구별했다. 이 점에 있어서 명도는 돈이보다 오히려 횡거에 가깝다.

사람과 만물의 관계를 기의 편정 차이라고 본 명도는 또한 사람 성질의 차이도 기의 편정으로 돌리며,

"사람이 태어나자마자 기품의 선악이 있는 것은 아니다. 하지만 성중(性中)이 바로 이 양자에게 있어 상대적으로 생겨나는 것은 아니다. 어려서 착함도 있고 어려서 악함도 있다. 이는 기품이 절로 그러한 것이다."

또는,

"천하의 선악은 모두 천리이다. 이를 악이라고 함도 본디부터 악하다는 것은 아니다. 다만 혹은 지나치고 혹은 미치지 못하여 이와 같을 뿐이다."

라고 말한다.

즉 명도에 의하면 인성의 선악은 기품의 편정에 의해 나눠지는 것으로서, 본질적으로 다른 것은 아니므로 편(치우침)을 물리치고 정(올바름)으로 나아감으로써 본성은 회복된다는 것이다.

그리하여 사람이 올바름에서 벗어나 한쪽에 치우치는 것은 사심(私心)과 사지(私智)가 누를 미치는 것이므로, 사람은 마땅히 사심을 버리고 사지를 타파하여 곽연대공(廓然大公), 만물에 이르러 순응하듯이 힘써야 하며 이것이 천성을 정하는 연유라고 가르친다.

이 기품의 편정에 의해 성의 선악을 논한 점 역시 장횡거를 닮고 있지만, 기품의 편정을 교정하는 궁리에 있어선 생각을 달리한다. 횡거는 기질을 변화하기 위해선 궁리(窮理)와 행례(行禮)——말을 바꾼다면 지혜를 닦고 행동을 조심하는 것——를 주로 했으나

명도는 자사(自私)와 용지(用智)를 배격하고 다만 이에 담담한 마음으로 순응해야 한다고 강조했는데, 여기선 주무숙의 주정설(主靜說)과 비슷했다.

요컨대 명도는 음양의 소장에 의해 만물을 생성하는 일이 우주의 도 곧 천리로서, 이 천리에 따르는 일이 곧 인도이므로 사람은 마땅히 사심을 버리고 대공(大公)으로서 이런 천리를 좇아야 한다고 가르쳤다. 참으로 이 천리란 한마디로 명도 철학의 근본이며 이것과 주무숙·장횡거의 태극·태허와 비교하면 사상의 발전을 엿볼 수가 있다.

주무숙의 태극은 《역전》의 '태극이 양의를 낳는다' 운운의 말을 부연하여 만물이 태극으로부터 생성하는 과정을 설명한 것인데, 이와 같은 설명으로는 만인을 수긍케 하기가 곤란했다. 또 장횡거는 기의 집산으로 현상의 생겨남을 설명했지만 기가 어떠한 것인지 설명하기 위해 도가(道家)와 비슷한 태허·무형이니 하는 말밖에 생각하지 못했다.

그러나 명도는 생성이 곧 도라 해석하고 이것을 이 또는 천리라고 불렀다.

도대체 이(理)자는 옥변에 따른다는 글자이고 본래는 옥무늬의 정연(整然)함을 의미하는 것인데, 일전하여 초리라는 뜻으로 바뀌고 재전하여 마음이 한 가지로 그러하다고 하는 것, 즉 누가 생각해도 가장 지극하다고 판단되는 바의 뜻이 되었으며 삼전하여 사실을 사실로 만드는 까닭의 이유를 의미하게 되었다.

명도의 이(천리)는 제3 전의(轉義)에 해당되는 것으로서, 이곳에 이르면 이미 현상의 근원을 이루는 본체적 존재가 아니고 현상을 현상으로서 있게 하는 까닭의 도리이며, 현상을 떠나 존재할 수 있는 게 아니었다.

여기에 이르러 비로소 성(性)과 이(理)가 일치되고 궁리진성(窮理盡性)의 도학이 성립된 셈이었다. 그리하여 이와 같은 의미로 이 자를 사용한 것은 불교 학자의 주장이었고 특히 화엄종의 학자는 理와 事를 대조시켜 교리의 설명을 하는 게 일반적이었다. 명도의 천리도 어쩌면 불가설에서 계발된 것일지도 모른다.

이정(二程)《유서》를 통독하면 그 중에서 특히 역에 관한 기사가 많음을 발견한다. 이정자의 학문 중심이 역에 있음을 시사하는 것으로서, 특히 정이천은《역전》의 완성에 생애의 심혈을 기울인 사람이었다. 이천은 일찍이,

'모는《역전》에 있어 또한 스스로 이미 쓴 바가 있었다. 다만 선수(旋修)·개기(改期)하는 데 나이 칠십으로 한다면 그 글이 이루어지지 않을 리가 없으리라.'(유서 17)

라 했고,

'《역전》이 아직도 전해지지 않음은 스스로 헤아리는 데 정력이 아직도 쇠하지 않아 조금이라도 더 나아가기를 바랄 뿐이다.'
(유서 21상)

라고 한 것을 보면, 그가 얼마나《역전》의 완성에 주력했는가를 알 수 있다.

이천의《역전》은 종래의 역가(易家) 해석을 버리고 理에 의해 역을 해석하려 했던 것인데, 그는 역서가 곧 象으로써 理를 나타내는 것이라고 해석했다. 그리하여 그는《역전》의 서문에서 象과 理의 관계를 논하여,

'지미(至微)한 것이 도리이다. 지저(至著)한 것이 현상이다. 체용일치(體用一致)·현미무간(顯微無間)'

이라 논했고, 또 같은 의미를,

'지현(至顯)의 것은 事만한 게 없고 지미한 것은 理만한 게 없다. 그리하여 사리일체·현미일원이다.'(유서 25)

라고 강조한다.

이는 이천이 사상(事象)으로써 理의 작용이라 생각하고, 理로써 사상의 본체라 해석하며 현상계의 사상과 본체의 理는 분리해선 안되는 것으로, 理를 떠나서는 사상이 없고 사상을 떠나서 理가 없음을 말한 것이며, 이 理와 사상의 일치를 주장하는 게 이천 철학의 근본이었다. 사리일치·체용일원의 여덟 글자야말로 이천 학문의 골자였다.

이렇듯 이천은 사리일치·체용일원을 갈파했지만, 실제의 현상계는 천차만별로서 하나도 같은 것이란 없다.

이러한 차별이 어찌하여 일리의 작용이라고 인식되는가. 이를 설명하기 위해 이천은 장횡거의 일기분수설을 개칭하여 이일분수(理一分殊)라 했고 이것에 의해 만상의 차이를 설명한다.

어떤 사람이 그에게 물었다.

"배움은 반드시 이치를 깨달아야 합니다만, 사물은 흩어져 만 가지로 다릅니다. 무엇으로 그 이치를 규명합니까?"

"일물(一物)을 구하여 만수에 통하는 것은 비록 안회라도 하지 못한 일이다. 그것은 이미 익힘이 오래도록 쌓여 있어 곧 탈연(脫然)하고 해관(該貫 : 멀리 살펴 꿰뚫는 것)해야 하는 거다. 그러한 까닭은 만물 일리이기 때문이다."

라 했고 또한 인리(人理)가 명확하기를 구하여 단지 일물(一物)상에 있어서만 이를 밝히고자 한다면, 또한 아직 일을 이룩하지는 못하리라. 마땅히 중리(衆理)를 모은 연후에 탈연하되 스스로 깨닫는 바가 있어야 한다(유서 17)는 등은 어느 것이나 '이일분수설'에 입각한 말이었다.

사상의 제 현상을 설명하기 위해서 장횡거의 생각을 취하여 이일분수를 주장한 이천은, 인성(人性)에 관해서도 횡거가 천지의 성과 기질의 성을 나눈 것처럼 이성과 기질 두 가지를 대설(對說)했다. 즉, 전자는 理의 사람에게 있는 것으로서 물론 평등하지만, 후자는 각 사람이 품수한 기의 편정에 의해 정해진 재질(才質)이며 사람마다 다르다.

그러나 理와 氣는 본래 일체로서 기는 이의 용(用)에 지나지 않으므로 기질의 성은 함양(涵養)과 진학(進學 : 학문을 나아가게 함)에 의해 그 편기(치우침)를 교정하면 이성으로 돌아갈 수가 있다고 설명한다. 함양이란 敬을 쓴다는 것, 진학이란 앎에 도달하는 것으로서(유서 18), 敬이란 마음을 하나로 가지런히 갖추고 엄숙해지면서 천리의 자연을 깨닫는 공부(工夫)이며, 앎에 도달함이란《대학》에서 말하는 치지격물(致知格物)이었다. 이천은《대학》의 치지격물을 다음과 같이 해석했다.

'어떤 사람이 진수(進修)의 술로서 무엇을 먼저 해야 하느냐를 물었다. 왈, 정심·성의보다 앞서인 것은 없다. 성의는 치지에 있다. 치지는 격물에 있다.…… 무릇 일물마다 일리가 있다. 마땅히 이는 그 理를 다 깨달아야 한다. 어떤 사람이 물었다. 격물은 모름지기 물물(物物)에서 이를 바르게 해야 할 것인가, 아니면 다만 일물을 격(바르게)하여 만리(萬理)를 모두 알 수 있는가 하고.

왈, 어찌 곧 해통함을 얻으리오. 모름지기 이는 오늘에 일건을 하고 다음날 또 일건을 격하여 익힘을 이미 많이 쌓은 연후에

탈연하여 절로 관통하는 바가 있어야 할 것이다라고(유서 28).'

여기서 일물 상에 일리가 있고 이를 격하는 데 적습(積習)을 필요로 한다고 한 것은 모든 사상(事象)을 분수라고 보았기 때문이고 마침내 탈연하여 관통한다고 함은 理가 하나임을 인식했기 때문이다. 요컨대 이천의 성설도 배움을 위한 공부도 이일분수설에 근거하고 있었음이 분명했다.

이천의 철학은 사리일치와 이일분수 두 마디로 집약된다.

그렇다면 이천은 어디서 이와 같은 생각을 세우는 힌트를 얻었던 것일까?

일부 학자는 그것이 화엄의 삼법계관(三法界觀)에서 얻은 것이라고 한다. 이른바 삼법계관이란 화엄종의 시조 두순(杜順)이 주장한 설로 그의 〈법계관문(法界觀門)〉에서는,

(1) 진공관(眞空觀)
(2) 이사무애관(理事無礙觀)
(3) 주편함용관(周偏含容觀)

의 셋으로 나누고 있는데, 제4조 징관(澄觀)의 〈법계현경(法界玄鏡)〉에선 이를 (1) 이법계 (2) 사리무애법계 (3) 사사무애법계라고 개칭했으며, 징관의 제자 종밀(宗密 : 760~841)의 〈주법계관문〉에도 이 명칭을 사용하고 있다.

(1)의 진공관은 차별적 사상을 부정하여 절대의 일리를 주장하는 것이고,

(2)의 이사무애관은 이와 사상의 일치를 주장하는 것이며,

(3)의 주편함용관은 사상의 하나하나가 절대이고 모든 사상이 서로 포용된다고 주장하는 것이다.

정이천의 사리일치설은 바로 (2)의 이사무애관에 해당된다. 그

리하여 이천이 항상 사리를 대설하고 있는 것은 화엄종에서 늘 말하는 것으로, 이천의 문인인 유원승(劉元承)은 일찍이 스승에게,

"저는 일찍이 《화엄경》을 읽었습니다. 제1 진공절상관, 제2 사리무애관, 제3 사사무애관이 있는 이 이는 어떠한 것입니까?"

하고 물은 데 대해 이천은 대답했다.

"한마디로 만 가지 도리가 하나의 이로 돌아간다는 것에 지나지 않다."

그러니까 이것으로 보아 이천과 그 문인들 사이에 《화엄경》이 문제시되고 있었다는 게 명료하며, 이천은 꽤나 깊은 이해를 가졌다 싶으므로 그의 철학이 화엄의 교리에서 얻은 바가 있었다 해도 잘못은 아닌 것 같다.

화엄 철학의 최종 목표는 제3의 사사무애관에 있지만, 이천이 다만 제2의 이사무애관에서 멈춘 것은 어째서일까? 아마도 그는 유교의 도덕을 설명하기 위해서 사사무애의 사상은 유해무익하다고 생각했기 때문이리라.

그는 이사일치·체용무간이라고 주장하면서 사상의 차별을 설명하기 위해서는 장횡거의 생각을 빌려 이일분수를 주장했다. 그는 일찍이 횡거의 《서명》을 격찬했고 《서명》이 뛰어난 것은 이일분수라고 생각했던 까닭이며, 만일 이의 한쪽만을 고조(高調)한다면 묵자의 겸애설이 되어버려 부자(父子)의 의를 풀이할 수 없게 된다. 이것과 반대로 분수의 일면을 주장하면 마침내는 양주의 이기주의로 타락되어 인이 상실된다. 분수에 입각하여 이일(理一)로 밀고 나가는 곳에 유가의 인도(仁道)가 확립된다고 믿었다.

따라서 이천의 착안점은 어디까지나 유가의 도덕을 설명하기 위해서였으며, 이것이 사사무애관에 들어가지 않고 이사무애관에 머

무른 까닭이리라. 그리하여 이 점이 이천의 철학이 불교 아닌 유교 철학으로써 광채를 발하는 것이라고 하겠다.

주무숙으로부터 이정(二程)에 이르는 여러 유학자는 비록 그 학설에 있어 같지 않은 점도 있지만 대체로 범중엄을 중심으로 한 일파의 학통인데, 범중엄 일파에 대항하여 세력이 있었던 건 구양수(1007~1072)와 그 문하였다.

구양수는 오히려 문학적 사람이고 경학이나 사색면에 있어 주·정 제자에게 한 걸음 뒤진 듯한 것으로 비친다. 그러나 구양수에게는 구양수의 특징이 있고 주돈이와 이정이 아직 말하지 못한 것이나 생각지 못한 것을 가지고 있었다.

주돈이와 이정의 경학은 《역경》과 《중용》이 중심인데 구양수는 《주역》〈동자문(童子問)〉을 지어 《역전》은 공자의 지음이 아니라고 했으며, 또 〈진사책문(進士策問)〉편에선 《중용》 또한 자사의 지음이 아니라고 단정한다. 이는 구양수의 생각이 주돈이 등과는 전혀 틀리다는 것을 입증하는 것으로서 후자는 사색에 의해 성현의 정신을 밝히려고 했는데, 전자는 경서를 공평하게 읽고 이것을 비판한 것이었다.

《역경》과 《중용》을 비판하고 그 저자를 의심한 구양수는 다시 《주례》의 저자가 주공이 아니라고 의심했으며(거사집 48문 진사책 3수) 또한 〈시본의(詩本義)〉를 지어 모전(毛傳)과 정전(鄭箋)을 평하고 자기의 의견을 제시했다.

그는 또 손복의 비문을 짓고, 《춘추》의 존왕발미(尊王發微)를 찬양한 비가 있지만, 스스로도 《춘추론》 3편을 지어 삼전의 모순과 불합리를 지적했으며, 또한 《춘추》의 대의를 미루어 〈정통론(正統

論))을 짓고 《오대사》를 짓는다. 《춘추》 삼전에 비판을 가한 것은 당대의 담조·조광 등이 있어 새로운 것은 아니었지만 구양수에 이르러 더욱 깊고 가혹하게 파헤쳐졌다.

《역전》과 《중용》을 의심한 그는 《주례》를 가장 중시했고 예악을 존중했다. 《역경》과 《중용》을 배척하고 중하게 여김은 그의 사상이 결국에 있어 치세·수신의 도를 중시하고 성명의 理는 좋아하지 않았다는 것이 된다. 따라서 그는 사색가가 아니고 오히려 경세가(經世家)였으며 철학자가 아닌 문학가였다.

시험삼아 그의 성설을 보면,

'무릇 성은 배우는 자로서 서두를 바가 아니며, 성인이 드물게 말한 것이다. 《역경》의 64괘에서 성을 말한 일이 없고 그 말하는 바는 동정(動靜)·득실·길흉의 상리뿐이다. 《춘추》 2백42년에도 성은 말한 적이 없었고 그 말하는 바는 선악·시비의 실록이었다[시서·예악도 모두 성은 말하지 않았다]──. 《논어》에 실린 72자로 공자에게 물은 자도 효를 묻고 충을 묻고 인의를 묻고 예악을 물은 자는 있지만 일찍이 성을 물은 자는 없었다. 공자의 말로 제자에게 전한 것도 수천 어에 이르지만 성에 언급한 것은 오직 한마디뿐[자공의 말로 선생의 문장은 얻어 들을 수가 있지만, 성과 천도에 대한 선생의 말은 얻어 들을 수가 없다(夫子之文章 可得而聞也, 夫子之言性與天道 不可得而聞也〈공야장편〉)·성은 서로 가까운 것인데 배움으로써 서로 멀어진다(性相近也 習相遠也〈양화편〉)]. 그러므로 나는 배우는 자로 서두를 게 아니고 성인으로서 드물게 말하는 바라고 했다.'

또 이렇게도 말했다.

'성은 몸과 더불어 생기고 사람이 모두 가진 것이다. 성의 선악

은 반드시 규명할 것도 아니다.'

아무튼 구양수는 이와 같은 비평 정신을 갖고 경서를 읽었는데, 이것은 그때까지 없었던 학문의 경향이었다. 그의 문하로서 인재가 많았지만 그 중에서도 가장 저명한 사람은 증공(曾鞏 : 1019~1083)·왕안석·삼소(三蘇)였다.

증공의 자는 자고(子固)이고 남풍(南豊) 사람인데 저서로 《원풍유고(元豊類藁)》가 있다. 그래서 증남풍이라고도 일컫는다.

그는 어려서부터 영민하여 글을 읽는 대로 모조리 암기해 버렸고 또한 문장력이 있어 일찍부터 이름이 사방에 알려졌다. 인종의 가우 2년(1057) 진사 시험에 급제하고 먼저 집현전 교리가 되었으며 이어 실록 검토관이 되었으나 그 뒤 지방관으로 전출하여 제·양·홍·복·명·호·창주의 지사를 역임했고 이르는 곳마다 선정으로 이름이 일컬어졌다. 이윽고 도읍에 돌아와 중서사인에 임명되고 1년 남짓만에 향년 65세로 졸했으며 문정(文定)이란 시호가 내려진다.

증남풍은 그 성격이 효우(孝友)로 네 아우와 아홉 누이라는 많은 제매를 그 혼자의 힘으로 부양했다고 한다. 그의 문장은 바탕을 6경에 두고 공맹의 인도(仁道)를 내용으로 하는 뛰어난 고문이었다. 그는 구증이라 일컬어져 구양수의 버금으로 여겨졌는데 혹은 한증이라 일컬어져 한퇴지와도 병칭된다.

이미 말했지만 고문과 유교는 불가분의 관계였다. 그것은 곧 고문을 교묘히 지을 수 있는 사람이 유교에도 깊은 사람이고, 그의 문장은 고문 본래의 성격에 비추어도 뛰어났던 것이며 청조의 동성파(桐城派)가 그의 문장을 모범으로 여겼던 것이다.

왕안석(1021~1086)에 대해선 이미 소개했는데 자는 개보(介甫)

이고 호는 반산(半山)이며 임천(臨川 : 강서성 임천현) 사람이다. 현대의 중국에서 높이 평가한다.

그는 송나라 신종 때 이른바 신법을 실천하여 천하의 정치를 일신하려고 했다. 그리고 이 신법은 《주례》의 제도[안석의 해석에 의한]에 의해 입안된 것으로, 그런 《주례》를 가지고서 천자를 요순과도 같은 명군으로 만들고자 자부한 것은 구양수의 경학과 밀접한 관계가 있었다.

이것에 대해 범중엄 일파는 맹렬히 반대했지만, 왕안석 일파 또한 힘을 합쳐 그 의견을 견지했다. 개중에서도 가장 강력한 인물은 그 아들인 왕방(王雱 : 1044~1076)과 친구 여혜경(呂惠卿)이었다. 왕방의 자는 원택(元澤)인데 성질이 민첩하면서도 호탕했고 일세를 노려보듯 했으며 소관(小官)이 됨을 원치 않았다.

《대책(정책 상서)》 20여 편을 지어 천하를 논했고 또한 노자훈전 및 불서의 뜻풀이를 지어 발간했으며 이를 시장에서 스스로 팔려고까지 했다.

그 글이 마침내 천자에게 전달되고 초빙되어 태자중윤(太子中允)·숭정전 설서가 되었으며 또한 송신종의 어명으로 《시서의(詩書義)》를 주석했고 천장각 대제 겸 시강에 발탁되었는데 글이 완성되자 용도각 직학사에 임명했으나 병을 구실로 취임하지 않았다. 그리고 은밀히 아버지 안석의 신법을 찬조했고 상앙(商鞅 : 전국 시대의 개혁자)을 호걸지사라고 일컫는 한편 신법 반대자를 주살하지 않으면 신청이 성취되지 않는다고 거침없이 말했다.

언젠가 안석이 정명도와 이야기하는 곳에 왕방은 중머리에 맨발로 부인 모자를 가지고 나타나더니,

"명도와 말한 것이 무엇입니까?"

라며 자못 힐난조로 물었다.
"신법을 사람들이 가로막아 그 문제로 정군과 의논했을 뿐이다."
그러자 그는 소리 높이 외쳤다.
"의논이 무슨 의논입니까! 한기와 부필의 목을 베어 저잣거리에 효수하면 신법이 곧 시행될 것입니다."
여혜경의 자는 길보(吉甫)인데 진강(晉江) 사람이었다. 진사로 몸을 일으켜 도읍에 이르자 안석과 경의(經義)를 논했는데 서로 의기가 맞았다. 희녕 초 안석의 참모가 되었다. 안석이 신법을 갱장(更張 : 고치고 확대함)할 적마다 길보와 의논했고 그 초안은 모두 길보가 작성했다고 한다.
길보는 또한 왕방과 협력하여 《삼경신의(三經新義)》를 편집했다. 삼경이란 《주례》《서경》《시경》으로 《삼경신의》는 그것에 대한 새로운 해석이었다.
왕안석 역시 《주관신의(周官新義)》《논어저(論語觝)》《맹자해(孟子解)》《자설(字說)》 등이 있었는데 신법이 배척됨으로써 대부분이 없어져 전하지는 않는다.
그러나 다른 책에 의거하여 유추하면 그의 경설(經說)은 구양수와 마찬가지로 예(禮)에 중점을 두었는데, 그의 성설(性說)은 진보된 것이었다.
'무릇 태극은 오행에 의해 생기는 것이지만, 오행은 태극이 아니다. 性은 오상(五常)의 태극이지만 오상이 곧 性이라고 할 수는 없다. ……태극에서 오행이 생기고, 그런 뒤에 이해(利害)가 생기며, 더욱이 태극은 이해로 말해선 안된다. 性으로부터 情이 생기고 정이 있은 연후에 선악이 나타난다. 더욱이 정은 선악으로 말해선 안된다. ……옛날에 희노애오욕(喜怒愛惡欲)의 情(감정)을 말하지 않은 일이 있는가? 희노애오욕으로서 선(善)하다면, 그런 뒤에 이를 이름지어 인(仁)이고 의(義)라고 했던 것이다. 희노애오욕으로서 불선이라면, 그런 뒤에 이를 이름지어 불인(不仁)·불의(不義)라고 했던 것이다. 따라서 情이 있은 뒤에 선악이 형성된다. 그러므로 선악이란 곧 情의 명칭일 뿐이다.'
(《임천집》《왕안석 문집》 原性)
또 말했다.
'性과 情은 하나이다. 세상에 논하는 이가 있어, 성은 선, 정은 악이라고 하는데 이는 다만 성정(性情)의 이름(겉모습)만 알 뿐 성정의 알맹이를 모르는 말이다. 희노애락 호오욕(喜怒哀樂 好惡欲)이 아직 밖으로 나타나지 않고 마음에 있는 것이 성이다. 희노애락 호오욕이 밖으로 나타나 행위로서 볼 수 있는 것이 정이다.

모름지기 군자는 성선을 함양하고, 따라서 정도 또한 선이다. 소인은 성악을 기른다. 그러므로 정도 또한 악이다. 따라서 군자의 군자인 까닭은 정에 있는 게 아니고, 소인의 소인인 까닭도 정에 있는 게 아니다.'(《임천집》《성정편》)

이 두 가지 논으로 생각해 보건대 왕안석은 성을 정의 근본, 정을 성의 용(쓰임)이라 보고, 선악의 이름은 용에 붙여야만 하고 그 근본에 부가해선 안된다고 사유(思惟)한 것 같다.

따라서 예로부터 성의 본질로 열거된 인의예지의 조목은 정의 쓰임이 도리에 해당되는 여부에 따라 부가된 말로, 성은 아니었다. 성에는 理에 해당됨과 해당치 않음의 두 방향으로 향할 수 있는 잠재력이 있다고 인식했던 것이다.

이 점에 있어 그의 성설은 양웅(楊雄)의 이른바 성은 선악이 뒤섞였다고 말한 것과 비슷하지만, 그는 오히려 말했다. '양자의 말은 비슷하다 하더라도 아직 습숙(習熟)으로서 성이라고 말하는 데서 벗어나지 못한다.' 즉 양자는 후천적인 익힘에 의해 성이 된 것으로 군자와 소인의 2극단이 있는 까닭에 그것을 성의 본질로 인정했지만, 안석에 의하면 그렇지가 않다는 것이다. 성에는 선악의 이름을 덧붙일 것이 아니고, 발동하여 정이 되고 나타나서 비로소 그 이름을 부가할 수가 있다는 데 있었다.

이렇듯 인성을 악도 선도 아니면서 선할 수도 있고 악할 수도 있다고 한 안석이 정치 교육에 의해 백성을 선도하는 것을 중시하고 예법의 학문에 잠심한 것도 당연한 귀결이었다.

《자설》은 안석 만년의 저술로 왕씨 신의(新義)의 근저가 되는 것인데, 현재 전하지 않는다.

그렇지만 선인의 평에 의해 이를 추측하면, 도대체 문자는 천지만물의 理를 상(象)으로 나타낸 것으로서 글뜻으로 보건대 조자(造字)의 본래 뜻을 명확히 하려는 데 목적이 있었던 것 같다. 또한 허신 이래의 소학가(언어학자) 6서설을 고치고 전주·가차(假借)를 모두 상형·상의로 갖다붙인 듯하며 때로는 노장과 불교의 설도 절충했던 모양이다.

어쨌든 이 《자설》은 《주관신의》 뒤에 씌어진 것이지만, 이런 견해는 이미 신의(新義)를 만들 때 가졌던 설로 이 견해가 신의를 낳은 유력한 근저가 되었고 신의에 의해 또한 신법이 입안되었다. 그러므로 《자설》은 그의 학문과 정치의 기반이 된다고 하겠다.

그의 《자설》에 대해선 당시 이미 반대가 있었고 뒷사람도 이를 그르다고 하는 사람이 많지만 그럼에도 탁월한 견해가 적지 않았다. 특히 예에 관한 연구는 후세에 보더라도 가볍게 볼 수가 없다.
《주관신의》를 모방하여 씌어진 게 왕방의 《시경》과 《서경》의 새 풀이지만, 이밖에 육전(陸佃 : 자는 농사)은 《이아신의》가 있고 허윤성(許允成)에게는 《맹자신의》(14권)가 있으며, 예경에 관한 것으로는 왕소우(王昭禹 : 자는 광원)의 《주례평해》가 있었는데 자설로서 경을 해석한 것이다. 정종안(鄭宗顏)에게는 《고공기주(考工記注)》(1권)가 있었고 마희맹(馬希孟 : 자는 언순)에게는 《예기해》(70권)가 있으며 방각(方慤 : 자는 성부)에게도 같은 이름의 저술이 있고, 진상도(陳詳道 : 자는 용시)에게는 《예서》(150권)·진양(陳暘)에게는 《악서》(2백 권)가 있었지만 이것들은 모두 왕안석의 신의를 계승한 것이고 개중에는 가치있는 것도 있었다.

삼소는 이미 말했지만 소순·소식·소철의 3부자이다.
소순(1009~1066)의 자는 명윤(明允)이고 호는 노천(老泉)이라고 했다. 미주(眉州) 미산(眉山 : 촉) 사람이고 소식과 소철은 그의 두 아들이다. 소식의 자는 자첨(子瞻)이고 호는 동파였으며 소철의 자는 자유(子由)인데 영빈(穎濱)이 그의 호였다.
이들은 가우(嘉祐) 연간에 도읍으로 상경했다. 구양수는 소순이 지은 22편의 글을 보자 그 문장력에 감탄했고 가의·유향도 미치지 못할 것이라고 평했다.
가우 2년(1057)에 동파는 예부의 시험에 응시했고 이때의 시험관이 구양수인데 그를 발탁하여 3등으로 급제케 했으며 곧바로 사관(史官)이 되었다. 그것에 대해서는 이미 소개했지만 장자론이 구양수를 감동시켰던 것이다.
소동파는 이것으로 노장학에 관심을 두었다는 것이 증명되며,

그의 시문은 또한 불가의 선리(禪理)와도 통하는 게 있었다. 저술로선 《논어설》《서전》 및 《동파집》 40권·《후집》 20권·《주의(奏議)》 15권·《내제(內制)》 10권·《외제(外制)》 30권·《화도시(和陶詩)》 4권·《응조집(應詔集)》 10권 등이 있다. 또 그의 《역전》은 소순이 기고하여 미완성이던 것을 동파가 완성시킨 것이다. 정국(靖國) 원년 향년 66세로 상주(常州)에서 졸했는데 문충이라는 시호가 추증되었다.

그의 아우 소철은 성품이 침정(深靜)·간결이라고 표현되며 글을 짓는 데 있어 바다처럼 넓은 기개와 담백한 데가 있었다고 한다. 나이 19세로 형과 함께 진사가 되었고 그 명성도 동파와 병칭된다. 그러나 왕안석과 정치적 의견을 달리하여 뜻을 얻지 못했고 만년에는 허주(許州)에 있었는데 사람들과도 왕래하지 않고 종일 묵묵히 단좌하기를 수십 년이었다. 정화(征和) 2년(1112) 향년 74세로 졸했는데 저술로《춘추전》《시전》《고사》《노자해》 및 《난성집》을 남겼다.

대체로 소순은 구양수와의 친교로서, 그리고 소식·소철 형제는 관직으로서 이름이 알려졌다. 그렇지만 그 사상은 왕안석과 맞지 않았고 구양수 문하로서 별파를 구성한다.

학문으로선 소식의 《역전》과 소철의 《노자해》가 대표적인 것이다. 소식의 《역전》 핵심은 〈계사전〉의 '一陰一陽之謂道. 繼之者善也 成之者性也(일음일양, 이를 도라고 한다. 이를 계승하는 것이 선이고 이를 이룩하는 것이 성이다)'이다. 이것을 현대의 일반적 해석으로 풀이한다면 다음과 같은 뜻이 된다.

──혹은 음이 되고 혹은 양이 되어 무궁의 변화를 반복하는 활동, 이것을 도라고 부른다. 그런 도를 받아 계승하는 인간적 노력

이 선이고 그런 선이 인간에 있어 완성되고 성취되는 것이 성이다.
　그런데 주자는 그 〈본의(本義)〉에서 '음양 한 쪽으로 순환되는 것이 기이고 그 理는 이른바 도이다'라고 했으며, 장횡거는 그의 〈역설〉에서 '일음일양이 곧 도이다'라고 주장했다. 이런 횡거의 기일원론과 주자의 이기설(理氣說)은 학문이 갈라지는 중요한 일 구였고, 원저자의 뜻은 횡거설과 가깝다고 여겨진다.
　일음일양이란 음이 있다면 반드시 그것과 대응하는 양이 있고, 양뿐으로 음이 없다든가 음뿐으로 양이 없다는 일은 없으며 갈라짐은 명료하지만 서로 합쳐야 비로소 성립될 수 있다. 그리하여 두 기가 왕래할 경우라도 음이 물러날 때 양이 나타나고 양이 숨게 되면 음이 나아간다는 식으로, 많고 적음의 불균형은 있을지라도 반드시 번갈아가며 순환한다는 뜻인 것이다.
　이런 일음일양하는 것이 하늘의 도이고 나아가서는 역의 도이다 〔청의 王夫之설〕. 이것을 잇는〔繼〕것은 선이다. 계자에 깊은 의미가 있다. 자식이 아비로부터 몸을 잇는다든가 뜻을 잇는다는 느낌이다. 아버지인 하늘의 도를 고스란히 계승한 것이 하늘의 아들인 인간의 선이다〔折中〕. 이것을 이룩하는 것이 성이다. ── 성(成)이란 구상화한다는 유의 의미이다. 이런 무한대의 천도를 구체화시킨 것이 사람이 하늘로부터 받은 성(천성)이다.
　즉 인간은 하늘의 도를 그대로 스스로의 성으로써 내재(內在)시키고 있으며, 따라서 인성(人性)은 절대의 선인 것이다. 성선은 맹자 이래 유교의 정통인데 《역경》 〈계사전〉의 이 구절은 그것을 철학적으로 표현했다는 것이 순리적 해석이다.
　소동파의 그것은 이런 유교적 해석에 노자, 나아가선 불가의 설도 끌어들인 것이었다. 즉 유와 도를 뒤섞은 것이라고 이해된다.

소철의 《노자해》도 유교와는 별개의 것이지만 형제의 기본적 생각은 비슷했던 모양으로 소철은 노자와 공자를 일치시켰을 뿐 아니라 석씨의 가르침도 섭취하여 유교를 수식했다.

이들 형제가 구양수의 학문인 석씨를 배격하고 유를 존숭한 왕안석과 뜻이 맞지 않은 것도 이런 데에 원인이 있었다고 추정된다.

구양수의 문하로는 이밖에 유씨 형제가 있었다.

형의 이름은 유창(劉敞)인데 공시 선생(公是先生)이라고 일컬어졌다. 저술로서 《칠경소전》《춘추권형(春秋權衡)》《춘추전》《의림(意林)》《전설례(傳說例)》 등이 있어 가장 춘추에 밝은 학자라고 일컬어진다.

아우 반(攽)은 공비 선생(公非先生)이라 불렸고 사마광 밑에서 《자치통감》 편찬을 했다.

《자치통감》은 그 이름이 말해주듯 천자가 정치에 참고하도록 만들어진 역사서로 저자는 사마광(司馬光 : 1019~1086)이다. 사마광의 자는 군실(君實)로 향년 68세로 졸하자 대사온국공(大師溫國公)이 추증된다.

《자치통감》은 치평 2년(1065)에 시작되고 원풍 7년(1084)에 이르러 완성되는데, 조선조에서 이것을 역사로 가르쳤다는 데 통한을 느낀다. 이 《자치통감》에서 중화 사상을 강조한 나머지 동이의 역사는 말살되고 혹은 왜곡되었기 때문이다.

기록에 의하면 사마광의 편찬을 도운 인물로 유반·유서(劉恕)·범조우(范祖禹) 등 세 사람이 참여했는데 유반이 한대 이전을 담당했고, 유서는 삼국·남북조 시대, 범조우는 당과 오대(五代)를 담당했다. 그러나 전사산(全謝山)이라는 이는 그의 《통감분수제

자고(通鑑分修諸子考)》를 통해 수대(隋代) 이전은 유반이 담당하고 당은 범조우, 오대는 유서가 맡았다고 고증했다.

저서로 유반은 《한석(漢釋)》, 범조우는 《당감(唐鑑)》, 유서는 《십국기년(十國紀年)》이란 것이 있는 것으로 보아 각각 전문으로 하는 시대를 분담했다는 전사산설은 옳다고 여겨진다.

사마광은 소옹・장재・이정과도 교유했는데 그의 저술 《우서(迂書)》를 통해 추측컨대 유현(幽玄)한 철학을 좋아하거나 구양수와 같은 경전을 비판적으로 보려는 사람도 아니었다.

그는 실무형 학자로 《논풍속차자(論風俗箚子)에서 주장했다.

'신진・후생으로서 구전되는 것을 귀동냥하여 《역경》을 읽되 괘효(卦爻)도 모르면서 십익이 공자의 지음이 아니라 하고, 《예기》를 읽고 그 편수도 모르건만 멋대로 주관(周官)을 전국 시대의 작이라고 하는가 하면 《시경》을 읽고서 아직 주남(周南)・소남(召南)도 다 알지도 못하면서 모(모장)・정(정현)은 장구(章句)의 학문이라 하고 《춘추》를 읽되 아직 십이공(十二公)을 모르면서 삼전은 옥상옥이라고 한다.'

며 통매하고 당시의 학풍이 빗나갔다고 비난했는데, 이는 아마도 구양수 일파를 공격한 말인 듯싶다.

《자치통감》을 금과옥조로 믿는 유가의 말을 빌리면 《통감》이 기사의 정확을 기했다고 했는데, 그것은 한족이나 숭송(崇宋)・숭명(崇明)하는 학자들의 의견에 불과하다. 그러나 어쨌든 《통감》이 유학의 정통으로 여겨지는 것은 이와 같은 이유에서이고 편찬의 모범을 《좌전》에서 찾았다고 한다. 그리하여 《통감》은 기천체가 아닌 편년체를 택했고, 때때로 논평이라는 것을 곁들이고 있는 것도 《좌전》을 본뜬 것이다.

일찍이 유서는 사마광에게 이런 질문을 했다고 한다.
"《통감》은 어째서 상고 시대부터 시작하지 않았습니까?"
"주평왕(周平王) 이래의 일은 《춘추》에 씌어져 있고 성경(성인의 말)은 손익(損益)할 수가 없으니 그 뒤로부터 시작한 것이다."
"그렇다면 어째서 기린을 잡았다는 해로부터 시작하지 않았습니까?"
"성경에 바로 계속하는 것은 삼가야 하기 때문이다."
 이것도 모순된 말로서 상고 시대의 문화는 너무도 동이의 활동이 두드러졌기 때문에 그나마 양심이 있어 뚜껑을 덮어버렸다는 것이 되리라. 성인 공자가 지은 《춘추》는 노나라의 역사로서 전체적인 것은 아니다. 그 증거로 《사기》가 있는 것이고 《사기》를 통해 그나마 상고사의 편린(片鱗)을 우리가 알게 된다.
 끝으로 《통감》의 대의(大義 : 기본 정신)는 그 첫권에 나오는 명분론(名分論)으로 분명하다.
 '천자의 직(職)은 예보다 큰 것이 없고 예는 분(分 : 구별·차별하다)보다 큰 것이 없다.'
 이것이 바로 명분(名分)이란 말의 출전인데, 유가는 이를 가리켜 《통감》이 춘추의 뜻을 밝히기 위해 공론(空論)을 피하고 후세에 대의 명분을 가르치기 위한 것이라고 해석했는데, 《춘추》의 참정신이란 바로 사실을 있는 그대로의 진실로 전하는 데 있다고 이해한다면 명분론 자체가 왜곡되고 있음을 알 수 있으리라.
 이런 왜곡된 대의 명분이 자칫 국수주의·애국주의로 둔갑되어 극단의 사상이 되는 것이다. 필자가 여기서 말할 것도 없이 그 뒤의 역사가 그것을 증명하고 있다.
 다행히도 사마광은 북송 유학의 방류(傍流)로서 주류는 대체로 범중엄계와 구양수계의 두 계통으로 보는 게 상식이다.
 그리고 범중엄계 중에서 이정(二程)이 가장 뛰어난 존재였다.
 이정(정호 정이 형제)의 문하도 다사 제제인데 주자(朱子)는 유질부(劉質夫)·이단백(李端伯)·여여숙(呂與叔)을 정학(程學)의 정통으로 여겼고 호강후(胡康侯: 이름은 안국)는 사상채(謝上蔡)·양귀산·유광평(遊廣平)을 남방 경학의 종사라고 일컬었다.
 유질부(1045~1087)의 이름은 순(絢)이고 하남 사람인데 질부는 그 아호이다. 어려서 이정에게 배웠고 원우 연간에 경조부(京兆府) 교수가 되었으며 또한 태학 박사였다. 향년 43세로 졸했다.
 이단백은 이름이 유인데 후씨(緱氏) 사람이었다. 원우 연간에 비서성 교서랑을 지냈고 원우 2년에 졸했다.
 질부가 졸하자 이천은 몸소 제문을 짓고 이를 제사했는데 '나로 하여금 전학의 어려움을 슬프게 한다'고 했으며, 단백이 죽자 역시 같은 말을 반복했다. 이것으로 이천의 촉망을 받았음을 알 수 있다.
 주자를 정학(程學)의 정학(正學)이라 한 것도 까닭이 있는 것이다. 그러나 너무도 일찍 죽었기 때문에 후세에 대한 영향은 별로 크지 않다. 다만 두 사람이 기록한 이정의 말이 이정 연구에 필요한 자료가 되는 것이다.
 여여숙의 자는 대림(大臨)이고 남전(藍田) 사람인데 형제가 여섯이었다. 여숙은 그 두 형님 대충·대균과 함께 장횡거에게 배웠고 나중에 이정의 문을 드나들었다.
 형제 가운데 여숙이 가장 현명하다는 평을 들었다.
 장횡거는 예법으로 몸을 다스리는 것을 학문의 첫걸음이라고 주장한 사람인데 여숙은 이것에 깊이 심복했다. 때문에 그 일상 생활에서 근엄했고 의리를 중히 여겼으며 사달(四達)의 경지에 도달할 것을 목표로 했다. 사달이란 사방으로 막힘이 없다는 의미이다.

정명도가 〈식인편(識仁篇)〉을 쓴 것은 여숙을 위해서였고 그 중에서 '불수방검(不須防檢)'을 말한 것은 그가 너무나도 예법을 존중함을 타이른 것이었다.

그러자 그는 〈극기명(克己銘)〉을 지어 그 뜻을 표명했다. 생각컨대 그 의미는 천인일체(天人一體)로서, 우리는 천성으로 인심(仁心)을 갖추고 있다. 그럼에도 죄악이 생기는 것은 아견(我見)에 얽매이고 물질과 자신을 이물(二物)로 보고 사사로운 욕망에 덮이거나 하는 까닭이라고 했으며, 그런 아견을 없애자면 승사(勝私)·질욕(窒欲)에 있다고 하였다.

그의 '적어도 사의가 없다면 내 마음은 곧 천심이다'라고 한 말은 가장 간명하게 그 정신을 나타낸 것이었다.

이미 선천적으로 인심(仁心)을 갖추었다고 생각한 그는 희노애락이 미발(未發)인 전에 심체(心體)가 밝도록 함께 존재하는 것이라고 생각했으며, 이를 양심(良心)이라 했는데 인성으로 이미 갖춘 것이라고 주장했다. 청대의 황백가(黃百家)는 나중에 나종언(羅從彦 : 자는 중소)·이통(李侗 : 자는 덕중)이 미발 이전의 기상을 보라고 주장한 것은 근원이 여기서 비롯된다고 했다.

남방(남송) 경학의 종사(宗師) 중 한 사람인 유광평(1052~1123)의 자는 정부(定夫)이고 건주 건양(建陽) 사람이다. 원풍 6년(1083)의 진사로서 태학 박사가 되고 선화 5년에 71세로 졸했다. 그의 저작은 전하지 않아 학풍은 자세히 알 수가 없다. 다만 여동래(呂東萊 : 이름은 본중. 자는 거인)가,

"선생께선 이정 선생께 배웠고 뒤에 또 여러 선로(禪老)를 좇아

노닐었다. 그러니까 양자 사이에 꼭 동떨어진 점은 없으리라. 감히 묻겠습니다만 같지 않은 바는 무엇입니까?"
하고 묻자 유광평은 대답했다는 것이다.

"불서의 가르치는 바는 세상의 유가로서 아직도 깊이 생각지 못한 것이다. 내 왕년에 일찍이 이천 선생을 뵈었을 때 내가 탐구하는 바는 적(迹)이라고 하셨다. 그렇지만 적(자취)은 어디에서 비롯되는가? 이는 요컨대 모름지기 스스로 이 땅에 이르러야 비로소 능히 그 동이(同異)를 따질 수가 있는 것이다."

이것은 곧 유정부의 학문이 선학 계통임을 증언하는 말이다. 주자도 그를 평하여 '유선생은 바로 선학'이라 했다. 그런데 이정의 문인으로서 선에 경도함은 유정부만이 아니었던 것이다.

낙촉(洛蜀 : 낙양과 촉. 이천의 고향이 낙양으로 낙당이라 했고, 삼소는 촉당이라고 함)의 당쟁 여파로 정이천은 유배되었는데 그가 돌아왔을 적에 한 말이 있다.

"배우는 자로서 모두 선학에 간다. 다만 귀산과 상채 두 사람만이 장진(長進)했다."

하며 탄식했지만, 그런 사상채·양귀산만 하더라도 불교의 영향이 전혀 없다고 하지 못하는 것이다.

사상채의 이름은 양좌(良佐)이고 자는 현도(顯道)이며 수춘 상채 사람이다. 원풍 8년(1085)의 진사로서 처음엔 명도에게 배웠다. 명도가 그를 평하여,

"박물다식(博物多識)을 현이라고 하는데 이는 완물상지(玩物喪志)라고 해야 옳다."

라는 말을 했다. 상채는 이 말을 크게 부끄러워하고 암송하거나 적는 학문을 버리고 오로지 실천에만 힘썼으며 그 뒤 이천에게 가서

배웠다.

그리고 1년쯤 있다가 이천과도 헤어졌는데 이윽고 이천을 다시 찾자 스승은 그 학문의 진도를 알기 위해 물었다. 그러자 상채는 이렇게 대답했다.

"다만 긍(矜 : 교만한 마음)자 하나를 버렸을 뿐입니다. 병통(病痛)을 점검하건대 모든 게 이곳에 있기 때문입니다."

이천은 이 대답에 탄복하며 말했다.

"이른바 절문(切問 : 적절한 질문)하여 근사(近思 : 알맞은 생각)인 것이다."

상채의 생졸 연월은 미상인데 저술로서 《논어설》 및 《오록》 3권이 있다.

상채 학설의 근본은 명도의 천리설을 확대시킨 것이다.

그는 인욕(人欲)과 천리를 상대적인 것으로 보았고 인욕을 또한 사의(私意)와 두찬(杜撰 : 불확실한 것, 엉성하다는 뜻)이라고 했다. 그리고 인(仁)이 그에게 있어 천리였다. 때문에,

'인은 하늘의 이치이다. 두찬은 아닌 것이다.'

또 하늘은 이치이고 사람 역시 도리이다. 도리로서 순환되면 곧 하늘과 하나인 것이다. 하늘과 일체라면, 나는 내가 아니고 도리이다. 도리는 도리가 아니고 하늘이다.

그러니까 그는 하늘과 사람을 본디 일체라 보았고, 사람의 마음이 곧 인이며 따라서 인은 천리라는 결론에 도달한 듯싶다.

그렇다면 인이란 어떠한 것인가.

'산 자를 인이라 하고 죽은 자를 불인이라 한다. 지금의 사람 신체는 마비되어 아픔이나 가려움을 모르는데 이를 불인이라고 한다. 복숭아·살구의 씨로서 심어 태어남을 인이라고 한다……

생의 뜻이 있음을 말하는 것이다. 이를 미루어 인을 보아야 한다.'

이것은 바로 명도가 생생의 덕으로써 理라고 본 것에 의거한 설명으로, 인은 인심으로 나타난 천리이므로 활물(活物)로써 인이라고 해석한 것이다.

《주자어류(朱子語類)》에 의하면 상채는 또 인을 읽어 각(覺)이라고 했다.

'어떤 사람이 물었다.
"사상채는 각으로써 인이라고 했습니다. 이는 어떻게 된 것입니까?"
"각이란 도리를 깨달을 수 있는 것을 필요로 한다. 모름지기 털끝만치도 어긋나지 않아야 비로소 능히 이 심덕(心德)을 다할 수 있는 것이며 이것이 곧 인이다."
"이런 천리를 각득(覺得)하는 방법은 무엇입니까?"
그는 말했다.
"학자는 다만 모름지기 궁리해야만 한다……. 반드시 그 크나큰 것을 궁구하라, 理는 하나일 뿐이니. 한곳의 理가 궁구되면 닿는 곳은 모두 뚫리게 되리라."'

이른바 각이란 극기복례(克己復禮), 사사로운 마음을 버리고 직각(直覺)하는 것이다.

그렇지만 이 각은 선종의 견성(見性)과 비슷하다. 그래서 그는 인을 설명하고 나서 이와 같이 덧붙였다.

"부처를 배우는 자는 이것을 알고 견성이라고 말한다. 부처의 성을 논함은 유가의 심(心)을 논하는 것과 같고 부처의 마음을 논함은 유교의 뜻을 논함과 같다."

그렇지만 불교와 유교 사이에서 약간의 차이는 인정하고 있다. 이를테면,

"궁리의 뜻은 석씨와 유가로서 비동(非同)·비부동(非不同)의 곳이 있다. ── 석씨는 견성으로써 끝마침을 삼는데 유가에선 반드시 공(功)을 덧붙인다."

생각컨대 사상채는 그 뒤에 나타날 명심견성(明心見性)의 선구로서 육씨·왕양명의 남상(濫觴)이 되는 것이다. 그러므로 주자도 말했다.

'상채는 인을 말하고 각을 말함은, 이는 분명히 선이다.…… 상채의 설은 일전하여 장자소(張子韶)가 되고 자소는 일전하여 육자정(陸子靜 : 이름은 구연, 호는 상산)이 된다. 상채는 감히 충돌하지 않은 자로서 자소는 남김없이 충돌했고, 자소는 감히 충돌하지 않은 자로서 자정은 남김없이 충돌했다.'

양귀산(楊龜山 : 1053~1135)의 이름은 시(時)이고 자는 중립(中立)인데 남검 장락(將樂) 사람이었다. 희녕 9년(1076)의 진사인데 벼슬길에 나가지 않았고 명도한테 배웠다. 그가 귀향하자 명도는 제자를 배웅하며,

"내 도는 남으로 갔다."

고 했으며, 명도가 졸하자 다시 이천에게 배웠다. 이때 그의 나이 42세였는데 스승을 더욱 공손히 모셨다.

일찍이 《서명》을 보고 묵자의 겸애설과 가깝다고 의심했다. 그리하여 이천은 그에게 이일분수를 가르쳤다. 곧이어 대오하고 경서에 탐닉했으며 스승의 설을 추광(推廣)했는데 소흥 5년에 향년 83세로 졸한다. 저술로는 문집과 어록이 있다.

귀산의 학설로 우주는 다만 일원기로서 그 천태만상은 일기의

이합집산에 지나지 않는다는 것인데, 도덕설도《맹자》《대학》《중용》에 근거하고 사상채와 큰 차이가 없었다.《황씨일초(黃氏日抄)》권 41에서 그를 평했다.

'귀산은 기상이 화평하고 논의는 순정(醇正)했다. 경문 취지의 설은 지극히 적절했고 인물론은 매우 엄격했으며 매사에 있어 반드시 정리(正理)로 귀결되었다. 그리하여 술수를 부리거나 구차하게 공명을 탐하는 자는 결코 이를 허용치 않았다. 만대에 그 가르침은 모범이 되고도 남음이 있으며 참으로 순유(醇儒)라 할 수가 있다.'

그렇지만 그의 어록 중에서 왕왕 불교와 유교를 합쳐 유불무이리(儒佛無二理)라고 한 대목이 발견된다. 이를테면,

'불경 중에서 십식(十識)을 가르친다. 제 8 암마라식(庵摩羅識)은 당에서 백정무구(白淨無垢)라 했고, 제 9 아뢰야식은 당에서 선악 종자라고 했다. 백정무구가 곧 맹자의 성선을 말한다. 성선이라 함은 그 근본을 탐구한다고 말해야만 하리라. 선악이 섞였다고 함은 바로 선악이 이미 싹튼 곳에서 볼 수 있는 것이다. ──《원각경》에서 작지임멸(作止任滅)이라고 함은 바로 사병(四病)을 말하는 것이다. 즉 작이란 이른바 조장(助長)이고 치는 묘(苗)를 옮기지 않는다인데 임멸은 바로 무사(無事)이다. ──《유마경》에선 진심이 곧 도량이라고 했다. 유불도 이곳에 이르면, 실로 이도(二道)가 없는 것이다.'

이는 요컨대 정문의 제자가 스승의 뜻을 잘 전했다고 하지만, 그 사이에 선문과의 관계가 얼마쯤 농후해진 사람도 적지 않았다는 증거이다. 아마도 당시의 시대상을 반영하는 것인지도 모른다.

나종언의 자는 중소(仲素)이고 검포(劍浦) 사람인데 그 조상이

예장(豫章) 사람이라 나예장이라고 통칭된다. 일찍이 양귀산에게 배웠고 이연평(李延平), 주위재(朱韋齋)는 나예장의 제자였다. 연평(이통)은 주자의 스승이고 위재는 주자의 아버지이다.

생각컨대 나예장은 귀산의 순정(醇正)을 얻었던 것 같다. 그의 학설은 별것 아니지만 주자의 선구가 되었다는 점은 역시 주목된다. 저술로서 《예장 문집》 17권·《준요록(遵堯錄)》 8권·《집이정귀산어록》 1권·《잡지(雜志)》 2권 외에 시 1권·부록 3권·외집 2권이 있다. 소흥 5년(1135), 향년 64세로 졸했다.

이연평(1092~1163)의 이름은 통(侗)이고 자는 원중(愿中), 검포 사람이다. 24세 때 같은 고을의 나예장이 정학을 전한다는 소문을 듣고 제자가 되었으며 여러 해만에 스승이 인정한 바가 된다.

이로부터 산야에서 40년을 살았는데 이따금 표주박의 술을 비울 정도의 유유자적하는 생활을 했다. 그는 평생 글을 짓지도 않고 저술도 하지 않았는데 주자가 엮은 《연평답문》 1권이 있을 뿐이다. 명대의 주목(周木) 또한 《보록》 1권을 찬했다.

주희(朱熹 : 1130~1200)의 자는 원회(元晦)인데 회암·해옹·돈옹(遯翁)과 같은 호가 있다. 대대로 안휘성의 무원(婺源)에서 살았는데 아버지 위재 주송(朱松)은 진회(秦檜)의 화의에 반대했기 때문에 민(閩 : 복건)에 유배되었고 주희도 남검(南劍 : 복건성 남평현)에서 태어난다.

소흥 13년(1143), 주희는 14세였다. 위재는 병석에서 회암을 불러 유언했다.

"적계(籍溪)의 호원중(胡原仲)과 백수(白水)의 유치중(劉致中), 그리고 병산(屛山)의 유원충(劉原沖) 등 세 사람은 내 친구이며 학문에 내력이 있다. 나는 늘 그들을 공경하며 어렵게 여겼다. 내가 죽는다면 가서 섬기도록 하라."

이리하여 주회암은 세 스승을 갖기에 이르렀다. 참고로 주희는 주송의 3남이고 두 형님이 있었다.

18세에 향시에 급제하고 다음해인 소흥 19년(1149) 진사에 급제하여 천주 동안현[지금의 복건 아모이 섬]의 주부가 된다. 동 23년(1153), 나이 24세로 이연평과 만나 배웠다. 학문에의 눈이 뜬 것은 이때부터이다.

동 32년 남송의 효종(孝宗)이 즉위했는데 직언하는 신비를 천하에서 구했다.

이 무렵의 남송을 개관한다면, 여진족인 금나라가 남하한 이래로 도읍을 임안(臨安 : 항주)에 두고 주전파인 악비(岳飛)와 강화파 진회의 대립이 있었다. 그러나 진회는 송고종의 절대적 신임 아래 금과의 강화 조약을 맺고 남송을 안정시켰는데, 금에선 해릉왕(海陵王)이라는 폭군이 나타났다.

소흥 31년(1161), 해릉왕은 신하들의 간언에도 불구하고 남정군을 일으켰다.

육군과 더불어 수군이 멀리 발해만을 출발하여 바닷길로 산동반도를 돌아 임안을 찌른다는 당시의 놀라운 함대 작전을 계획했고, 해릉왕은 몸소 육군을 지휘하며 남하했다.

송의 장군 우윤문(虞允文)은 장강의 채석기(采石磯)란 곳에서 방어했다. 채석기는 현재의 무호(蕪湖)와 남경 중간에 있고 부근에 고지가 있으며 강을 향해 돌출되어 있다. 채석기란 강변의 채석장을 뜻하기도 한다.

송군은 이때 처음으로 화포를 사용했다. 초석·유황·숯을 혼합

해서 만드는 흑색 화약은 옛날부터 중국에 있었다고 했지만 실전에 사용된 것은 이것이 처음이었다.

해릉은 유유히 시를 읊었다.

'西湖上堤百萬兵 玄馬吳山第一峰'

서호는 임안 서쪽의 호수인데 그런 호수의 상류에 백만 대군을 이끌고 와서 강남 제일의 봉우리에 말을 세우며 굽어본다는 뜻이다. 그의 웅도(雄圖)는 거의 성공 직전에 있었다.

그러나 적은 내부에 있었다. 금세종(金世宗 : 재위 1161~1189)은 요양에서 옹립된다. 해릉왕의 실각은 황음이나 무모한 외정(外征)에 있는 게 아니었다.

한문화에 심취된 해릉왕을 염려한 보수파 군대들이 그를 몰아냈던 것으로 사가는 설명한다.

금세종은 여진족의 순박함을 되찾고 사치로 흐르는 것을 막는데 힘썼다. 《금사(金史)》는 말살되어 불명의 점이 많지만 그는 금송간의 신하 관계를 숙질(叔姪) 사이로 격상시키고 세공도 은 20만 냥·깁 20만 필로 감해 준다.

그리고 오로지 내치에 힘썼던 것이다. 여진족이 여진족이라는 자각심을 기르기 위해서는 교육이 첫째라 생각하고, 여진 부학(府學)·여진 국자학(태학)을 두었다. 한자가 아닌 여진 문자·여진어로 교육하고 여진 진사과를 두었으며 여진 여자 대학까지도 설립했던 것이다.

중국의 고전인 《시경》《상서》《논어》《맹자》를 여진어로 번역했고 《한서》《신당서》 등 역사서도 번역하여 국민에게 읽혔다.

금세종은 또 중원의 한인을 통치하기 위해 자기네들만의 조직인 맹안(猛安)·모극(謀克)이라는 부족제 군사 조직을 가졌었다.

맹안은 여진어로 천(千)을 의미하는 민강, 모극은 족장을 의미하는 무케의 음역(音譯)이라고 한다. 일단 유사시에는 이런 맹안·모극이 적과 싸우는 제도였다.

또 금의 지배 아래서 도교는 크게 발전된다. 왕중양(王重陽)이 산동에서 전진교(全眞敎)를 일으켰고 제2조 마단양(馬丹陽)은 전진교의 조직을 다졌으며, 당시 아직도 젊었던 구처기(丘處機)는 원대에 이르러 칭기즈 칸의 신임을 받아 전진교를 화북 일대의 도교 주류로 만든다.

송효종이 즉위하면서 직언을 구하자 주회암은 이 무렵 33세로서 다음과 같은 봉사(封事 : 밀봉된 의견)를 올렸다.

'──조서를 받들어 보건대 '짐(朕)의 행위에 허물이 있고 조정의 정사에 누락된 데가 있으며 백성에 안위(安危)가 있고 사해에 이병(利病)이 있다면 모든 지방과 중앙의 구별 없이, 또한 관리와 서민의 차별없이 그 직언·극간을 허용한다'고 하셨습니다. 제가 보는 바로선 폐하는 황자로 사저에서 덕을 기르시기를 30년 가까이 하셨습니다만, 그 사이 음성(淫聲)·여색을 가까이 하시지 않고 재화를 탐내지 않으셨으며 아무런 기호도 일삼지 않으셨기 때문에 하등의 과실도 세평에 올라 있지 않습니다. 이른 아침부터 정당(政堂)에 나오시고 삼가 정사를 처리하시니 인효의 덕은 상하에 고루 퍼지고 그 때문에 백성의 기대를 한몸에 지으시며 태상 황제의 자애에 부응하시고 하늘의 부탁을 받아 천하를 보유하시기에 이름은 틀림이 없다고 했습니다. 그러므로 폐하의 허물을 저는 아직 모릅니다.

──신분이 변변치 못하나 말씀드린다고 하면, 성덕에는 아

직 과실이 없다 하시더라도 제왕의 학문은 늘 연구하셔야 합니다. 조정의 정사에 아직은 누락이 없다 하더라도 내정을 갖추고 외적을 물리칠 계략은 조급히 정하시지 않으면 안됩니다. 이해·안위는 이것저것 열거할 수는 없다 하더라도 그 근본인 점에는 유의하셔야 합니다. 학문을 깊이 하지 않으면 과실이 싹트고 계략을 정하지 않으면 누락된 것이 커지며 근본을 바로잡지 않으면 말류(末流)의 폐해는 말할 수도 없게 되기 때문입니다.

──지금 소신이 듣건대 폐하는 혼자의 힘으로 진리의 요체(要諦)를 규명하시려고 노자와 불교의 글에 매우 관심을 가졌다고 하옵니다. 그 진위는 모릅니다만, 만일 사실이라면 이는 천수(天授)의 귀중한 소질을 가졌으면서도 요순의 성덕까지 올리는 방법은 아니옵니다. 형식적인 미사여구는 사물의 근원을 탐구하여 통치의 방책을 낳게 하는 수단은 되지 못하오며 노장이나 불교의 허무한 면의 가르침은 사물의 본말을 꿰뚫고 광대한 중정을 세우는 방법이 아닙니다.

그래서 옛날의 성제 명왕의 학문은 반드시 만물에 이르러 그 만물에 대한 지식을 궁구하고[격물치지] 사물의 변화를 규명하며 직면하는 사물에 관해 그 도리의 있는 곳을 미세한 것에 이르기까지 밝히고 자기의 마음으로서 뚜렷이 인식하며 조금이라도 빠뜨림이 없도록 했던 것입니다.

그러면 자연히 뜻은 정성스러워지고 마음은 올바른 것이 되어 천하의 정치를 처리하는 데도 마치 간단한 수를 헤아리고 흑백을 구별하듯이 쉬워집니다. 만일에 학문을 않든가 하여도 이를 중심으로 하지 않는다면 주체(主體)와 객체(客體), 근본과 지엽이 거꾸로 되어 어긋나며 아무리 영지·총명한 소질이나 정애롭고 공손한 덕을 가지셨더라도 그 지혜가 착함을 밝히거나 앎이 도리를 궁구하거나 하지도 못하여 결국 천하의 안정에 도움이 되지 않게 됩니다.

그러므로 인군이 배우든가 배우지 않든가 배우는 내용이 올바른가 올바르지 못한가는 생각하시기 나름이고 더욱이 천하 국가의 치란에 이것만큼 크게 나타나는 일은 없는 것입니다.

그 관계는 결코 작지 않습니다. 《역경》에서 극히 작은 어긋남이 천리의 잘못이 된다고 함은 이것을 말한 것입니다. 《대학》의 치지격물은 요순이 말하는 정일(精一)이고 정심성의(正心誠意)는 요순이 말한 집중(執中)입니다.

예로부터 성인이 입으로 전하고 마음으로 전하여 실행으로 나타내려는 것은 이것뿐입니다. 이것은 공자에 이르러 대성했습니다만, 공자는 나아가서 마땅한 지위를 얻고 천하에 베풀지는 않았습니다. 그러므로 물러나서 6경을 필록하여 이를 만들고 후세의 천하 국가를 다스리고자 하는 자에게 제시했을 뿐이었습니다.

6경 중에서 그 본말·시종·선후의 순서를 가장 자세하고도 명백하게 기술한 것은 대씨가 엮은 《예기》에 나와 있습니다. 《대학편》이라는 게 그것입니다.

폐하이시여, 지금까지 익숙했던 무용(無用), 경박한 글을 버리시고 사이비의 편중된 학설을 배척하시며 조금이라도 이 남겨진 경문에 뜻을 두시고 그 내용에 밝은 참된 유가를 찾아내어 곁에 두시어 고문으로 삼으시고 연구·충실하시되 정일의 극치에 이르는 일에 힘쓰시면 천하 국가로 다스려지는 근원은 이밖에는 없다 아시고, 그 위에 체용일원(體用一源)·현미무간(顯微無間)

임을 아셔야만 비로소 요순우탕 문무주공 공자가 전한 것을 이해하실 수가 있는 것입니다.'

주자의 이 의견서에 이미 그 학문의 총체적 윤곽이 엿보인다. 회암은 이 글에서 또한 열렬한 애국자로서 금나라에 빼앗긴 실지 회복을 주장하고 있다.

황제는 이 글을 읽고 그를 불렀지만 그는 벼슬자리에 나가지 않았다.

이어 건도(乾道) 5년(1169)에 어머니의 상을 당한다. 송효종은 이 해에 다시 그를 불렀으나 상중이라는 이유로 관직을 사양했다.

순희(淳熙) 원년(1174), 45세의 주자는 태주〔절강성 임해현〕의 숭도관(崇道觀) 주관이 되었고 이듬해 여동래가 찾아와서 함께 아호(鵝湖 : 산이름)로 육복재・육상산 형제를 방문했었다. 주자가 여동래(呂東萊 : 이름은 조겸, 자는 백공)를 안 것은 그가 26세 때의 일로서, 그 무렵 동래의 아버지는 복주에 부임하고 있었다.

동래의 고향 금화(金華)는 공리주의가 성행되는 곳이고 그 학문도 깊이 내면을 파고들기보다는 널리 역사를 알고 문물 제도에 관심을 갖는 경향이 짙었는데 호남학처럼 정면에서 주자의 마음을 움직이기보다도 측면에서 그 사상 형성에 반성 재료를 제시하는 결과가 되었다.

순희 2년 4월, 여동래는 주자가 사는 한천 정사(寒泉精舍)를 방문했고 약 40일을 머물렀다. 두 사람 사이에는 약속이나 하듯 북송의 주염계・정명도・정이천・장횡거 이래 전승된 유학의 규모가 너무나도 광대하기 때문에 초학자로서 실마리를 잡기 어렵다는 것이 화제가 되었고, 위 네 사람의 말 6백22조를 제목별 14권으로 분류하여 한 권의 책을 만들고 《근사록(近思錄)》이라 이름지었다.

이 저술엔 주자도 자신감이 있었던 모양으로,
'근사록을 잘 보라. 4서는 6경의 계제이고 《근사록》은 4서의 계제이다.'
라고 했는데, 사실 서적의 입수가 반드시 쉽지만도 않은 이 시대에 알맞은 도학 입문서로서 환영된다.

동래가 귀향길에 올랐을 때 주회암은 그를 배웅하며 강서·신주(信州)의 아호사에 이르렀고 여기서 강서파의 중심 인물 육상산 형제를 만난다. 형은 복재〔이름은 구령, 자는 자수〕, 아우는 상산〔이름은 구연, 자는 자정〕인데 그 학풍은 호남학 이상으로 선종에 가깝고 근본의 각성에 의한 준민(俊敏)한 행동력을 중시했다.

순희 5년(1178), 회암은 지남강군(知南康軍)에 임명된다. 사양했지만 허락되지 않아 이듬해 3월 부임했다(50세). 동안현 주부를 그만두고 휴직이 된 뒤로 20년만의 관직 복귀이다.

그 동안에 연찬한 학리(學理)를 실지로 시험해 보고 싶은 의욕도 있었다. 남강은 토지가 척박하고 호수도 적었으며 세금은 가혹했는데 교육의 수준도 낮았다. 회암은 고을의 부로(父老)나 승려에게서 민정을 청취하고 이질병의 근원을 알아냈으며 점차로 공공 시설을 정비하여 민심을 안정시킨다.

교육 진흥에도 힘을 기울였는데 그 중에서도 유명한 것이 백록동 서원의 부흥이다. 백록동은 당대의 이발(李渤)이 사슴을 기르며 고을의 아이들을 가르쳤다는 전설이 있었는데, 주자가 부임했을 당시 몹시 황폐해 있었다. 주자가 서원의 부흥을 뜻한 것은 단순한 지방 교육의 진흥이라는 국지적 노림에 머물지 않고 이곳을 거점으로 하여 새로운 유교 흥륭의 불길을 올리는 데 있었다.

이 서원에서 배우는 학생을 위해 주자가 제시한 '백록동 서원 게

시'는 학문의 목표가 이록(利祿)의 도구가 아닌 수기치인(修己治人)에 있음을 명시한 것인데, 주자의 교육관을 단적으로 보여주는 것으로 후세에 큰 영향을 주었다.

그 학규(學規)를 소개한다면 다음과 같다.

부자유친·군신유의·부부유별·장유유서·붕우유신—— 이 오교(五敎)의 목은 요순의 사도(司徒)였던 설(契)이 정한 것이며 배움이란 이를 배울 뿐이다. 그리고 이를 배우는 까닭인 다섯 가지 차례가 있는데 다음과 같다.

널리 배우고 상세히 묻고 힘써 생각하고 밝게 가리며 충실히 실천해야 한다. 박학(博學)·심문(審問)·근사(謹思)·명변(明辨)의 네 가지는 천리를 연구하는 방법이지만 독행(篤行)은 수신(修身)·처사(處事)·접물(接物)에 이르기까지 또한 각각 요점이 있다.

〔수신의 요점〕

말은 마음에 충직하고 믿음이 있어야 하며, 행동은 도타운 것이 공경스러워야 한다. 분노를 억누르고 욕심을 버림으로써 착함으로 나아가고 허물은 고쳐야 한다.

〔처사의 요점〕

그 옳음을 바로잡고 이익을 위해서 꾀하지 말라. 그 도를 밝히되 공명을 생각지 말라.

〔접물의 요점〕

자기가 싫은 것을 남에게 베풀려 하지 말라. 행위에는 얻을 수 없는 게 있는데 도리어 다른 것에서 구하려 하지 말라.

주희가 사람을 가르치고 배움을 얻게 한 옛 성현의 뜻을 살펴보면, 이것으로 의리(義理)를 밝게 먼저 익히고 그 몸을 닦고 그런 뒤에 남에게 이를 미치게 했다. 부질없이 기람(記覽)에 힘쓰거나 문사로서 성명(聲名)을 낚고 이록을 취하려는 게 아니었다. 지금의 사람으로 배우려는 자는 이를 어기고 있다. 그렇지만 성현이 사람을 가르치는 법은 경문에 자세히 있으므로 뜻을 가진 자라면 이를 마땅히 숙독·심사(深思)하며 묻고 가려야만 할 터이다. 도대체 그 도리의 당연함을 알고 그 몸을 책망하는데 필연으로써 한다면, 어찌 남이 규구(規矩)나 금지 사항을 마련하기를 기다려 이를 좇을 필요가 있겠는가.

근세의 배움으로서 배우는 자가 규칙이 있음을 기다린 지도 적지가 않았건만 그 법을 보면 아직도 옛사람의 뜻이 아닌 것이었다. 그리하여 지금 또 성인께서 사람을 가르치는 이유인 큰 조목을 들어 이를 처마에 내거는 것이다.

이상이 백록동 서원 학칙의 대강으로, 교육의 목적이 인간의 본성을 발휘하는 데 있다고 주자는 믿었던 것이다.

주자에게 영향을 준 유학자로 여동래(1110~1181)말고도 장남헌(張南軒 : 1133~1180, 자는 경부)이 있었다. 주자는 불우한 중견 관리의 자제인 반면 동래와 남헌은 당시의 명문 출신이었으나 그 우정은 매우 돈독한 것이었다.

주자가 남헌을 안 것은 융흥(隆興) 원년(1163)의 일인데 그 뒤 수년의 교제를 하는 사이에 주자는 남헌의 사상에 이끌린다. 남헌은 호남의 호오봉(胡五峰) 제자인데 호의 학문 특징은 나예장이나 이연평의 '희노애락이 아직 발동되지 않은 이전의 기상을 고구하는' 정적의 경향과는 반대로 이발(已發 : 기발과 같음)의 선단에서 본심의 반짝임을 직각하고, 거기서 이발과 미발을 일체화한 공부의 초점을 두고자 하는 동적의 경향이 짙었다.

이 두 가지의 경향은 거슬러올라가면 북송의 이정(二程) 사상에서 그 싹을 발견할 수 있지만, 전자가 자칫 적정(寂靜)에 치우쳐 일상의 활기(活機)를 재빨리 파악하는 행동성이 결핍되는 염려가 있는데 후자는 고양이가 쥐를 잡듯이 재빠른 활기를 장악하는 장점이 있었다.

일찍이 대혜(大慧)선사에 경도되었던 주자이기도 했지만, 이연평의 미발론에 의해 스스로의 잘못을 깨닫고 이를 멋지게 극복한 주자는 남헌의 호남학에서 발견되는 유창(儒裝)된 동(動) 사상에 그의 피는 다시금 끓었던 것이다.

건도 3년(1167) 8월에 주자는 멀리 담주(장사)까지 남헌을 찾아갔다. 40여 일이나 걸린 여행이었다.

'남헌의 학문은 더욱 더 높고 그 견식은 빼어난 것이며 의론은 사람의 의표를 찌릅니다. 요즘 그의 논설을 읽었습니다만 그만 가슴속이 후련해졌습니다. 참으로 존경할 만합니다.'

이것은 주자의 척독에 있는 말이다. 동짓달에 두 사람은 눈도 깊은 남악의 형산에 올랐고 저주(櫧州)에서 작별을 고했는데 이때 지은 것이 다음의 유명한 시이다.

我來萬里駕長風(나는 와서 만리 장풍을 탔다네)
絶壑層雲許盪胸(절벽을 이룬 층층 구름은 크게 움직이네)
濁酒三杯豪氣發(탁주 삼배에 호탕한 기가 발하여)
朗吟飛下祝融峰(낭랑하게 읊어 뛰어내리는 축융봉일세)

섣달에 집에 돌아온 주자는 남헌의 가르침을 반추하며, '확실히 본심이 발현하는 실마리에서 맹성(猛省)하고 단련하지 않는다면 공부의 단서가 없을 게 틀림없다. 미발에 있어서의 본

심의 함양도 중요하지만 미발에 있어서의 의식의 양태・통찰이야말로 먼저 존중해야만 하리라.'
하고 사색에 잠긴다.

하지만 그로부터 반 년쯤 경과했을 무렵 주자는 남헌설에 의문을 품기 시작했다.

'그의 말처럼 이발에 힘을 기울이면 확실히 일시적인 반응은 있는 것 같다. 그러나 신변을 흘러가는 이것저것을 하나도 놓치지 않으려고 이발에서 이발로 내내 이행(移行)할 때 이상(異常)의 긴장이 태어난다고는 하더라도 차분히 진정된 품성은 키워질 수가 없고, 마치 큰 물결 속에서 발이 휩쓸리는 불안이 뒤따르고 마침내는 개개의 이발 그 자체까지도 거품처럼 흘러가 버리는 데 그치지 않을까? 평소 미발 상태의 차분한 본심 육성을 등한히 하는 이발설은, 그것이 아무리 유교로 포장되었다 하더라도 어차피 저 대혜선(大慧禪)의 재판이 되는 게 아닐까?'

여기서 주자의 가슴에 다시 저 이연평의 가르침이 되살아났다. 이발설보다 미발설로, 동적 입장보다 정적 입장으로의 돌아감이다. 다만 그 정(靜)이 고적(枯寂)이고 나약한 것이 되지 않기 위해선 그곳에 미발과 이발, 정과 동을 꿰뚫는 마음의 주재(主宰)가 확립되어야만 하리라.

그것이 곧 경(敬)이었다.

즉 주자는 연평의 주정(主靜)에서 한 발 전진하여 주경(主敬)을 주장했고 새로운 정(靜)의 철학이 완성되는 것이다.

이때 주자는 40세였고, 이 입장은 이후 순화・성숙되기는 하지만 그 사상적 핵심은 평생 불변이었기 때문에 이때 주자의 정론(定論)이 확립되었다는 것이 학자들의 통설이다.

주자는 즉시 이러한 생각을 남헌을 비롯한 호남학파의 여러 사람들에게 알렸는데, 남헌만은 납득했지만 다른 사람들은 반신반의 했다고 한다.

이런 장남헌이었으나 순희 7년(1180) 2월, 향년 48세로 졸한다. 주자는 여동래에게 이런 편지를 쓴다.

'장남헌이 돌아간 지 벌써 반 년이 됩니다. 그에 대해 생각할 적마다 흐느껴 울지 않을 수가 없습니다. 동지로부터 오는 편지에도 그의 죽음을 애도하지 않는 것이란 없습니다. 그래서 더욱 더 한탄이 깊어지는 겁니다. 그의 죽음은 유교의 쇠퇴일 뿐 아니라 당세의 치란에도 크게 관련이 있기 때문입니다.

앞서 심부름꾼을 보낸 이후 오늘에 이르기까지 정수(定叟)로부터는 편지를 받고 있지 않습니다. 오늘 다시 사인(使人)을 보내고 부의를 보냈습니다. 나는 그곳을 향하여 흐느껴 울고 거의 그칠 수가 없습니다. 그가 졸한 뒤 이 세상에서 같은 생각으로 있을 수 있는 것은 귀형뿐이겠지요. 여기까지 붓을 움직여 왔지만, 눈물이 나옵니다. 얼마나 슬픈 일입니까? 귀형이 쓰신 제문(남헌을 애도하는)은 성의가 담겼고 다른 사람으로선 표현할 수 없는 것이 있어 존경할 뿐입니다.' (《문집》 권34)

이런 여동래도 이듬해 7월 향년 71세로 졸한다. 주자는 1년 남짓 동안에 가장 신뢰했던 두 벗을 잇달아 잃은 것이다. 그 슬픔을 유자징(劉子澄)에게 써보낸다.

'슬픈 나머지 심장에 때때로 발작이 일어나고 게다가 부증마저 생기고 있습니다. 여러 병이 병발하고 하루라도 편한 날이 없으며 오랫동안 두 번 다시 일어날 수가 없는 게 아닐까 하며 걱정하고 있습니다. 이제까지의 학문은 자신을 돌이켜보는 데 허술

했고 회상하면 갖가지로 후회되는 일이 많이 있습니다. 써서 나타낸 문장도 마찬가지로 결점을 가졌고 자못 착실한 데가 없으며 돌아보고 망연해하고 있습니다.

생각해 보면 세월을 거듭한 공부쯤으로선 고칠 수 있는 게 아니겠지요. 이 때문에 더욱 더 우울한 것입니다.

이전에는 장남헌이나 여동래가 틈 있을 적마다 충고를 해주었기 때문에 자성(自省)할 수도 있었습니다. 이런 두 벗을 잃고 이와 같은 충언을 전혀 들을 수 없게 되었습니다. 질질 이끌리면서 게으름을 피우면 이렇게 되지 않을 수 없는 것입니다.

지금은 당신에게 깊이 기대하고 있습니다. 앞으로 서한으로서 엄하게 이끌어 주신다면 '군자로 도를 배우면 곧 사람을 사랑한다'(《논어》〈양화편〉)가 될 것입니다.'

순희 7년(51세), 천자의 조서에 따라 주자는 〈경자응소 봉사〉라는 상주문을 올렸다. 그 내용은 '천하 국가의 큰 의무는 백성을 가엾이 여기는 것보다 큰 일은 없으며, 백성을 가엾이 여기는 실질(實質)은 세금을 경감하는 데 있고 군대를 단속하는 데 있다'고 하면서 남강군의 구체적 실례를 들었다. 그리고 국세가 쇠퇴하는 까닭은 천자를 둘러싼 중앙 관계의 부패·타락에 있다고 규정했으며 그것은 천자 스스로 마음을 바로잡고 기강을 세우는 데 있다고 논했다.

전부터 주자를 높이 평가한 송효종도 이 봉사를 읽고는 크게 격노했다고 한다.

순희 8년[장남헌이 죽은 다음해] 2월에 육상산이 여섯 명의 제자를 데리고 갑자기 주자를 방문했다. 상산과는 그 동안 학문적 논쟁으로 거의 교유를 끊고 있었던 것이다. 이때 상산은 전년 9월에 타계한 형님 복재의 묘지명을 써달라기 위해 주자의 백록동 서원을 방문했던 것이다.

주자도 상산을 기꺼이 맞았고 양자의 학문적 대립은 여전했지만, 상산에게 강의를 의뢰했다. 상산은 '군자는 도리에 민감하고 소인은 이익에 민감하다(君子喩於義 小人喩於利)'(《논어》〈의인편〉)를 주제로 당시 지식인들의 통폐를 논하여 깊은 감동을 주었다(이것은 《육상산 전집》 권23에 들어 있다).

그 해 봄, 주자는 남강에서의 임기를 마쳤는데 조정에선 그의 공적을 인정하고 중앙의 직비각(直秘閣) 관직을 준비했으나 응하지 않고 고향으로 돌아갔다.

이 해 절동(浙東)에 큰 흉년이 들었다. 당시의 재상 왕회(王淮)는 주자를 제거양절동로 상평다염공사(提擧兩浙東路 常平茶鹽公事)에 천거했고 긴급히 사태를 처리하기를 기대했다.

재해가 엄청남을 깨달은 주자는 곧 임안에 이르러 천자를 배알하고 시국에의 소감을 상주한다. 이것이 〈연화전주차(延和殿奏箚)〉라는 것이며, 동년 12월 주자는 재해의 현지를 시찰했다.

주자는 다년간의 경험과 통찰에 의해 기근의 참화를 부당하게 가혹화하는 것은 사리사욕에 급급한 관료나 지방의 아전들, 쌀을 매점매석하는 악덕 상인이나 대농임을 알고 있었다.

난민 구제의 비용을 공정히 사용하고 쌀·좁쌀 등을 공출한 자에 대한 충분한 포상 및 노폐(老廢)한 관리를 물리치고 신진을 등용하며 사복을 채우는 자는 가차없이 적발한다.

이것이 주자의 근본 방침이었다. 그리하여 그가 지구적인 방책으로 내세운 것이 상평창의 방식을 기초로 한 사창법(社倉法)의 시행이었다. 조선조 시대 이것이 도입되어 창리벼의 제도가 되는 것인데 여기서 그것에 대한 시비를 말하고 싶지는 않다.

아무튼 절동에 있어서의 기근 구제의 대사업은 주자의 이철학(理哲學)의 사회적 실천력을 시험하는 시금석이었다. 결론적으로 말해서 주자의 사창법은 성공했던 모양이다. 육상산과도 같은 논적(論敵)마저 '거룩한 대절(大節)'이라고 찬양한 점을 보아 짐작이 된다.

주자는 이 직책 재임 9개월만에 집으로 돌아갔다. 다만 그가 난민 구제에 민완을 발휘한 것이 그 적발·규제를 받은 일부 관료들로부터 원성을 듣게 되고, 주자학 배척의 한 도화선이 된 것만은 분명하다.

순희 10년(1183) 4월, 주자는 숭안(崇安)의 북쪽 무이산 기슭에 무이정사를 세우고 학문 연구와 교육의 장을 마련했다. 이 무렵부터 주자의 학덕을 사모하며 사방에서 모여드는 유생이 많았고 냉엄한 고전 연구와 열기있는 인생 논의도 있었다.

그의 학문도 원숙해지면서 특히 절학(浙學 : 공리학파)과 강서학(江西學 : 상산학파)과의 논쟁이 치열해진다. 주자가 힘을 들여 비판한 것은 절동의 진동보(陳同甫)를 중심으로 하는 공리학파와 육상산의 돈오(頓悟)학파였다.

공리학파는 천리와 인욕(人欲), 왕도와 패도의 변별을 무시하고 이념을 고려치 않은 공업(功業) 우선을 주장한다는 점에서, 육상산의 돈오학파는 인간의 본질에 너무나도 안이한 신뢰를 두고 점진적인 격물치지의 절차를 경시하고 선종과 비슷하다는 점에서, 주자는 이를 배척했다.

'──언제나 생각하는 일입니다만 천리·인욕의 두 글자는 고금의 왕도·패도의 역사적 사실에서 구한다고 한정된 것은 아니며, 주로 자기의 마음속 의리(義利)·사정(邪正)을 돌아보고 이를 정밀하게 관찰하면 관찰할수록 명확하게 보이고, 이를 엄밀하게 지키면 지킬수록 용감히 발로(發露)되는 것입니다. 맹자의 이른바 호연지기는 규구·준승(먹줄)에서 결코 벗어나지 않도록 몸을 바짝 긴장시키면서 천하의 중책을 지고자 자부하는 것으로서, 맹분(孟賁)·하육(夏育 : 고대의 勇者)과 같은 용사라도 그의 뜻을 앗을 수는 없습니다. 이것은 도저히 재능이나 혈기로서 될 수 있는 게 아닙니다.

진형이시여, 한고조나 당태종의 방식을 보고 그 심법(心法)을 통찰해 보십시오. 과연 의(도리)로부터 비롯되고 있습니까, 아니면 이익에서 비롯된 것입니까? 사심에서 나온 것입니까, 아니면 정의로부터 나오고 있습니까?

한고조는 사의(私意)의 비율이 아직은 그다지 많지가 않습니다만 애당초 사사로운 뜻이 전혀 없었다고 할 수 없습니다. 당태종의 심술(心術 : 심법과 같음)은 아마도 일념으로서 인욕에서 나오지 않는 게 없겠지요. 다만 교묘히 인의를 가장하고 그 사의를 이룩했을 뿐으로서, 당시 그와 다툰 자의 재능이나 술책이 처음부터 그에게 뒤졌거나 인의를 가장하는 수단이 있음을 깨닫지 못했기 때문에, 태종은 다른 자들보다 능숙히 행동하여 성공했을 뿐입니다.

그가 국가를 창건하고 오래오래 제위를 전하기 위해 곧바로 올바른 천리를 얻고 있었다고 한다면, 이것이야말로 성공하느냐 여부에 의해 시비를 정하고 단지 그 전리품이 많은 점만을 평가하여 그 규범을 무시하거나 부정으로 행동한 것을 부끄럽지가 않다는 것이 됩니다.
 천5백 년 동안 바로 이와 같은 생각에 얽매여 있었습니다. 때문에 한낱 일시적 보강인 땜질로써 시간을 보내고 그 사이 소강(小康)의 시기가 없었던 셈은 아니지만, 요순·삼왕·주공·공자로 전해진 도는 하루도 천지의 사이에서 실행된 적이 없었습니다.
 당신은 왕도와 패도의 구별없이 도는 항상 존재한다고 하지만, 도는 처음부터 사람의 힘으로 좌우할 수 있는 게 아닙니다. 다만 애당초 도는 고금에 걸쳐 늘 존재하며 멸망하지 않는 것으로서 천5백 년 동안 인력으로 파괴되더라도, 결국 그것을 남김없이 멸할 수가 없을 뿐입니다. 하지만 한당의 현군이라 일컫는 분들에게 일푼(一分)의 기력이라도 도를 돕는 면이 있었을까요?'(문집 36, 진동보에게 답하다)
매우 날카로운 주자의 논리이다.
'──자주 주신 편지의 개략은 한당(漢唐)을 존중하고 요·순·우의 삼대와도 다를 게 없다 하고서, 3대를 폄하여 한당과 다를 게 없다고 하시는 데 지나지 않습니다. 그리하여 그 설의 근거는 옛날과 지금으로선 시의(時宜)가 다르므로 옛날의 성현 사업은 무엇이든 모범으로 할 수는 없으며, 시세를 구하는 뜻과 혼란을 없애는 공만 있다면 그 방식이 의리에 맞지 않는 점이 있다 하여도 그런대로 일대의 영웅이라 해도 상관없다는 것에 지나지 않습니다.
 때문에 더욱 하늘과 땅과 사람은 병립하여 셋이 되는 것이므로, 하늘과 땅만이 언제라도 운행하고 사람은 정지하는 일이 있다고 해서는 안되며, 지금 하늘과 땅이 항상 있기에 한당의 군주라도 오로지 그 있는 대로의 도를 좇아 행하고 사람으로서의 사업을 이룩했을 뿐이며 하늘과 땅은 그것에 의지하여 오늘에 이르렀다고 주장하는 것이 됩니다. 거듭되는 편지의 내용은 길게 그리고 다방면에 걸치고 있습니다만, 요컨대 모두 이 설을 증명하실 뿐입니다.

―― 편지의 '마음은 멸망한 채로 있는 일은 없고 법은 쇠퇴한 채로 있는 일은 없다'하는 한 대목은 편지의 요점으로서, 나로선 이 한 대목 이상으로 동의할 수 있는 점은 없습니다. 그렇지만 상위(相違)도 이 대목 이상으로 심한 곳도 없습니다.

생각컨대 사람이 있으면 반드시 마음이 있고 마음이 있다면 반드시 법이 있는 것으로서 물론 멸망한 채 쇠퇴한 채로 도리란 것은 없습니다. 다만 멸망한 채의 것이 없느냐 하면, 때로는 멸망하는 일이 있는 것이 됩니다. 쇠퇴한 채의 것이 없느냐 하면 때로는 쇠퇴하는 일이 있는 것이 됩니다.

생각하건대 천리와 인욕은 대항하면서 작용되는 것으로 어느 쪽이나 끊기든가 이어지든가 하는 것은 귀하의 말처럼 물론 그대로이겠지요. 그러나 그 본연의 묘(妙)를 논한다면 단지 천리만이 있고 인욕은 없습니다. 그러므로 성인의 가르침은 반드시 인욕을 끊고서 천리로 돌아가게 하려는 겁니다. 마음에 관해 말하면 그것이 멸망하지 않고 있을 것을 바랄지언정 멸망인 채가 아닌 것을 의지하지는 않습니다. 법에 관해 말하면 그것이 쇠퇴하지 않은 채로 있음을 바랄지언정 쇠퇴한 채가 아님을 믿거나 하지 않습니다.

《서경》에서 '인심이란 곧 위태롭고 도심은 곧 희미하다. 이는 정(精)이며 하나인데 그 중(中)을 취한다'(〈대우모〉)는 요순의 상전의 비의(秘義)입니다.

사람은 생을 받고부터 개별적 형체에 속박되는 것이며, 물론 사람 마음이 없을 수는 없습니다. 그렇지만 반드시 천지의 올바른 도리를 받고 있으므로 도심이 없는 셈도 아닙니다.

일상 생활에서 인심과 도심의 양자가 대항하면서 작용되고 서로가 승부하는 것으로 한몸의 시비 득실이나 한 나라의 치란 안위가 이것에 달리게 됩니다. 그래서 자세히 분별하고 인심이 도심에 섞이지 않도록 하며, 그것을 오로지 지켜 천리가 인욕에 흐르지 않도록 한다면, 행하는 일은 무엇 하나 중(中)에 들어맞지 않는 것이란 없고 천하 국가사에 있어서도 무엇을 처리하든 타당치 않은 게 없습니다.

인심의 위태로운 채로 내맡기고 때로는 멸망하는 일이 있음을 당연타 하고서, 도심의 희미함에 내맡겨 잠시 동안만 멸망치 않는 것을 요행으로 여겨서는 아니됩니다.

요·순·우가 상전(相傳)한 것은 애당초 위와 같은 도심에 의한 인심 극복입니다.…… 공자가 안연이나 증삼에게 전한 것도 이것입니다. 그러므로 '하루 자기를 이기고 예로 돌아가면, 천하는 인으로 돌아간다'(《논어》〈안연편〉)고 했으며, 또 '내 도는 일로서 이를 꿰뚫는다'(《논어》〈이인편〉) 했고 또 '도는 잠깐이라도 떠나선 안된다. 떠나야 할 것은 도가 아닌 것이다. 이 때문에 군자는 그 보지 않는 곳에서 계신(戒愼)하고 그 듣지 않는 곳에서 송구해한다'(《중용》〈제1장〉)고 했던 것이며, '그 기로선 지대지강, 곧게 키우고 해치지 않는다면 천지 사이에서 가득하다'(《맹자》〈공손축〉)고 하는 것입니다.

이 상전의 묘취(妙趣)를 유가는 상호간에 삼가 지키고 함께 배운다면 천하는 아무리 크더라도 이것을 다스리는 방법은 그것 이외는 없다고 생각했습니다.

  그런데 맹자가 돌아가고 나서부터는 세상 사람이 이미 이런 배움이 있음을 모르고, 어쩌다가 소질이 뛰어나고 계략이 세밀하여 그 일언일행(一言一行)이 도에 합치하는 영웅 호걸이 있었다 하여도 그 근본적 입장이 되어 있는 것은 애당초 도심을 무시한 이욕(利欲)의 사심 이외의 것은 아니었습니다. 그리하여 세상의 배우는 자는 조금이라도 재주가 있으면 겸허한 심정으로 유가의 사업이나 성학(聖學)의 공부를 하려고는 않습니다.

  한편 완전 무결은 아니더라도 이것저것의 일에 지장만 없다면 훌륭한 공명을 세우고 훌륭한 부귀를 잡을 수 있는 한, 이치가 있음을 구실로 하여 속마음으로 유리하다고 보면 너도나도 동경하여 이를 실행하려고 합니다. 그렇지만 전혀 의리를 무시할 수도 없기 때문에, 이런 방식의 경우로서 어쩌다 잠깐만 멸망치 않고 있는 도리를 가리켜 이거야말로 요순 3대와 비견할 일이라 하고 그 근본적 입장엔 아무런 타당성이 없음을 반성치 않습니다.

  애당초 '천지인(天地人)' 삼재가 삼재인 이유는 물론 일리밖에 있을 수 없습니다. 그러나 천지는 무심(無心)입니다만, 사람에게는 욕망이 있습니다. 그래서 천지의 운행은 무궁하지만 사람에 있어선 천지와 일치되지 않는 경우가 있습니다.

  즉, 의리의 마음이 잠시라도 있지 않으면 인도는 정지됩니다. 인도가 정지되면 천지의 작용은 그치는 일이 없다 하여도 나에게 갖추어져 있는 그런 것은 물론 이 장(場)에 있어 작용하지 않게 됩니다. 널찍한 하늘이 언제나 위에서 돌고, 듬직한 대지가 언제나 아래에 있음을 본다고 하여, 인도는 언제나 확립되어 있고 천지가 이것에 의해 존속하는 징조로 삼아서는 안됩니다.

애당초 도의 존망은 사람에 달려 있고, 사람을 젖혀놓고서 도는 인정되지 않는다 함은, 도는 망한 일이 없지만 사람이 이를 체득하는 방식에는 고루 미치는 경우와 고루 미치지 않는 경우가 있다는 것입니다. 사람의 몸이 있으면 도는 저혼자 존재하고 사람의 몸이 없어지면 비로소 도는 망하는 것이다 하는 게 아닙니다.

물론 천하의 사람들로서 누구나 모두 똑같은 성인이 될 수 있는 것은 아닙니다. 그러나 반드시 요의 도가 행해져야 인도는 다스려지는 것이며, 천지는 성립되는 법입니다.

물론 천하의 사람이 누구나 모두 걸(桀)과 같은 악인이 되는 것도 아닙니다. 그러나 누구나 모두 걸이 되어야 비로소 인도는 다스려지지 않고 천지가 성립되는 방법이 없어진다고 정해져 있는 것도 아닙니다. 단지 이 도를 주장하는 사람이 일념(一念)의 사이라도 요를 닮지 않고 걸을 닮는다면, 이 일념의 동안은 한때를 넘기기 위한 보강으로서 세월을 보내는 셈입니다.

게다가 마음은 멸망한 채로 있는 일은 없다 하면서 멸망할 경우가 있음을 모면하지 않는다면, 당신이 말하는 바의 반사반생(半死半生)의 벌레가 아닐까요?

생각컨대 도는 정지하는 일이 없습니다만, 사람이 이것을 정지합니다. 《이정전서(二程全書)》에서 '도가 망하는 게 아니다, 유왕·여왕이 이것에 의하지 않는 것이다'(권 18)라고 한 것은 바로 이것입니다.

성인만이 인류을 완벽히 하고 왕자(王者)만이 제도를 완벽히

합니다. 그것은 물론 예사 사람이 미치는 바가 아닙니다. 그렇지만 마음을 세우는 근본은 완벽한 것을 모범으로 해야 할 것이며 불완전한 것을 모범으로 해서는 안되겠지요. 때문에 '순이 요에게 섬긴 방식으로 주군에게 섬기지 않는 것은 그 주군을 공격하고 있지 않기 때문이다. 요가 백성을 다스리는 방식으로 백성을 다스리지 않는 것은 그 백성을 괴롭히는 것이다'(《맹자》〈이루 상〉)라고 하는 겁니다.

하물며 당신의 편지에 '남김없이 사람을 속이는 것은 아니므로 인륜이고, 남김없이 세상을 현혹시키는 것은 아니므로 제도이다'고 함은 논외입니다.
이 편지의 내용으로 보아서도 애당초 남을 속이고 현혹하는 마음이 절대로 없다고는 할 수 없습니다. 남을 속이는 자는 남도 그를 속이게 되고, 남을 현혹하는 자는 남 또한 현혹하게 됩니다. 한당의 정치가 아무리 융성했다 하여도 사람들이 심복하지 않고 결국 삼대의 성시(盛時)에 뒤진다고 보이는 까닭도 여기에 있습니다.'《문집》권36, 진동보에 답하다〉
다음은 돈오학파에 대한 주자의 비판이다.
'육자수 형제는 인품은 매우 훌륭합니다. 그러나 그 결점은 바로 강학(講學)을 전혀 하지 않고 실천에 전념하며 실천하는 중에서 보지(保持)·성찰하여 본심을 터득하려는 점입니다. 이것은 큰 결점입니다. 요컨대 그 소행을 조직하고 표리가 없으며 참으로 남다른 데가 있습니다. 애석하게도 자신 과잉으로 기우(氣宇)가 좁고 조금도 남의 장점을 받아들이지 않으며 불교에 떠내려가면서도 조금도 깨닫지 못하고 있는 일입니다.'《문집》권31, 장경부(남헌)에게 답하다〉

'육자정(상산)으로부터 답장이 왔습니다만 말투가 자유 활달하여 얽매임이 없는 것은 역시 그의 체험 효과입니다. 다만 선(禪)의 낌새가 조금 있음은 어쩔 수 없습니다. 전날의 답서로서 장난삼아 '이 점은 아마 불교에서 따왔으리라'고 말했습니다만, 그는 아마도 승복하지 않겠지요. 그렇지만 실제가 그대로인지라 숨기지 못합니다. 요즘 건창(建昌 : 부자연(傅子淵), 이름은 몽천, 호는 약수)의 설이 대지를 뒤흔들고 눈썹을 치뜨며 눈을 부라리면서 괴기한 일이 속출하여 매우 염려스럽습니다. 그 역시 그렇게 하여도 애당초는 선의(善意)였겠지만, 단지 사견(私見)을 근본으로 해서는 안됩니다. 게다가 강학도 함양을 않고 느닷없이 그와 같은 미치광이 비슷한 짓을 하므로 대개의 세상 사람은 그의 말상대로 하지 못하리다. 학문을 뜻하는 자가 이런 설에 현혹되는 것은 참으로 우리의 도(유교)에 불행입니다.

—— 학문은 물론 용맹스러워야 합니다. 그러나 용맹에는 사태에 적중하는 활동이 없으면 안됩니다. 만일 양손의 주먹을 쥐고 몸에 힘을 들이며 일배(一杯)의 기력을 낭비할 뿐이라면, 그 결과는 하등 얻는 바가 없고 틀림없이 비상식의 일로 끝날 뿐이겠지요.'《문집》권35, 유자징에게 주다〉

'지난 겨울 부자연과 만났습니다. 그 강직한 기질은 좀처럼 볼 수 없는 것입니다. 다만 그 편향되고 있는 점이 큰 장애가 되어 있습니다. 이전에 충고했습니다만 아마도 아직 납득하고 있지 않겠지요. 어쩌면 당신의 관아에 도착하고 분명히 얼굴을 대하고 계시겠지요. 지금까지도, 그에게 엄격히 경고된 일이 있습니까?

도리는 극히 정미(精微)한 것이지만 애당초 눈귀로서 견문할 수 없는 곳에 있는 것은 아닙니다. 따라서 사물의 시비와 흑백은 눈앞에 있습니다. 이것에 관해 성찰하지 않고 따로 현묘(한 깨달음)를 의식 밖에서 구하려고 하면 큰 잘못입니다.

　나는 몸의 쇠약이 날로 진전되고, 작년에는 또 갖가지로 재난과 만났습니다. 요 며칠째 병구(病軀)를 겨우 지탱한다는 느낌입니다만, 기력의 소모가 하루하루 심해져 언제까지라도 세상에 남아있을 수는 없겠지요. 기쁜 일로선 근래 일상의 공부가 꽤나 효과를 올리는 듯이 생각되고 종래의 마무리되지 않는 폐해가 이미 없어졌습니다. 천천히 이야기할 수 없음을 매우 아쉽게 생각합니다. 뒷날 뵙게 될 때 아직 의견의 틀림이 있을지 어떨지는 모르겠습니다.'《문집》권36, 육자정에게 답하다〉

　순희 15년(1188), 주자는 59세였다. 왕회가 재상을 그만두고 주필대(周必大)가 그 직을 계승하자 주자를 천거하여 강서 제형(提刑)에 임명했다. 주자는 일단 병을 구실로 사양했지만 허락되지 않아 도읍에 올라가 장문의 봉사를 올렸다. 이것이 유명한 〈무신봉사〉이다.

　그 내용은 '오늘의 천하 대세는 마치 중환자 그대로이고 안은 내복(內復)으로부터 밖은 사지에 이르기까지 일모 일발(一毛一髮)이라도 병이 침범되지 않은 부분이란 없다' 하는 전제 아래 이것의 치료 방법으로 천하의 대본(大本)과 금일의 급무(急務)를 들었다. 천하의 대본이란 천자의 마음이고, 급무는 ①황태자를 보익할 것 ②대신을 선임할 것 ③기강을 세울 것 ④풍속을 순화할 것 ⑤백성의 힘을 기를 것 ⑥군정(軍政)을 개혁할 것 등이다.

　이리하여 순희 16년 효종은 태자에게 선위하였고 송광종(宋光宗)

이 즉위한다. 이 해 주자는 장주(漳州 : 복건성 용계현)의 지사에 임명되고 재차 사양했으나 허락되지 않아 이듬해 소희(紹熙) 원년 (1190)에 부임했다. 당시 장주는 풍속이 경박하고 백성은 예의를 몰랐다. 그래서 주자는 고금의 예의와 법률을 설명하여 들려주었고, 또 장례와 혼인의 예법을 게시하여 고장의 자제에게 가르치기 시작했다.

또한 이 고장은 불도를 존중하고 남녀가 사찰에 모이는 일이 유행하며 출가하지 않은 여인이 암자를 만들고 외롭게 사는 풍습이 있었는데, 이를 굳게 금지하고 때때로 직접 학교에 나가서 가르치는 한편 행의(行義)·염치의 인사를 교수로 발탁하여 학문을 장려했으므로 풍속이 눈에 띄게 고쳐졌다고 한다. 이때 주자는 고을의 비용으로 《사경사자》를 간행한다.

대체로 주자의 48세부터 60세 무렵까지의 13년간을 4서의 연구 기간으로 보고 있는데, 물론 명확한 구분이 있는 것은 아니다. 이 기간의 대표적 저술은 사서의 집주이며, 그는 순희 4년(1177)에 《논어》《맹자》의 집주와 혹문(或問)을 저술했고, 순희 16년(1189)에 《대학장구(章句)》와 《중용장구》의 서문을 쓰고 있으므로 《대학》이나 《중용》의 장구도 이때까지는 완성했다고 추정된다.

연보에 의하면 주자는 융흥 원년, 34세 때 《논어요의》와 《논어훈몽구의(訓蒙口義)》를 지었다고 한다. 이 두 책은 현재 산일되어 전하지 않고 있지만 다행히도 서문이 문집 75에 실려있어 대강을 추정할 수 있다.

서문에 의하면,

'오랜 《논어》의 주석으로 하안의 집해, 양나라 황간의 의소(義疎), 송의 형병(邢昺) 정의(正義)가 있어 훈고 명물〔이름있는 것〕

의 해석은 자세히 나와 있다. 그리하여 송대에 이르러 하남의 이정(二程) 선생은 맹자 이래 전하지 않던 학문을 일으켰으며, 늘 《논어》를 사용하여 사람을 교도하셨다.

나도 열서너 살 무렵 망부(亡父)로부터 그 설을 받았는데 미처 대의에 통하지 못한 사이 아버지를 여의었고, 그 뒤 제가의 설을 모아 일서를 편찬해 보았으나 모순투성이고 문맥이 통하지 않았다. 그래서 융흥 원년, 한두 명의 벗과 함께 이를 산청(刪定)하여 정씨의 설을 남겼다.'
고 되어 있다.

다음 훈몽은 그 서문에 의하면 요의 편찬 뒤에 초학자를 위해 편찬된 것으로, 주소(注疎)에 의해 훈고를 통하고 《석문》에 의해 발음을 바로잡았으며, 그리고 여러 노선생의 설을 모아 동몽의 편의를 도모한 것이라고 한다.

그리고 그 뒤 건도 8년, 43세일 때 《논맹정의(論孟精義)》가 만들어진다.

정의 34권은 이정자·장횡거·범조우·여희철(呂希哲)·여대림·사양좌(상채)·유조(遊酢)·양시·후중량(侯仲良)·윤돈(尹焞)·주부선(周孚先) 등 12가의 설을 모은 것으로, 그 서문의 의미와 내용부터 생각하면 《논어요의》를 수정·보강하고 제목을 바꾼 것에 다시 《맹자정의》를 보충한 것인 듯싶다.

그리하여 《논맹정의》는 처음에 건양에서 상재(上梓)되었지만, 그 뒤 순희 7년에 이르러 다시 빠진 부분을 보강하여 남강 현학에서 출판되었고 《어맹요의(語孟要義)》로 개칭되었다고 한다〔현재는 《논맹정의》로 되어 있음〕.

《논맹정의》가 생긴 5년 뒤, 순희 4년에 이르러 《논어》《맹자》의 집주와 혹문이 지어졌다. 생각컨대 〈집주〉는 정의 또는 집의의 요점을 취하고 〈혹문〉은 문답을 마련하여 취사(取捨)의 뜻을 밝힌 것이다.

그래서 주자 스스로도 '집주는 곧 집의의 정수'(《어류》 19)라 했으며 또 '여러 붕우가 먼저 집의를 보면 분별하기 쉽지 않으리라. 또 많은 공부가 필요하다. 집주를 보아야만 한다'라고 했고 '또한 모름지기 집주를 보고 교숙(敎熟)하고 나서 다시 집의를 보아야 한다'라 하여, 집주가 정의(집의)의 요점을 딴 초학자의 입문서임을 말하고 있다.

'이 글은 본인이 30세로부터 공부를 한 것이고 지금에 이르기까지 개정하지 않았으며, 이를 건성으로 보아선 안된다' 하고 '본인의 《논맹집주》는 한 글자라도 첨가하거나 한 글자라도 줄여선 안된다'며 그 고심과 자신감이 두텁다는 것도 알 수가 있다.

《혹문》은 집주의 부록이라 할 것으로 집주의 취사를 덧붙인 이유를 설명하는 책인데, 현재의 집주와 혹문은 때때로 모순되는 부분도 있다. 이 점에 대해 주자는 번단숙(藩端叔)의 물음에 대답한 말을 《문집》 50에서 설명했다.

'이 글은 오랫동안 공부·수득(修得)한 적이 없었다. 또한 집주는 자주 개정되어 정해지진 않았으며 《혹문》과는 전후 상응되지 않는다.' 이것으로 미루어 집주는 순희 4년에 완료된 뒤에도 쉴새없이 개정을 게을리하지 않았다고 상상된다. 요컨대 《논맹집주》는 처음에 《논어요의》로 시작되고 그 뒤 정의가 되었으며 뒤에 또 집주가 된 것으로서, 집주 완료 후에도 몇 번 개수된 것이며 이 기간의 주자 저술 중 가장 힘을 기울인 것이다.

《논맹집주》에 이어 《대학장구》와 《중용장구》가 만들어졌다. 그리하여 후세에 이것을 통합하여 《사서집주》라고 부르고 있지만 당시엔 각각 별개의 저술로 취급되었다. 그래서 《중용장구》의 주자 자서(自序)를 읽어보면,

 '그리하여 감히 중설을 모으고 그것을 절충(折衷)하여 장구 일편을 정저(定著)하니, 이로써 뒤의 군자를 기대한다. 그리고 한두 동자가 다시 석씨(石氏)의 글을 취하여 그 번잡한 것을 깎아버리고 이름지어 집략(輯略)이라 하고 또한 일찍이 논변·취사한 바의 뜻은 따로 《혹문》을 짓고 그 뒤에 붙였다.'

고 하여 《중용장구》와 집략·혹문이 합쳐져 한 권의 책이었음을 알 수가 있다. 그리하여 이른바 〈집략〉은 석돈(石𡼏)의 《중용집해》를 산정한 것이었다. 석돈은 자를 자중(子重)이라 하며 소흥 15년의 진사이고 지남강군이 된 사람이다.

 일찍이 주돈이·이정자·장재·여대림·사양좌·유조·양시·후중량·윤돈 등이 《중용》을 해설한 말을 모아 《중용집해》라는 책을 저술하고 건도 9년, 주자로 하여금 그 서문을 짓게 했다.

 그 서문은 현재 《문집》 75에 수록되어 있지만, 이것에 의하면 편찬의 체재는 《논맹정의》와 비슷했다. 그래서 그 뒤 주자의 장구가 완성되었을 제, 주자는 이 책을 산정하여 《중용집략》이라 이름짓고 집해의 옛 서문을 그대로 첫머리에 싣고 장구의 뒤에 붙였으며, 다시 장구가 집략 소재의 선유들 설을 취사한 까닭을 적어 《혹문》을 짓고 또한 그 뒤에 덧붙였다.

 이것이 《중용장구》의 애당초 모습인 듯싶다. 따라서 《중용장구》는 집략·혹문과 더불어 1부의 책이 되고 《논맹집주》는 정의·혹문과는 별도로 일류(一類)의 책이 되며, 그리하여 《대학장구》는

《혹문》과 또 별도로 일류가 되어 있었던 것이라고 추측된다.
 그런데 그 뒤 가정(嘉定:1208~1224) 초에 이르러 이도전(李道傳)이 상주하여 《논맹집주》와 《중용》《대학》의 혹문을 태학에 반포(頒布)할 것을 말했고, 동 5년(1212)에 유약(劉爚)이 주자의 《논어》《중용》《대학》《맹자》의 설을 학관(學官 : 즉 교수 과목)으로 세울 것을 상주했으며 또한 사서의 집주를 간행하기를 청했다. 더욱 내려와 보경(寶慶) 3년(1227)에 이르러 집주의 학관이 세워지자 《논맹집주》와 《학용장구》가 통합되어 출판되었으며 《논맹》《혹문》과 《학용》의 《혹문》이 합쳐져 《사서 혹문》으로 취급되고 후세는 사서의 이름이 일반화된다.

 주자 자신은 아직 《논맹집주》와 《학용장구》를 합쳐 《사서 집주》라는 이름을 붙이고 있지는 않지만, 이 사서는 주자가 가장 힘들인 저술이고 이것에 의해 유교가 획기적인 혁신을 했으며 우리나라에도 일찍부터 소개되었다.
 종래의 유학은 《역경》《서경》《시경》《예기》《악기》《춘추》의 육경을 경전으로 삼아 《논어》《맹자》 따위는 그 주해처럼 취급되고 있었는데, 주자는 《논어》로써 공자의 정신을 전한 것이고 《맹자》는 맹가(孟軻)의 가르침인데, 그리고 정자의 뜻을 이어받아 《예기》 중의 《대학》과 《중용》 2편을 뽑아내어 전자는 증자의 말을 기록하고 또한 부연한 것이며, 후자는 자사의 저술로 보고 이것을 논·맹과 나란히 공자·증자·자사·맹자의 올바른 정통을 나타내는 것이며, 위로 거슬러올라가면 요·순·우·탕·문·무의 정신을 계승하고 천명한 것이라고 생각했다.
 그렇건만 이 전통은 맹자 이후 이를 소개·전술하는 사람이 없어 천오백 년 동안 어둠 속에 있었는데 송대에 이르러 정호·정이 두 사람이 나타났고 이 사서에 의해 천 년 부전(不傳)의 학문이 명백해진 것이며, 주자는 바로 정자의 학문을 계승하며 이를 천명한 소임이 맡겨졌다고 믿었던 것이다. 이 유학의 전통설을 가장 간명하게 나타낸 것은《중용장구》서문이었다.

'《중용》은 무엇 때문에 지어졌는가. 자사자(子思子)——도학의 그 전함을 잃을까 염려하여 지은 것이다. 대개 상고로부터 성신(聖神)이 하늘을 이어 극(極)을 세우셨고 도통(道統)의 전함이 있어 왔던 것이다. 경문에서 볼 수 있는 '참으로 저 중을 지키라'고 하심은 요가 순에게 맡겼던 까닭이요, '인심은 오직 위태롭고 도심은 오직 희미하니 사욕을 물리치고 마음을 정하게 가져 저 중을 지켜라' 하심은 순이 우에게 맡기신 까닭이며, 요의 한마디는 지극하고도 남김이 없는 것이었다. 그리하여 순이 또 이를 도와서 세 마디를 한 것은 곧 요의 한마디를 반드시 이와 같이 하여야 성인의 일컬음이 이루어질 수 있음을 밝히려는 데 있었다.

저 요·순·우는 천하의 대성이고 천하로서 상전(相傳)함은 천하의 큰 일인데, 천하의 대성으로 대사를 행하시고 그 주고받을 제에 재삼 간청하신 계고(戒告)가 이와 같은 것에 지나지 않는다면 천하의 도리에 어찌 이것(정일)을 덧붙일 게 있겠는가.

이로부터 성성이 상전하셨는데 성탕(成湯)·문·무는 군주가 되고 고도(皐陶)·이윤(伊尹)·부열(傅說)·주공·소공과 같은 이는 신하가 되어 모두가 이미 이것으로써 저 도통의 전함을 이으셨으니, 우리의 공자 같은 분은 비록 그 지위를 얻지 못했다 할지라도 가신 성인을 계승하고 내학(來學)을 여신 까닭은 그 공적이 도리어 요순보다도 어진 것이었다.

 그렇지만 이때에 있어 보고 이것을 안 자는 오직 안씨(안회)·증씨(증삼)의 전함이 그 종(宗)을 얻었을 뿐이다. 증씨가 재전하여 부자(공자)의 손자 자사를 얻기에 이르렀지만 성인이 가신 지 멀어 이단(異端)이 일어났다. 자사는 그것이 더욱 더 오래이고 더욱 더 잃게 됨을 두려워했다. 이리하여 요순 이래로 상전된 뜻의 근본을 캐어 추구하고 평소 부형과 스승에게서 들은 바의 말로 따지고서 다시 서로가 연역(演繹)하여 이 글을 짓고 이로써 뒷날의 배우는 자에게 알리는 것이다.

 대개 그 근심하는 바는 깊고 그 말은 간절하며 헤아리자니 먼 일이었다. 그러므로 이것을 설명함에 있어 상세한 것이 되었다. 이를테면 천명솔성(天命率性)이란 곧 도심을 말함이오, 착함을 가려 고집함이란 곧 정일(精一)을 말함이었다. 또 군자시중(君子時中)이란 곧 중을 지킨다는 말이다. 세상이 상후(相後)하여—— 천여 년인데 그 말은 다르지 않기가 부절(符節)을 맞춤과도 같다. 옛 성인의 글을 역선(曆選)하고 강유(綱維)를 제설(提挈 : 고심하고 매듭졌음)하며 온오(蘊奧 : 정수·노른자위)를 열어 줌에 있어 아직껏 이와 같이 명확하고도 철저한 것은 없을 터이다. 이로부터 또 재전하여 맹씨(맹자)를 얻었고 능히 이 글을 추명(推明)하여 선성을 승통했지만 그 졸함에 이르러 마침내 그 전함을 잃었던 것이다.

 ……그러나 아직 다행히도 이 글은 멸망치 않았고 때문에 정부자(程夫子) 형제가 나타나 고구한 바를 얻게 된 것에 근거하여 저 천 년이나 전하지 않던 실마리가 이어졌으며 얻게 된 것에 근거하여 저 이가(二家 : 노장과 불교)의 비슷하면서도 아닌 것을

배척할 수가 있었다.

　대개 자사의 공이 이에 있어 크다고 하지만, 만일 정부자가 없었다면 역시 그 말에 의해 그 마음을 얻는 일도 없었으리라.'
이상은 《중용장구》 서문의 일부분이지만 이것에 의해 이른바 도통의 전함이란 것이 명백해진다. 즉, 주자에 의하면 요순이 전수한 도심은 《중용》의 하늘부터 부여된 성(性)에 해당되고, 《중용》의 성은 맹자의 이른바 성선이며 《대학》의 명덕(明德) 또한 다름아닌 이것이었다. 그리하여 사람이 형기(形氣)의 매임에서 벗어나 이 성명의 근본으로 돌아가는 방법을 강구하는 게 곧 학문이고 수양이며, 이런 방법은 《논어》《대학》《중용》《맹자》의 사서에 가장 명확히 나타나 있다. 그래서 사서에 의해 도통을 탐구하고 수양에 도움되게 하겠다는 것이 주자학의 목표였다.

　주자가 사서를 존중한 것은 위에서 말한 대로지만, 사서 중에서 특히 《대학》을 존중한 것은 그 자신 '나의 평생 정력은 남김없이 이 글에 있다.'《어류》 14)라 일컫고 그 죽음에 이르기까지 《대학장구》의 개정에 고심한 일로 알려지고 있다.
　그는 늘 제자에게 먼저 《대학》을 읽으라고 권했으며 '학문은 모름지기 대학으로 먼저 해야 한다. 다음은 《논어》, 다음은 《맹자》, 다음은 《중용》이고 《중용》은 공부가 치밀하여 규모가 크다'고 했지만 '나는 사람으로 먼저 《대학》을 읽어 그 규모를 정하고, 다음은 《논어》를 읽어 그 근본을 세우고, 다음은 《맹자》를 읽어 그 발월(發越 : 뛰어남)을 보며 다음에 《중용》을 읽어 소인의 미묘한 곳을 구해야 한다'고도 했으며, 또한 '《대학》은 바로 위학(爲學)의 강목이고 먼저 《대학》을 통해 강령을 입정(入定)하면 다른 경은 잡설에 속한다.' 그러면서 충고한다. '《대학》은 몇달의 공부로 보아야 하리라. 이 글은 전후가 상인상발(相因相發)하고 있다.…… 다른 책은 한 곳에서 말하는 것도 아니고 한 사람이 기록한 것도 아니지만, 오직 이 글만이 수미(首尾)가 갖추어져 자세하다. 따라서 천거하기가 쉽다.'

이상 모두 《어류(語類)》 14에 나오는 말인데, 이것으로 주자가 《대학》을 얼마나 중시했는가 추측되고도 남음이 있다. 그렇다면 그는 《대학》을 어떠한 성질의 글로 보았던 것일까?

주자는 《대학장구》의 서문 첫머리에서 '《대학》의 글은 옛적의 대학에서 사람을 교육하는 방법'을 기록한 거라고 간파했으며, 다음에 '삼대의 성시엔 학교가 완비되어 있어 왕공부터 서민의 자제에 이르기까지 8세가 되면 모두 소학에 들어가 쇄소(灑掃 : 청소)·응대(應待 : 대인 관계)·진퇴의 절도와 예악·사어(射御)·서수(書數)의 학과를 배우고 공경대부 원자와 적자 및 평민의 준수한 자에 이르기까지 15세가 되면 다시 대학에 들어가 궁리·정심·수기(修己)·치인(治人)의 도를 배웠지만, 주나라 말세에 이르러 학교가 퇴폐하여 교화가 쇠퇴했다. 그래서 공자는 선왕의 법을 취하여 후세에 전했다. 현재 《예기》 속에 든 〈곡례〉〈소의〉〈내칙〉 및 〈관자(管子)〉에 든 〈제자직(弟子職)〉 등의 편은 곧 소학 교육의 유문이고 〈대학편〉은 곧 대학 교육의 법을 적은 문헌'이라고 설명했으며 마지막으로 '이와 같은 사실은 공문(孔門) 3천의 여러 제자는 모두 이를 듣고 있었을 터인데 특히 증자가 가장 정밀한 부분을 전했었다. 그래서 그 문인 등은 사전(師傳)을 부연하여 이 편을 지었는데 맹자가 죽은 이래로 이것을 전하는 사람이 없어졌다. 그러나 천운이 순환되어 송이 일어남에 이르러 하남의 이정자(二程子)가 나타나 이 편에 착안하고 그 착오된 부분을 바로잡았으며 그 취지를 밝히고서 이를 표장(表章)했기 때문에 자신도 또한 그 설을 덕분에 들을 수가 있었다. 그러나 정씨의 설 또한 소멸되어가고 있으므로 스스로 그 결락 부분을 보충하여 장구를 만들었다'는 의미의 말을 적었다.

여기서 대학과 소학의 구별을 설명한 부분 '옛날에는 왕자 나이 8세로 나와서 외사(外舍)에 취학하여 소예(小藝)와 소절(小節)을 밟는다. 머리를 묶고 대학에 취학하여 대예와 대절을 밟는다.' 〔《대대례》〈보부편(保傅篇)〉〕, 또는 《백호통의(白虎通義)》에 나오는 '8세로 소학에 들어가고 15세에 대학에 들어가다'를 인용한 것인데, 〈곡례〉〈소의(小義)〉〈내칙〉〈제자직〉을 소학 학과의 유문이라 보고 〈대학편〉을 대학 교육의 법을 적은 것이라며 잘라 말한 것은 주자의 창설(創說)로서 그것이 과연 상고 3대의 제도인지 쉽게 단정할 수는 없었으나 주자의 교육설은 여기서 출발한다.

말할 것도 없이 〈대학편〉은 《예기》 중의 일편으로 작자도 성립연대도 불명이며, 장절(章節)이 구분되어 있지도 않다. 그런데 주자는 정씨의 말을 인용하여,

'《대학》은 공씨의 남긴 글로서 초학이 덕에 들어가는 문이다. 지금에 고인의 위학 차제(과정)를 볼 수 있는 것으로선 오직 이 편이 있을 뿐이다.'(《대학장구》)

고 단정했으며 더욱 나아가서 〈대학편〉을 분석하여 11편으로 만들고 첫 1장을 경(經), 뒤의 10장은 전(傳)으로 구분했다. 즉 경 1장은 공자의 말을 증자가 부연한 것이고, 전 10장은 증자의 뜻인데 제자가 이를 기록했다고 하였다.

따라서 주자에 의하면 《대학》 일편의 요지는 제1장, 곧 경으로서

전부라고 여겨진다. 그 제1장에서,

'대학의 도는 명덕을 밝히는 데 있고 백성을 새로이 함에 있으며 지선에 머무는 데 있다. ……옛날의 명덕을 천하에 밝히고자 하는 자는 먼저 그 나라를 다스린다. 그 나라를 다스리고자 하는 자는 그 집을 가지런히〔齊〕한다. 그 집을 가지런히 하려는 자는 먼저 그 몸을 닦고, 그 몸을 닦으려면 우선 그 마음을 바로잡으며, 그 마음을 바르게 하자면 먼저 그 뜻을 성의 있는 것으로 한다. 성의를 다하려면 그 앎에 이르고, 앎에 이르자면 만물에 이르는 것이다.'

이를 다시 말하면 주자는 ①명덕을 밝힌다. 명덕이란 사람이 하늘로부터 받은 성 곧 천리이고, 허령불매(虛靈不昧)인 것――일정한 고정적 내용에 의해 채워져 있지 않은 일로서 온갖 도리를 갖추고 만사에 응하는 능력이다. ②백성을 새로이 한다는 것은, 즉 혁신한다는 것이며 ③지선이란 뒤에서 설명할 내용을 가리키는 것으로 지극한 도리이다.

이상의 세 가지를 대학의 3강령이라고 부른다.

이어 (1)평천하(平天下) (2)치국(治國) (3)제가(齊家). 제는 당시의 대가족 제도를 전제로 하여 가족간의 화합·단결을 가리킨 것이라고 여겨진다. 제라는 글자는 가지런하지 못한 것, 곧 들쭉날쭉한 것을 고르게 한다는 뜻이 있다. (4)수신(修身) (5)정심(正心) (6)성의(誠意) (7)치지(致知) (8)격물(格物)이고 모두가 중요한데, 성의의 의는 매우 어려운 말이다.

주자에 의하면 육체를 지배하는 신(神 : 정신)과 심(心 : 마음)을 구별하고 있지만《어류》등을 보면 알쏭달쏭하다. 예컨대 신은 초월적인 것이고 심은 육체의 주인이라고 하면 그만이지만 반드시 그것만도 아닌 것처럼 주석하고 있기 때문이다.

주자는 주에서 '심은 성과 정을 통합한다'라 하면서 기(氣)의 산물인 육체의 기능 가운데 가장 영묘한 것이 발동하는 장소로서 심을 보고 있기 때문이다.

이것은 마치 우리말의 마음과 의사의 한계가 모호한 것과도 비슷하며, '의(義)는 심의 발하는 곳'이라 하는 한편, 의의 특징은 '어떤 일을 하고자 하는'(《어류16》) 실천적 성격에 있다고도 했기 때문이다. 만일 그렇다면 지(知)도 정(情)도 모두 심의 발하는 곳이므로 어려워진다.

여기선 다만 성의에 대한 주자의 주를 소개하겠다. '심은 몸의 주(主)로 하는 곳이다. 정성은 실(實)이다. 의는 마음의 발하는 곳이다. 그 마음을 발하는 곳을 실하게(알차게) 하고 반드시 상쾌하면서도 스스로를 속이지 않는 게 성의이다.'

어쨌든 주자가 든 여덟 가지를 8조목이라고 부르며 이 가운데의 (7)(8)은 지선에 머무는 방법이고, (4)(5)(6)의 세 가지는 백성을 새롭게 하는 방법이며, (1)(2)(3)은 명덕을 밝히는 방법이라고 설명된다. 명덕은 앞에서도 말했지만 인간의 천성에 갖추어져 있는 마음의 작용으로 자기의 본성을 명백히 하여 타인에게 감화를 미치는 일이 신민(新民 : 원서에선 親民임)이고, 이 두 가지를 실행하는 데 있어 지선, 곧 당연한 사리를 좇아 그릇되지 않도록 조심하는 것이다. 지지선(止至善)이란 결국 지식을 모두 궁리하여 만물에 이르는 것이므로 대학 교육의 목적을 치치격물에 의해 자기의 천성을 계발하고 타인의 모범이 되도록 힘쓰는 데 있다고 본 것이다.

그리하여 명덕을 《중용》에서 말하는 천명의 성이고 요순이 전한 도심이며 주자 철학으로 설명한다면 이(理)이고, 그것은 《중용》에서 가장 명쾌하게 설명되고 있는데 이를 밝히는 방법은 《대학》에서 가장 간명하게 설명되는 것이다.
　《대학》 전의 10장은 제1장에서 명덕을 밝히는 것을, 제2장에선 신민을, 제3장에선 지선에 머무는 것을, 제4장에선 본말(本末)을, 제6장에선 성의를, 제7장에선 정심과 수신을, 제8장에선 수신과 제가를, 제9장에선 제가와 치국을, 제10장에선 치국과 평천하를 각각 풀이하고 있지만 정작 격물치지를 설명하는 전문(傳文)이 빠져 있다. 그래서 주자는 정씨의 뜻을 미루어 이를 보충하여 제5장으로 삼았다. 그 내용은 다음과 같다.
　'전의 5장은 대체로 격물치지의 정신을 풀이하되 지금은 멸망했다. 요즘, 시험삼아 은밀하게 전자의 뜻을 취하여 이를 보강한다.
　이른바 앎을 다함이 만물에 이른다고 함은, 나의 앎을 다하고자 하면 만물에 대해서 그 도리를 궁구하는 데 있는 것이다. 대개 인심으로 신령스런 앎이 아닌 게 없고 천하 만물로서 도리 아닌 게 없다. 다만 천리로서 아직 궁구되지 않은 게 있는 까닭에 그 앎도 끝이 없는 것이다. 이리하여《대학》의 첫 가르침은 배우는 자로 하여금 반드시 천하 만물에 대해서 이미 알려진 도리를 좇아 더욱 더 이를 궁리하고 이로써 그 극에 이르러 구하는 게 없도록 하는 데에 있다. 힘을 씀에 있어서는 오래여야 하고 일단 활연(豁然)하게 뚫리고 나서는 온갖 사물의 안팎이며 정밀하고 거칠은 것으로서 이르지 못하는 곳이란 없고 내 마음의 전체 대용(大用)으로써 밝혀지지 않는 것이란 없을 터이다. 이것을 일컬어 격물치지라 하는 것이다.'
　이상이 주자의 대학 보전의 전부로서 그 내용은 주자 철학에 기본된 것이다. 즉 천지간 만물은 저마다 태극의 원리를 완전히 갖추고 있지만 동시에 기를 받아 형상(形相)을 나타내고 있다. 그리하여 만물은 그 도리에 있어 평등이지만, 형기(形氣)의 얽매임에 의해 천차만별이다. 사람도 또한 이 만물의 하나로서 천리로부터 받은 마음의 본체는 영묘한 작용지(作用知)를 갖고 있지만 형기의 사사로움에 속박되어 그 묘용(妙用)을 발휘하지 못한다. 그래서 사람은 이지(已知: 기지)의 앎을 추광하여 사물의 이치를 궁구하고 자기의 지식을 넓혀감으로써 내 지식이 완전해진다.

이런 생각 위에 서서 이 전이 보충된 것이며, 이를 보충함으로써 《대학》이 주돈이·장횡거·이정자의 학문을 집대성한 주자학과 일치하게 되었다.

그리하여 주자가 주돈이·장횡거·이정자의 학문을 집대성한 것이 《근사록》이므로 주자는 《근사록》의 사상으로 《대학》을 수정·증보하여 이를 옛날의 대학 교육 이상이라고 생각했다. 주자 개정의 《대학》에 의하면 대학 교육의 목적은 인간의 본성, 곧 명덕을 발휘하여 사람을 감화하고 천하의 치평을 꾀함에 있으며 이 목적에 도달하기 위해선 먼저 8조목의 순서를 밟아 치지격물부터 착수해야 한다는 게 그 요점이었다.

대학 교육의 목적은 《대학편》에 나타나 있다고 본 것은 위에서 말한 대로이지만, 그 기초 단계가 될 소학의 교육을 어떻게 생각했는가? 그것은 이미 앞에서 나온 《대학장구》 서문의 일절로서 '소학에서 쇄소·응대·진퇴의 절과 예악·사어·서수의 문을 배운다'고 했으며 또 현존하는 〈곡례〉〈소의〉〈내칙〉〈제자직〉이 그 유문이라 하는 점에 의해 거의 분명하다.

주자는 또 '옛날엔 초년으로서 소학에 들어가고, 다만 이를 가르침에 있어 사(事 : 동작 등)로써 한다. 예악·사어·서수 및 효제충신 등이 그것이다. 열예닐곱부터 대학에 들어가면 이를 가르침에 있어 이(理)로써 한다. 치지격물 및 충신효제를 이루는 연유가 그것이다'라 했고 또 '소학은 본성을 함양하고 대학은 곧 그 도리를 알차게 하는 데 있다. 충신효제 따위는 모름지기 소학에서 나타나야 한다. 하지만 정심·성의류는 소학 여하로서 알 수 있으리라. 마땅히 그런 식(識)이 있은 뒤에 이로써 그를 알차게 해야 하리라'(《어류 14》) 등 말하며 소학에서 도덕적 사항을 가르치고, 대학에 나아감에 따라 그 이치를 가르친다고 생각했다.

그리고 대학에서 무엇을 가르칠 것인가는 〈대학편〉으로 명백했으나 소학 교육의 문헌으로 〈곡례〉〈소의〉 등은 너무나 국부적인 조각글밖에 없었다. 그래서 주자는 제자인 유자징을 시켜 《사서》《몽구(蒙求)》 따위에서 소학 교육에 필요한 사항을 주워모아 《소학》을 편집케 했다.

《소학》의 완성은 순희 14년(1187), 주자 나이 58세 때로 《대학장구》의 서문이 씌어진 2년 전에 해당되므로 대학의 개정과 더불어 교화용으로 쓸 작정이었으리라. 이 책의 권두에 게시된 제사(題辭)가 그것을 말해준다.

'옛날엔 소학으로 사람을 가르침에 있어 쇄소·응대·진퇴의 절목과 애친경장(愛親敬長) 및 융사친우(隆事親友)의 도로써 하였다. 모두 수신 제가 치국 평천하의 근본인 연유이고 반드시 그것을 풀이하여 이를 어렸을 적에 익히고 그 익힘과 함께 자라며 화(化 : 변화)·심(마음 사고)과 더불어 이루어져 한격불승(扞格不勝 : 서로 빗대며 이기지 못함. 곧 고집불통)의 근심이 없도록 했다.

지금 그 전서(全書)를 볼 수는 없다 할지라도 전기(傳記)에서 잡출(雜出)하는 것 또한 많지만, 읽는 자로 왕왕 고금의 옳음을 달리하는 것이 있으므로 이를 행하지 않고, 특히 그 고금의 다름 없는 것은 당연히 지금 시초부터 행하여도 좋음을 모르고 있다. 이제 수집하여 이 책을 만들고 이를 동몽에게 주어 그 강습을 돕기로 하겠다. 만에 하나라도 풍속 순화에 도움이 되기를 바란다.'

주자가 편집케 한《소학》의 체재는 전체를 먼저 〈내편〉과 〈외편〉으로 나누고, 다시 〈내편〉에 〈입교(立敎)〉〈명륜(明倫)〉〈경신(敬身)〉〈계고(稽古)〉의 4편을 두었고 〈외편〉은 〈가언(嘉言)〉〈선행(善行)〉의 두 편으로 나눴다. 각각 편제(篇題)에 해당되는 장절을 모았고 〈외편〉의 〈가언편〉에는 북송 유가의 말을 많이 기록했으며, 〈선행편〉에는 고금에 걸친 선행의 모범을 들었다.

주자는 아마도 이것에 의해 어린이에게 인간으로서 밟아야 할 도덕 법칙을 가르친 다음, 성장함에 따라 무엇 때문에 이와 같이 실천해야 하는가 하는 이유의 철학을 가르치려 했던 것이리라.

주자는 일찍이 말했다.
"사람 스스로 읽어야 할《논어》《대학》《맹자》《중용》과 같은 책이 있는데 어찌 읽지를 않을 수가 있겠는가. 이 사서를 읽으면 곧 사람으로 배우지 않으면 아니되는 연유와 학문의 차례를 안다. 그런 뒤에 다시 시·서·예·악을 보라."
또 말했다.
"대개 학문의 차례로선 자기를 위한 뒤에 남에게 미쳐야 한다. 도리에 도달한 연후에 일을 정해야 하리라. 그러므로 정자(程

子)는 사람을 가르침에 있어 먼저 《논어》《맹자》를 읽고 다음 제경(諸經)에 이르게 했다."《문집》 35, 여동래에게 답하다〉

이것은 문인에 대해 독서의 순서를 타이른 주자의 말이지만, 주자 자신도 참으로 이와 같은 순서를 거쳐 강구(講究)를 계속했던 모양이다. 즉, 주자는 중년에 사서를 중심으로 강구를 계속했는데 사서의 연구가 일단락되자 다음으로 육경의 연구에 들어갔던 것 같다. 하기야 그는 어느 정도 육경은 일찍부터 읽고 있었지만, 그것이 참된 연구로 옮긴 것은 주로 후기에 이르러서였다.

주자는 소희 원년(1190), 61세로 장주의 지사가 되었는데 부임초 학업의 진흥에 힘을 쏟고 인물을 가려 학직(學職)에 발탁하며 군의 비용으로 《사경사자》를 간행했다. 그때 간행된 사경은 《서경》《시경》《역경》《춘추》의 네 가지고, 사자는 말할 것도 없이 《대학》《논어》《중용》《맹자》의 사서였으며 그 간행의 자초지종은 《문집》 82에 나와 있다.

그런데 간행된 사경은 《서경》에 있어 공안국의 서문을 《서경》(장안)의 글과 비슷하지 않다며 의심했고, 각 편의 서서(書序)를 편머리에 둠은 옛 모습을 잃는 짓이라 하여 이것을 모아 끝에 부록으로 붙였다. 다음으로 《시경》에 있어서도 시서(詩序)에 의심을 품고 이를 깎아 버리어 본문만을 간행하고 있다.

이것은 시·서에 대해 시류(時流)에 얽매이지 않는 그의 견식을 나타내는 것이지만, 《역경》에 대해선 여조겸이 확정한 〈고문 주역경전〉 12편에 동래의 제자 왕화수(王華叟)의 음훈 1편을 곁들여 상재했으며, 《춘추》는 《좌전》을 번각하면서 저 삼례(三禮)는 아직 서정(緖正 : 근본을 캐어 시정하는 것)할 필요는 없다고 말했다.

이것으로 생각할 때 주자는 이때 《시경》과 《서경》에 대해선 이미 훌륭한 의견을 가졌었다고 생각되지만,《역경》은 여조겸에게 경복(敬服)하고《춘추》는 다만《좌씨전》의 본문을 취한 데 머물러 있으며 예법에 관해선 확고한 안이 서있지 않았다고 여겨진다.

하기야 연보에 의하면 주자는 48세 때《시집전》과《역본의》를 지었다 했으므로 전혀 연구를 하지 않은 것은 아니었다. 그런데 진례(陳澧 : 1810~1882)의《서록해제》에 의하면 주자의《역주석》은 두 가지가 있는데 초고는 왕필본에 의해 주를 썼고 나중에 여동래의 고역(古易)에 의해《역본의》를 지었다고 했으며,《어록》을 보면 소희 원년 5월, 문인의 물음에 '역을 아직 자세히 보지 않았다. 역은 스스로 보기 어렵노라'고 대답했으므로 당시는 아직《역본의》가 완성되고 있지는 않았으리라. 그리하여 여씨의 고역에 의해 본의를 쓴 것이 61세, 임장에서 여씨의《고문주역》을 간행한 뒤였다고 생각된다.

《시집전》역시 두 가지가 있었던 모양으로 여조겸의《독시기(讀詩記)》에 인용된 주자의 시설은 현행본과 달랐다.

현행본은 시의 소서(小序)를 의심하고 이를 배척하며 시 그 자체에 관해 해석하고 있지만, 여조겸의 인용문에선 소서에 의해 설명하고 있다. 또 연보에 의하면 집전과 같은 해에《논어》《맹자》의 집주가 완료되고 있지만, 그《맹자》의 주엔《시경》의〈박주(柏舟)편〉을 인인(仁人)이 불우한 것을 노래했다고 설명했으며 또 그 다음다음해에 만들어진《백록동부》에는《시경》의〈자금(子衿)편〉을 가리켜 학교의 황폐를 비판한 거라고 했는데, 이는 모두 소서에 의한 설명으로서 현행본과는 다른 점이다.

이상의 일로서 주자가 육경의 주해에 역작을 남긴 것은 대체로 60세 전후부터의 일로 후기의 저술이라고 하겠다. 따라서 이 시기의 주자를 알려면 육경에 대한 그의 생각을 개략이나마 알 필요가 있다.

주자는 《역경》에 대해 본의와 계몽 두 가지를 썼다. 《역경》은 상·하경 2편과 십익 10편으로 구성되어 있지만, 왕필이 단전·상전 및 문언을 경문의 해석이라 보고 경문 각 괘의 아래에 산입(散入)하고 나서부터 후세의 학자는 대부분 왕필본에 의거하여 전과 경을 하나의 의미로 생각하며 설명했다. 그런데 송대에 이르러 여대방(呂大防)·조열지(晁說之)·설계선(薛季宣) 등이 나타나 경문과 십익을 분리시키고 이것이 역의 옛 체재라며 주장했다. 여조겸의 《고주역》이란 것도 실인즉 여대방 등의 생각을 답습한 것이다. 그리고 주자 역시 《고주역》을 임장(臨漳)에서 간행했는데 여조겸에 공명했다.

주자가 《역본의》를 지은 것은 여조겸에게 계발된 것이다. 주자설에 의하면 역이란 본래 복서(卜筮)를 위해 만든 것으로 복희가 팔괘를 지은 당시는 물론이고 문왕이 괘를 겹쳐 요사(繇辭)를 지었을 때도, 주공이 효사를 지었을 때도 여전히 복서를 목적으로 씌어졌지만, 공자가 십익을 지음에 이르러 비로소 의리를 설명하기 시작한 것이다. 따라서 《역경》을 읽자면 3단의 구별을 세우고서 보아야 한다. 복희는 스스로 복희의 역, 문왕은 스스로 문왕의 역, 공자는 스스로 공자의 역이며, 공자의 십익으로 문왕의 요사를 해석하거나 또 이것을 미루어 복희의 역을 논하는 것은 잘못이다(《어류》 66).

이런 생각에 입각하여 주자는 그의 가장 숭배하는 정이천의 《역전》조차 마땅치 않게 여기고, 먼저 여조겸본에 의해 상·하경을 풀이하여 문왕·주공의 역을 설명했고 이어 십익을 해석하여 공자

의 역을 천명했으며 따로 《계몽》을 만들어 복희의 역을 논했다. 이
렇듯 시대를 구별하여 역을 해석한 것은 주자의 식견이며 여조겸
의 영향이었다.

다음에 《시경》은 한나라 이래 《모시》가 행해져 왔는데, 이 《모
시》엔 편마다 시가 만들어진 의미를 설명한 소서라는 게 붙어 있었
다. 이 소서는 자하(子夏)의 작이라고 전해지고 있지만 당나라 성
백여(成伯璵)는 《모시지설》을 지어 소서의 첫 1절만이 자하의 작이
고 나머지 부분은 모장(毛萇)의 추가라고 주장했다. 그리하여 그
뒤 송대에 이르러 소서에 대해 갖가지 이론이 일어났다.
 즉 정자는 소서를 국사(國史)의 구문이라고 설명했으며 왕안석
은 시인의 자작(自作)이라 했고 소식은 그 첫 1구만은 공자의 지음
이지만 나머지는 후한의 위굉(衛宏)이 지은 거라고 주장했다. 다시
내려와 정초(鄭樵)는 촌부(村夫)의 지음이라며 배척했다.
 주자는 이미 말했듯이 처음에 《시전》을 만들 때 소서에 의해 해
석을 시도했지만 마침내 시인의 본의를 파악하지 못했으므로 뒤에
는 소서를 버리고 구설을 고쳤다. 그 〈시서변〉에서,
 '시서의 작·설자가 같지 않고 혹은 공자라 하며 혹은 자하라 하
  며 혹은 국사의 글이라 하지만, 모두 명문으로 생각되지 않는
  다. 다만 《후한서》〈유림전〉에서 위굉이 《모시서》를 짓다, 지금
  세상에 전한다고 했으므로 서문은 곧 위굉의 지음이 분명하다.
  근세의 여러 유가들이 서문의 머리 구절로서 모공이 지은 바라
  고 하며 그 하추설(下推說) 운운하나 그 머리 구절 또한 이미 시
  인의 뜻을 얻지 못한 것이다.'
라며 시서를 모조리 버리고서 곧바로 시의 본문을 좇아 해석을 시

도했다. 그가 혹은 '국사의 글'이라고 했다 함은 정씨의 설이지만, 주자는 여기에 있어서도 정씨를 좇지 않고 정초설을 채용하여 시서를 배척했다. 주자는 또 소철이 머리의 일구와 뒷부분을 구별한 것을 도리가 있다며 일부분의 찬의를 나타내고 있지만, 또한 '자유(소철)의 시해(詩解)는 좋은 곳이 많고 구양공의 시본의도 또한 좋다' 또는 '구양은 문장을 모두었다. 때문에 시의(詩意)를 얻은 것이 또한 많다(《어류》 81)'는 것을 보면 시의 본문을 해석하는 데 있어 구양수·소철에게서 취한 바도 많았음을 알게 된다. 요컨대 주자는 시서를 배척한 것은 정초에 의해 계발된 것이고 《시경》 그 자체의 해석은 구양수의 《시본의》, 소철의 《시해》에 힘입은 것으로 정이천과는 오히려 반대 의견을 가졌던 것이다.

연보에 의하면 주자는 69세 때에 《서전》을 모았다고 했는데 지금은 단지 문집 65에 〈요전〉〈순전〉〈대우모〉〈금등(金縢)〉〈소고(召誥)〉〈낙고(洛誥)〉〈무성(武成)〉 등에 관한 조각이 있을 뿐으로 전문은 전하지 않는다. 아마도 완성시키지 못하고 끝냈으리라. 그러나 《문집》《어류》 중에 산견하는 말을 주워모아 생각하면, 《서경》에 대해서도 아주 뛰어난 의견을 가지고 있었다. 시서를 의심한 주자는 또한 서서를 의심했고,

'서서는 아마도 이는 공안국이 지은 게 아닐 것이다. 한(漢)의 글은 추지대엽〔성긴 가지와 큰 잎이란 뜻으로, 문장이 자유롭고 활달하다는 비유〕인데 지금의 서서는 세니(細膩:좀스런 것이 부드럽다)한 것이 다만 육조 때의 문자를 닮았다. 소서 또한 이는 단연코 공자의 지음이 아니다.'

라 했고 또한,

'《상서》 소서는 누구의 지음인지를 모르며 대서(大序) 역시 이는 공안국의 지음은 아니며 아마도 이는 《공총자(孔叢子)》를 찬한 사람의 지음.'
이라고 말했다. 이것에 의해 주자가 시서와 마찬가지로 서서를 의심했음을 알게 된다. 단지 서서를 의심했을 뿐 아니라 공안국의 전〔주석〕도 의심했다.

'상서 공안국전은 아마도 위진간(魏晉間)의 사람이 지은 것으로 안국에 가탁하여 이름을 빌린 것이고 《공총자》 같은 것도 역시 그러하다. 모두 이는 그때의 사람이 지은 것이다.'

이는 바로 공안국의 주석도 위진간의 위작이라고 생각한 것이다. 그는 일보 전진하여 《서경》의 본문에 고금문의 구별이 있음을 주의하고,

'복생의 글은 대부분 난삽하여 깨치기 어렵고 공안국의 벽 속의 글이 오히려 평이하여 깨치기 쉽다.'

하였고 그 이유를 설명하여,

'복생이 전한 금문은 복생의 구전을 조착이 들어 적은 것이므로 자연히 잘못이 있으리라.'

고 했지만, 주자의 서거 후 스승의 유명을 받아 만들어진 채침(蔡沈)의 《서경집전》에는 매 편제의 아래에 '고문이 있고 금문이 있다'든가 '고문은 있고 금문은 없다'는 주를 달아 공안국이 전한 고문본과 복생이 전한 금문본의 관계를 표시했다.

이것이 청대에 이르러 염약거가 나타나고 《고문상서》의 육조 위작설을 주장하는 선구가 된 것으로, 주자의 독서 눈길이 얼마나 예리했는가를 나타내는 것이었다.

지금이야 《상서》의 고문에 속하는 부분과 《공안국전》은 모두 위

진 시대의 위작이라는 게 학계의 정론이 되고 누구라도 긍정하는 바이지만, 당시 벌써 이런 설을 제창한 것은 형안(炯眼)이라고 하겠다. 그리하여 그가 자주 동파《서전》을 칭찬하여,

'문의(文義)를 해석하여 얻은 바가 많고 또 문세를 볼 수가 있어 좋다.'

라고 했으며 또 〈강고편(康誥篇)〉을 무왕의 말이라 보고 서서는 이를 성왕의 말이라며 설명하는 것을 의심했으며 마침내 나아가서 서서 전체를 부정하기에 이른 경로를 생각하면(《어류》78, 서언장 물음에 답하다),《서경》에 대한 주자의 탁견은 동파의 독서법으로부터 계발된 것이라고 추측된다.

참고로 소씨 형제, 특히 동파에 대한 주자 태도의 변화는 주목된다. 주자는 일찍이 〈잡학변〉 1권을 지어 소식의《역전》과 소철의《노자해》와 여희철의《대학해》및 장구성(張九成)의《중용해》를 비판한 적이 있었다. 그런 동파의 역해석을 비평함에 있어, 소씨는 성명의 도리를 설명하고 있음을 모르는 억설을 내세우고 게다가 타인으로부터 지탄됨을 겁내어 줄곧 불가견(不可見)·불가언(不可言)이니 하며 무지한 사람을 현혹했다고 비난했으며,《노자해》에 관해서도 소씨 형제는 우리 유학을 석로(釋老)에 모두어 스스로 높이 임하고 있지만 이는 우리 유학을 어지럽히고 인심의 올바름을 잃게 하는 거라고 분개하며 일일이 본문을 인용하면서 논박했었다.

이 책의 말미에 붙여진 하호(何鎬)의 발문에 의하면 이 책이 나온 것은 건도 2년(1106)으로 주자 37세의 혈기 방장한 때였다. 그런데 만년에《상서》나《시경》의 집전을 만들 때가 되자 동파 형제의 견해를 늘 칭찬한다.

이 두 가지 사실에 의해 주자는 장년기엔 이소(二蘇)에 반항했지만, 만년에는 이들에게 경복했음을 알 수 있다.

생각컨대 장년의 주자는 주(周)·정(程)의 전통을 계승하여 이론적으로 사물을 생각하도록 힘쓰고 있었는데 만년에 이르러 독서에 노력하게 되고 마침내 동파 형제의 독서 안력(眼力)에 경복하게 되었으리라.

청대의 학자 진례의 《동숙독서기(東塾讀書記)》에는 주자의 문집 중에서 동파에 관한 평어(評語)를 주워모아 그 전후기에 의견이 변화됨을 논하고 있다. 즉, 문집 중 〈답정윤부서(答程允夫書)〉와 〈답왕상서서(答汪尙書書)〉는 모두 소씨를 공격하고 있으며 또 여백공이 '소씨는 곧 당(唐)·경(景)의 흐름'이라고 평한 데 대해 주자는 '굴(屈)·송·당·경의 글은 비수(悲愁)·방광(放曠)의 두 극단에 지나지 않으며 크게 마음의 해로움이 된다'고 찬의를 표했다. 그리하여 〈답정윤부서〉에서,

'지난 겨울에 상호(湘湖)에 가자 강론의 이익이 적지 않았다. 경부(남헌)의 보는 바 견식은 탁연(卓然)한 것이 미칠 바가 아니었고 앞서 논한 소학의 폐단은 미처 판단을 못했으나 지금에 이르러 마침내 여하(如何)가 정해졌다.'

고 했지만, 주자가 장경부를 방문한 것은 건도 3년(1167), 38세 때이고 서간 중에서 지난 겨울의 두 글자가 있음으로 추측할 때 이 편지가 씌어진 것은 그 이듬해인 39세 때가 아니면 안된다. 〈답왕상서서〉와 〈답여동래서〉는 언제쯤의 것인지 분명치 않지만 왕옥산은 순희 3년(1176) 주자 47세 때 졸하고, 여동래는 순희 8년(1181) 주자 52세 때 졸하고 있으므로, 이 두 개의 서한은 모두 주자 52세 이전의 것이어야 한다.

그런데 순희 8년, 동파가 임자중(林子中)에게 준 첩에 발문을 쓰고서 주자는,

'세 번 그 말을 반복한다.'

고 했으며 그 이듬해 53세 때 이 첩을 석각했을 때에도 발문을 쓰고서,

'인인의 말은 넓혀야 한다.'

고 했다. 또 소희 3년(1192), 63세 때 양심보(楊深父) 가장의 동파첩에 발문을 지었고 그 뒤에도 몇 차례 동파에 대한 발문을 짓고 있다. 요컨대 52세 이후의 주자는 동파를 추중(推重)했고 그 장년 시대의 비판과는 정반대이다. 주자는 또 그 만년에 《초사(楚辭)》의 집주를 쓰고 굴·송을 추중하고 있는데 이 또한 장년 시절의 '굴·송·당·경의 글은 운운' 했던 것과는 딴판이다.

그러니까 주자는 장년 시절 굴원·송옥(宋玉)은 물론이고 한퇴지·유자후(柳子厚)도 한낱 문인으로서 경멸했는데 만년에는 《초사집주》나 《한문고이(韓文考異)》를 지어 이것을 존중했고, 특히 《옥산강의(玉山講義)》에는 한문공의 성설(性說)을 칭찬했으며, 《창주정사 유고문》에선 소노천(소순)·한퇴지·유자후의 문장에서 고심한 의기(意氣)를 가지고 성현의 학문에 뜻하라며 격려하고 있음을 보더라도 그 태도의 변화가 현저하다.

아마도 주자는 그 만년에 육경의 연구에 임하면서 동파 형제를 비롯한 구양수 일파의 경설(經說)을 참고하고 계발되었기 때문에 이 방면의 인식이 장년시대의 편협을 고치게 했으리라.

《춘추》에 대해서 주자는 이를 명도(明道)·정의(正誼)·권형(權衡), 만대에 걸친 전형서(典形書)라고 존중했지만 이것에 대해 특

별한 저술은 남기지 않았다. 《악경》은 진시황의 분서로 멸망했기 때문에 한나라 이래로 이를 궁구할 재료가 없고 주자도 자연히 이것에 대한 연구는 하지 못했지만 《예경(禮經)》에 대해선 꽤나 깊은 연구를 남겼다.

《예경》 곧 《의례》는 예로부터 난해서로 여겨졌고 박학·홍문(鴻聞)의 한퇴지마저 읽는 데 괴로움을 느꼈던 서적이며, 주자 또한 그 장년 시절, '예는 두서(頭緖)가 꽤나 많고 아마도 정력이 짧은 자는 포라(싸안는다)할 수 없으리라'고 했으며, 임장에서 사경을 간행했을 때도 아직 이것에 손을 대고 있지 않지만 그 만년에 다대한 노력을 기울여 정리를 뜻했던 것 같다.

하지만 주자는 이것의 편찬에 착수하여 겨우 〈가례〉 5권·〈향례〉 3권·〈학례〉 11권·〈방국례(邦國禮)〉 4권·〈계〉 23권을 끝냈을 뿐으로 서거했기 때문에 그 제자 황간(黃幹)이 유지를 계승했다. 그러나 황간도 중도에서 사망했으므로 양복(楊復)이 다시 보완하여 《의례경전통해》 66권을 완성했다.

《어류》 86에서 이 책을 설명하여 '《의례》는 바로 《예경》이고, 《예기》는 이 《의례》를 풀이한 것이다. 《의례》에 관례가 있고 《예기》엔 관의가 있으며 《의례》에 혼례가 있고 《예기》엔 혼의가 있는 게 그것이다. 다만 《의례》에 사상견례(士相見禮)가 있지만 예기엔 사상견의가 없었는데 후래의 유원보(劉原父)가 보충하여 일편을 짓다'라고 했으며, 유원보는 곧 유창이고 구양수의 문인으로 《칠경소전》의 저자였다.

주자는 이미 말했듯이 소희 원년 4월 장주의 지사로 부임했는데, 진북계(陳北溪: 이름은 순, 자는 안경)가 이때 주자에게 입문한다. 북계는 황면재(黃勉齋 : 이름은 간, 자는 직경)와 나란히 주자 문하의 쌍벽이라고 일컬어진 사람인데 사변적(思辨的) 능력이 뛰어나고 주자학의 주요한 술어를 정리・해설한 《성리자의(性理字義)》는 알맞은 입문서로 널리 보급되고 있다.

소희 2년 정월, 주자의 장남 숙(塾)이 졸했으므로 주자는 휴직원을 제출하고 일단 귀향했다. 그리하여 4월 하순, 정식으로 장주를 떠나 귀로에 건양에 들렀을 때 이곳의 풍치에 반하여 이듬해 6월 비로소 효정(孝亭)에 집을 지었다. 이것이 곧 효정 서원이 된다.

소희 4년(1193), 주자 64세인 12월에 담주형호남로(潭州荊湖南路) 안무사에 임명되고 이듬해 5월 임지에 부임한다. 난을 일으킨 이민족의 족장을 귀순시키고 또 담주의 악록(嶽麓) 서원을 부흥했다. 이 무렵 송효종이 죽었는데 광종은 병약해서 복상하지 못하고 민심이 동요되었다.

조정에서 삼강 오륜의 도가 세워지지 않으면 천하 국가를 다스릴 도리가 없다 하며 주자는 사의를 표명했다. 이윽고 송광종이 양위하여 영종(寧宗)이 즉위하자 주자를 측근에 등용하려고 했다. 10월에 입궐한 주자는 〈행궁편전주차〉를 올렸는데 주자의 거침없는 직언이 권력층의 미움을 사게 된다. 그 중심 인물은 저 한기의 아들 한탁주(韓侂胄)였는데 그의 책모로 주자는 마침내 중앙에서 추방되었다.

11월 옥산(강서성)을 통과할 때 그 고장의 관리 사마매(司馬邁)의 청으로 일장의 학술 강연을 했다. 이것이 주자 만년의 사상을 요약했다고 하는 옥산강의이다.

이 강의의 주제는 인간의 본성으로 인의예지신의 오덕이 갖추어져 있지만, 신(信)은 인의예지의 사덕이 모두 진실・무망(無妄)임을 나타내는 것이므로 반드시 설명할 필요는 없다 하고서 이 사덕의 자세에 관해서는 체(體:性)와 용(用:情)을 구별하고 다시 이를 일원적으로 요약하면 인(仁)의 한 글자로 돌아간다.

따라서 인은 사덕의 하나일 경우와 4덕을 통합할 경우의 두 가지 사용법〔편언(偏言)의 인과 전언(專言)의 인〕이 있는 것이 된다.

그런데 사덕 그 자체는 지선인 것이라도 반드시 기질(신체)과 일체화되어 있는 것이기에 필연적으로 그 제약을 받지 않을 수가 없으며, 그 본성이 어두워지기 쉽다. 거기서 인욕(人欲)을 이겨 본분으로 되돌아가는 공부(工夫:復性)가 요구된다. 그 공부에 관해선 《중용》에서 설명되는 존덕성(尊德性:본성의 확립)과 도문학(道問學:개개의 사물에 관한 도리 탐구)의 두 가지 방법이 불리일치(不離一致)의 것으로서 채용되지 않으면 안된다. 이 공부(실천)가 효과적으로 실시된다면 누구라도 절로 성현의 경지에 도달할 수 있는 것이다.

애당초 옥산강의는 구술을 필록한 것으로 서술이 약간 분명치 않은 점이 있지만, 진기지(陳器之)가 이것에 관한 질문을 한 주자의 답서가 《문집》58에 실려 있고 이 답서에 의하여 주자의 의미가 더욱 명료해진다.

'본성은 태극의 혼연한 본체이고 애당초 언어·문자로 설명될 수 있는 게 아니다. 그러나 그 속에 만물의 도리가 함유되어 있고 더욱이 큰 도리가 네 개나 있다. 따라서 이것을 이름지어 인의예지라고 하는 것이다.

공문(孔門)에선 아직 인만을 말하고 의예지에 관해선 말하지 않고 맹자에 이르러 이 네 가지를 갖추어 말하게 된 것은, 대개 공자의 시대에는 본성의 착함이라는 도리가 애당초 명백한 것이라 하나하나의 덕목에 관해 자세히 설명치 않더라도 공자의 가르침은 완벽했었다.

맹자 시대가 되자 많은 이단의 설이 나타나고 자칫하면 본성을 불선이라고 했다. 맹자는 도리가 세상에서 명백하지 않음을 조심하고 그것을 명확히 하려고 했다. 본성을 인의예지라고 규정하지 않고 혼연한 전체라고 규정할 뿐이라면, 아마 눈금이 없는 저울이나 잣대처럼 마침내 세상 사람을 눈뜨게 할 수는 없다. 그래서 본성의 실체를 분설하고 설명하여 넷으로 구분하고 사단(四端)의 설이 이에 성립된 것이다.

그런데 사단이 아직 발현하지 않을 경우엔 조용한 것이 부동의 것이지만, 그곳엔 애당초 조리나 경계가 있는 것으로 막연하고 전혀 아무것도 없는 것은 아니다. 그러므로 외계의 사물을 감수하자마자 내부로부터 곧 대응하는 것이다.

이를테면 어린이가 우물에 빠지려고 할 때 그것을 감수하면 곧 인의 도리가 대응하여 여기에 측은의 마음이 나타난다. 종묘에 참배하고 조정에 입궐할 때 그것을 감수하면 곧 예의 도리가 대응하여 여기에 공경의 마음이 나타난다. 그것은 마음속에 만물의 도리가 혼연하니 갖추어지고 각각 뚜렷한 것이므로 외계의 사물과 만났을 때 감수함에 따라 대응하는 것이다. 그러므로 사단의 발현에는 각각 외형(外形)의 차이가 있다. 그래서 맹자는 본성을 넷으로 나누어 배우는 자들에게 제시하고 혼연한 전체의 속에 이와 같은 찬란한 조리가 있음을 알렸으므로, 본성의 착함을 알았던 것이다.

그렇지만 사단이 아직 발현치 않을 때는 이른바 혼연한 전체에는 이렇다 할 소리나 냄새도 없고 모습이나 형체도 없다. 어찌 이와 같은 찬란한 조리가 있음을 알 수가 있을까? 그것은 理(의 실재)를 확인할 수 있는 것은 발현 그 자체가 있음으로써이다.

　만물에는 반드시 근본이 있다. 본성의 도리는 형체야 없지만 발현 그 자체로 확인할 수가 있는 것이다. 그러므로 측은에 의해 반드시 인이 있음을, 수오(羞惡)에 의해 반드시 의가 있음을, 공경에 의해 반드시 예가 있음을, 시비에 의해 반드시 지가 있음을 아는 셈이다.

　만일 애당초 마음속에 도리가 없다고 하면 어떻게 그 실마리가 외부에 나타날 수 있겠는가? 실마리가 외부에 나타나는 것으로 틀림없이 천리가 마음속에 있음을 아는 셈이다. 그러므로 맹자는 '저 정(情)으로서 한다면 선이라 할 수 있다. 그것이 내가 말하는 인성은 선이라는 것이다(乃若其情 則可以爲善矣, 乃所謂善也:《맹자》〈고자장구 상〉)'라고 말했다. 이것은 즉 맹자가 말하는 성선은 정부터 유추하여 거꾸로(본성이 선임을) 안다는 뜻이다. 인의예지에 관해 그 경계를 뚜렷이 알면, 다시 그 네 개(사단)의 안에서 인과 의가 쌍을 이루는 요점이라고 알지 않으면 안된다. 그래서 인은 인이고 예는 인이 발현한 것, 의는 의로서, 지는 의가 싸여있는[藏] 것이다.

　춘하추동은 사계를 이루는데 봄여름은 양이고 가을과 겨울은 음이라는 것과도 같다. 그러므로《역경》에서는 '하늘의 도를 세워 음과 양이라 하고 땅의 도를 세워 유와 강이라 하며 사람의 도를 세워 인과 의라고 한다(〈설괘전〉)'고 했다. 그래서 천지의 도는 저마다가 대응함으로써 성립되는 것임을 안다. 그러므로 인의예지의 실마리는 넷 있지만, 그것을 성립시키고 있는 것은 인과 의의 두 개뿐이다. 그 인과 의는 상호간에 대응하고 있지만, 다름아닌 인이 사자의 중을 꿰뚫고 있다.

그래서 인은 편언(偏言)하면 하나의 일이고 전언(專言)하면 사자를 포괄한다. 때문에 인은 인의 본체이고 예는 인의 절문(節文:절도문식·사물에 절도를 주고 그것을 미화시키는 일)이고 의는 인의 단제(斷制:사물의 이치를 명확히 구별)이고 지는 인의 분별이다. 흡사 춘하추동은 각각 다르지만, 어느 것이나 봄부터 비롯되고 봄은 봄의 발생이며 여름은 봄의 성장이며 가을은 봄의 성취이고 겨울은 봄의 저장과도 같다.

넷으로부터 둘(인의)이 되고 둘로부터 하나(인)가 되지만, 그것은 통합에 중심이 되고 근원이 되는 게 있기 때문이다. 그러므로 '오행은 음과 양이고 음양은 태극이다(태극도설)'라고 일컫는데, 이것이 천지간 도리의 본래 모습이다. 인은 네 가지 실마리를 포괄하고 지는 그 말미에 있다. 겨울은 저장이고, 만물은 겨울에 시작되고 겨울에 끝나는 것이다. 즉 지에는 장(藏)의 기능이 있고 시종의 기능이 있는 것이다. 측은(인)·수오(의)·공경(예)의 3자는 어느 것이나 마음의 움직임이 표현을 동반하고 있지만 지는 그와 같은 것이 없다. 다만 사물의 옳고 그름을 판별할 뿐이다. 그러므로 장이라는 것이다.

또 측은·수오·공경은 각각 재단(裁斷:단재)을 동반하지 않는 도리인데 시비는 사물을 선과 악 두 가지로 재단하는 일이다. 시(是)라고 판단하는 일은 동시에 비(非)라고 판단하는 것이 되기 때문이다. 만물은 치(앎)의 선악 판별의 기능에 의거하여 시종하는 셈이다. 때문에 인은 네 가지 실마리의 중심이긴 하지만, 지가 그 시작을 이룸과 동시에 끝남을 이루는 것이다.

마치 일원(一元)의 기가 [원형이정(元亨利貞)]의 네 가지 덕 가운데 중심이면서 원(元)이 원으로부터 태어나지 않고 정(貞)으로부터 태어나는 것이나 같다. 왜냐하면 천지가 만물을 창조함에 있어 [일원의 기가] 응집하지 않고선 발산할 수도 없기 때문이다. 본래 그와 같은 것이다.

인과 지가 뒤섞이는 곳이야말로 만물 창조의 중추이고 위에서 말한 도리는 무한으로 순환되며 조금의 어긋남도 없다. 정이천이 '동과 정엔 시작이 없고 음양엔 시작이 없다'(《이정전서》권 46)고 설명하는 것은 바로 이것이다.'

이것이 진기지(陳器之)의 질문에 대한 주자의 답변이었다.

이 옥산 강의를 통해 주자는 역시 이일원론(理一元論)자이고 이와 기의 이원 대립은 형이하(形而下)로 내려간 현상에 관한 말이었음을 알게 된다.

그러나 이 일원의 이라는 것은 실제적으로는 우리의 경험 이상의 것이고 다만 논리적으로 역추(逆推)한 이론적 결론이었다.

이 역추법은 옥산 강의에서 측은·수오·공경·시비의 사단으로부터 인의예지의 사덕 고유(固有)를 역추하여 인성은 선이라고 결론짓고, 다시 사덕을 인의의 이덕(二德)으로 환원시키며, 이것을 인의 일리(一理)로 환원하여 마침내 태극의 이치와 인을 하나로 본 동일 논법으로서, 주자의 이론은 언제고 이와 같은 것이었다고 추정된다.

그리하여 그 추론(推論) 형식으로 보나 또한 인성을 인의 한 글자로 포괄할 수 있다고 본 결론과 대조해 보아도, 주자의 우주관은 이일원론이 아니면 아니 될 터이다.

다만 순수한 일리가 어째서 이기의 대립하는 현상이 되는가는 만족한 대답이 주어지지 않고 있다. 아마도 주자는 형체없는 증기가 물이 되고 얼음이 되어 고형체가 된다는 식으로 생각했을지도 모른다.

어쨌든 형체를 취하는 현상에는 이와 기가 밀합(密合)되고 있어 떨어질 수가 없다. 인간 또한 이런 현상의 하나이므로 이를 받은 이성 또는 본성과 기를 받은 기품(기질)이 있고, 기품의 구속에 의해 본연의 성이 몽매한 것이므로 기품의 구속을 벗어나 천리의 본연으로 돌아가야 한다. 여기서 주자의 도덕설이 비롯된다.

'대개 고금의 성우(聖愚)로서 같은 하나의 본성을 가지고 있는 것이므로 애당초 천하에 두 개의 도가 있을 까닭이 없다. 두터이 믿고 노력하며 실행하면 어떠한 곤란을 만나도 천하의 도리는 반드시 다할 수가 있다. 하물며 착함은 사람들에게 본래 갖추어져 있는 것이므로 이를 확충(擴充)하는 것은 쉬운 일이다.

하지만 기품이 혼탁되고 물욕(物欲)이 강고(强固)할 경우에는 아무리 정세가 자연이고 쉽더라도 열심히 노력하고 적절히 공부해야 하며, 그래야만 그 본래 갖추고 있는 착함에 돌아갈 수가 있는 것이다. 그리하여 맹자는 또한《상서(商書 :《서경》)》의 말을 인용하여 '멀미가 생길 만큼의 약이 아니면 병은 낫지 않는다'(《맹자》〈등문공장구 상〉)고 했다. 만일 한가로운 겉보기의 노력에 지나지 않는다면 애당초 더할 데 없이 쉬운 일이라도 오히려 선의 확충은 극히 어려워진다.……《중용》에서 말하는 덕성을 존중[마음을 存養하여 도덕적 본성의 무한성을 확보하고 존중하는 일]이란 바로 이것이다. 더욱이 성현이 사람을 교육하는 도에는 일정한 순서라는 게 있고 구석구석까지 미처 빠뜨리는 것이란 없다. 때문에 덕성을 존중해야만 문학(問學)에 따른다는 게 성립된다(도문학은 지식을 확충하여 도리의 精微를 철저히 규명하는 것). 이 양자는 각각 공부〔정확하게는 인격 완성을 위한 실천·노력·단련·사색임〕를 가해야 하지만, 그렇다고 따로따로의 것은 아니다.……그러므로 군자는 덕성을 존중하여 문학에 따르고 광대한 도리를 궁구하며 정미한 도의 본체를 다하고, 고명한 덕성을 궁구하여 중용에 따르고 온고지신(溫故知新)의 품성을 도탑게 하고서 예절을 존중한다(《중용》 27장)고 하였다.'

이것에 의하면 주자의 인격 수양은 존덕성과 도문학에 있음을 알 수 있다. 덕성을 존중함이란 내 마음 고유의 성을 견지하는 것으로 말을 바꾼다면 존심(存心)이다. 도문학이란 간단히 말해서 학문 연구를 하는 것으로 다른 말로선 치지이다.

주자는 이 존심을 존중하라고 강조했고 '만일 마음이 존재하지 않는다면 그 몸에 주재(主宰)도 없다.'(《어류》 12)고 했으며 또 '성현의 말씀 천 마디도 다만 본심을 잃지 말라는 데 있다.'(《동 상》)라고 한다. 그리하여 또 '존심이란 따로 사물로써 마음을 있게 함이 아니다. 공자의 거(居)하는 데 공경하고, 일을 하는 데 삼가〔敬〕하며, 남과 더불어 충실함을 말하는 것이다.'(《어류》 12)했고 경(敬)을 존심의 공부로 여겼다.

다음에 치지란 《대학》의 격물치지로 《대학장구》의 보전에서는 이를 설명하여 '무릇 천하 사물에 관해 이미 알려진 도리에 의해 더욱 더 이를 궁구하고 그 지극한 경지에 이르도록 한다'고 했는데, 천하의 사물은 모두 일리가 있다. 이것을 궁구하여 나의 앎을 확충하는 게 치지이므로 치지의 대상은 매우 광범하며, 일상 우리가 마주치는 모든 사건이 전부 그 대상이 되며 독서 또한 그 하나

일 터이다. 그런데 독서에 대해 주자는 두 가지 의견을 가졌었다. 즉 《어류》 10에서,

'독서는 자가(自家)·신상(身上)에 관해 절요한 곳을 뒤돌아보고 깨닫게 되면 좋은 것이며 독서는 이미 제2의(義)이다. 독서가 이미 제2의라는 것은 사람이란 태어나면 도리가 참으로 갖추어지고 완전하기 때문이다. 독서에서 구하는 연유는 대개 아직은 일찍이 경험하지 못하고 밟지 못한 게 많은 데 있고, 성인은 이를 경험하고 거쳐 보아서 얻은 게 허다한 것이다. 따라서 책으로 이를 옮겨 보도록 하는 데 있다. 지금 글을 읽고 허다한 도리를 보아 얻고자 하지만, 깨치고서 보면 또한 이는 자가·신상에 원래부터 있는 것이고 외면으로부터 특별히 돌이켜져 첨가되고 얻어져 오는 게 아니다.'

라는 등 독서를 제2의로 삼고 있지만, 《문집》 63의 〈손경보(孫敬甫) 글에 답하다〉에서는,

'《대학》에서 말하는 바 격물치지는 다만 개개의 제목을 풀이하고 있는 데 불과하다. 만일 그 실질로서 곽연(廓然)하게 종사하려면 모름지기 더욱 넓게 경사를 생각하고 변화에 참여토록 하여, 내 마음으로 하여금 털끝만치의 의심도 없이 참으로 머무름을 알고서 정해진 게 있는 지위에 이르도록 해야 할 것이다. 그렇지 않고서는 단지 이는 개별의 통하지 않는 바의 의상(意象)을 상상할 뿐으로, 그 결실은 아직도 반드시 통했다고 할 수가 없으리라. 근일에 예서를 닦으면서 이와 같은 뜻을 견득(見得)한 것이지만 자못 분명한 이치이다.'

라고 했다. 즉, 주자는 전자와 같이 독서를 제2의적으로 낮게 평가했지만, 후자에 이르러서는 독서·연구를 격물치지의 가장 절실한

것으로 인식했다.
 이는 누가 생각하더라도 명료한 모순이라고 하지 않을 수 없다. 후자에 있어 '근일 예서를 닦음으로써 이 뜻을 터득했다'고 하는 것은, 그가 67세에 예서에 손대기 시작했을 때라고 상상되므로 전자는 비교적 젊은 시절의 의견이고 후자는 그 만년의 생각이리라. 이점에서 치지의 공부로 독서를 중시한 것은 주자 만년의 설이라고 여겨진다.
 비록 시기의 빠르고 늦음은 있더라도 주자가 시종 독서를 중시한 것은 분명하다. 그리하여 독서법에 관해 자주 이야기하는 말이 《문집》이나 《어록》에 나타난다.
 주자가 독서법을 설명한 부분은 매우 많지만 그 요점은 《문집》 74에 실린 독서지요(讀書之要)라는 제목의 1편으로 충분히 엿볼 수 있다. 그것에 의하면 독서법은 (1)순서를 좇아 점차로 나아갈 것 (2)숙독하여 정밀하게 생각할 것의 두 가지로 귀결된다. 순서를 좇아 점진한다는 것은 쉬운 것으로부터 어려운 것으로 나아가는 방법이다. 그래서 그는 이 순서를 가르쳐 먼저 《근사록》을 읽고 다음에 사서, 이어 육경으로 나가라고 했다.
 주자는 《근사록》에 이어 사서를 읽도록 권했지만, 사서에도 또한 순서가 있다.
 '학문은 모름지기 《대학》으로써 먼저 하지 않으면 안된다. 다음에 《논어》, 그 다음에 《맹자》, 그리고 《중용》.……본인은 사람으로 먼저 《대학》을 읽어 그 규모를 정하고, 다음은 《논어》를 읽어 그 근본을 세우고, 다음에 《맹자》를 읽어 그 발현하는 것을 보고, 다음엔 《중용》을 읽어 옛사람의 미묘한 곳을 구해야 한다고 생각한다.'(《어류》 14)

이미 사서를 읽었다면 다음은 육경을 닦아야 하지만 육경 중에서 《역경》과 《춘추》는 읽기 어렵다 하고, 먼저 사경을 읽으라고 가르쳤다.

'공자는 늦게서야 《역경》을 즐겼다고 했는데, 이 책이 빠르게는 이회(理會)되지 않음을 볼 수가 있는 것이다. 《춘추》《역경》 등은 모두 이를 궁구하며 보기 어려운 것이라서 성인은 사람을 가르침에 있어 시와 예부터 시작했다. 시는 바로 성정(性情)을 음영(吟咏)하며 사람의 착한 마음을 감발(感發)케 한다. 예는 사람으로 하여금 개개의 정분(定分)을 알려주며, 이는 모두 사람의 몸으로서 절실한 공부이다. 《서경》 또한 보기 쉽고 큰 강목 역시 《시경》을 닮고 있다.'(《전서 인어류(引語類)》)

이런 유의 말은 자주 반복되고 있지만, 다시 그것을 읽음에 있어 주석을 어떻게 보느냐에 대해서,

'책을 읽자면 모름지기 문의(文義)상으로 묻고 다음엔 곧 주해를 보아야 한다.……배우는 자로 글을 읽자면 먼저 정문(正文 : 본문 원문)을 읽을 수 있고 주해를 적을 수 있으며 외울 수 있도록 정통하여…… 참으로 잘 완미·반복하여 향상·투철한 바가 있어야 한다. 전주(傳注)로서 고주(古註)는 글을 짓지 않고 있지만 오히려 자세히 보면 다만 경구를 좇아 분설하고 경의(經意)를 떠나지 않고 있어 가장 좋다. 소(疏) 또한 그러하다.'

즉, 주자는 정문을 읽은 뒤 주해를 보도록 권하고, 다시 고주를 높이 평가하며 권장하고 있다. 주자가 그 제자들에게 자기의 집전을 읽기보다는 먼저 옛 주를 보라고 권한 일(《어류》 80) 및 《오경주소》 중에서 특히 《주례(周禮)》의 주소가 좋다고 칭찬한 일(《전서》 6) 등은 유명한데, 그가 얼마나 고주와 주소를 중시하고 이를 정독

했는지를 말해주는 일화이다. 그는 당시의 주해가 배우는 자로 하여금 스스로 되씹고 곰곰이 생각할 기회를 주지 않을 만큼 설명이 지나침을 싫어하고, 먼저 고주에 의해 글의 정신을 파악하고 스스로 즐겨가며 찾기를 권했던 것이다. 주자가 독서법의 두 번째로 숙독·정밀한 사고를 권하는 것도 바로 그런 뜻이다.

숙독·정사(精思)는 또 나누어 두 가지로 생각할 수가 있다. 숙독이란 다독을 피하고 꼼꼼하게 정성껏 읽는 일이며, 정사란 깊이 그 의미를 생각하는 일이다. 주자는 이것을 또 허심함영(虛心涵泳)·절기체찰(切己體察)이라고도 표현한다.

허심함영이란 선입관을 버리고 문장을 맛보는 것이고, 절기체찰이란 자기의 체험에 비추어 성찰하는 일이다. 전자는 문학을 맛보는 태도이고 후자는 도덕적으로 고찰(考察)하는 것이다. 이것에 대해 증국번(曾國藩 : 1811~1872)은 교묘히 그것을 설명했다.

'주자의 독서법은 이 두 어구가 가장 정묘하다. 나는 일찍이《맹자》의〈이루편〉에서 '위로 도에서 꾀하는 게 없고 아래로 법을 지키는 일이 없다(上無道揆也 下無法守也)'는 구절을 읽고 도무지 흥미를 느끼지 못했으나, 근년에 갖가지 체험을 얻고 나서 이것을 보니까 '위에 서는 관리는 항상 도에 일치되느냐 여부를 헤아려 생각하고 일을 처리하지 않으면 안되지만, 아랫사람들은 단지 법을 준수해야만 한다는 의미를 잘 알았다. 만일 모든 사람이 도에 맞느냐 여부를 생각하여 의론만 하게 되면 세상은 다 스려지지 않는다' 이와 같이 자기의 체험에 비추어 문장을 읽는 게 절기체찰이었다.

다음 함영의 두 글자는 깨닫기 힘든 말이므로 비유를 들어 설명하면, 함(涵)이란 봄비가 꽃을 적시고 강물을 볏논에 대는 것과 같다. 만일 비가 너무 많다면 꽃을 지게 만들고 너무 적다면 스며들지 않는다. 꼭 알맞게 내리면 꽃은 싱싱해진다. 강물도 지나치게 많으면 벼를 해치고 지나치게 적다면 벼는 말라 죽는다. 꼭 알맞은 양의 물이 관개되면 벼는 잘 성장한다. 영(泳)이란 고기가 물에서 헤엄치듯 사람의 발을 헹구는 심정을 나타낸다. 만일 독자가 자기의 마음을 꽃과 같이 벼나 물고기와 같이 생각하고 글을 비처럼 강물처럼 또 물처럼 생각한다면 함영의 심정을 알게 되리라.'(《증문정공 가훈》상)

이상은 증국번의 설명인데, 이것으로 절기체찰과 허심함영의 의미를 알 수 있다. 다시 말해서 절기체찰이란 자기의 체험에 비추어 문장을 터득하는 것이고, 허심함영은 자기의 마음을 비우고 건성의 수박 겉핥기 식이나 또는 천착에 빠지거나 하지 않고 문장을 있는 그대로 맛보는 것이다.

주자는 실로 (1)독서의 순서를 그르치지 않았고, (2)자기의 체험에 비추어 고찰했으며 (3)자기의 선입관을 버리고 문장을 공평히 맛보는 세 가지 방법에 의해 독서하고 연구를 추진한 사람이었다.

주자의 저작을 연대순으로 배열해 보면, 그는 스스로 주장한 대로의 순서로 연구를 추진했고,《대학》이나《중용》의 해석에 새로운 견해를 가진 것은 절기체찰의 결과이며, 또《시경》의 집전에 있어 시인의 심정과 서문의 당착(撞着)을 간파하여 서문을 버리고 해석을 시도하든가《상서》를 읽고 공안국전이《서경》의 글과 닮지 않은 일과 금문과 고문의 사이에 문체의 일치가 결여되어 있음을 발견한 것은, 아마도 허심함영의 결과였으리라.

효정에 돌아온(1194) 주자는 모여드는 후진을 지도하기 위해 죽림(竹林) 정사〔나중에 창주 정사라고 개명〕를 만들고 석채(釋菜 : 석전

대제)를 실시했다. 경원(慶元) 원년(1195), 양식파의 재상이라고 일컬어진 조여우(趙汝愚)가 한탁주 일파의 간책으로 그 지위에서 파면되고 영주(永州 : 호남성)에 유배되자 조정은 완전히 한탁주 일파의 독무대가 되었다.

사태를 우려한 주자는 5월, 간인(姦人)의 잘못을 척결하려고 만언소를 초고했는데 제자들이 이를 만류했다. 그 가부를 점친 결과 돈괘(遯卦)로부터 가인(家人)의 괘로 간다고 나왔다. 경솔히 움직이면 위험하다는 점괘이다.

주자는 묵묵히 물러나서 초고를 불살랐고 이후 돈옹이라고 호칭했다. 돈은 은둔의 돈이다. 그는 관계에서 깨끗이 물러나겠다는 결의를 한 것이다.

경원 2년 12월, 주자는 면직되고 야인이 되었다. 그것을 기다리기나 한 것처럼 주자학을 위학(僞學)이라고 공격하는 자가 벌떼처럼 일어났다. 과거의 시험 과목에서는 조금이라도 주자학에 관련되었다 싶으면 배척되었고 사서육경까지 금서(禁書)가 되는 판이었다.

주자와 종유하는 사람들 중에서도 시류에 아부하여 다른 스승을 찾는 자와 신변의 위험을 느끼고 산림에 숨는 자가 속출했다. 주자는 떠나는 자를 잡으려고도 하지 않고 묵묵히 뜻있는 자제를 상대로 여전히 죽림 정사의 강의를 계속했다.

이듬해(1197) 봄, 주자의 고제자 채원정(蔡元定 : 호는 서산, 자는 계통)이 도주(道州 : 호남성 형양)에 유배된다. 그것은 명백한 주자를 대신한 유배였다. 주자는 머잖아 자기도 채서산을 뒤쫓게 되리라 각오하고 제자와의 생이별을 슬퍼했다. 채원정은 이듬해 8월 8일 유배지에서 졸했다. 그의 아들이 구봉(九峰) 채침(蔡沈 : 자는 중묵)이다.

자기 한몸의 안위보다도 더욱 근심되는 것은 조국의 앞날이었다. 몽골이 일어나고 있었던 것이다.

주자는 이때 69세——. 저 전국의 난세에 정론(正論)을 말하다가 조국 초나라에서 추방된 굴원(屈原)의 작품인 《초사주》를 쓰고 있었는데 굴원의 모습이 시대를 초월하여 눈꺼풀 속에 생생하게 떠오르곤 했으리라.

경원 6년(1200)은 주자 나이 71세이다. 3월 초에는 집밖에 나가 여울물을 굽어보고 강의를 할 만한 원기가 아직은 있었다. 3월 초엿새 《대학》〈성의장〉에 관한 주석에 손질을 했고 문인에게 필사토록 했다. 이날 오후 몹시 설사를 하여 병실에 들었고 그로부터 다시는 서원에 나올 수 없게 되었다.

여드렛날, 여러 문생이 병실로 문안했을 때 주자는 일어나 앉았으며,

"뜻밖에도 자네들이 멀리 찾아와 주었군. 그러나 도리는 이것뿐의 것일세. 모두들 나아가 견고(堅固)하게 공부를 해야 할 터이네. 단단히 버텨야만 진보하는 법이지."

하고 훈계했다. 견고란 뜻을 굳게 하고 생각을 깃들게 한다는 뜻이었다. 그것은 제자들에게 준 유훈임과 동시에 주자의 평생을 일관한 신념이었다.

아흐렛날 오시(낮 11시~1시)에 주자는 조용히 숨을 거두었다. 그해 11월, 유해는 건양현 당석리에 매장된다. '사방의 거짓 무리들이 거짓 스승의 장례에 모일 것이니 방심 말라'는 지시가 중앙에서 현에 내려졌다고 한다.

하지만 그로부터 2년 뒤 가태 2년(1202)이 되자 위학의 금함도

약간 늦추어졌고, 10월에 환장각대제(煥章閣待制)라는 관직이 주자에게 추증되었으며 송이종(宋理宗)의 순우(淳祐) 원년(1214)엔,
 '공자의 도를 세상에서 크게 밝혔다.'
는 명목으로 주자는 북송의 다섯 학자와 함께 공자묘에 종사(從祀)하기에 이르렀으며 정자(程子)로부터 주자로 이어진 학통은 공식으로 인정되었다.

벗

 추사 연보를 보면 신미년 3월, 그는 동지사로 갔던 인편에 연경 소식을 들었다. 그 소식 중에서 완당은 의원(宜園) 김가(金嘉)의 병몰 부음(訃音)을 듣게 된 것이다.
 그 자세한 내용은 의원의 아우인 근원(近園)의 편지로 알았다.
 완당은 이 소식에 적잖은 충격을 받았다. 기록을 보면 완당은 백악산에 올라가 의원의 명복을 빌기 위해, 말하자면 산제를 올렸던 것이다.
 이것은 선비로서 어쩌면 지탄받을 짓이다. 하지만 완당은 그런 것을 개의치 않았다고 여겨진다.
 근원 형제와는 연경에서 많아야 수차 만났을 정도의 인연이다.
 그러나 단 한 번의 만남이라도 인생에는 중요한 경우가 있다. 하지만 이 경우는 그런 만남에서가 아닌 추사의 우인관(友人觀)을 나타내는 행위였다고 생각된다.
 생면 부지의 낯설은 이국의 젊은이를 따뜻하게 맞아준 연경의 다정한 벗들. 그런 벗의 하나였던 의원의 부음이 추사로 하여금 견딜 수 없는 행위를 발동케 한 것이다.
 그러기에 백악 정상에 올라 멀리 연경 쪽을 굽어보며 조촐한 제물을 차리자 술을 땅에 붓고 나서 간곡한 애도의 축문을 읽었으며 그 영전에 재배했으리라.

그리고 죽음이라는 엄숙한 사실이 시인의 마음을 흔들었다.

그렇게밖에 생각되지 않는다.

백악이라면 떠오르는 게 있다.

백악신사(白岳神祠). 언제부터인지——아마도 조선 개국 이래였으리라. 《여지승람》을 보면 신사는 산정에 있고 봄 가을 두 번에 걸친 초제(醮祭)가 있었다. 초제는 일월 성신께 올리는 제사인데, 백악신의 주신(主神)은 정녀부인(貞女夫人)이란 여신이며, 어느덧 그것이 장안 부녀자들의 영험 많은 산신으로서 복을 비는 대상이었다.

추사는 참배자가 많은 사월 초파일 전후를 피한 4월 초 산에 올랐다고 추정된다.

백악은 일명 북악산으로 한 송이 피지 않은 모란꽃처럼, 1천3백자의 높이를 하늘에 들이대는 칼처럼 푸른 하늘을 가르며 솟아 있다. 세계의 도읍으로서 이렇듯 배후에 검기(劍氣)도 삼엄한 주산(主山)을 가지고 있는 도시가 있을까?

백악의 서릿발과도 같은 산기(山氣). 현대인으로선 잊어버린 풍물첩(風物帖)의 하나이리라.

이 산은 겨울철에 더욱 매서움을 발휘한다. 수려하기보다 차라리 청고한 위용(偉容). 타협을 허락지 않는다.

아니, 역경에 처할수록 강인한 저력이 있다. 중국에도 그 넓은 땅에 사천이나 운남성에 기암 괴석을 가진 산들이 있다고는 하지만, 백악——그 뒤에 있는 북악(삼각산)의 모습만한 게 있는가!

중국에 있는 것들은 산수화의 재료가 되기도 했지만 과문한 탓인지 한성의 북천(北天)을 화폭에 담은 사람은 없어 보인다. 더러는 있었겠지만 도저히 인력(人力)으로선 신의 조화를 넘겨다볼 수 없다 하고 단념했던 게 아닐까?

현대는 더욱 그 모습을 찾지 못한다. 산에 오르면 한때 연탄 가스가 지옥의 늪에서 생기는 장기(瘴氣)보다도 더 독하게 띠를 두르고 있음을 보게 된다. 그리고 지금은 자동차의 배기 가스가 그 보다도 더해 하늘마저도 더럽히고 있지 않은가!

그렇다! 산의 정기는 모습에서만 비롯된 것은 아니었다.

그 짙푸른 하늘이 산들을 신비롭게 해주고 있었다.

그런 하늘마저 죽었다. 늘 찌부드드하고 특히 봄철이면 흐린 까닭은 무엇인가. 인간의 얕은 생각은 그것을 황사 현상이니 어쩌니 하며 이유를 붙이고 있지만 근본적인 것은 그게 아니리라.

어떤 외국 학자는 조선의 푸른 하늘을 보고 아테네와 비유된다고 했다. 바위산과 하늘의 푸르름이 그것을 연상했다고 하겠으나, 그것도 부족하다.

서울의 산 모습·하늘엔 또 한 가지 곁들여 있는 것이 있었다.

추위였다. 가혹한 자연의 한기(寒氣)였다.

공기가 쩌렁쩌렁 소리날 만큼 얼었다는 표현은 아마도 지금 사람은 실감이 나지 않으리라.

백악의 정기를 받아 경복궁이 터를 잡았다면 그 왼쪽에 펼쳐진 북촌의 집들은 어떤가?

동쪽으로 낙타산, 서쪽으로 인왕산. 이상하게도 북촌 일대에는 중학교들이 있었는데 새벽마다 가방을 메고 양말도 제대로 신지 못한 조선의 젊은이들이 맨 먼저 우러르는 게 쩡쩡 얼어붙은 공기

속의 산모습이었다.
 이 버석거리는 공기 속에서 바라보는 산이야말로 우리의 민족혼이었다. 더더구나 추사의 시대에는 그 한기와 산용(山勇)과 우주가 하나로 어우러져 있었으리라. 그리고 다시 병자년에도 임진년에도 저 몽골인의 기마 군단의 내습에도…….
 산이 있기에 외적들은 두려워했고 전율하며 감히 눌러앉을 생각을 못하고 허겁지겁 물러갔던 게 아닐까?
 다만 하룻강아지 범 무서워 할 줄 모르기에 왜인이 그들의 터전을 이곳에 옮기려 한 쓸쓸한 기억은 있지만——.

 우리에게도 책임은 있다.
 배우려 하지 않아 우물 안 개구리처럼 비좁고 오만했기에. 강한 자에게 굽실거리고 쓸개도 간도 없었기에. 그리고 밀고하고 폭로하는 게 정의인 줄 아는 자들이 너무나 많았기에.
 산은 정기를 잃고 하늘마저 흐리터분해졌다. 배웠다는 자들의 허물이었다. 옛날엔 이런 일이 결코 없었다.
 언제나 서민은 순박했다.
 그런데 배신하고 목청을 돋우고서 어깨를 으쓱대며 걷는 자들. 과거를 부인하고 제 어미를 먹는 살모사가 된 자들.
 이런 세상에도 벗은 있는가?
 배우는 사람으로서 서로 뜻이 맞았을 때, 백악에 올라 축문을 짓고 진심으로 고개 숙이는 아량이 있는 것일까?
 추사의 시를 읽어보면 매번 느끼는 일이지만 그 강한 민족혼에 놀라지 않을 수 없다.
 그러면서 넓다. 정신과 생각이 북악처럼 뚜렷하다.

〈삼각산 꼭대기에 올라 동으로 창해를 보고 북으로 몽골의 경계를 굽어보며, 돌아오는 길에 절 벽에 제하다〔登角山絶頂 東觀滄海北俯蒙古界 歸題寺壁〕〉

　수레 끄는 말은 티끌을 날마다 일으키는데(車馬日蒙塵)
　천리 길에 넓적살 여윈 것만 탓하네(千里歎消髀)
　세상만사 떨쳐버리고 먼 푸르름을 능가하듯이(飄然凌遠碧)
　크고 넓은 세계가 발 아래에 있네(大瀛平脚底 : 영은 큰바다인데 영주도 우리나라임)

　십 년을 환궤에서 살던 눈이라(十年闤闠眼 : 환궤는 저자의 출입문을 비유하여 좁은 인간 세계)
　물이 깊고 넓어 몸마저 위태롭다네.(滉瀁身其殆 : 황양은 물이 깊고 넓다는 것)
　이 산처럼 높은 산이 없었다면(不有此山高)
　어찌 바다와 서로 맞서겠는가.(何由海相抵)
　양쪽에 자리잡은 웅대한 관문은(雄關據兩間)
　그 이름이 그대로였었구나.(厥名儘斯在)
　뭇봉우리는 뒷목이 되고(群峰作後勁 : 배후를 지켜주는 힘)
　북쪽의 꼬리를 밟고 내달리고 있네.(奔趨履北尾)

　하늘의 뜻이 중화와 동이를 갈랐는데(天意截華夷)
　천험만을 믿으라는 건 아닐세.(匪使險阻恃)
　몽골의 산머리 구름은(蒙古山頭雲)
　가까이 오지 못하고 거꾸로 박혔네.(倒退莫向邇)
　옷소매는 돌로 변할까 겁나지만(衣袂悃化石)

푸른 산바람은 나를 일어나게 해주네.(嵐翠從我起)
옛절에서 쉬고 있으려니까(來憩古寺中)
사람 발자취도 끊긴 지 오래이구려.(許久斷人跡)

탑면에는 부스러져 햇무리가 곱고(塔面落重暈)
부처 머리엔 먼지도 몇자라네.(佛頂塵數尺)
쥐가 발을 비벼대고 머리를 조아려가며(拱鼠作頂禮)
축건책을 남김없이 쓸었다네.(鬺盡竺乾策 : 축건책은 불서임)
나무꾼 아이는 육지인가 의심하고(樵童疑肉芝 : 육지는 선약의 한 가지. 영지류로 먹으면 이와 머리가 다시 나옴)
병객은 목객인가 긴가민가 했네.(病客訝木客 : 목객은 나무에 깃든 신령·명의를 비유)
샘에는 명주처럼 눈이 박혀 있는데(泉眼嵌明珠)
남은 비석엔 푸른 하늘이 어른거리네.(殘碑映空碧)

들으니 옛날에 한 노승이(昔聞一老師)
좌선한 채로 이곳에서 고요함에 듦을 보였다네.(於此示禪寂)
나라 위해 순절하신 기록에(勝朝殉節錄)
천추에 혁혁한 광채를 남겼네.(千秋光爀爀)
마땅히 이 사람도 넣어야 하지만(宜從此人補)
빠져있으니 애석하고도 남음이 있네.(闕漏良足惜)
머리를 긁으며 하늘 바람 향하니(搔首向天風)
해는 무너진 섬돌 너머로 진다네.(落日飜崩堿)

웅대한 기우(氣宇)와 차분한 사색이 대조를 이루고 있다. 특히 마무리의 '조수향천풍' '낙일번붕척'이 좋다.
 그러면서 체념 비슷한 감회가 엿보이는 까닭은 어째서일까.
 시인의 깊은 마음속에 담겨진 비밀은 누구나 엿볼 수 없겠지만, 세상을 덧없다고 보는 추사의 심정만은 분명한 것 같다.
 역시 초조감은 있었으리라.
 그것은 남아로 태어나서 역시 그 천분을 발휘하려면 과거(科擧)──관직인데 선뜻 그것에도 마음 끌리지 못하는 추사의 어떤 주저가 있었던 게 아닐까?
 그 주저는 세상을 덧없다고 보는 그 심정이겠으나……
 여기서 이 사람은 누구일까?
 시인 스스로의 자화상이라고 생각된다.

 다시 연보를 보니 신미년 6월 6일, 유당 김노경은 예조참판이 되고 있다.
 유당은 완당에 대해 무슨 말을 하거나 하지 않았다. 하고 싶은 말이 없어서가 아니었으리라. 하다 못해,
 "요즘에도 열심히 책을 읽는가. 문과에 급제해야 하네."
 부자간이라면 이런 말도 했음직하지만, 없었다고 상상된다.
 유당은 순조롭게 승진하고 있다. 무너진 경주 김씨의 일각을 굳게 지키고 있다는 느낌이다.
 신미년(순조 11 : 1811)은 민심이 흉흉했다.
 봄가뭄이 계속되고 공기마저 메말라 윤3월에 경복궁에서 불이 났으며 예문관이 불타 버려 실록을 재로 만들었다. 사고가 강화·오대산 등에 있어 다시 베끼면 된다고는 하지만 엄청난 손실이었다. 그리고 5월에는 한성에서도 걸인들의 집단을 볼 수가 있었으

며 도적들이 날뛰었다.
 5월이면 장마가 시작되어야 한다. 그러나 봄가뭄은 그대로 이어져 날만 흘렀지 비는 내려주지 않았다. 그래서인지 한동안 뜸하던 사학이 고개를 들고 공충도(公忠道 : 공주를 중심한 충청도)에서 박옥귀(朴玉貴) 등이 처형되고 있다.
 추사는 아버지를 위하여 아버지의 집에 가서 손님 접대를 했다. 명희·상희가 있기는 했지만 추사가 빠질 수는 없었다. 잔치는 조촐했지만 당당한 세도가들이 큰 사랑과 작은 사랑에 이르기까지 꽉 찼다.
 당대 제일인 안김(安金)들도 나타났고 풍양 조씨도 반남 박씨도 있었다. 추사는 아무래도 이런 기성의 권신들 대접을 위해 공손히 술을 따라올렸고 때로는 엉뚱한 질문에 답변도 해야 했다.
 그래서 명희가 맡은 작은 사랑에 간 것은 기생들이 소리를 부르기 시작한 때쯤이었다.
 추사가 그곳에 갔을 때 이재(彛齋) 권돈인은 사촌 형님 교희와 《주역》에 대해 한창 토론을 벌이고 있었다. 추사는 이재가 초면은 아니다.
 이재는 추사보다 세 살 연상이며 추사와 마찬가지로 아직 등과 전이었는데 술이 좀 취한 듯 흥분하고 있었다.
 "아, 추사 마침 잘 왔어요. 지금 원형이정에 대해 교희군과 서로 옥신각신하던 참이오. 나는 그것을 하늘의 사덕(四德)이라고 했는데 김군은 끝내 이를 풀어서 크게 형통하고 바르니까 이롭다고 하는구려. 대체 어느 것이 옳은지 추사가 판정을 내리오."
 추사는 미소지었다.
 역(易)에 대해서 예로부터 학자마다 《역전》이 있어 해석이 구구할 정도이다.
 여기서 간단히 말한다면 이재의 설을 유가설(儒家說)이라고 한다면, 교회의 그것은 점서설(占筮說)이었다.
 역이란 서죽(산가지)을 셈하여 점을 치는 방법으로 시작되고 발달되었음은 누구도 부인하지 못한다. 따라서 역은 서죽을 계산하여 괘(卦)를 짓고 괘에 의해 길흉을 점치는 방법이며 그 근본은 건·곤·진·손·감·리·간·태의 팔괘이지만 실제로는 팔괘를 둘씩 겹쳐 64괘를 만들고, 64괘의 저마다에 따라 길흉이 논해지고 있다.
 64괘는 또 여섯 효(爻)로 구성되며, 괘마다 그 괘의 성질을 해설한 단사(彖辭)라는 게 있고 효마다 그 효의 의의를 설명한 효사(爻辭 : 또는 상사)가 붙어 있다. 그러니까 64괘에 단사와 효사가 붙은 것이《역경》의 경문(經文 : 상하 2권)이었다.
 현재의《역경》은 이런 경문에 십익(十翼)이라는 게 덧붙여져 있다. 이 십익이 바로 유가설이라고 이해하면 된다. 십익은 보통 공자의 지음이라고 하지만,《역전》의 가장 오랜 것은《중용》의 작자 자사였다고 한다. 자사의《역전》은 독립되어 있는 게 아니고《중용》의 본문 속에 들어 있다는 지적이다.
 알기 쉽게《역전(易傳)》은 역에 대한 유가의 해석이다.《중용》에서 역에 대한 언급이 있다면, 이 역시 훌륭한 역에 대한 견해로서《역전》이 되는 셈이다.
 애당초 십익은 반드시 한 사람의 지음이 아니라는 게 학자들의 정설이다. 그 점에서 가장 오랜 것이 단전과 상전이었다. 단전이란 단사의 해석이고 상전은 효사의 풀이이다. 하기야 상전의 효사 해석 앞에 몇몇 구절[괘의 성질을 개론한]이 남아있긴 하지만, 이것을 대상(大象)이라고 부르며 효사의 해석과는 별개의 것이다.
 따라서 단전과 대상을 제외한 상전은 전부 운문(韻文)이며 이런 운문으로써 단사와 효사를 풀이하고 있는 것이다.
 그 해석에 의하면 단사와 효사로 모두 길(吉)이라 판단되는 것은 강유(剛柔)의 중(中)을 얻었을 경우로서 중이 곧 역도덕의 이상이었다. 중을 도덕의 이상으로 삼는다는 것은 유교의 《중용》과 일치되는 사상이었다. 그래서 단전과 상전은 자사 학파의 사람들이 중용의 정신으로써 역을 판단한 것이며 점서법인 역이 비로소 유교의 경전이 된 셈이었다.
 십익 가운데 단·상전 다음으로 중요한 것은 〈계사전(繫辭傳)〉과 문언(文言)이다.
 문언은 단·효사의 또다른 해석이며, 원래는 64괘 전부에 대해서 있었는지도 모르며 현재는 건곤(乾坤) 2괘의 해석만 남았지만 그 잔문(殘文)이 〈계사전〉 속에 섞여 있다. 〈계사전〉도 탈락된 부분과 잘못 전해진 부분이 있는 모양으로 거의 의미가 통하지 않는 부분도 있지만 대체로 역의 개론이라고 여겨진다.
 단전·상전에서는 역의 정신이 강유의 중을 얻는 데 있다고 했는데, 어느덧 계사·문언전에 이르러 강유가 음양으로 바뀌고 있으며 음양 2기의 소장(消長)에 의해 만물이 생생(生生)하는 것을 역의 기본 정신으로 해석했다.
 십익의 나머지 설괘·서괘·잡괘의 3편은 점서가의 역설(易說) 잔문이라고 해석된다. 이 중에서 설괘전은 팔괘가 무엇을 표상(表象)하는가를 설명한 것인데, 현재 상전 속에 혼입되어 있는 대상의 서론인 듯싶다.
 대상은 바로 팔괘를 겹쳐 만든 64괘의 저마다가 상으로 관찰하여 어떠한 도덕적 의의를 가졌는가 설명하는 글이었다.

그리하여 설괘는 대상을 얻어야 비로소 귀결(歸結)이 있고, 대상은 설괘가 있어야 비로소 조응(照應)하는 바가 있다고 하리라.

그러므로 설괘전에는 음양을 하늘의 도, 강유를 땅의 도, 인의를 사람의 도로 규정하고 역은 이 천치인 삼재(三才)의 도를 꿰뚫는 이치로서 이런 도리를 궁구하여 인성(人性)을 다하라고 가르친다.

즉 삼재설은 단·상전, 계사·문언의 주장을 종합한 것으로 중용설보다는 나중의 한대에 이르러 성립되었다고 보는 것이다.

여기서 한역(漢易)과 송역(宋易)으로 분설(分說)된다. 《한서》〈유림전〉에 의하면 역은 공자로부터 노나라 상구(商瞿)·교비(橋庇)·강동의 한비(馯臂)·연의 주추(周醜)·동무의 손우(孫虞)를 거쳐 제나라 전하(田何)에 전해졌고 진시황의 분서에도 복서의 글로 여겨져 다행히도 살아남았다.

한이 일어나면서 전하는 그 학통을 동무의 왕동(王同)·낙양의 주왕손(周王孫)·정관(丁寬)·제의 복생(服生) 등에게 물려주었고 그 뒤 역의 전함은 더욱 더 성해져 한무제 초기엔 왕동의 제자 양하(楊何)가 등용되어 비로소 역박사가 되었으며, 이어 한선제 때에는 정관의 재전 제자 시수(施讎)·맹희(孟喜)·양구하(梁丘賀)의 3가 역이 나란히 학관으로 세워졌다. 다만 3가 중 맹희는 음양 재변설을 섞어 주장하며 스승의 가르침을 문란케 했으므로 동문 양구하의 배척을 받았다. 초연수(焦延壽)·경방(京房)은 그 뒤에 나타났지만 맹희 계통이고 재변설은 더욱 성행된다.

이 중에서 경방역은 당시의 시대 조류에 맞아 더욱 발전했던 것이며, 한원제 때에는 역시 학관으로 세워져 그로부터 시·맹·양주·경씨 4가의 역이 병립되었다. 또 당시 민간에도 비직(費直)·고상(高相)이 있었으며 특히 비직은 괘서(卦筮)에 능했는데 그의 역설명은 장구를 사용치 않고 단·상·계사·문언의 말로 역의 상하경을 해설했는데 아직 학관은 되지 못했지만 후한에 이르러 진원(陳元)·정중(鄭衆)·마융(馬融)·정현(鄭玄)·순상(荀爽)이 모두 비씨역을 배웠기 때문에 경방역은 쇠퇴한다.

대개 한유의 역은 상수(象數)를 주로 내세우고 맹희·경방으로부터 정현·순상에 이르기까지 그런 범주에서 벗어나지 못했으며 이어 육적(陸績)·우번(虞飜)이 나타나 제괘방통(諸卦旁通)설을 주장하자, 한역·상수설은 그 극에 도달했는데, 그런 반면《역경》의 옛정신은 상실되고 그 폐해도 심했다.

위대(魏代)의 왕필은 비씨역에 의거《역주(易注)》6권을 저술했는데, 이미 수차 나왔듯이 노장의 현리(玄理)로 역을 해석하여 한역·상수의 폐단을 쓸어버렸다. 이로부터 한역은 쇠망의 길을 걸어 남북조 무렵에는 북조에서 정현주, 남조에선 왕필주만이 사용되었으므로 시·맹·양구씨의 역은 완전히 몰락했고 당태종의 명을 받은 공영달이《오경정의》를 찬하면서 역은 왕필주를 썼기 때문에 정현주도 망각되기에 이르렀다. 그러나 그 뒤 이정조(李鼎祚)는《주역집해》17권을 저술하여 자하·맹희·경방 이하 35가의 역설(易說)을 편찬하여 옛 역의 일망(佚亡)을 막았으며 오늘날 학자들이 한역에 대해 엿볼 수 있음도 이 책 덕분이다.

북송에 이르자 정이천은 왕필이 노장설을 원용하여 역을 해설하고 있는 데 불만을 느끼고《역전》4권을 저술한다.

이것은 주로 유교의 입장에서 역의 의리(義理)를 논했고, 이어 남송의 주자는《주역본의》12권·《역학계몽》1권을 저술하여 이천의 설을 보강하는데 점서(占筮)의 정신으로 풀었다. 그러니까 이천의 학설 위주의 역을 점으로서의 역 기능도 인정하며 역리를 발전시켰다고 하겠다.

이런 정주(程朱)의 역이 우리나라에도 전해져 선비로서 아침마다 역을 점쳐보고 그날의 행동 지침을 삼는 등 하기에 이르렀던 것이다.

명대에 내려와 정주의 역학은 더욱 성행되는데 영락(永樂) 연간 (1404~1424) 호광(胡廣) 등이 찬한 《주역대전(周易大全)》 24권은 《정전본의(程傳本義)》를 존중했고 이것을 소(疏)한 동해(董楷)의 《전의부록》, 호일계(胡一桂)의 《부록찬소》, 호병문(胡炳文)·동진경(董眞卿)의 《회통(會通)》 등 모두 정주설을 굳게 지켰다.

이어 청의 강희 연간에 이광지(李光地:1642~1718) 등이 찬한 《주역절중》 22권은 주자의 본의를 첫머리에 내걸고 다음에 정전(程傳)을, 그리고 한나라 이래의 여러 유가설을 널리 채택하여 참고로 삼는 등 명의 《주역대전》을 훨씬 앞서는 것이었다. 건륭 연간에도 부항(傅恒) 등이 칙명으로 많은 고의(古義)를 연구하여 밝혔는데 이것은 〈술의(述義)〉라는 이름으로 알려졌다. 《술의》는 20권이고 먼저 상수로 괘효의 말을 해석하고 그런 뒤 의리의 정미(精微)에 이르고 있으며 그 해설은 간명하게 요점을 파악하고 있었다.

그리하여 혜동(惠棟)의 《주역술(周易述)》 21권·《역한학(易漢學)》 8권·《역례(易例)》 2권, 강번(江藩)의 《주역술보(周易述補)》 4권, 장혜언(場惠言)의 《주역우씨의(周易虞氏義)》가 나타난다. 이재의 질문에 대한 추사의 답변은 주로 청유(淸儒)설에 대한 해설이 기대되고 있는 것이다.

추사는 미소짓고 말했다.

"자, 약주나 드십시오. 《주역》에 대해서는 저도 배우는 입장으로 편지로 꼭 의견을 말씀드리겠다고 약속하겠습니다."

사실 《주역》을 논하기에 술자리는 어울리지 않는다. 한마디로 넘겨버리면 그만이지만, 추사의 성실함이 그것을 허락지 않았다. 이재는 그런 추사의 얼굴을 노려보듯이 응시하며,

"정말이오?"

하고 되물었지만 이윽고 크게 웃었다.

"그럼 술을 한잔 권하겠으니 드시구려."

그로부터 보름쯤 지난 6월 말이었다. 모처럼 비가 내렸는데 이미 때늦은 비였다. 하지만 그나마라도 내려주니 살 것만 같다. 추사는 붓을 잡고 이재에게 보내는 편지를 정성껏 썼다.

그날 이재는 별로 기대하는 것 같지 않은 태도로 추사에게 술잔을 권했지만, 추사는 그렇게 생각하지 않았다.

다음은 이재 권돈인에게 보낸 편지이다.

'역도의 가르침은 두렵고 공손하니 삼가해도 부끄러워 준수하지 않으면 안될 뿐 아니라, 만일에 스스로 역을 용납하는 일이 없다면, 어찌 역을 말할 수 있겠습니까? 대개 인도의 상사(常事)는 남녀와 먹고 마시는 데 지나지 않습니다만, 역의 가르침을 위해선 곧 남녀·음식과 재용(財用)의 절제를 순종하고 새끼줄로 매듭을 지어 그물이나 덫을 만든 것도 거의 벗어날 수 있게 함이며 쟁기의 이로움도 여러 증익(增益 : 늘어난 이익)을 열 중에서 셋만 알맞게 취하라고 한 것인데 괘(卦) 앞에 음식을 둠은 인도로 매우 절실한 문제이기 때문입니다.

하경(下經)의 머리에 함(咸)이라는 괘를 둠도 곧 남녀의 도를

밝게 드러내자는 연유에서입니다. 건곤이 바로 남녀의 도이고 곧 천도이므로 특별히 咸〔함은 感. 남녀가 서로 감응하는 것〕을 인도의 발단(發端)이라 하는 것이며 천도와도 일치되는 하늘과 사람의 상여(相與 : 상호 관계) 경계(또는 접점)로 왕래가 없다면 인도 아닌 천도입니다.

 그러나 人자를 버리고 天을 말하는 것도 또한 역의(易義 : 역의 근본 정신)는 아닙니다. 이는 역에 성인의 도가 있고 넷(음식·남녀를 가리킴)의 활동(작용)을 말하는 것인데, 복서(卜筮)로서 기명(器皿)을 제정한 것도 음식·남녀의 중(中)에 포함되는 것으로, 처음엔 미묘하여 현묘와 오의(奧義)도 아니고 하도(河圖)와 낙서(洛書)로서 위로 선천이 궁구되고 천명된 지극(至極)을 미루어 물을 수가 없었던 것입니다. 이리하여 정자(程子)의 역, 곧 언역(言易)과 한유(漢儒)의 역, 곧 복서로 기명을 지은 따위의 동역(動易)도 후세에는 마침내 절학(絶學)되어 들을 수가 없게 된 것입니다. 혹은 한나라 이래로부터 복서로서 설이 있게 되었지만, 그러나 과연 이를테면 간보(干寶) 무리의 형덕(刑德)·육친(六親) 등의 설처럼 어떻게 모아져 전하고 천착되어 알맞게 이룩되며, 그 허망은 마침내 화주림(火珠林)에 이르러 기강(紀綱)에서 거짓이 극에 이르고 오늘날 이루어져 복서라 일컫는 게 곧 화주림의 유물인데 어찌 이를 역의 도라 하겠습니까?'

 여기서 초심자를 위해 설명한다면, 왕필의 《역주》가 나타나고 그것이 당태종 때의 《오경정의》에 채택됨으로써 역이라 하면 왕필역이라 할 정도가 되었다. 그러나 시대의 변천은 왕필역에도 개편이 요구되었다. 이런 시대적 요구에서 태어난 대표적 저술이 정이천의 《역전(易傳)》이고, 주자도 역에는 별로 손을 대지 않아 이는 한역에 대한 송역이라 할 수 있다.

정호・정이 형제의 사상은 《이정 유서》 등에 모아져 있지만, 그것을 보면 역에 관련되는 말이 많다. 이는 이정자 학문의 중심이 역에 있음을 말해주는 것인데, 특히 정이천은 《역전》 완성에 심혈을 기울였다고 전해진다.

현존하는 이천의 《역전》은 원부(元符) 2년(1099)의 자서(自序)가 있어 그의 67세 때 이미 완성된 거라고 생각되지만 《유서》 17에서, '나는 《역전》에 대해 이미 글을 이루었다. 다만 점차로 개수하고 70세를 기하여 내놓을까 한다' 했으므로 이때는 아직 미발표인 듯싶다. 또 제자 장역(張繹)이 《역전》의 전수를 청하자 '《역전》을 아직 전하지 않음은 스스로 헤아려 보건대 정력이 쇠하지 않았다. 따라서 조금의 진보라도 있기를 바랄 뿐이다(《유서》 25)'라 했고, 그 뒤에도 좀처럼 남에게 보이지는 않았다고 한다.

그리하여 연보에 의하면 숭녕(崇寧) 5년(1106)에 병이 무겁자 비로소 이것을 제자인 윤돈(尹燉)과 장역에게 부탁했고 이듬해 대관 원년 9월 25일 간행했다 했으므로, 《역전》 4권은 참으로 이천 생애의 정력이 응집된 것이라고 하겠다.

연보에는 또 윤돈의 말로 '선생은 남김없이 실제로 실천해 보시고 《역전》을 지으셨는데, 다만 이를 그대로 본뜨셨으므로 곰곰이 읽고 자세히 맛보아야 한다'고 한 것을 보면 이천이 평생의 체험을 64괘 384효로 풀이한 것으로 그 말과 구절은 실천의 길잡이임과 동시에 전체를 일관하는 철학에 의해 뒷받침되는 것이다. 청초의 고염무가 '역설로 수십 가지가 있지만 정설(程說)을 능가하는 게 없다'고 함도 결코 과언은 아니었다.

그런데 《이천 문집》 권5의 〈김당사(金堂謝)군에게 주는 글〉에 의

하면, 이천은 역을 닦자면 먼저 《왕필주》부터 들어가야 한다고 주장했다. 그리하여 청대의 하의문(何義門)도 《역전》엔 왕보사(王輔嗣 : 왕필의 자)의 설을 채용한 게 많다고 했지만, 특히 정전에서 상수와 괘변(卦變)을 버리고 곧바로 도리를 말하는 것은 왕필로부터 배운 것이라고 한다. 그러나 이천은 왕필이 노장설을 채택한 것을 좋아하지 않고 스스로의 견식을 지녔으며 순전한 유가의 입장을 지켰다.

그렇다면 이천은 역을 어떻게 해석했는가? 〈장굉중(張閎中 : 장역의 자)의 글에 답하다〉에 의하면, 다음과 같았다.

'의(義)가 수(數)에서 생겨난다 함은 잘못이다. 理가 있은 뒤에 象이 있고 상이 있고 나서 수가 있으며 역이란 상에 의해 이를 밝히는 것이다. 상으로 말미암아 수(명수, 운수)를 알고 그 의의를 얻게 되면 상수는 곧 그 중(中)에 있다. 반드시 상(현상)의 숨겨진 뜻을 궁구하고 명수의 호말(毫末 : 털끝)에 이르기까지 남김없이, 즉 본류(本流)를 찾고 지엽을 쫓는 것은 술자(術者)가 좋아하는 것이고 유가로선 힘써야 할 일은 아니다.

도리는 형체가 없다. 따라서 현상에 의해 도리를 밝히는 것이고, 도리는 이미 단사와 효사에 나타나 있다. 그러므로 단·효사에 의해 현상을 보아야 하는 것이다. 때문에 그 의의를 얻으면 상수가 그 중(中)에 있다고 말한다.'

이것에 의해 정이천은 역의 상이 도리를 표현한 것으로서, 그 이치는 또한 단·상의 말에 의해 설명되어 있으므로 곧바로 단·상의 말에 의해 역리가 나변에 있는지 탐구하려 했다고 생각된다. 그리고 이와 같은 생각을 왕필의,

'무릇 역이란 상이다. 상이 생겨나는 것은 의에서 생기는 것이

고 이 의가 있은 연후에 이를 밝히는 데 있어 그 사물로써 한다.'

에서 비롯된 것이며, 이천은 왕필의 義를 理로 바꾼 셈이다.

그리하여 理라는 글자는 그의 형님 명도로부터 얻었으리라. 명도는 《역경》〈계사전〉에서 '천지의 대덕은 生이라고 한다' 및 '일음일양하는 이것을 도라고 한다'는 것에 의거하여 음양의 소장(消長)에 의해 만물을 생생하는 작용을 우주의 원리라 생각하고 이를 천지의 理・천리 또는 그냥 理라고 불렀던 것이다.

그와 같은 천리 내지 理라는 말은 종래의 유가로서 별로 사용치 않던 것이며 명도는 그것에서 큰 의의를 발견하고 천리 두 글자가 자기의 독창이라고 했을 정도였다. 따라서 이천의 역의 근원을 理라고 한 것도 여기서 시사된 것이리라.

상이란 64괘 384효가 나타내고 있는 사물의 표상(表象)이었다. 말을 바꾼다면 역의 상은 현상 세계에 있어서의 모든 사물을 표상한다. 그리하여 역의 단・효사는 그 상의 의의를 설명하는 말이었다. 그래서 이천은 이 말을 올바르게 해석함으로써 그 상을 터득하고 이것에 의해 그 속에 숨겨진 도리를 깨우쳐 주려고 했던 것이다. 요컨대 이천의 중심 과제는 역의 상과 이의 관계였다. 그는 이 문제에 관해 《역전》의 서문에서 갈파했다.

'지극히 은미(隱微)한 게 이이고 지극히 현저한 것이 상이며 체용일원(體用一源)이며 현미(顯微)에 틈은 없다.'

같은 의미를 또한, 다음과 같이 말했다.

'지극히 명확한 것은 사물과 같은 게 없고 지극히 희미한 것은 도리와 같은 게 없다. 그리하여 사리(事理)는 일치이고 현미는 일원이다.'

이 두 가지 말에 의해 생각할 때, 이천은 현상계의 사상(事象)은 본체인 이의 작용이고 본체와 작용은 일원이며, 이를 떠난 사상도 없고 사상을 떠난 이도 없음을 믿었다고 해석된다. 그리하여 이것이 이천 철학의 근본이었다. 그래서 이천의 제자 윤화정(尹和靖 : 윤돈의 자)이,

"체용일원, 현미무간의 한마디는 대담하게 천기를 누설하신 것 처럼 느껴집니다."

라고 하자 이천은 말했다.

"네가 보아서 그렇다면 매우 좋다."

라며 인가(印可)를 내주었다고도 하지만, 사실 체용일원·현미무간의 한마디는 이천 철학의 골자이고 《역전》의 근본 정신이었다.

이미 사리일치·체용일원이라고 한다면 본체의 이와 현상계의 사상은 동일하지 않으면 안된다. 그런데 이는 일리(一理)인데 사상은 천차만별이다. 유일한 이가 어째서 천차만별의 사상으로 나타나는가?

이천은 이것을 설명하기 위해 '이일이분수(理一而分殊)'를 주장했다. 이일이분수란 모든 현상이 유일한 理의 일부분을 받아 생겨나고 있기 때문에 그 차등은 현상의 차별을 나타낸다는 의미였다.

이런 의미로 역의 64괘 384효는 천태만상인 사상의 대표적 사례를 선정했고, 이런 대표적인 것에 설명을 가함으로써 본원의 일리를 체인(體認)시키려 하는 게 성인이 《역》을 지은 목적이었다.

'역은 변역이다. 때에 따라 변역되고 도로써 좇도록 함에 있다. 그 글은 광대하여 남김없이 갖추어졌고 이것으로 성명(性命)의 이치에 순종하여 유명(幽明)과도 통하며 사물의 정(情)을 다하고 개물성무(開物成務 : 복서로 길흉을 알아 사업을 하게 한다는 뜻)

의 도를 보이고자 함이다.'(《역전》서문)
 성인이 역을 지은 목적은 이렇듯 높은 것인데, 예로부터의 학자는 그 뜻을 깨닫는 자가 적고 진(秦) 이래 학통은 끊겼다. 이천이 그 천 년 뒤에 태어나고 사문(斯文)의 인회(湮晦 : 인멸되고 어두워짐)를 안타깝게 여기며 《역전》을 저술한 셈이데, 그것도 결국에 있어 그 말을 해석한 데 지나지 않으므로 그런 해석에 의해 그 정신에 도달하려면 배우는 자의 끊임없는 노력이 있어야 한다.

 추사의 편지는 계속된다.
'복서는 분명치가 않아 어렵고 비록 정북해(鄭北海 : 정현의 별칭)와 같은 대유라 할지라도 대전(大典)을 망라하면서 효(爻)로써 변동되지 않음은 義가 통할 수 없다 하여 이를 단사에 붙였지만, 단·상의 두 글은 처음에 하나의 필자로 연락되는 말은 아니었습니다. 단사에는 있지만 아직 맛보지 못한 때는 현상으로 있는 것으로, 다만 이는 자기로서 하나의 단사이고 초·이·삼·사·오·상으로 나눠지지 않아 모두 그 중(中)에 있는 것이며 자기로서의 변동 의의는 개권(開卷) 제1의 원형이정(元亨利貞)이 이를 밝게 드러내듯이 변동 아닌 게 없는 것이라서 원형이정을 보는 이것은 방통(旁通 : 도리가 자세하여 분명히 아는 것)이 되는 연유입니다.
 이리하여 단전에서도 말하기를, 건도(乾道)의 변화, 저마다의 성명(性命)을 바르게 하는 일이 곧 원형이정의 방통대의라고 했던 것입니다.
 이것을 어찌 변동하지 않는다고 말할 수 있겠습니까?
 북해의 이 설 역시 그 잔문(殘文)이 옳지 않은 것이라 이 일단

(一段)의 잔문은 그대로 굳어져 버려 북해의 정론(定論)이 되었습니다.

복서의 법은 이미 북해의 시대부터 이와 같이 명확하지가 않아 어려워졌고 북해 이상의 누가 있기에 이하의 이 도를 거듭 밝히며 역력한 이런 말을, 이를테면 지금의 정사(程沙 : 정자와 사계?)처럼 여러 사람이 서의(筮儀)를 따르게 할 수가 있겠습니까? 이것은 복서 스스로 이룩된 학통을 끊는 일입니다.

역의 글은 광대하게 만들어져 남김없이 갖추어지고 없는 게 없어 신선(神仙)·노화(爐火 : 연단법)·방술·기예·유명(幽冥)과 황홀(허황됨)을 일삼는 이로서 위탁하지 않는 게 없으며 군자로서 모두 입에 올리지 않는 것입니다.

복서가 비록 사도(四道 : 역에서 말하는 네 가지 도)의 하나이긴 하지만 군자로서 역의 말은 동(動 : 활동 작용)으로서의 그 말씀을 존중하고 그 불변을 존중하므로 복서는 반드시 역도와 저절로 합치되는 것이며, 생각컨대 백성의 일용으로서 알지 못하고 아직 할 수 없는 것을 도로 비유한 것입니다. 이리하여 하늘의 도를 백성에게서 헤아리고 밝히는 까닭에 이것을 신명(神明)과 더불어 만물로써 백성들 앞에 쓰이게 하며, 복서의 연유도 백성을 위해 마련된 까닭에 4도의 하나가 되고 열매〔384효로 나타난 현상〕는 백성을 위한 것이지 군자를 위해서는 아닙니다.

비록 이 복서가 역도를 실행하기 위한 역이 아닌 복서를 위해 지어진 것이고, 설령 단·상사를 존중하고 변화를 존중하는 군자로서 아직 맛보지 못한 복서라도 이를테면 《좌씨 춘추》가 전한바 서죽으로 점치는 점이 존중되고 있다 할지라도, 이는 좌씨가 잃고 있는 구서(九筮)의 허망한 고법(古法)이 춘추 시대부터

들을 수가 없었던 것이며, 신요(辛廖)·복초(卜楚)·구복(邱卜)·도보(徒父)·사소(史蘇)의 무리가 사사로이 요사(繇詞)를 지어 단·상의 성스런 취지를 크게 그르치게 했던 것이며, 후세의 방술(方術)이 열리기에 앞서 지금과 같이 된 것이지만 이는 춘추 시대의 점서를 억지로 역의(易義)와 합치시킨 것으로 가장 불가인 것은 용과 뱀의 다름을 어떻게 뒤섞어 하나로 만들 수 있겠습니까?

생각컨대 자복(子服)·혜백(惠伯)이 말한 충신(忠信)의 일만 하더라도 또한 역의 점험(占險)으로선 말할 수 없는 것이지만 이것은 옛날의 점법(占法)으로 아직도 살아있는 한 가닥의 이단으로 여러 술사(術士)의 어리석음입니다.

오늘날의 역으로 끊기지 않고 다행히도 실낱처럼 이어지는 것은 정자의 언역이 있어서이고 정역(程易)은 바로 4도의 하나인 까닭에 건천치 현일월(建天地懸日月 : 서법을 말함)은 폐지할 수 없는 것입니다. 한유의 역은 근근히 남겨진 것을 지키고 유전(流傳)되며 결락된 것을 끌어안은 순상·우번의 2가가 있어 조금은 대의(大義)를 찾아 거슬러올라갈 수 있습니다만, 순상의 방통으로선 소식(消息 : 영고성쇠)의 상하 승강(上下升降)으로 운행(運行)·우시(雨施)·음양·균화(均和)에 이르기까지 천지의 차리가 정해져 있고 우번은 순상의 방통과 더불어 소식이 크게는 같고 건원(乾元)의 용구(用九 : 양효의 최고위)에 돌아감으로써 천하가 다스려진다 했지만 이것은 모두 동역 곧 활동으로서 그 변화의 정신을 존중하는 것이며, 이리하여 정씨역과 병행되고 복희·문왕의 끼친 가르침에 어긋나지 않습니다.

즉 이와 같은 언·동의 2역에서 이를 겉(겉괘 상괘)에서 찾아

보는 것인데, 역을 말하는 자로 그런 언·동역의 구별이나 불언 부동(不言不動)을 아직 모른다면 현묘한 도리에 망령되게 가탁(假託)하는 것이고 두서가 없어 막막한 것인데 지금에 있어 혹자는 단지 한유의 상수로 돌아가겠다고 하니 이는 도대체 무슨 설입니까? 동역은 한유가 꽤나 능숙하게 천명하고 발단된 이래로 지금에 이른 것이고, 언역은 정자에서 비로소 시작되고 발단된 것으로 이는 천고에 탁월한 고견이며 오묘한 해석입니다. 그 장구(章句)의 내용에 이르러선 작은 들락날락(모순점)이 있지만, 이는 고금의 여러 대유로서 이를테면 순상·우번의 방통 소식으로서도 면하지 못한 것이고 또한 혹 작은 일로서 의론할 수 있는 자가 있더라도 작은 절목(節目)으로선 구슬 전체의 티는 되지 않을 것입니다.'

이 부분은 추사의 역설(易說)을 엿볼 수가 있으며 이를테면 복서가 백성을 위해 마련된 것이지 군자를 위해서가 아니라는 대담한 주장도 나온다.

여기서 초학자라도 알 수 있는 초점은 언역이냐 동역이냐 하는 점이었다. 그러나 추사 자신도 말했듯이 역의 경계는 매우 희미하고 천지의 도와 신명(神明)의 정(情)이 뒤섞이고 있어 전면적 부정이나 일방적 편중(偏重)을 할 수 없다는 점에 있었다. 그래서 주자 같은 이도 자신의 거취에 대해 점서[산가지로 점을 침]했던 것이며, 한다 하는 대유(大儒)라도 작은 모순은 있고 그만큼 어려운 것이며, 정이천도 말했듯이 체험을 점괘의 현상에 비추어 실천하기는 하지만, 그 현상을 해석하고 본뜬 것에 지나지 않아 역을 배우는 자는 도를 깨치기 위해 노력하라고 당부했던 것이다.

이것과 관련시켜 《역경》의 십익은 보통 공자가 지은 거라고 전해지고 있는데, 언역으로서 풀이하여 《중용》의 작자 자사의 지음이라는 설도 있고 심지어는 시황 때 만들어진 것이라는 의문마저 제기하는 학자도 청대에는 나타났던 것이다. 추사의 역설은 거기까지 가지는 않았지만, 이 편지를 읽어보면 정현설도 일부 의심했고 한역에서 겨우 순상·우번 두 사람을 드는 데 그쳤으며 한역 이전은 대체로 허망한 설로 보는 것 같다.

십익을 공자가 아닌 자사의 지음이라고 보는 까닭은 그의 저술로 전해지는 《중용》의 중심 사상이 中이고 《역경》 또한 中을 중시하고 있기 때문이다. 그런데 역이 성립된 주대의 도덕은 예(禮)였다. 그러나 주공의 말로서 '〈경례(經禮)〉 3백, 〈곡례(曲禮)〉 3천'이라 일컫는 성주(盛周) 때의 예에도 절로 어떤 표준은 있을 터이고, 그 표준이 중용, 곧 양 극단의 중앙으로서 과부족이 없는 中이 그 이상이었다. 《예기》에서 '中은 禮를 짓는(만든) 연유의 것이다'라 했고 부모의 상복(喪服)을 3년으로 정한 것도 喪의 중용이었다. 따라서 예의 의의(정신)는 中이라는 것이 된다.

공자의 가르침은 仁이었다. 이것도 너무나 광대하여 막연하지만, 요약하면 주관적으로는 충서(忠恕: 충실하고 동정심이 많은 것, 일설에 忠이 中임)에 의해, 형식으로선 예를 실천함으로써 孝를 중심한 도덕을 실현하는 데 있었다. 그리하여 공자의 인도(仁道)가 예의 실천에 의한 孝를 강조하는 이상 中이 그 정신임은 절로 명료해진다.

실제 《논어》에서도 '중용의 덕이란 그 지극한 것이고, 백성으로 오래 지키는 자는 적다(〈옹야편〉)'라 했고 '선생님이 가로되, 지나치는 것은 아직 미치지 못하는 것과도 같다(〈선진편〉)'라고 칭찬하며 탄식하고 있지만, 자사의 중용은 이런 공자의 사상을 강조한 것이었다.
 《중용》에선 또 공자와 노애공(魯哀公)의 문답을 인용하며, 정치의 요점을 인과 의를 실행하는 데 있다고 했지만 인의 가장 큰 것은 어버이를 친애(親愛)하는 곧 효이고, 정치 도덕의 표준은 中 곧 행동이 지나치거나 미치지 못하는 점이 없도록 힘쓰는 일이었다.
 《예기》에 들어있는 〈표기(表記)〉〈치의(緇衣)〉〈방기(坊記)〉 3편은 자사의 문인들이 그 스승의 말을 기록한 것이다. 따라서 중용의 정신과 일치되는 것인데 표현에 있어 다소 달라짐은 편집자의 주관이 반영되어 어쩔 수가 없는 일이다.
 체재로서 〈치의편〉과 〈방기편〉에는 그 첫 1장은 子言之라 전제하고서, 그 편의 서설(序說)이라 할 말이 기록되고, 제2장부터는 子曰로 시작된다. 〈표기편〉만은 전체를 7단으로 나누고 각 단 첫머리에 子言之를 두고 있다. 이것은 〈치의〉〈방기편〉은 애당초 자사의 원본에서 독립된 하나의 편인데 〈표기편〉만은 몇편으로 나뉘어져 있었던 잔문을 주워모아 하나의 편으로 구성했다는 추정을 하게 된다.
 그런 표기 제2단 첫머리에서,
 '자(子)가 이것을 말했다. 仁은 천하의 표(表)이고 義는 천하의 제(制)이며 보(報)는 천하의 이(利)이다.'(〈표기〉 제10장)
라 했다. 정현주에 의하면 報는 禮였다. 표기는 이런 人義禮에 대해서 상세히 풀이하고 있다.
 먼저 인의 설명으로 '인은 세 가지가 있다……. 인자는 인에서 평안해지고 지자(智者)는 인에서 이익을 삼으며 죄를 두려워하는 자는 인에 힘쓴다'(〈표기〉 14장)
 여기서 인을 셋으로 나누고 있음이 주목된다. 하나의 고정 관념으로 생각지 않는다는 데 유교 사상의 탁월함을 느낀다.
 '인에 수가 있고 의에 장단소대가 있다(仁有數義有長短小大). 마음이 中에 있어 아프게 느끼는 것은 인을 사랑하는 사람이고 법을 좋으며 힘씀은 인을 돕는 자이다. 《시경》에서 가로되 '풍수에 기(芑: 풀 이름)가 있네. 무왕이 어찌 천하의 일을 생각지 않으리요. 그 자손에게 꾀를 남기고 이로써 자손이 편안토록 도왔네……'라고 한 이것은 몇대의 인이다. 〈국풍(國風)〉에서 가로되 '나는 지금 용납되지 않는데 내 뒤를 조심하는 겨를이 있으랴'라고 한 이것은 종신(終身)의 인이다.'(〈표기〉 15장)
 이 장의 한문을 병기(倂記)한 첫구절은 얼른 볼 때 인의 수와 의의 장단대소를 대조하며 설명되는 것 같지만, 앞뒤의 문장을 숙독하고 완미해 보면 무엇인가 빠진 부분이 있는 느낌이며, 의(義)의 글자는 군더더기〔衍字〕라고 느껴진다. 그러니까 인에는 수가 있고 장단대소가 있다는 설명인 듯싶다.
 즉 마음이 中에 있어 아프게 느끼는 것은 인의 큰 것이고, 법을 좇아 힘쓰며 인을 돕는 자는 그 작은 것이며, 주무왕이 꾀한 몇대의 인은 긴 것이고 종신의 인은 짧은 것이라는 설명이 된다.
 다시 말해서 같은 인이라도 이런 구별이 있고, 수가 있다는 의미인 듯싶다.
 그래서 또 '인의 그릇이란 무겁고 그 도는 멀다. 드는 자는 능히 견뎌내는 자이고 가고자 하는 자는 능히 다다르게〔至〕 되는 것이다. (드는 바, 가는 바) 그 수를 많이 취하는 게 곧 인이고, 저 인에 힘쓰는 자 또한 어렵지가 않겠는가'(〈표기〉 16장)하고 표현을 바꾸기도 했다.
 《표기》는 또,

'인은 右이고 도는 左이다. 인이란 인(人 : 친하다는 뜻이 있음)이고 도란 의(義)이다. 인에 두터운 자는 의에 박하고 친하지만 존귀하지 않다. 의에 두터운 자는 인에 박하고 존귀하지만 친애하지가 않다.'(《표기》 14장)

라면서 인의는 서로 보완 관계임을 강조했고 다음에 또,

'도에는 至가 있고 의가 있으며 고(考)가 있다. 至道는 이로서 왕이 되고 義道는 이로서 패자가 되며 考道는 이로써 잃는 게 없으리라.'(《표기》 14장)

라고 했지만 지도란 인의가 겸전하여 지극한 지위에 이른 것이고, 의도란 의는 있되 인이 결여된 것이며, 고도란 인의가 하나로 되어 있는 거라고 설명되고 있어 결국 인의가 겸비되지 않는다면 치도라고 하기는 어려운 것이다.

요컨대 유교의 가르침은 서로가 비슷하고 관련되어 있지만, 끝으로 중용의 중심 사상 誠을 짚고 넘어가겠다. 《중용》은 그 벽두 제1장에서,

'하늘이 명한 이를 性이라 하고 성에 따르는 이를 道라고 한다.'

라며 性과 道의 관계를 논하고 다음으로 하늘로부터 부여된 인간의 본성은 감정에 의해 움직여지지 않는 마음의 상태, 곧 희노애락이 미발(未發)인 中이고, 인간의 도덕은 이런 미발의 中이 움직여 마디(節)에 해당되는 곳에서 현현(顯現)하는 거라고 설명된다.

'희노애락이 아직 발동되지 않은 이것을 中이라 하고, 발동하여 모두 節에 적중(的中)하는 이것을 知라고 한다. 中인 것은 천하의 대본이고 知인 것은 천하의 달도(達道)이다.'

그리하여 《중용》에선 또한 군신·부자·부부·곤제(昆弟)·붕우의 다섯 가지를 들어 5달도라 이름짓고, 이 5달도를 실천하는 능력

은 知·仁·勇의 3달덕에 있다고 설명한다. 여기서 3달덕은 인간의 본성에 고유한 세 가지의 덕목이므로, 미발의 中은 곧 이런 3덕을 구비한 인간의 본성이라고 해석되었다. 그리하여 이 3덕 중에서 仁은 誠이 안으로 움직인 것, 知는 誠이 외물(外物)에 대해 움직인 작용이므로 知와 仁은 유일한 誠의 작용이었다.

'誠은 스스로 자기를 이룩할 뿐 아니라 만물을 이룩하는 연유이다. 자기를 이루는 게 仁이고 만물을 이룸은 知이다. 性은 덕이고 안팎을 합치게 하는 도이다.'

라고 한 《중용》의 말이 그런 의미였다. 다만 《중용》에서 용(勇)에 관한 설명은 빠져 있지만 '誠은 만물의 시종(始終)이고 誠이 아니면 만물도 없다'는 말로 미루어 勇 또한 誠의 나타남인 듯싶으므로 知·仁·勇의 3덕은 誠의 한 글자에 귀결된다. 따라서 희노애락 미발의 中은 誠이고 이발(已發)하여 節에 맞는 달도는 군신·부부·곤제·붕우의 관계가 조화를 얻는 곳에 있는 셈이다.

誠은 보통 공경·진실이란 뜻으로 해석되지만 고대에는 충(忠)·신(信)이란 뜻으로도 사용되었다. 그래서 《논어》에는 충신이란 말이 자주 등장하는데 아직 誠자를 도덕 원리의 뜻으로 사용한 예는 없었다. 내려와서 자사의 《중용》에도 그것보다 나중인 〈표기〉〈치의〉〈방기〉의 제편에도 아직 誠자는 나오지 않으며 이것이 비로소 나타난 것은 《맹자》부터였다.

《맹자》〈이루편〉에서 '誠은 하늘의 도이고 誠을 생각함은 사람의 도이다'가 그것이다. 다시 지금 우리가 보는 충용설[자사 지음의 《중용》 원본은 없어진 것이므로]의 誠은 맹자설을 계승하여 더욱 상세해진 것이었다. 동시에 충신(忠信)의 문자가 誠자에서 파생되었다고 보는 게 현재의 견해이고, 그런 충신은 시황제 이후의 본격적

왕권 시대에 만들어진 거라고 보는 것이다. 그와 마찬가지로 중용설의 誠도 역에선 우주 원리로 해석된다. 즉 중용설에서,
 '誠은 하늘의 도이다. 誠이고자 함은 사람의 도이다.'
라고 한 것이 그것이며, 천도라고 설명된 誠은 우주 원리이고, 인도라고 설명된, 誠이고자〔誠之〕하는 게 곧 忠信이며, 우주 원리의 실천 원리였다.
 이상의 설명을 주로 역의 초직과 그 용어 등에서 본다면 다음과 같다.
 역의 기본 개념은 음--양—의 2효이고, 이것을 셋 겹침으로써 건☰·태☱·리☲·진☳·손☴·감☵·간☶·곤☷의 팔괘가 되고 있다.
 팔괘를 자연 현상으로 설명하면 건(하늘)·태(못)·리(불)·진(우레)·손(바람)·감(물)·간(산)·곤(땅)이 된다. 이것을 다시 그 성질로 말하면 건(建:씩씩하고 굳세다)·열(說:기쁨)·여(麗:붙다)·동(動:활동)·입(入:들어가다)·함(陷:빠지다)·지(止:머물다)·순(順:순종)의 순서가 된다. 다시 이것을 가족에게 할당하여, ☰건(아버지)·☱태(소녀)·☲리(중녀)·☳진(장남)·☴손(장녀)·☵감(중남)·☶간(소남)·☷곤(어머니)으로 하고 있다.
 그러니까 건곤을 부모로 하고 〈계사전(하)〉에서 양괘다음(陽卦多陰)·음괘다양(陰卦多陽)이라 설명되었듯이 일양이음의 괘는 남성, 일음이양의 괘는 여성으로 삼았으며 그 장유를 괘주(卦主)인 1양 1음이 초효(初爻)에 있다면 장(맏이), 2효에 있음은 중(중간), 3효에 있음은 소(막내)로 하는 것이다. 이런 3남3녀의 배열을 보면 장남은 아버지의 뒤를 이어야 할 자이므로 아버지에 속하고, 장녀는 집안의 살림을 도와야 할 자이므로 어머니에게 딸리며, 소녀(말

녀)는 아버지에게 가장 가까워 친애하고 소남(말남)은 가장 어머니 와 가까워 친애하는 자이다. 이것은 실제의 가정 생활에 비추어 보 더라도 참으로 묘합(妙合)이다.

그리고 음양을 강(剛)·유(柔)·동(動)·정(靜)에 배당하고 우주 의 여덟 가지 현상을 팔괘로 배당하여 운용하며, 여기에 십익의 철 리(哲理)로 설명하는 게 현재의 《주역》 골자이다. 추사가 말하는 《송역》, 곧 언역은 역의 발달된 형식이며, 천도를 미루어 인도에 미치고 그 원리는 광대한 것이므로 구비되지 않은 것이란 없다. 따 라서 역은 수양서이고 경륜서(經綸書)이며 입명서(立命書)라고 해 석된다. 그러므로 이것에 의해 몸을 닦아야 하고 이것에 의해 사업 을 일으키며 부귀안녕을 지켜야 하고 빈천불우에 대비해야 한다고 믿었던 것이다.

또 팔괘를 방위(方位)로 응용·설명하고 있는데 이것도 송유 소 옹(邵雍)이 비로소 선천도(하도) 방위·후천도(낙서) 방위로 설명 한 것이었다.

팔괘가 3효로 성립됨은 이미 설명했지만, 이는 음양의 변화에 의해 천지인(天地人) 삼재의 도를 남김없이 포함한다는 뜻이었으 나 복잡하고도 광범한 만상(萬象)을 고작 8개의 괘로서 정밀하게 표현하자면 부족했다. 그래서 팔괘를 짝지어 건≡≡ 곤≡≡≡ 이하 팔팔 육십사의 괘를 만들었다. 이것이 곧 대성괘(大成卦)이며 팔괘 는 이것에 대해 소성괘라고 불린다.

대성괘는 육효로 성립되고 저마다의 괘와 효에는 각각 상(象)을 해석하며 점복(占卜)하기 위한 괘사(단사)·효사(상사)가 붙여져 있다. 그리고 이 64괘 및 괘효사를 상경 30괘, 하경 34괘로 나누어 배열한 것이 《주역》의 경문이며 그 배열 순서에 대해선 〈서괘전〉에 설명이 있다.

또 역의 기본 사상이 곧 역의(易義)인데 이것은 통일되어 있다. 즉 천지가 있고 나서 만물이 생긴다. 건곤은 음양의 근본임과 동시에 시작이고 만물의 조종(祖宗)이다. 때문에 건곤 2괘를《주역》상경의 머리에 두고 이를 존중하는 것이다. 건곤 2괘는《역경》전체의 근간(根幹)이므로 이 2괘의 의(정신)에 능통하면 역사상(易思想)의 대본을 남김없이 이해할 수가 있는 셈이었다.

그리하여 64괘의 배열 역시 밀접한 관계가 있는 것이며 상경의 끝은 감(坎)과 리(離)괘로서 마무리된다. 감은 물이고 달이며, 리는 불이고 해를 나타내므로 감리의 2괘와 건곤의 2괘로 수미(首尾)를 이룬다. 이렇듯 우주의 현상은 상대적임을 시사하며 그것을 천지와 일월로서 나타낸 것이었다.

하경의 첫머리는 함(咸)☳☶부터 시작되고 그것을 받는 것은 항(恒)☳☴이었다. 〈설괘전〉의 설명에 의하면 남녀가 있고 나서 부부가 있고, 부부가 있고 나서 부자·군신·상하의 인륜(人倫)이 발생한다. 咸은 感의 의미로 남녀가 서로 감응하는 것을 말한다. 왜 咸이고 感이라고 하지 않는가? 송의 왕응린(王應麟)설에 의하면 咸은 무심(無心)의 感이었다. 感에서 心을 제거하면 咸자이다〔《因學紀聞》, 청의 왕부지도 동일설〕. 또 이천설에 의하면 咸엔 皆(모두)의 뜻이 있다. 감응이라는 점, 특히 젊은 남녀간에 있어 예민하지만 널리 보면 만물 모두가 감응하지 않는 것이란 없다. 여기서 함괘를 보면 하괘의 간☶은 소남이고 상괘의 태☱는 소녀이다〔역에서 효나 괘는 아래부터 위의 순서로 해석하는 게 절대 원칙〕.

따라서 괘에 나타난 상으로 보면 본디 존귀해야 할 남성이 여성의 아래에 있으므로 비위를 맞추는 꼴이다. 그러나 사실은 이것이 올바른 남녀 감응의 자연이며, 그 구체적 현상은 혼인이었다.
 또 간☶은 머문다는 의미가 있다. 섣불리 움직이지 않고 가만히 있는 상태로서 그런 진심이 더 한층 상대를 감동시킨다. 태☱는 기쁨의 뜻. 하괘의 진심을 기뻐하며 응한다. 그런 의미로서도 이 괘에 感의 의미가 생긴다. 추사가 편지에서 咸괘(남녀)를 말한 것도 이런 남녀의 올바른 감응을 전제한 것이었다.
 咸 다음의 恒☳☴괘는 함괘의 도치(倒置)임을 알 수 있다. 〈설괘전〉을 보면 咸은 부부의 도이고 부부 관계는 항구적이어야 하므로 咸에 이어 恒을 배열했다. 恒은 늘, 또는 상리(常理)·영원이란 뜻이 있다. 항괘☳☴는 하괘가 손☴(장녀), 상괘는 진☳(장남)의 상이다. 다시 말해서 앞의 함괘는 남성이 여성의 비위를 맞추는 의미였는데, 항괘는 그 반대로서 여성이 남성의 비위를 맞추는 꼴이다. 그리하여 이것이 부부의 상리였다. 그래서 항이라는 이름이 붙었다는 게 이천설이며, 점서하여 이 괘가 나타났다면 항수(恒守)──자기의 도를 지킨다면 당연히 소원은 성취되고 아무런 탈도 없다.
 이렇듯 咸도 恒도 남녀 부부의 도를 말하고 있다. 그리고 부부는 가족·국가의 기본이고 인류 도덕의 시작이었다. 그래서 함항을 존중하여 하경의 첫머리에 두었던 것이다.
 그리고 하경의 끝에 기제(旣濟)☵☲와 미제(未濟)☲☵의 2괘를 둔 까닭은, 이 2괘가 모두 음양이 서로 도와서 사업을 성취하고 혹은 성취하고자 하는 상이며 하경 머리의 함항 2괘와 상대시키기 위해서였다.
 기제란 이미 성취되다, 사업의 완성을 의미하며 그 괘☵☲의 모양을 보면 양효는 모두 홀수 차리에, 음효는 모두 짝수 자리에 있다. 모든 효가 정(正)으로서, 가장 완성된 형태를 짓고 있다. 원문을 보니까 기제 형소이정(亨小利貞), 초길종란(初吉終亂)으로 되어 있다. 이천은 작은 것에 형통한다(亨小)라고 읽었지만, 형소라는 예는 없으므로 주자는 이를 소형(小亨)이라고 고쳤다. 〈서괘전〉은 상인(常人: 예사 사람)보다 지나침이 있다면 반드시 이룩되는 일이 있는 까닭에 앞의 소과괘(小過卦)에 기제괘가 이어진다고 설명했다. 제(濟)는 원래 나루터·강을 건넌다는 의미가 있고 이것을 연역하여 성취·완성이라고 보았던 것이다.

　그런데 조금 형통한다고 원문에서 설명한 까닭은 무엇일까? 괘의 모양으로 보아 원형(元亨), 곧 크게 통한다 해도 좋을 텐데 왜 소형(小亨)일까? 청의 왕부지(王夫之)는 이를 설명하여 조화의 묘는 음양이 불규칙으로 교잡(交雜)하는 데서 발휘된다. 이 괘처럼 음과 양이 저마다의 정해진 자리에서 정연하게 고정된다면, 이미 발전은 없다. 이를테면 지나간 일의 기념비이고 소인의 도·쇠약해진 시대의 상징이다. 그러니까 작은 일밖에 형통되지 않는 것이다. 이정(利貞) 곧 올바른 것에 이로움이 있다는, 사업의 완성이 있은 뒤에 퇴폐가 오는 일이 예상되는 까닭에, 정도(正道)를 굳게 지키라고 타이른다. 처음은 길――갓 완성되었을 때는 마음에 긴장이 있으므로 좋다. 끝은 어지러워진다――사물도 극에 이르면 도리어 하강 국면에 접어든다. 가장 완전한 모양의 이 괘를, 그 완전성 때문에 위태로이 여기는 점에서 역의 날카로움이 엿보이는 것이다.

　미제☲☵는 곧 미완성이란 의미인데, 그 원문을 보면 형(亨). 소호흘제(小狐汔濟) 유기미(濡其尾). 무유리(无攸利).

　즉 미제는 기제와 짝을 이루는 괘로서 기제를 상하 거꾸로 혹은 음양을 거꾸로 한 모양이다.

　소호홀제 유기미는 직역한다면 여우 새끼가 거의 강을 건넜지만 그 꼬리를 적셔 건너지 못한다. 이렇게 되면 아무런 이익이 없다 (무유리). 그러나 왕부지에 의하면 음효·양효가 확연히 분리되고 있다는 점에선 기제와 마찬가지로 소인의 도이고 세상의 쇠망을 뜻하지만, 모든 효가 그 자리를 잃고 있다는 점에서 오히려 미래가 있고 기제보다는 효사도 좋다고 한다.

　천지 음양의 작용은 무궁하고 끝이 없는 것인데 미완성인 까닭에 오히려 미래가 있는 것이고, 기제·미제의 2괘를 하경 끝에 배열함으로써 상경 첫머리의 건곤 2괘의 창조와 서로 조응(照應)하며 순환되고 쉬는 일이 없음을 암시했던 것이다.

　이상으로 역의 조직은 대강 소개했지만 역에는 특유한 용어가 있고 그것을 알 필요가 있다.

　괘로서 3효로 성립되는 소성괘──곧 팔괘와, 6효로 성립되는 대성괘, 곧 64괘가 있음은 이미 말한 대로이다. 효란 괘를 짓는 산가지가 있고 음효--·양효-의 구별이 있으며 음효를 육(六)·양효는 구(九)라 일컫는다. 괘 중의 효는 아래로부터 위를 향해 셈하며[초목의 싹이 아래인 땅으로부터 나고 위로 하늘을 향해 자라듯이] 가장 아래의 효가 양이라면 초구, 음이라면 초육이라고 한다. 그로부터 위는 순차로 구이(九二)·육이(六二), 구삼(九三)·육삼(六三), 구사(九四)·육사(六四), 구오(九五)·육오(六五), 최상의 효는 상구(上九)·상륙(上六)이라고 부른다.

　구로 양을 나타내고 육으로 음을 나타내는 것에 관해선 제설이 있지만, 〈계사 상전〉에서 '천일지이, 천삼지사, 천오지육, 천칠지팔, 천구지십'이라는 표현이 있고 〈설괘전〉에서 '하늘을 삼으로 하고 땅을 둘로 하여 수를 끊는다'했으므로 일삼오의 홀수(양수)를 합쳐 구를 지어 양효로 하고 이사의 짝수(음수)를 합쳐 육을 짓고 음효로 했다고 한다.

여기서 음양의 기본수는 이(二)·삼(三)으로서, 전설에 의하면 태양에는 까마귀(화오) 또는 닭(금계)이 살고, 달에는 두꺼비 또는 토끼가 있는 것으로 되어 있다. 해의 정(精)인 화오(火烏)는 발가락이 셋인데 그 이유는 태양이 양이고 화오는 양정이기 때문이라고 한다. 두꺼비나 토끼에 대해선 설명이 없다.

또 한자는 일부터 구까지이고 아라비아 숫자처럼 제로에 해당되는 기호가 없다. 따라서 구(九)가 최대수이고 이를테면 하늘의 높이를 구만 리라고 표현한다. 그런 최대수를 남존여비의 사상으로서 남성에게 배정했다는 속설도 있다.

그러나 가장 비슷한 해석으로 '산가지를 셈할 경우에 구·팔·칠·육의 여책(餘策)을 얻는다. 구를 노양(老陽)으로 하고 칠을 소양(少陽)으로 하며, 육을 노음(老陰)으로 하고 팔을 소음(少陰)으로 한다. 노양은 변하여 음이 되고 노음은 변하여 양이 된다. 소양·소음은 변하지 않는다. 양은 적극적이므로 구와 칠은 함께 양이지만 수가 많은 구로써 양효를 나타내고 음은 소극적이므로 수가 적은 육을 음효로 한다'라고 했는데 이것이 실제의 역에서 사용되는 것이다.

육효에는 별도로 삼재의 위(位 : 자리)·음양의 위 및 귀천(貴賤)의 위란 것이 있는데 삼재의 위란 하2효를 지위(地位)·중2효는 인위(人位)·상2효는 천위(天位)로 분류하는 것이고, 음양(귀천)의 위란 육효를 사람의 사회적 지위에 배당하여 초를 서민·이를 사(선비)·삼을 대부(정승 호족)·사를 공경(公卿 : 왕족 귀인)·오를 군주·상을 무위(無位)의 존자(은사·곧 사회적 속박을 받지 않는 사람)로 삼는 것이다. 현대적으로 말한다면 회장·사장·전무·부장·과장·평사원이 되고 인체로 비유한다면 머리·가슴·배·샅·정강이·발이 된다. 기타 갖가지의 것으로 응용된다.

강·유·중정(中正)·불중정(不中正)을 괘효의 덕(德)이라고 한다. 그리하여 강, 유에는 각각 선(善), 불선(不善)이 있다. 강을 써야만 할 때에는 강으로 대비하고, 유를 써야만 할 때에는 유로 대하는 게 선이며 이것을 어길 때 불선이 된다. 다만 中과 正에는 불선이 없다.

대성괘의 중·하의 3효를 속괘 또는 하괘라고 하며 위의 3효를 겉괘 또는 상괘라고 한다. 〈설괘전〉에서 '역은 역수(逆數)이다'라고 했듯이, 역이란 미래의 일을 미리 아는 것이므로 상하의 순서와, 아래로부터 셈하여 하괘를 속괘로 하고 상괘를 겉괘로 하는 것이다.

대성괘의 상을 해석하자면 이 상하괘의 괘상(상사)을 가지고 설명의 도움을 얻는 것인데, 상하괘의 상으로 설명이 미진할 때는 이효부터 사효까지, 삼효부터 오효까지의 상을 취하여 보충하는 일이 있다. 이것이 호괘(互卦)이고 이효부터 사효까지를 속호괘, 삼효부터 오효까지는 겉호괘라고 일컫는다. 예를 들어 지천태(地天泰)☷☰의 속호괘는 태☱, 겉호괘는 진☳이다. 그리고 두 호괘를 겹쳐 성립되는 괘를 호체(互體)라고 하는 것이다.

2효와 5효를 中이라고 한다. 2는 속괘의 中이고 5는 겉괘의 中이기 때문이다. 또는 양효가 양위(陽位:초·삼·오)에 있고 음효가 음위(陰位:이·사·상)에 있으며 음양이 그 자리에 적중함을 正이라고 한다. 그리하여 중정인 것은 길이고 불중정이라면 흉이다.

또 中과 正으로선 中을 무겁게 본다. 즉 육효가 각각 그 자리에 적중하더라도 반드시 모두 길은 아니지만, 中에 있는 것은 언제고 길이다. 64괘 중에선 기제(수화기제)䷾가 육효 저마다의 중정을 얻은 대표적인 괘이다.

효의 중정·불중정과 관련시켜 길·흉·회(悔)·인(吝)·무구(无咎)라는 용어가 자주 사용된다. 길흉은 말할 것도 없이 좋다든가 나쁘다든가이지만, 회는 뉘우치는 것이고 잘못을 저질러 이를 후회하는 것이며, 뉘우치고 올바른 길로 돌아가면 후회는 없어진다. 인은 인색인데 인색한 마음으로 속이는 따위이다. 또 무구의 무(无)는 무(無)의 고자이고 구는 잘못·재앙이란 뜻이다. 따라서 무구는 그런 재앙을 면할 수 있다든가 잘못에 대한 꾸지람을 받아서 안된다는 뜻이므로, 이는 스스로 노력하여 부족된 점을 보정(補正)하라는 가르침이다.

중용설의 中정신이 이 중정·불중정에서 가장 짙게 나타난다고 하겠다.

이밖에 응(應)·비(比)·승(承)·승(乘)·거(據)라는 술어가 있다. 응이란 상하체가 서로 짝이 되어 응하는 효로 이를테면 초·사, 이·오, 삼·상효가 일음일양일 때를 말한다. 역은 음양 상응을 존중하는 것이니 만큼 만약 상대하는 효가 모두 양 또는 음일 때는 불응 또는 적응(敵應)이라 하여 이를 꺼리는 것이다. 또 응 중에서도 이·오로 상응하는 게 가장 무겁다고 여긴다.

비란 아래로 이웃하는 효와 친비(親比 : 조화된다는 것)하는 것을 말한다. 예를 들어 초와 이·이와 삼·삼과 사·사와 오·오와 상은 서로 조화되는 효이지만, 이 경우에도 일음일양이 아니면 비의 의의가 성립되지 않음은 응의 때와 마찬가지이다.

승(承)이란 음효가 아래에 있어 위로 양효를 받고 있음을 말하며, 승(乘)은 음효가 양효 위에 타고 있는 경우이고, 거는 양효가 음효 위에서 의지하는 것을 말한다.

또 괘주(卦主)란 것이 있는데 이는 괘의 중심이 되는 효를 가리키며, 성괘의 주인과 추효의 주인 구별이 있다. 주효는 일명 사효(司爻)라고도 한다.

추사의 편지는 계속된다.

'지금 이생(李生)의 사제(師弟)가 일컫는바 역설은 도대체 무슨 역입니까? 이것은 정역의 도리로선 꿈에도 도달하지 못하는 것으로 망녕되게 헐뜯음만 더할 뿐입니다! 대개 소식의 방통에는 상하 오르내림의 묘로서 곧 이익이 많아 경솔해져 지나치지 않고 물욕이 적어 고르게 베풀고 하나로 돌아가게 하려는 데서 음양의 정(正)인 기제(旣濟)가 정해지며 이미 기제가 정해졌다면 오직 하나의 정립(定立)이어야 합니다.

그리고 또한 그와 같다면 일판(一板)으로 지녀야 하는데 불씨(佛氏:석씨 승려)배가 이런 경계로서 불생불멸(不生不滅)·불증불멸(不增不滅)을 엿보며 무상무여(無上無餘)니 하고 있지만, 실은 정립의 뒤까지는 아직 못 보는 것이며, 또 생(生)이 있으면 자기로서 생이 아닌 묘리와 죽고 사는 일이 처음부터 끝까지 순환되고 끊김이 없는 이것으로써 역이란 허물을 고쳐 나가라는 가르침의 글입니다. 비록 비(否)·박(剝)·건(蹇)·곤(困)괘가 처음부터 변통할 수 없고 길이 없다고 할지라도 궁하면 통할 수 있고 죽음도 살 수가 있으며 어지럽다면 다스릴 수 있고 끊긴다면 이을 수가 있거니와 일찍부터 꾀를 쓰려 하거나 시운(時運)으로는 되지 않는 것이며 기질은 화육(化育 : 창조 교화)될 수가 없는 것입니다.

　생각하건대 비색(否塞 : 사방이 막혀 통하지 않음)이 아직 완성하는 일이 없을 때 또는 태(泰 : 쾌 이름·통태, 막힘없이 통함)가 아직 자라지 않고 있을 때는 이것으로 비색을 돌려 비색을 오히려 태로써 허물을 고치고 우환을 생각하여 인색하지 않는다면 미리 막을 수가 있는 것이며, 평안을 잊지 않고서 위태로움으로 하여금 평균조제(平均調劑 : 골고루 과부족이 없도록 조화시켜 일치시킴)케 하는 것은 《대학》의 가르침인 치평(治平)이고 《중용》의 가르침인 중화(中和)이며 이는 모두 서로가 표리(表裏)가 되는 것이며 《시경》에서도 '洞酌彼行 潦挹彼注〔술잔으로 갈 길이 멀음을 알고 그 술 따름으로 길의 험난을 안다는 것〕'라 했지만 여기서 역의 도를 알 수 있는 게 아닐까요?

　저 주고받은 술잔에 따라주는 저 자리가 있은 뒤에 어찌 만물에 평균이 없을 수 있겠습니까?

　평균이란 물물(物物)이 각각 그 있을 곳을 얻는 것이고 그 있을 곳을 얻지 못한 까닭으로 불평균인 것입니다. 군자가 세상을 다스림에 있어선 오로지 골고루 과부족이 없게끔 이를 힘쓰는 것이며 물물 저마다가 그 있을 곳의 얻게 함이 역시 대의로서 그 밖의 것은 아닐 터입니다.'

　이재 권돈인에게 편지를 쓰고 이를 읽어 본 뒤 오득이를 시켜 보내고 나자 추사는 한시름 덜은 것만 같았다. 그러자 늘 있는 일이지만 간난이가 와서 이씨 부인에게 수다를 떠는 목소리가 들렸다.

　"아씨, 아직도 소식이 없어요?"

아마도 아내는 고개를 푹 숙이고 있으리라. 의원의 산제를 백악에서 지냈을 때 아내도 갔었다. 이씨 부인으로선 백악 여신에게 빌어도, 간난이에게 그 일은 비밀로 해달라고 추사에게 부탁했던 것이다.

간난이가 미워서는 아니라 미묘한 여심(女心)이라고 추사는 생각했지만, 그것이 또한 부인으로선 최소한의 자존심이었다.

'간난이가 또 아픈 곳을 찌르는군.'

추사는 쓴웃음을 입가에 새겼다. 그렇다고 그로선 이런 문제에 용훼(容喙)할 수도 없었다. 추사는 심정적으로 아내의 편이었으나 간난이를 나무랄 수는 없었다.

양반의 체통이 그것을 허락하지 않는다. 유교의 전통적 이혼 조건으로 이른바 칠거지악(七去之惡)이라는 게 있다. 그리고 유교의 기본적 윤리는 삼강 오륜인데 삼강(三綱)이란 무엇인가?

삼강은 세 가지의 기본 도덕이란 뜻이다. 대원칙이다.

다시 말해서 신하가 임금을 섬기는 법이고, 자식이 어버이를 섬기는 법이며, 지어미가 지아비를 섬기는 법이었다.

이 세 가지는 절대적 복종을 전제로 한다.

이 가운데 아내의 남편에 대한 윤리·도덕은 부부지강(夫婦之綱)인데, 이런 대원칙 아래 칠거지악이 일컬어지고 당연한 것처럼 여겨졌다.

출가한 여성으로서 첫째는 시부모를 공경하는 일인데, 이는 효도와 연결된다. 만일 시부모에게 반항적이거나 공손하지 않는다면 단연 이혼의 조건이 되었다.

둘째가 무자녀. 혈통을 잇는 게 여성의 의무인데 만일 자식이 없다면 조상에 대한 불효가 된다. 축첩 제도라는 것도 바로 이런 데서 비롯되고 합리화되었으리라.

사실, 이 두 가지가 가장 중요한 것이며 여타의 문제는 좀처럼 없는 일이었다. 참고로 그밖의 것이란 부정(不貞)・질투・나쁜 병・수다스러움・도둑질(도벽)이었다.

추사로서 문제는 바로 이씨 부인과의 사이에 자녀가 없는 일이었다. 추사는 부인을 애정으로 감싸주고 있었으나 주위에서 가만히 있지 않았다.

주위의 누군가가 그런 문제를 들먹이면 으레 추사는,

"저희는 아직 젊습니다."

하고 격퇴했지만 씁쓸한 뒷맛을 남겼다.

음력 6월이라 아직도 무덥다. 사방의 문과 창문을 모두 열어놓고 있다. 그래서 안채의 대청에서 노닥이는 간난이의 목소리가 잘 들린다.

추사는 잡념을 쫓으려고 봄에 보내준 옹성원을 비롯한 연경의 벗들 편지에 대한 답장을 쓸 생각도 했다. 찬바람이 불기 시작하면 곧 동지사가 떠날 때가 닥칠 것이고……

'그렇다. 8월 열엿샛날은 소재 선생님의 생신이다. 무엇을 예물로 보내면 좋을까?'

소재 옹방강에 대한 추사의 흠모는 거의 절대적이라고 해도 좋을 정도였다.

문득 간난이의 목소리가 바람에 실려왔다.

"요즘 물건값이 천장을 모르게 뛰어올라 얼마나 비싼지 몰라요. 작년에 비하면 금년에 갑절이나 비싸졌답니다."

추사는 간난이의 말에 아내가 뭐라고 대꾸하는지 귀를 기울였지만, 그 목소리는 들을 수 없었다.

하기야 부인이 그런 물가 동향을 알 까닭이 없었다. 그녀는 월성위 궁 종부(宗婦)로서 다른 사대부집과 마찬가지로 장 보는 일은 통치기에게 맡기거나 간난이가 이따금 찬거리를 가져오는 모양이었다.

추사 자신도 가계(家計)에 대해 대강의 것만 알고 있을 뿐이지 세세한 것은 모른다. 간난이가 찬거리를 가져온다는 것도 처음 들었다.

"아씨, 우린 식구도 많고 한창 자라는 아이들에게 하다 못해 자반 고등어라도 사먹여야 하지요. 그래서 애아범은, 우리는 외상으로 먹고 막대기에 표시하는 것도 아니니 반값만 받으라고 한답니다."

"어머나, 옥이 어멈은 물건값이 그렇듯 비싼데 매번 자반 굴비니 김치를 가져와요?"

"그야 서방님이 신김치는 안 잡수시고 날김치를 좋아하시기 때문이죠."

옥이 어멈은 간난이를 지칭한 것이고 옥이는 금년에 태어난 그녀의 딸이었다.

'안되겠다. 간난이에게 단단히 일러 그런 것을 가져오지 못하게 해야지.'

추사는 그렇게 생각하며 일부러 헛기침을 했다. 그래서인지 대청에서의 목소리는 더 들리지 않았다.

추사는 원래 세밀한 성격의 소유자였다고 추정된다. 그가 남긴 글들, 특히 시를 읽어보면 이를 실감한다. 이를테면 〈초원상우(苕園賞雨)〉라는 시이다. 초원이란 풀로 덮인 후원이란 뜻인데, 평범한 뒤뜰을 의미하리라.

연한 덩굴에 가벼운 꽃이 바람에 하늘하늘/서원의 맑은 풍치는 북원도 응하고 있네/성긴 발 가랑비에 씻기는 듯이 앉아/포도 간 살에 걸린 붉은 해넘이를 보네.
　(柔蔓輕花裊裊風　西園淸致北園中　疎簾細雨瀟然坐　葡格間看胃落紅)

이런 세밀한 감각을 가진 만큼 나 아닌 아내의 입장에서 늘 생각했다.
'아내로선 말은 않지만, 자식이 없다는 데 얼마나 속을 태우고 있을까. 그런 아내를 보호하는 게 지아비의 책임이 아닌가.'
그런 추사이므로 백악에 오를 때 동반했던 것이다. 그리고 그 자식을 비는 기원(祈願)도 아무런 소용이 없음을 확인할 때……. 추사의 마음은 그것을 생각하자 쓰리듯이 아팠다.
여름이 지나고 가을이 되었다. 신미년의 동지 정사로는 동포(東浦) 조윤대(曹允大)가 가기로 되어 있었다. 동포는 신위의 장인 송하 조윤형과는 8촌 종형제로 이조판서까지 지낸 분이다. 아마도 그런 연유에서인지 동포의 아드님 초재(蕉齋) 용진(龍振)과는 추사도 가까운 사이였다. 초재는 또 석천(石泉) 신작(申綽 : 1760~1828)의 서랑으로 자하 신위와는 이중의 사돈간이었으며, 석천은 당시 이름난 시인[저술로는 시차고(詩次故) 22편]이고 장서가 수천 권이나 있어 유명했다. 이런 점으로 미루어 조초재는 추사보다 몇살 연장이었고 아주 친했었다. 그러나 미리 말한다면 초재의 관운은 별로 없어 사서(司書)에 그치고 있다.
어느덧 추석도 지났다. 추사는 정성껏 소재 선생의 생신을 맞아 그의 장수를 비는 수자향(壽字香)을 살랐으며 새로이 임신년(순조

12 : 1812)의 소재 팔십 생신 예물로 《무량수경》을 쓰기로 결심했다.

그 며칠 뒤이다.

추사는 비슷한 또래의 선비들 몇몇과 술을 마실 기회가 있었다. 장소는 황산(黃山) 김유근(金逌根 : 1785~1840)의 별장이었다. 황산의 별장은 백악 아래의 작은 언덕, 현재의 삼청동[경복 중학 근처] 백련봉이라 불리는 작은 언덕에 있고 거기서 다시 수백 보 내려오면 당대의 세도가 김조순의 집, 곧 황산의 집이 있었다.

"술맛도 나니 흥도 돋울 겸 기생을 부르세."

하고 황산은 말했다. 황산은 교만한 성격이었고 늘 누군가 곁에서 추켜주는 것을 좋아하는 성미였다.

"그것 좋고말고요."

기생의 내력은 깊은데, 신라 진흥왕(眞興王 : 재위 540~575) 때의 원화가 그 남상(濫觴)이라고 한다. 이것에는 이설이 있지만, 기생이란 의술을 배우고 또한 가무의 기능도 있어 이런 이름이 생겼다고도 한다.

아무튼 신라 때에 이미 있었고 김유신은 아직 소년일 때 천관(天官)이란 미녀를 늘 보러 다녔다. 그래서 유신의 노모가 엄하게 이를 훈계했고 그 또한 여자를 찾지 않는다고 맹세한다.

그러나 그의 말이 늘 다니던 길을 따라 천관의 집에 이르렀고, 유신은 그 말의 목을 베었다는 이야기가 전한다.

추사는 기생 부르는 것에 반대했다.

"우리는 아직 무명의 서생입니다."

황산은 추사의 이 말에 당장 이맛살을 찌푸렸다. 노골적으로 불쾌한 듯이 되묻는다.

"아니, 어째서요? 이유란 단지 그것뿐이란 말이오?"
"예. 그리고 선비로서 어울리지 않는다고 생각되어서입니다."
황산의 미간은 더욱 좁혀졌다. 푸른 심줄이 꿈틀거렸다.
운석 조인영(趙寅永 : 1782~1850)도 그 자리에 있었는데, 운석이 추사의 입장을 거들어 주었다.
"선비와 기생은 예로부터 서로 어울리기는 했지만 역시 삼가는 게 좋겠지요."
이재도 그 자리에 있었으나 침묵을 지켰다. 그도 상을 찌푸리고 있다. 이재로선 황산의 말이 못마땅했던 것이지만 점잖고 근엄한 성격이라, 그것을 입밖에 내지 않았을 뿐이다.
운석이 말을 이었다.
"옛날에는 노비를 찻이라고 했소. 잣은 한자로는 척(尺)이고 구실(세금)이라는 뜻도 되지요. 《세종실록》에 무찻〔水尺, 海尺〕이라는 말이 나오지요. 물론 이두지만, 이것으로 보면 강이나 바다도 무(물)이고 무잣은 고기잡이 어부와 같은 천민을 뜻하는 말이었어요."
"그러면 산사람은 메잣이었겠군."
하고 누군가 말했는데, 추사는 고개를 끄덕였다. 운석의 말이 수긍되었기 때문이다. 이두로 산척(山尺 : 사냥꾼, 나무꾼)·진척(津尺 : 나루터 뱃사공)·기타 잡척(雜尺)이라는 기록이 있는 것이다.
"그런 잣 가운데 몸매가 빼어나고 인물도 반반한 계집을 뽑아 노래와 춤을 가르쳤는데, 고려에선 이런 계집을 여악(女樂)이라 했던 것입니다."
사실 이익의 《성호사설》에 의하면 기생의 시작을 양수척(楊水尺)이라고 했다. 양수척은 곧 양주 일대에 있던 버들 고리장이를 말한다.

성호는 이들이 백제의 유민이었다고 했지만, 일설에는 거란의 후예들이라고 한다.

어쨌든 양수(楊水 : 현재도 양수리라는 지명이 있음)——북한과 남한의 물이 합치는 일대——는 버들이 많았던 모양으로 이들 수척은 산에 살며 맷돌·절구·목기·목판·함지·반상(飯床)·바구니·광주리, 그리고 체·키·솔 등을 만드는 산척과 마찬가지로 일정한 거처가 없는 유랑민이었다. 따라서 이들은 관향(貫鄕)도 호적도 없고 빈민으로 세금 대용이 되는 부역의 의무도 없었다.

그러나 이들을 그냥 버려 둘 리가 없었다. 성호설에 의하면 언제부터인지 양수척은 거주 지역 고을에 예속되어 남자는 노(奴)가 되고 여자는 비(婢)가 되었는데, 비의 대부분은 수령이나 아전의 잠자리 시중까지 들게 되었으며, 나중에는 가무를 가르쳐 각 고을에 나누어 주었다. 당시 송나라의 사신으로 고려에 왔던 유규(劉逵) 등은 《견문기》를 남겼고 그것에 의하면 고을마다 분화장한 창녀가 있으며 넓은 소매의 윗옷에 큰 바지(치마)를 받쳐 입고 색깔있는 천으로 도련(가장자리 장식)을 한 띠를 매고 있었다.

황산은 추사나 운석의 말에 그만 멋적어 얼굴색마저 붉으락 푸르락했다. 추재 조수삼이 그런 황산을 두둔했다.

"아무튼 기생은 술자리에 필요하오. 왜냐하면, 그건 조선이 다 아는 밤나무가 아닌가! 저 회재(晦齋 : 이언적, 1491~1553) 선생이나 율곡 선생 같은 분도 기생 소실을 두셨는데……."

"그분들과 우리를 어떻게 비교할 수 있소! 그분들은 피치 못할 사정이 있었고 노경에 이르러 외로움을 달래고자 그러했을 것이오."

하고 운석은 핀잔을 주었다.
"추재는 기생첩에 대해 그 시작이나 알고 말씀하시오? 다산 정약용 선생의 《아언각비》를 보니까 우리 동국엔 본디 기녀가 없었는데 양수척에서 비롯되었다고 했소. 따라서 무잣이란 곧 관기(官妓)의 호칭도 되오. 지금 관비(官婢)를 무자이(巫慈伊), 곧 물긷는 계집종이라 부르지만 이것도 무잣과 관련이 있다고 생각되오. 무잣이란 원래 강물 가까이서 고기나 잡고 버들 고리를 파는 서민을 이름하는 것인데, 옛날엔 기녀를 이우비(移于婢 : 한 곳에 있지 않고 옮겨다니는 여비)라고 했다는 것과 들어맞소. 그리고 무자이의 무는 무당인데 무당의 무도 물이 변한 것이오."
"그러면 무당과 기생은 같은 뿌리겠군."
"그렇게도 생각되오. 옛날에는 지금보다 말의 종류도 적고 비슷한 것은 모두 하나로 통틀어 불렀던 것이오. 이를테면 포노(庖奴 : 푸주한)는 이두로 도척(刀尺)인데, 소돼지를 잡으려면 예리한 칼을 쓰게 마련이오. 버들 고리를 만드는 데도 예리한 칼이 필요하오. 수척의 계집으로 관기를 삼았다면, 그 사내는 도척이 되어도 이상할 게 없소. 칼잡이(푸주한)는 천민을 가리키는 말이 되고 무사도 칼잡이요."
추사도 다산의 《아언각비》를 읽었다. 추사는 그것을 읽고 나자 새삼 독서인의 책임이 무거움을 절감했다.
《아언각비》는 일종의 한자 순화(純化)를 주장하고 있다. 즉 한자가 우리에게 전래되고 천 수백 년이 지나는 사이 본래의 뜻과는 엉뚱하게 달라지고 따라서 오용(誤用)되고 있음을 시정하려는 목적을 가졌다.
예를 들어 다산은 아버지 부(父)자와 아무개 보(甫)자를 인용했다. 중국의 고전을 보면 아보(亞父)니 중보(仲父)니 하는 말이 나온다. 한자도 처음엔 자수가 많지 않아 같은 글자로 각각 다른 뜻을 나타내고, 다만 읽기(발음)를 달리 하는 경우가 있다. 여기서의 아보·중보는 아버지의 버금가는 사람이란 뜻이고, 보는 남자의 경칭이었다.

그런데 조선에선 어떻게 사용했는가? 이를테면 한자로 전부(田父:농사꾼·시골 사람)·어부(漁父)·초부(樵父:나무꾼)로 사용했다〔현재 아비 부(父)자 대신 장부 부(夫)자를 쓰는 것은 일본식이다〕.

다산은 이것을 한자의 정확한 사용이 아닌 오용으로 생각했다. 발음으로 아버지는 부이고 아버지 아닌 사람은 보로 불러야 마땅하다. 글자가 같다고 발음이 같은 것은 아니다. 다산에 의하면 마땅히 전보(田甫)·어보(漁甫)·초보(樵甫)로 써야 했다.

추사는 이런 오용을 알고 먼저 부끄럽다 여겼고, 이어 독서인의 책임이 크다고 느꼈다. 그가 실학——고증학에 눈뜬 것도 이런 데서 한 원인을 찾을 수 있으리라.

그런데 추사도, 지금의 우리들이 생각할 때 어디까지나 외래어인 한자가 순수한 우리말을 파괴했다는 자각까지는 이르지 못했던 게 아닐까?

예를 들어 이두는 고대의 우리말 탐색의 실마리가 되는 만큼 조선조의 유교 숭상이 없었던들…… 하는 아쉬움이 남는다. 불행히도 추사 시대에 이미 이두는 대부분이 사라졌고 잊혀졌으며 그 형해(形骸)만 남았었다.

자기 말을 잃은 민족, 아니 오염되었는데도 오염된 줄을 몰랐다면 비극이다.

운석은 말을 이었다.

"고려 문종 때 교방이 왕께 상주하여 진경(眞卿) 등 13명의 여악으로 하여금 전해오는 답사행(踏砂行)을 연등회의 가무로 쓰도록 하라 했는데, 윤허가 있었소."

답사행이 과연 어떤 가무였는지 지금 와서 알 길이 없다. 행자가 붙은 것을 보면 악부(樂府)인데, 이는 동이계의 음악이었다. 다시 초영(楚英) 등 13명이 팔관회의 행사로서 신작(新作) 포구악(抛球樂)·구장기(九張機)를 공연했고 별기(別技)로써 포구악을 했다고 기록되어 있을 뿐이다. 포구악은 13명이 돌아가며 지금의 농구처럼 춤을 추어가며 공을 넣는 것인데, 자세한 것은 불명이다. 구장기에 이르러선 10명이 가무한다는 정도밖에 알려진 게 없다.

같은 문종 31년(1077) 2월의 연등회 때에는 규모가 좀더 커졌다. 앞서의 초영이 주관이 되어 55명으로 구성된 왕모대(王母隊) 4대〔총원 220명〕를 편성하고 넓은 마당에서 분열·행진을 하며 군왕만세(君王萬歲)·천하태평(天下泰平)의 네 글자를 만들어 보였다. 현재의 매스 게임 같은 것으로 당시로선 장관이었을 터이다.

그러나 이런 것이 점차로 난잡해지고 속악(俗樂 : 민간의 가요)이 채택되면서 음탕해졌다. 그리하여 순암(順菴) 안정복(安鼎福 : 1712~1792)은 이를 고증하여 비판하고 있다.

'광종(光宗 : 제4대, 재위 950~975)이 속악을 즐겨하므로 최승로(崔承老 : 928~989)가 상서하여 이를 간했다. "속악은 창기의 놀음으로 분바르고 연지 칠하며 백 가지의 아양과 천 가지의 몸짓으로 음탕한 마음을 부추겨 정기(正氣)를 해침에 있어 이보다 더한 것이 없습니다. 향속 토풍(鄕俗土風)을 근절시키지 않으시려면 악인에게 전습시켜 옛날의 질박한 것을 보존하여 그치지 않도록 하셔야 하는데, 어느 것을 택하시렵니까? 음풍으로 여인들을 오염케 하시렵니까?"하고. 왕은 훌륭하신 현군인데 이를 바로잡지 못했으니, 뒷날의 왕들이 황음(荒淫)에 빠짐도 문종이 열었다고 하지 않을 수 없다.'

이것을 보면 원래 연등회며 팔관회는 불교의 순수한 행사였는데, 어느덧 화려해졌다. 이를테면 갖가지의 등을 색깔도 다채롭게 줄줄이 달았다. 그런 등의 줄이 궁전이나 광장 같은 곳에 방사상(放射狀)으로 이어졌고 밤이면 일제히 불을 켜자, 그 아름다움은 마치 하늘에 걸린 무지개와도 같았다.

무지개는 고려인에게 있어 하늘에 오르는 다리를 상징했을지도 모른다.

이것이 곧 비단으로 만든 채붕(綵棚)이었다. 제18대 의종(재위 1147~1170) 21년(1167), 왕은 장단의 응덕정(應德亭 : 정은 포구의 관청이란 의미)으로 뱃놀이를 간다. 동원된 배가 열아홉 척. 모두 갖가지 색깔의 비단으로 장식되어 있었다.

왕은 배에 채붕을 매게 했고 일부는 정자에도 이어졌는데, 여악이 그 위에 올라가 잡희(雜戱)를 보였다. 잡희란 말로 보아 갖가지의 몸짓(춤)이나 재주부림도 포함되어 있었으리라.

뒷날 광대들의 줄타기·무동타기 등도 여기서 비롯되었다고 추정된다.

왕과 신하들은 그 위태로운 모습이며 우스꽝스런 짓에 배를 잡고 웃거나 박수 갈채를 보냈을 터이다. 이런 흥을 돋우기 위해 악공을 태운 배에서는 주악을 했으리라……

쌍명재 이인로는 앞에서 나왔지만, 그의《파한집》을 보면 당대의 시인 김황원(金黃元 : 1045~1117, 자는 천민)은 그런 광경을 보며

〈우후가(牛後歌)〉를 지었다.

　　초승달 눈썹 미인 앞에서 말이 죽는다면 한이 되어 마땅하고/
차라리 이름은 돌려주어 우후가 되라고 일러주고 싶네.
　　（應恨蛾眉馬前死 欲敎返名中牛後）

　《파한집》에 의하면 우후는 교방의 여자 화원옥(花原玉)의 별명으
로 재색이 으뜸이었다고 한다. 우후는 《사기》〈소진열전〉에 나오
는 당시의 속담 '닭의 주둥이는 될지언정 소의 엉덩이는 되지 않겠
다(寧爲鷄口 無爲牛後)'는 의미의 말로 세력 있는 자에게 붙는다는
의미로 쓰이지만, 여기선 그 뜻을 직설적으로 설명했다.
　말을 남성의 상징물로 생각한다면, 이름은 오입쟁이라는 뜻이
되리라. 그런 오입쟁이도 화원옥 앞에선 주눅이 들었고 똥만 싸는
쇠궁둥이를 쫓는 꼴이다.
　황원의 이 시를 듣자 유희(劉羲)가 답했다.

　　우심은 다만 합쳐져 희지 앞에 있는데/내 벗은 이를 오직 즐
기네/하기야 천상에도 견우가 있고 따라가기에/우후라는 이름
이 생겼지만.
　　（牛心只合供義之　吾友嗜之云(2자 누락) 只應天上隨牽牛 故以牛後
　　爲名字）

　이 시는 우심을 여성의 상징물로 해석하면 풀린다. 천상에도 견
우와 직녀 같은 별이 있고, 암컷이 수컷을 끌어당기는 힘을 발휘하
고 있다. 그러나 그런 우심은 합쳐져(닫혀져) 있어 열리지 않고 있

는 것이다.
화원옥에 대해 침만 흘리고 있는 사내들을 풍자한 시였다.
또 다른 이가 이런 시문답에 끼어들었다.

　석숭은 소를 탔는데 나는 것만 같이 재빨랐고/부드러운 바탕에 파란 구슬은 띠풀과 난꽃처럼 빼어나오./위공은 소를 타고 글을 읽듯이 가곤 했었는데,/눈처럼 흰 아이의 묘창은 구름과 안개 속에서 들리는 듯.
　(石崇騎牛迅若飛　綠珠艶質芝蘭秀,　魏公騎牛讀書行　雪兒妙唱雲霄透)

시는 상상하기에 달렸다. 음담패설이 되지 않도록 한 가지만 부연한다면, 고문(古文)에서 흔히 보는 신(迅 : 신속한 것)을 신(腎 : 남성기)으로 바꾸고, 질(質 : 바탕)을 질(膣)로 바꾼다면 창(唱)의 의미도 해석되리라.
《파한집》에선 계속이 있다. 사람들이 이 세 사람의 시를 화원옥에게 보이고,
"네 소감은 어떠냐?"
하고 물었다. 그러자 그녀는 빨쭉하니 웃으면서 고개를 살짝 수그리고 조그맣게 대답했다.
"일곡(一曲)이 모두 천금과도 같은 귀한 것으로 저의 생명력이 되지요."
이인로의 이 기사는 고급스런 해학과 점잖은 외설로 이해되지만, 또한 당시의 시대상을 반영했다고 여겨진다.
　——이것은 무신들이 문신들의 횡포에 견디다 못해 궐기했고

정중부(鄭仲夫), 이의방 등이 왕을 축출하며 문신을 죽이는 빌미가 되기도 했다.

어쨌든 이인로의 《파한집》이야기로 좌중의 사람들이 웃었다. 불평을 가졌던 황산의 표정도 풀렸다.

"이의민의 아들 지영(至榮)은 자운선(紫雲仙)이란 여악을 첩으로 삼았는데, 지영이 죽자 최충헌(崔忠獻 : 1149~1219)은 그 자운선을 자기의 소실로 삼았소."

하고 운석은 말했다.

조선조 성종(成宗 : 재위 1470~1496) 때 왕명에 의해 서거정 등이 찬한 《동국통감》에 나오는 이야기다. 지영은 삭주(朔州 : 평안도) 분도(分道) 장군에 임명되었는데, 그곳 홍화·운중도(雲中道 : 도는 현이나 군과 같다)에 양수척이 많이 살았다.

지영은 이들을 문서에 올리고 남성은 노, 여성은 비로 삼았는데 여악을 자운선이란 이름으로 하여 첩을 삼았다.

이 기사를 보면 자운선은 어떤 개인의 이름이 아니고 기녀 일반을 가리키는 의미며 첩은 비와 같은 호칭이었다.

고려는 의종이 축출되자 명종(明宗)이 뒤를 잇고 명종 9년(1179)에 경대승이 정중부를 죽이고 혁신을 꾀했지만 경대승이 동 13년(1183)에 졸하자 국내는 혼란에 빠졌다. 그때 이의민이 다시 세력을 만회하고 권세를 잡았으나, 그 세력은 별로 크지 못했던 것 같다. 동 16년(1186)의 기록으로 무관을 내시원(內侍院)과 다방에 걸쳐 속하도록 하고 있다. 이어 동 26년(1196) 최충헌이 이의민·지영 등 삼족을 멸한다. 첩도 노비나 같으므로 재산의 일부로 충헌이 차지한 셈이었다.

최충헌은 본관이 우봉(牛峯 : 황해도)이고, 처음에 정권을 잡을 때 아우인 충수(忠粹)와 협력했지만 이윽고 그 아우마저 죽이고 명종을 축출한 다음 그 동생 평량공 왕민(王旼 : 1144~1204, 신종. 재위 17년)을 세웠다. 신종의 대는 각지에서 호족들이 반란을 일으켰고 그 토벌로 세월을 허비한다. 그러나 이런 과정을 통해 충헌은 세력을 굳혔던 것이며, 희종(熙宗 : 1181~1237)은 진강후(晉康侯)에 봉해져 왕한테도 배례하지 않는 특전이 주어졌다.

그런데 충헌에게는 적이 많아 몇 차례의 암살 기도가 있자 자기 집에 도방(都房)을 두었고(1211), 조정의 정사는 물론이고 명종의 태자로 강화에 유배중인 왕오(王祦 : 1152~1213, 강종. 재위 2년)를 추대한다. 강종이 춘추 62세로 승하하자 충헌은 다시 태자 왕돈(王曔 : 1192~1259, 고종. 재위 46년)을 추대하고 철권 통치를 한다.

"고려의 고종 때에 이르러 풍속이 크게 문란해졌는데《고려도경(高麗圖經)》을 보니까 조정의 관리들은 모두 첩이 있고 민간으로 부유한 자도 서너 명의 첩을 가진 자가 있었다고 합니다."

실제 권문해(權文海 : 1535~1592, 자는 호원, 호는 초간)의〈대동운옥(大東韻玉)〉에도 최충헌이 대장군이던 손홍윤(孫洪胤)을 죽이고 그 아내를 강탈했으며, 김남준(金南俊)이란 자는 관찰사이던 이집(李緝)의 아내와 간통하여 여자로 하여금 그 남편을 죽였다는 기사가 보인다.

좌중의 이야기가 이상하게 흐르자 이재가 제동을 걸었다.
"추사, 고려 때의 서화에 대해 말씀해 주시구려."
이재는《역경》에 대해 추사와 편지를 주고받은 일이 있어 그를 높이 평가하고 있었다.
"제가 무엇을 압니까마는……."

하고 추사는 사양했지만, 황산도 기대를 거는 눈빛이므로 입을 열었다. 황산 또한 서화에 대해 깊은 관심을 갖고 있었다.

"백운거사 이규보(李奎報:1168~1241)를 기용한 것은 바로 최충헌이었습니다. 충헌에 의해 우정언(右正言)·지제고가 되었던 것입니다. 백운거사는 《이상국집》을 남겼습니다만 그것을 통해 서화에 대해서도 알 수가 있습니다. 이공에겐 《서결평론》이 또한 있고 석오생(釋悟生)·석충희(釋沖曦)·석도휴(釋道休)와 같은 서가들의 이름도 알게 됩니다.

석오생은 초서를 잘 썼었지요. 사람들이 그 글씨를 구하려고 했지만 얻을 수가 없었는데 늘 자기를 낮추며 겸손했기 때문이라 합니다. 그의 글씨는 마치 안노공의 필적을 보는 것만 같았는데, 이공도 그 진적을 보고 싶어 산사를 찾아갔지만 쉽게 써 받지를 못했습니다. 충희는 원경(元敬)국사로서 명종의 동생이었고 도휴 역시 고려의 종실이었다는 이름이 전할 정도입니다."

"……"

"이분들보다 조금 늦게 박효문(朴孝文)·류공권(柳公權)·기홍수(奇洪壽)·장자목(張自牧)·안치민(安置民)·정홍진(丁鴻進) 등의 이름도 보입니다. 효문은 시랑(侍郎) 벼슬을 지냈고 류공권(1132~1196)은 자가 정평(正平)인데 벼슬은 참지정사요, 초서와 예서도 잘 썼지만 그림도 잘 그렸다고 합니다. 용인의 광교산(光敎山)에 있는 이지명(李知命) 찬의 서봉사(瑞鳳寺) 현오(玄悟)선사비는 류정평의 필적입니다. 《이상국집》에는 빠졌지만 최유청의 아들인 최선(崔詵)도 필명이 있습니다. 예안(禮安) 옹두산의 용수사(龍壽寺) 개창비, 한문준(韓文俊) 찬의 분황사 화쟁(和諍)국사비는 모두 최선의 글씨입니다.

김인경(金仁鏡)은 경김이고 명종 때 등과하여 중서시랑 평장 사를 지냈는데 재주와 학문이 정민(精敏)했고 예서를 잘 썼다고 합니다. 기홍수는 행주 사람으로 자는 태고(太古)인데 명종·신종·희종의 3조를 섬기며 관은 시중 평장사였습니다. 글씨와 문장이 모두 뛰어났고 만년에는 고향에 은퇴하여 금과 글씨로 유유자적했습니다.
　장자목은 초서의 명인이었는데, 이규보는 그의 제문에서 시기 분방(詩旣奔放)·초복종횡(草復縱橫)이라고 찬탄했습니다. 이인로도 장학사가 '쌍명재'라는 현편을 써준 일이 있는데, 그 후기를 이렇게 썼습니다.
　'장학사의 글씨는 이치가 하나일진대 서체는 백변이라 그것을 궁구할 수가 없다. 비록 그 근본을 모두 안다 할지라도 거북·용·고기·새의 자취와 종왕·우저의 서법으로서도 그 글씨를 남김없이 발휘하지는 못할 것이다. 양마(良馬)가 구불구불한 개밋둑 사이에 어가를 끌고서 치닫듯이, 사통팔달한 번화가의 얽혀있는 나무들 사이를 끝내 걸리거나 하지 않고 날듯이 피해 가니, 바람이나 번개만이 뒤쫓을 수 있고 일말만리(一抹萬里 : 붓의 한 번 스침이 만 리)로서 겨우 알 정도이다. 그러므로 소동파도 진서는 세우듯이 하고 행서는 간격이 일정하고 초서는 달리듯이 쓰라고 했지만, 꼿꼿이 서고 정연하지 않고선 달릴 수가 없다고 한 것이다.'
　쌍명재의 이런 평을 빌릴 것도 없이 장학사의 비초(飛草)는 당시 사람들을 놀라게 만들었고 초서가 이럴진대 진서는 더 말할 것도 없다고 했답니다. 그의 글씨는 점획이 굳세고 정기가 넘쳐 바깥까지 그 힘이 뻗는 듯싶었다고《동문선(東文選)》은 전하고 있습니다.

 이 무렵의 명화가로선 이전(李佺)이 있고 이인로가 그의 〈해동기로도(海東耆老圖)〉에 제했으며 또 박자운(朴子雲)은 문장과 그림으로 이름이 세상에 알려졌는데 역시 쌍명재가 그의 〈이상귀휴도(二相歸休圖)〉에 제찬을 했다고 《동문선》은 전합니다만, 아깝게도 자세한 것은 모릅니다. 다만 안치민의 자는 순지(淳之)이고 호는 기암(棄菴)이라 했는데 일명 취수(醉睡) 선생이며 처사였습니다. 묵죽을 잘했고 일찍이 이인로에게 작은 병풍 하나를 선물했는데 자작의 시 한 구절로 '管領好風烟 欺凌凡草木〔붓대로 풍류 세계를 도맡고 무릇 초목마저 속여 능가하려 한다〕'이 덧붙여져 있었습니다.

 최자(崔滋 : 1188~1260)의 《보한집》이나, 《이상국집》에도 안기암 거사가 묵죽을 잘 치고 언제나 그림 뒤에 시 한 구절을 덧붙였다고 했지요. 자세한 전기는 불명이지만 한미한 가문 출신으로 당시는 어수선한 세상이라 무문에 몸을 던졌고 틈나면 참선도 했던 것 같습니다.

 끝으로 정홍진은 압해(押海) 사람으로 자는 이안(而安)인데 벼슬은 비서감(秘書監)을 지냈으며 역시 묵죽에 가장 묘했다고 합니다. '이규보의 정학사 이안의 묵죽 사간(四幹)에 주다'라는 찬이 있습니다. 먼저 노죽(露竹)입니다. '외떨어져 있는데 당당해 보이고, 살아가는 길 역시 어렵고 모질겠지. 하늘은 이를 심히 가엾이 여기시고, 이슬로서 축축하게 적셔주리. 마땅히 하늘의 뜻을 받들고, 눈을 만나더라도 겁내지 말라.'

 다음은 풍죽(風竹)입니다. '귀한 것은 그대이니 절개도 꼿꼿하구나. 저자세라면 견디지 못하는 법, 바람따라 멋대로 부려진다. 그러나 애당초 비어 있으니, 누가 이를 굽히겠는가' 또 다음은 노죽(老竹)입니다. '어찌 늙음을 꺾을 것이며, 절개는 곧 고요함으로 바뀌네. 옥돌처럼 꺾이더라도 그 곧은 정의는 남으리. 잎사귀가 크고 지지 않았으나, 아직은 맑은 소리를 부르리' 그리고 신죽(新竹)입니다. '땅을 가르고서 태어나니, 향긋하고도 아름다운 보로 싸였다. 누가 그 목을 뽑을 것이며, 뛰어난 그 모습을 해치려 하겠는가. 그러나 하늘 높이 우뚝 솟을 수는 있으나, 높다면 곧 위태로워지기도 쉬우리'하고 노래했습니다."
어느덧 자리가 파하고 헤어질 때 황산은 추사의 손을 굳게 잡으며 말했다.
"오늘의 이야기는 기생보다도 재미있었소. 나는 보다시피 몸이 허약한데 종종 놀러와 주시구려."
추사는 미소지었으나 확답은 하지 않았다.

신미년도 10월이었다. 추사는 연경에 자제 군관으로 가는 초재 조용진을 홍제원까지 배웅하고 집에 돌아오는 길에 추재 조수삼과 동행했다. 추재도 역시 동지사 일행을 배웅하고 돌아오는 길이었다. 추재는 임오생(영조 38 : 1762)이므로 이때 이미 50세였다. 추사보다 자그마치 24년이나 연상이고 아직도 무위무관(無位無冠)의 방랑객이었다.
추사는 오면서 몇 마디 말을 주고받았다.
"추재 선생은 어째서 과거를 보시지 않습니까?"
"헛헛, 그렇게 말씀하면 추사에게 부끄럽지만 이렇게 사는 편이 더 마음 편하기 때문이오."
추사는 그 문제를 더 건드리지 않기로 했다. 추사는 아직 26세였으나 주위 환경만 허락한다면 속박없는 자유로운 생활을 동경하는 마음도 전혀 없지 않았기 때문이다.
"동포 어른과는 자별하시더군요."
"동포와는 시우(詩友)라오. 그러나 오늘의 동포가 나로서 부럽다면, 그가 지금 연경을 향해 가고 있다는 정도이지. 헛헛헛."
이것도 추사로서는 충분히 이해되는 심정이었다. 추재는 그 생애를 통해 여섯 차례 연행하고 있다. 그것도 어떤 자격을 가지고 갔던 것은 물론 아니다. 표나지 않게 사신 일행에 묻어 갔다가 자유롭게 강남에도 돌아다닌 그였다.
"그래, 가실 기회가 있다면 또 가시렵니까?"
"가고말고! 내년이고 내후년이고 꼭 가리다."
추사는 그 확고한 의지에 감탄했다. 당시에 나이 50이면 이미 노인이었다. 사실 추재에게는 손자가 있었다. 그런데 가고 싶다는 희망 사항이 아닌, 꼭 가겠다는 생각을 가지고 있는 것이다.
왜? 무엇 때문에?
추사로서는 그것을 물을 필요도 없었다. 추사는 다시 화제를 돌렸다.
"어떻겠습니까, 저의 집에서 며칠 지내시는 게……."
"불감청이언정 고소원이라, 그렇지 않아도 추사에게 부탁할 참이었소. 나는 서화에 대해서 좀 알지만 추사의 경사〔경학과 역사〕지식엔 탄복했지요. 그래서 좀 배울까 싶어서……."
"과찬이십니다. 배울 사람은 저입니다."
경사라면 먼저 역사였다. 또 피해서 지날 수 없는 것이 역사였다.
추사는 고려와 몽골의 관계를 생각했다.

몽골의 테무진(1162?~1227)은 병인년(희종 2 : 1206) 여름, 오난강 기슭에서 칸으로 추대되고 칭기즈 칸(Chingiz Khan : 성길사한)이 된다. 오난강은 흑룡강 상류이며 현재의 외몽골이다. 여기서 칭기즈 칸의 일생을 장황하게 설명할 생각은 없지만 테무진과 그 일족의 흥륭은 최근의 학자들 연구에 의하면 철제(鐵製) 무기의 사용을 최대의 원인으로 꼽는다. 알기 쉽게 대장장이 기술인데 고구려의 개소문, 거란의 일어남, 그리고 몽골족의 원나라 등 모두 대장과 관계가 있다. 낙양 북망산에서 발견된 남생·남산 형제 및 고자(高慈)의 묘지석에서 그것이 증명되었다.

당시만 하더라도 몽골족은 약소 민족으로 인구도 많지 않고 여러 부족으로 갈라져 있었다. 그는 족장의 아들로 태어났으나 일찍이 아버지를 여의었고 약육강식의 자연 법칙이 그대로 통용되는 부족 사회에서, 어려서부터 실로 필설로 다할 수 없는 간난신고를 맛보며 성장했다. 생존 경쟁이 얼마나 심했는지 사냥감을 두고 다투다가 형을 쏘아 죽였다는 이야기도 전한다.

테무진의 출생에는 이설이 많고 프랑스인 학자 폴 페리오의 연구에 의하면 그가 1168년에 태어났다고 했지만, 이것은 그 자신의 역사가 분명치 않기 때문이다.

동으로 흥안령(興安嶺 : 산맥)을 사이로 만주와 이어지고 서쪽은 알타이 산맥과 경계하며 중앙 아시아, 그리고 북방은 바이칼 호 언저리로부터 시베리아, 남방은 음산(陰山 : 산맥)·황하·만리장성 등을 경계로 당송(唐宋), 남서쪽은 천산(天山 : 산맥)·타림 분지와도 경계되는 광대한 지역의 몽골 고원이다. 그 서남에 고비〔몽골어로 사막〕가 있는 외에는 망망한 초원이 때때로 언덕·모래땅을 섞어가며 한없이 계속된다.

이곳은 아득한 옛날부터 물과 풀을 찾아 소·말·양떼를 몰고 펠트로 된 텐트를 주거로 하는 숱한 민족이 활동한 무대였다.

그리하여 몽골이라는 민족 이름이 역사에 비로소 나타나는 것은 9세기였다. 지금의 만주 서북 하이랄 부근에 실위(室韋)란 부족이 있었는데 이들을 몽올(蒙兀)·몽와(蒙瓦)라고 불렀다. 그들은 고기잡이와 사냥을 했었는데 부근의 터키계(돌궐) 민족에 압박되어 원주지에서 더욱 서쪽인 오난·케루란(Keroulan)·툴라(Toula) 강의 분수령을 이루는 이른바 삼하(三河) 지대로 옮겼고 불칸 산 기슭에서 유목한다. 9세기 말부터 10세기 초에 걸쳐서이다.

현재 몽골족은 어류를 종교상의 이유로 먹지 않지만, 이 삼하 지대에 옮기고 11세기에 유목 생활로 들어갔다 했으므로 이때부터 풍속이 바뀌었다고 추정된다.

이리하여 13세기 중엽에 이르러 칭기즈 칸 가문의 역사라고 할 《원조비사(元朝秘史)》를 남겼다.

그것에 의해 몽골족의 생활과 사회를 재구성한다면, 13세기 이후엔 이미 물과 풀을 찾아 무제한으로 이동하는 게 아닌 씨족의 공동 유목 지역이 있고 그 소유주가 곧 족장이었다. 목초지의 쟁탈이 부·씨족의 전쟁 원인이었으나 몽골의 유목 제국이 성립되자 칸은 그 자손이나 천호장(千戶長)들에게 자기의 유목민(울스)에게 목초지(녹트)를 분배하며 일정 지역의 방목이나 사냥을 허락했다.

좀더 옛날에는 동족 전부가 수십·수백에 이르는 텐트에서 함께 살며 구리엔(圈子라고 번역되며 군사적으로 날개가 된다)이 되어 이동했다. 이 권자(圈子)는 일가족 또는 몇 가족 단위(아일)로 원형을 이루며 족장의 텐트를 중심으로 야영한다. 이것이 그대로 군사 대형이기도 했다.

13세기가 되면서 아일, 곧 소집단 형식의 유목이 나타난다. 그리고 유목의 대상은 소·말·양인데, 말이 가장 중요한 재산이었다. 아랍인에게 있어 낙타가 중요하고 낙타에 대한 아랍어의 어휘는 우리의 상상을 초월할 만큼 풍부하지만, 그것과 마찬가지로 말에 관한 표현이 몽골어에는 압도적으로 많다. 《라시드 웃딘(Rashid-ud-din)》은 페르시아어로 씌어진 몽골의 역사(1303)이며, 그 라시드는 기록한다〔라시드 웃딘은 인명임과 동시에 책명으로도 통용〕.

'말과 떨어져 몽골인으로서 무엇을 할 수 있겠는가? 말에서 떨어진 자가 어찌 일어나 싸울 수 있겠는가? 만일 일어난다 하더라도 걷는 자가 어떻게 말탄 자한테 다가가며 싸워 이길 수 있겠는가!'

말은 이동·전쟁·사냥에 도움이 될 뿐 아니라 말젖〔오늘날 우유가 그 자리를 차지〕으로부터는 각종 유제품(乳製品)이 생산되고 또 술도 빚는데, 고기·피혁과 더불어 그들 생활에 없어선 안되는 것이었다. 소는 이동시 수레를 끄는 데 이용되고 양은 늘 먹는 상식(常食)이 되었다.

그들의 사회는 부계(父系)의 씨족 집단인데 뼈는 아버지로부터, 살은 어머니로부터 받는다는 관념이 있어 동일 씨족간의 혼인은 이루어지지 않았다. 아내는 다른 부족에서 데려오는 것이다.

토템 신앙의 흔적은 없고 종교는 샤머니즘인데 불교는 13세기 이후 라마교가 들어가기 이전까지는 뿌리를 내리지 못했다. 따라서 하늘을 제사하고, 이 제사에는 동일 씨족만이 참가할 수 있으며 비록 어머니 계통의 가까운 친척이라도 참가하지 못했다.

원래 유목민은 이름만 있고 성씨는 없었는데 어떻게 동일 씨족을 구별할 수 있을까 하는 의문이 생긴다. 《원조비사》에 의하면 몽골의 관습으로서 새로이 태어난 아들에겐 자기 씨족의 시작과 조상을 반드시 들려주었다. 따라서 그들은 조상에 대해 10대 전까지 거슬러올라가 기억하고 입에서 입으로 전해졌던 것이다.

이들의 혼인 형식은 두 가지였다.

첫째는 세혼(世婚 : 쿠다)인데 이것은 A씨족과 B씨족이 저마다의 자녀를 대대로 혼인토록 한다는 일종의 계약 결혼이었다.

둘째는 흉노 등에게 있었던 수혼(嫂婚 : 레비라트)인데, 이것은 아버지가 죽으면 그 후모(後母 : 생모 이외의 아버지 처첩)를 아들이 차지하고, 형이 죽으면 동생이 그녀들을 차지한다는 제도이다. 이것을 중국에서 오랑캐라 했던 것인데, 몽골의 유목 사회에선 일부다처가 원칙이었다.

그러나 여성의 지위는 높았다. 왜냐하면 여성이 텐트(파오)의 주인으로서 이른바 부뚜막을 차지하기 때문이다. 가족의 음식·가축의 시중·펠트를 짜는 일 등, 실제의 생산자이기도 했다.

원래 몽골의 관습은 말자 상속인데 어머니는 자식들에 대한 감독권도 있었다. 그렇다고 장자가 소외되는 법도 없다. 어쨌든 부뚜막의 주인으로서 어머니는 가장(家長)이 없는 동안 그 가족을 지휘 감독하는 것이다. 이것은 나중에 나타난 유목 제국에서도 칸의 정부인이 감국(監國 : 섭정)이 되어 쿠릴타이(칸 선출의 총회의)를 주재한 것으로 증명된다.

《라시드》에 의하면 몽골족은 모두 17부족이었다고 한다.

그런데 이것에는 크게 니른족(16파)과 키오트족(1파)이 있고, 이 키오트 계통에서 테무진이 나타난다. 테무진의 몽골족과 달단(韃靼 : Tatar)을 별개의 민족처럼 생각하기 쉽지만, 이는 오해로 서구에서 부르던 몽골족 전반이 곧 타타르였던 것이다. 중국인은 이를 달단이라 했고 그들을 생(生)・숙(熟)의 두 가지로 구분했다.

그러나 앞서도 말했듯이 몽골 고원에는 갖가지 종족이 있었고 가까운 중국도 그것을 애매하게 분류할 정도인데 먼 서구에서 이들 몽골족의 씨족을 제대로 구분할 리가 없다. 그래서 칭기즈 칸의 부대가 유럽까지 석권했을 때 서구인은 이들을 지옥의 사자라며 전율했고, 프레데릭 2세는,

'타타르인은 그들의 타르타로스(지옥)에 보내야 한다!'
고 외쳤던 것인데 이때부터 타타르라는 말이 일반화되었던 것이다. 《라시드》는 달단족을 6부로 나눴고 《원조비사》는 7부로 나누고 있다. 즉 칭기즈 칸의 부족도 크게는 타타르에 속하는 것이다.

《라시드》는 다시 달단부와 구별하여 케라이트(Keráite, 5부)가 있었다고 했으며 이상의 몽골계와는 다시금 구별하여 터키계로서 ① 나이만(Naïmans) ② 온구트(Ongoutes) ③ 멜키트(Merkites) 등으로 분류했다.

나이만은 몽골어로 여덟인데 아마 부족이 여덟 있었는지도 모른다. 《라시드》에 의하면 풍속・관습이 몽골인과 비슷했다고 했는데 목초지가 가장 넓었고 따라서 세력도 강대했다.

온구트는 몽골말로 창성이란 의미인데 중국인은 이들을 백달단(白韃靼)이라 불렀으며 문화 수준이 높았다. 거주지도 황하가 크게 만곡되는 음산 산맥 근처이고 따라서 중국인과 접촉이 잦았다. 멜키트는 바이칼 호수 남쪽에 살았으며 4부였고 칭기즈 칸과는 깊은 원한을 가진 숙적이었다.

《원조비사》에 의하면 그들의 창조 신화는 두 가지였다.
(1) 하늘에서 천제의 명을 받고 태어난 푸른 이리(늑대)가 있었는

데 이리는 흰사슴을 아내로 가졌으며, 불칸 산에서 살았다. 그 사이에서 자손이 태어났는데 최초의 조상은 칭기즈 칸의 먼 조상에서 다시 12대를 거슬러올라간다.

(2) 칭기즈 칸의 먼 조상 보돈차르의 어머니는 남편이 죽고 나서 밤마다 천막의 천창(天窓 : 연기를 뽑는 구멍)에 드리워지는 달빛을 받고 임신하여 세 아들을 낳았는데, 그 막내아들에서 칭기즈 칸의 보르지긴 씨족이 비롯되었다.

학자들은 몽골족이 동쪽에서 왔고, 이것은 바로 그들의 원주지 하이랄[이 근처는 부여·거란·여진의 발상지]의 감생(感生 : 고구려의 동명성왕의 탄생도 같다) 설화로서 돌궐의 압박을 받아 10세기경 동에서 서로 갔다는 역사적 사실을 뒷받침한다고 본다.

테무진의 아버지 에스게이는 십인장(十人長)인데 바트르(영웅)라는 별명이 있었으며, 어머니 호에른 에케[에케는 어머니]는 에스게이가 멜키트의 사내로부터 약탈한 유부녀였다. 《원조비사》는 이 부분을 낭만적으로 묘사하고 있지만 지면 관계상 생략하겠다.

호에른이 에스게이의 아내가 되어 임신했는데, 남편이 타타르부의 적과 싸우고 테무진 우게를 포로로 잡아 돌아왔을 때 아들이 태어나자 그 이름을 따서 명명(命名)했다.

테무진이란 대장장이를 의미하며 남산의 묘지석 등과 부합되어 주목된다. 즉 쇠를 다룰 줄 알고 좋은 무기를 생산할 때 생존 경쟁에서 이길 수 있었던 것이다.

테무진의 아우로는 카사르·카티운·테무게가 있고 막내 누이로 테무룬이 있으며 각각 두 살 터울이었다.

또 그에게는 당연히 배다른 형제도 있었다. 이윽고 테무진이 아홉 살 때[혹은 13세라고도 함], 아버지는 그를 온기라트부 여자 부르테와 세혼 시키기 위해 데려갔으며 그를 남겨두고〔어쩌면 고구려처럼 데릴사위 형식의 혼인인 듯〕혼자서만 돌아갔는데 도중 초원에서 타타르인이 술잔치를 벌이는 것과 만났다.

몽골의 풍습으로 주인은 상대가 비록 원수라도 나그네를 대접한다.

그래서 에스게이는 의심치 않고 대접을 받았는데 집에 돌아와서 피를 토하고 죽는다.

좀 이상하지만 독살되었다고 믿는다.

한편 테무진은 그가 몇살 때인지 불명이지만 집으로 돌아가다가 타이듀트부(Taidjoutes)에 붙잡히고 아흐레 동안 끌려다니다가 탈출한다. 그리하여 무거운 칼(형구의 하나)을 쓰고 캄캄한 강물 속에 선 채로 얼굴만 내밀고 있었는데 추격대 소르칸 시라의 아이 하나가 그를 발견했다.

아이가 외치자 소르칸은 달려왔지만 문득 생각을 바꾸며 테무진에게 말했다.

"너는 눈에 불이 있고 얼굴에 빛이 있어 타이듀트의 사람들이 두려워하고 죽이려 하는 것이다. 이대로 꼼짝 말고 있어라. 나는 다른 사람들한테 말하지 않겠다."

그러나 칼을 쓰고서야 어떻게 달아날 수 있겠는가? 테무진은 자기를 고발 않고 돌아간 소르칸의 텐트를 찾아가 구원을 청했다.

소르칸은 부족의 말젖을 큰 독에 받아 굳어지지 않도록 밤새 휘젓는 것이 소임이었다. 소르칸 노인은 찾아온 테무진을 숨겨주려고 하지 않았지만 아들 형제가 반대했다.

"매가 수풀 속에 쫓겼을 때는 수풀이 이를 구한다고 하지 않습니까?"

그리하여 테무진의 칼을 벗기고 불에 태워 버렸으며 날이 밝자 양털을 실은 소 달구지 속에 누이 카단과 함께 숨겨 주었다. 이윽고 다른 부족들이 텐트마다 수색했지만,

'이렇게 더운데 양털 속에 숨을 리는 없다.'

라며 포기했다. 이리하여 테무진은 위기를 무사히 넘겼다. 《원조비사》의 이 기사는 금세기 초까지 일부 남아있던 몽골의 풍습, 나그네에게 아내를 대접하는 과객혼(過客婚)의 한 예라고 설명하는 학자도 있다.

이리하여 테무진은 소르칸 부자의 도움으로 어머니와 형제들과 재회했고, 그 뒤 부르테를 데려오고 결혼도 한다. 부르테는 혼인 예물로 검은 족제비의 갖옷을 가져왔다.

몇년인가 지났는데 어느 날, 테무진은 그의 집 말 여덟 마리를 도둑맞았다. 그는 단신으로 말을 찾기 위해 추격에 나섰고, 도중 영리해 보이는 젊은이를 만나 그로부터 말의 행방에 대해 정보를 얻었다. 이 젊은이가 보울테이고 두 사람은 협력하여 말을 되찾았으며, 테무진은 보울테와 안다(Anda : 安答, 의형제)가 된다.

테무진의 아버지 에스게이의 안다로서 왕 칸(Oang-Khan)이 있었다. 그는 케라이트의 족장으로 넓은 목초지를 가졌고 강대한 세력을 가졌는데 금(金)나라에서 그에게 왕이라는 칭호를 주었으므로 왕칸이라 불렸던 것이다. 테무진은 왕칸을 찾아가 아버지의 예로써 배례하고 아내가 예물로 가져온 검은 족제비의 갖옷을 바쳤으며 보호를 요청했다. 왕칸은 쾌히 이를 승낙했다.

테무진은 기반을 닦자 맨 먼저 아버지의 복수를 위해 멜키트와 싸웠지만 형편없이 패배했고, 아내 부르테를 비롯한 일족의 여자들을 빼앗긴 채 불칸 산으로 달아나는 수모를 겪었다.

그뒤 테무진은 뼈가 같은 쟈다란 씨족 출신의 자무카(Djamouca)와 알게 되고 안다가 되었다. 이어 테무진은 왕칸의 원조를 얻어 멜키트를 공격한다.

그는 이때 적을 무찔러 가며 아내의 이름을 불렀고 마침내 어떤 수레 속에 있는 부르테를 발견했다.

거의 1년만의 해후였으나 그녀는 만삭의 몸이 되어 있었다.

아내를 사랑했던 테무진은 적의 씨를 가진 모습에 분노가 불길처럼 타올랐으나 뜨거운 눈물을 흘리며 우는 그녀를 굳게 포옹한다. 부르테는 이윽고 아들을 낳는데 주치(Djoutchi : 몽골어로 나그네)라고 이름 지어진다. 부르테는 그 뒤 차가타이(Tchagatái), 오고타이(Ogotai), 투루이(Touloui)의 3형제를 낳았다.

멜키트와 싸운 지 1년 반이 지났다. 안다로서 테무진과 자무카는 한 이불 속에서 잘 만큼 친했다. 4월의 열엿샛날 달이 밝은 때 이동하기로 했다. 테무진과 자무카는 이동 행렬의 앞장을 섰고 나란히 가고 있었는데, 자무카는 갑자기 외쳤다.

"테무진 안다여! 산 가까이서 말을 내리도록 하세. 우리들의 말치기들이 장막에서 자도록 하자구. 강 가까이서 말을 내리도록 하세. 우리의 양치기들이 물을 얻도록 하세."

테무진은 그 말뜻을 잘 몰라 어머니 호에른에게 물으려 했다. 그러자 어머니보다 먼저 부르테가 대답했다.

"자무카 안다는 싫증을 잘 낸다는 것입니다. 이제 우리와도 싫증이 났다는 뜻입니다. 자무카 안다가 앞에서 한 말은 곧 우리를 없애겠다는 말인 듯싶습니다. 우리는 말을 내려선 안됩니다. 이렇듯 이동하게 되었으니 차라리 그분과 헤어지고 밤새도록 이동하는 편이 좋겠지요."

이리하여 테무진은 아내의 말을 좇았고 자무카와는 갈라졌다는 설명이다. 다른 깊은 이유가 있을 듯싶지만 그것은 수수께끼다. 과거의 소련 학자는 이것을 공산주의 사고방식으로 해석하여 말치기는 이른바 유목민의 부유층이고 양치기는 평민들인데, 테무진은 귀족주의자로 민주주의자 자무카와 헤어지게 되었다는 해석을 했다.

그 근거로서 그 뒤에 21명의 족장과 40여 명의 그 형제들이 테무진을 칸으로 추대한다.

《몽고원류(蒙古源流)》라는 책에서는 이 부족 연합은 기유년(명종 19:1189)에 있었던 일이라고 한다. 테무진은 자기의 칸 추대를 왕칸과 자무카에게도 알렸다.

왕칸은 안다의 아들이 성공한 것을 축하했지만 자무카는 냉소하며 테무진이 바라던 연합에는 참가하지 않았다.

이윽고 자무카의 친동생이 테무진 부하의 말을 훔치는 사건이 발생했다.

유목민의 관습으로 말에 관한 범죄는 무거운 처벌을 받았다. 이를테면 목초지를 불태우면 사형되고, 말을 훔치면 아홉 갑절을 배상해야 하는데 변상할 말이 없을 때에는 그 자식을, 자식도 없다면 끝까지 추격하여 양처럼 죽인다는 법이 있었다. 그러므로 테무진의 부하는 자무카의 동생을 추격하여 이를 죽였고, 불만을 가졌던 자무카는 테무진과 정면으로 대결했다.

《원조비사》는 이 전투에서 자무카가 승리했다고 전했으나 관찬(官撰)의 《원사》나 《라시드》는 테무진의 승리로 기록한다. 《원조비사》에서는 달아나는 테무진 군을 쫓아 자무카는 적의 편이 된 티노스 씨족의 족장 목을 베어 말꼬리에 달고 달렸으며 그의 자식들 70

명을 큰 솥에 던져 팽살(烹殺 : 삶아 죽임)했다는 것인데,《라시드》의 기록은 그 반대였다.

갑인년(명종 24 : 1194)에 타타르부의 한 족장 메그진 세울트가 금나라에 대해 반란을 일으켰다. 테무진은 왕칸과 동맹하여 금군과 협력했고, 마침내 메그진부는 멸망했다. 이때 테무진은 부유한 타타르족의 전리품 중에서 구슬을 수놓은 비단 이불과 은제 유모차를 얻고 눈이 동그레졌다.

이 당시의 전투에서 적의 거주지를 점령하면 그곳에 많은 갓난애가 버려지는 일이 있었다고 한다. 그런 아이들을 주워다가 친자식과 마찬가지로 키워 장성하자 칭기즈 칸의 유능한 막료가 된 인물도 적지 않다. 앞서 멜키트족을 멸했을 때 주운 아이가 용장으로 알려진 쿠튜였고, 메그진의 천막에서는 황금 방울이 달린 배자를 걸친 아이가 발견되어 호에른에게 바쳐졌는데 이 아이는 시기 쿠토크라는 이름으로 최고 재판관이 된다.

임술년(신종 5 : 1202)에 자무카와의 결전이 있었다. 이때 11개의 씨족이 자무카를 구르칸(만민의 칸)으로 추대했는데, 테무진이 이를 용납할 리 없었다.

그래서 벌어진 것이 유명한 코이텐 싸움이다.

이때 나이만과 오이라트부의 족장 베키는 자무카의 편을 들었지만, 베키는 차다의 주법(呪法)으로 풍우를 빌었다. 자다는 북아시아의 유목민들 사이에 예로부터 전해지는 주법으로서 동물의 뱃속에 생기는 결석(結石)을 물동이 속에 넣고는 비나 눈이 적진에 내리도록 하는 것인데, 코이텐 전투에선 폭우가 자무카 진영에 쏟아져 혼란에 빠졌고 기마 군단의 기동력을 앗아버렸다.

하지만 전투는 격렬했고 테무진은 목덜미에 강궁을 맞고 졸도

했다.
 해가 떨어지자 전투는 중지되었지만, 테무진은 생사의 갈림길에서 헤맸다. 충직한 제르메가 밤새도록 피를 빨아내며 간호했다. 아침 해가 떠오르자 테무진은 정신이 깨어났으며 비로소 눈이 보였다. 곁에는 제르메가 밤새도록 빨아서 뱉은 피가 굳어져 진흙처럼 수북했다.
 테무진은 다시 살아났고 전세도 유리하게 전개되었는데, 몇년 전에 뜨거운 뙤약볕 아래 양털 속에 함께 숨었던 카단이 적군인 타이듀트부의 진영에 있다가 남편은 전사하고 노예로 잡혀왔다. 또 얼마 있다가 그녀의 아버지 소르칸 시라가 질구아다이를 데리고 항복해 왔다. 질구아다이는 바로 테무진을 화살로 쏜 용사였다.
 "산 위에서 화살을 쏜 것은 바로 저입니다. 지금, 칸이 죽음을 내리신다면 죽겠습니다. 만약 살려 주신다면 칸의 어전에서, 깊은 물을 가로질러 흰돌을 부수겠습니다. 오라, 하신다면 푸른 돌을 깨버리고, 적을 죽여라 하신다면 검은 돌을 깨버리겠습니다."
 이 사내다운 고백은 테무진을 감동시켰다. 그는 이와 같은 솔직함과 용기를 사랑했던 것이다.
 "적이 된 인간은 자기의 죽인 일, 적대한 일을, 신분을 숨기고 이야기 하기를 꺼려하며 두려워하는 법이다. 이것은 어찌 된 일이냐 물었더니, 오히려 자기의 죽인 일, 적대한 일을 꺼리지 않고 알렸다. 벗으로 삼을 만한 자이다!"
하고 질구아다이의 이름을 제베〔몽골어로 화살〕로 개명시켜 자기의 친위병으로 등용했다. 물론 소르칸에게는 많은 상금을 주었고 카단은 총비로 삼았다.

같은 무렵 숙적 타타르부의 섬멸 작전이 시작되었다. 이 전투에서 테무진은 대승리를 거뒀고 많은 달단족이 포로로 끌려왔다. 이들의 처리 문제로 어머니 호에른은 가장 강경 발언을 했고 동생들도 모두 죽이라는 의견이었다. 테무진이 마지막 결단을 내렸다.
"그들을 수레의 굴대 앞에 세우고 처치하라!"
이 말은 타타르부의 사내로 굴대 높이보다 키가 작다면, 곧 어리다면 살려주라는 말이었다. 여자들은 죽이지 않고 전리품으로 분배되는데, 테무진도 타타르부의 미녀 에스이와 에스겐 자매를 차지했고 이들은 정처 부르테와 더불어 칸의 4대 오르드[대천막. 2천 명 수용의 오르드도 있었다]의 여주인이 되었다. 카단에 대해선 설명이 없지만, 어쩌면 그녀도 오르드 하나를 차지했는지 모른다.
흔히 칭기즈 칸의 법이라 하여, 적대하는 자는 사람은 물론이고 가축에 이르기까지, 심지어는 벽돌 하나 풀 한 포기에 이르도록 모두 죽이고 파괴했다고 전하지만 이는 과장인 듯싶다. 여자와 아이는 살려 주었다.
《라시드》에 의하면 몽골족의 번식력은 놀랄 정도였고 1260년경 조사로 칭기즈 칸의 직계 후예만 하더라도 1만 명이 넘었다고 한다. 계급이 낮은 자라도 백 명의 아내를 거느리고 자식이 수백 명 있는 예도 흔했다고 기록했다.
타타르부를 섬멸하고 세력이 커진 테무진에 대해 왕칸도 부자(父子)의 안다를 맹세하고 있었지만 불안을 느끼기 시작했다. 자무카는 이런 심리를 이용하여 왕칸에게 접근했고 그의 아들 생금과 손잡고 테무진을 헐뜯었다.
"저는 당신에게 있어 흰 영작(翎雀 : 갈매기의 일종)입니다. 당신의 안다 테무진은 노고지리입니다. 영작은 추우나 더우나 언제고 북쪽에 남아있지만, 노고지리는 추위를 만나면 남쪽으로 가 버리지요."

이래서 왕칸도 테무진과의 전쟁을 한다. 테무진에겐 네 준마라고 일컫는 보울테, 무카리, 보로울, 티라운이란 용장이 있었다.

전투는 수차 있었으며 그것은 격전이었다. 특히 눈보라가 몰아치는 추위 속에서의 싸움은 고전이었다. 그의 병력은 2천6백이었으나 반 수 이상이 죽었고 우게데이, 보울테, 보로울의 모습도 보이지 않고 행방불명이었다. 새벽이 되어 보로울이 화살을 경동맥에 맞은 우게데이를 같은 말에 태우고 가까스로 돌아왔다. 보로울은 우게데이의 목줄기 피를 빨아주며 뱉었고〔이것을 보면 화살촉에 독을 칠한 듯〕적의 말을 뺏어 타고 온 것이었다.

테무진은 몸소 우게데이의 상처를 불로 지지고 빨갛게 달군 돌을 그곳에 붙이도록 했다. 이것이 당시의 치료법으로, 때로는 마소를 죽이고 그 배를 가르며 그 창자 속에 부상자를 목욕시키는 방법도 사용되었다.

테무진은 대대로 그의 집과 세혼하는 온기라이트부를 설득하여 한편으로 끌어들인 뒤 마지막 반격을 하여 왕칸과 생금을 죽인다. 이리하여 케라이트부는 멸망하고 테무진은 비로소 몽골 고원 북부의 패자가 되었다. 계해년(선종 6 : 1203)의 일이었다.

그러는 한편 테무진은 이듬해인 갑자년에 남쪽의 나이만부를 쳤고, 병인년(1206)에는 앞서 말한 제2차의 칸 즉위식을 올렸던 것이다. 프랑스의 페리오 박사설에 의하면 칭기즈 칸은 이때 44세이고 라시드 설에 의하면 39세였다.

계급으로 십인장·백인장·천인장이 있고 군대도 수만 명에 이르렀으나 최정예는 칸의 친위대 1만 명이었다.

케시크(친위)는 공신·귀족의 자제로서 누구나 뽑히기를 원했는데 4개 반으로 3일 교대제였다. 케시크의 권한 내지 특권으로는 ① 누구도 케시크의 허락 없이 오르드에 드나들지 못한다. ②케시크의 인원수를 물어선 안된다. ③케시크의 상석을 걸어서는 안된다 라는 것이 있었다.

또 칭기즈 칸의 군대로 오른손(우군 서익)·중군·왼손(좌군 동익)이 있는데 각각 지휘관으로 보울테, 무카리, 나야아가 임명되었다.

법률을 야사라고 했는데 최고 재판관은 앞에서 나온 시기·쿠도크가 임명되었고 특히 물을 오염시키거나 불에 침을 뱉는 일은 엄금되었다. 그밖에 간통·계간·남색·거짓말·마술·간첩 행위·사사로운 싸움 등은 사형으로 처벌되고 도둑질도 중형이 가해졌다. 주목되는 것은 종교의 자유로서 경교(기독교)·이슬람교·불교는 조금도 탄압되지 않았다.

을축년(희종 1:1205) 5월, 몽골군이 처음으로 서하(西夏)를 공격한다. 서하는 티베트와도 깊은 관계가 있는 탕구트(Tangoutu)족의 나라로 금과도 우호 관계를 맺고 있었다. 이 나라는 황하 상류의 산악 지대이고 모래 땅이 많았으나 예로부터 비단길의 중계 기지로서 비교적 부유했다. 한자를 응용한 독특한 문자가 있었고 많은 서적을 인쇄하고 있다.

1910년, 러시아의 코즈로프 탐험대가 카라 호토(감숙성 장액현 黑水河)라 불리는 폐허에서 불교의 경문 40여 상자를 발굴했는데, 그 중에 '번한합시 장중주(番漢合時 掌中珠)'라는 서하어와 한자의 대역본이 들어있어 현재 서하어도 해독되고 있다. 북아시아의 언어로서 거란어만 미해독이지 다른 것은 모두 밝혀진 것이다.
　그러나 칭기즈 칸의 서하 침입은 성곽 도시라는 장해물을 만나 실패로 끝나고, 정묘년(희종 3 : 1207)의 제2차 침입 역시 무위로 끝났다. 다음해인 무진년에 금국에선 장종(章宗)이 죽고 그 아들이 뒤를 잇는데 정통 황제로 인정을 받지 못하며 위소왕(衛紹王 : 재위 1209~1213)이라고 불린다. 그리고 신미년(희종 7 : 1211)에 이르러 고려의 사신 김양기(金良器)가 금국으로 가는 도중 몽골병에게 살해되고 예물이 약탈되는 사건이 있었다.
　칭기즈 칸은 기사년에 서하를 3차로 공격하여 그 국왕의 항복을 받자 신미년 봄부터는 매년 금나라를 공격하는데 이런 일이 12년이나 계속된다. 봄에 장성을 넘어 침입했다가 가을이면 철수하는 것이다. 신미년에는 주치·차가타이·오고타이·투루이 등 4형제가 모두 칭기즈 칸을 따라 출동했고, 선봉장 제베는 금의 서경 대동(大同)을 점령했다. 다음 임신년에는 불과 두세 달 동안에 산서·섬서 일대를 휩쓸었고 연경까지 육박했다. 계유년(강종 2 : 1213)에는 호사호(胡沙虎)가 위소왕을 죽이고 금선종(金宣宗)을 추대했는데(8월), 10월에는 몽골군이 와서 하북·산동성 일대를 휩쓰는 한편 연경을 포위했다.
　다음 갑술년(고종 원년 : 1314)에는 칭기즈 칸이 제장들의 연경 공략을 반대하고 금과 강화를 맺는다. 금선종은 칸에게 동남동녀 각 5백 명, 말 3천 필을 주었다.
　칭기즈 칸은 왜 연경을 점령하지 않았는가? 이것은 주로 명대의 중국측 사가들의 주장이지만 막대한 전리품을 안전하게 몽골까지 운반하기 위해서였다고 한다. 그러므로 그는 거용관을 빠져나오자 숱한 금국의 포로를 학살했다고 한다. 그리고 이때 금은 연경을 지킬 수가 없어 변(汴 : 개봉)으로 도읍을 옮긴다.

금의 세력이 약해지자 요동에서 거란의 야율유가(耶律留哥)는 반란을 일으켰고 칭기즈 칸과 손을 잡았으며 자립하여 요왕(遼王)이 되었다.

연경은 을해년(고종 2 : 1315) 5월 제베에 의해 점령되었고, 고려는 몽골보다 앞서 거란족의 요군과 싸웠다. 김취려(金就礪 : 1234년 졸)는 고려의 명장으로 요병을 각지에서 격파했고, 특히 제주(제천) 박달재에서 적을 크게 무찔러 거란군의 영남 침입을 막았다(1217).

한편 연경이 함락되자 칭기즈 칸은 거란족 출신의 야율초재(耶律楚材 : 1189~1244)와 만나게 된다. 초재의 자는 진경(晉卿)이고 동단왕의 8대손으로 아버지 이(履)가 60세 때 얻은 아들이었다. 세 살 때 아버지를 여의고 교양이 높은 어머니 양씨(楊氏)의 엄한 훈육을 받으며 자랐고, 천문·지리·율력·술수에 뛰어났을 뿐 아니라 불교·도교와 점복·의학에도 능통했다. 또한 뛰어난 시인으로도 유명하다.

금나라가 도읍을 변으로 옮겼을 때 두 형님 변재(辨才)와 선재(善才)는 천자의 어가를 따라 남으로 갔으나 그는 연경에 머물렀다. 그가 정신적 영향을 받은 스승은 만송(萬松) 노인인데, 만송은 유교와 불교를 겸비한 학자로서 초재는 죽기까지 스승을 잊지 않았으며 꿈속에서 뵈온 선생이 깨고 나서도 생생하게 기억된다는 시를 남겼다.

당시 야율초재는 25세로서 좌우사 원외랑(左右司員外郞)이라는 관직에 있었는데 몽골군이 포위하는 동안 식량이 떨어져 다른 주민들과 마찬가지로 60일 동안 한 톨의 쌀도 입에 넣지 못했으나 태연했다. 칭기즈 칸이 그를 처음으로 만났을 때 키가 8자이고 장구머리인데 음성이 크고 우렁찼으며 젊은 나이에 아름다운 턱수염을 기르고 있었다.

칸은 말했다.

"요와 금은 대대로 원수이다. 짐은 이제 너를 위해 금을 멸망시켜 원수를 갚아 준 것이다!"

"부조(父祖) 이래로 모두 인질로 잡히고 금을 섬겨왔습니다. 일단 신하가 되었다면 어찌 두 마음을 품고 그 임금에게 원수를 갚겠습니까?"

칭기즈 칸은 그의 재능도 재능이지만 이런 지조와 태도에 감탄하여 측근의 막료로 중용했고 신임했다. 초재는 앉으면 그 검은 수염이 무릎에 닿았는데 칸은 언제나 우트 사칼〔우트는 길다, 사칼은 수염〕이라고 불렀다. 몽골어는 우리와 어법이 같았던 것이다.

최충헌이 죽고 최우(崔瑀 : 1249년 졸)가 그 뒤를 이었던 기묘년(고종 6 : 1219)에 칭기즈 칸은 서쪽으로 브하라와 사마르칸트를 점령하고 호라즘 왕국을 멸한다.

몽골군이 서쪽으로 원정을 떠나려는 6월 어느 날, 난데없는 눈이 내리고 몇자나 쌓였다. 칸은 야율초재에게 점을 치라고 했다. 칭기즈 칸은 불안에 떨었다.

"어두운 기가 생기도 한창인 여름에 나타나는 것은 승리의 징조입니다."

이 말에 칭기즈 칸도 용기를 다시 얻고 기치도 당당하게 출발했다. 초재는 《담연거사집》이라는 시집을 남겨 칸의 서정(西征)을 전한다.

이유없는 서정은 아니다. 1216년 칸은 통상 사절을 호라즘 왕국에 보냈다. 사절단은 전원이 이슬람 교도로 4백 명이나 되었고 칸이 국왕한테 보내는 예물에는 낙타의 혹만한 금괴며 비단이 포함되어 있었다. 그런데 이 사절단은 오트랄[타슈켄트 북쪽]에서 억류되고 학살되었으며 금은보화는 약탈되었다.

당시 호라즘은 서쪽으로 카스피해와 우랄해, 남쪽은 페르시아만, 동으로는 인더스강에 걸친 광대한 왕국이었다. 도읍은 사마르칸트였고 주민은 이란 계통의 소그드인이었으며 이들은 예로부터 상술이 뛰어나기로 유명했었다.

오트랄에서의 비보를 접하자 칸은 산상에 올라가 모자를 벗고 띠를 풀어 목에 걸고서[죄인이라는 표시], 사흘 밤낮을 두고 하늘에 빌었다. 그리고 산을 내려온 그는 복수심보다 극기심을 발휘하여 이븐 가프라지 브글라와 두 명의 몽골인을 사마르칸트에 보내어 범인 인도와 배상을 요구했다.

그러나 호라즘의 무하마드 샤는 이 요구를 거절했을 뿐 아니라 사신의 살해마저 명한다. 사신 일행은 목숨만은 살려주는 대신 권위의 상징이던 콧수염이 잘리고 추방되었다. 이슬람 교도로서 콧수염이 잘린다는 건 최대의 모욕이었다.

칸은 투루이에게 본국의 칸 대리를 명하고 무카리는 금국에 머물러 작전을 계속토록 하자 총력을 기울여 출발했다. 그보다 앞서 서하에게 군사를 보낼 것을 명했으나 응하지 않았다.

또 이때 에스이 비가 잠자리에서 칸에게 말했다.

"칸은 높은 산을 넘고 넓은 강을 건너시며 긴 원정길을 떠나시고 많은 나라들을 평정하고자 하십니다. 그러나 이 세상에 태어났다면 불로장생이란 없습니다. 큰 나무와도 같은 옥체가 기운다면 삼대와도 같은 백성을 누구한테 맡기겠습니까? 황자들 가운데 누구를 후계자로 하시렵니까? 어린이들, 동생들, 백성들, 그리고 저희들처럼 어리석고 약한 여자들에게도 알려주시기 바랍니다."

이 비의 말은 칭기즈 칸에게 충격을 주었다. 여인의 말이지만 에스이의 의견에도 일리는 있다. 무엇보다도 그것은 동생들도 자식들도 보울테도 무카리도 건의하지 않았던 일이다.

몽골의 관습으로선 말자 상속이지만 투루이는 아직도 경험이 부족하다. 경험으로선 장남 주치이지만, 그는 아내가 멜키트에게 끌려갔을 때 임신하고 낳은 아이다. 차가타이는? 차가타이가 주치의 그런 출생 문제를 거론하며 형과 싸운다는 보고가 칸에게 들려 상을 찌푸리게 했었다. 그렇다면?

칸은 며칠 밤을 잠도 자지 못하면서 생각했다. 그리고 다음과 같은 칙령을 내렸던 것이다.

'오고타이의 자손에겐 모두 푸른 풀이 싸이더라도 소에게 먹히지 않고, 비계로 싸이더라도 개가 먹지 않는 자가 태어난다면, 짐의 자손에게는 하나도 좋은 자가 태어나지 않으리라.'

이것은 좀 애매모호한 표현이다. 오고타이가 다음의 후계자로서 정해진 것은 분명한데 그의 자손이 풀처럼 비계처럼 소나 개에게 먹히지 않는다면……? 《라시드》는 칸의 이 말을 차기의 칸으로서 오고타이가 선출되었을 때 제공자들의 맹세로서,

'오고타이의 자손으로 푸르고 싱싱한 풀숲에 던져지더라도 소가 이를 뜯어먹지 않고 비곗덩어리와 함께 방치되어도 개가 이를 뜯어먹지 않는 한[이런 일은 현실적으로 있을 수 없다, 따라서 영원히] 칸과 그 자손에게 충성을 바치겠다.'

는 말로 해석되었으며, 반대로 오고타이가 죽자 그 자손과 투루이 계통이 전쟁을 하는 원인이 된다.

몽골군은 오트랄을 맨 먼저 공격했다. 전투는 경진년(고종 7 : 1220) 초, 한 달 동안의 치열한 공방전 끝에 오트랄은 함락되고 사절단 살해의 주범 가일은 군중들이 지켜보는 가운데 눈과 귓구멍에 은괴를 녹인 쇳물을 부어 죽임으로써 복수를 했다.

이어 2월에는 보하라 성문에 다다랐다. 수비병은 모두 기병으로 1만 2천, 혹은 2만이니 3만이니 했는데 성밖으로 쳐 나온 적병을 암강 기슭에서 섬멸했다. 이튿날 성안에서 항복의 사절이 왔는데, 칸은 입성하자 회교 사원 설교단에 올라가서 외쳤다.

"성 밖은 모두 약탈했다. 우리들의 말에게 먹이를 주라!"

몽골병은 곧 코란 상자를 들어내어 말구유로 사용했으며 술을 담은 가죽 부대를 사원에 들여다가 온갖 행패를 부렸다. 이슬람의 기록에는 이 만행이 상세히 기록되고 지금껏 저주되고 있다. 많은 사람들이 남녀노유 할 것 없이 살해되고 외성과 내성은 불을 질러 잿더미로 변했던 것이다.

보하라에서 닷새 거리인 사마르칸트는 부유하고 아름다운 도시였는데 호라즘은 이 도시를 지키는 데 터키병 6만, 코끼리 20두를 가진 타지크병 5만, 모두 11만의 군대가 지키고 있었다.

그러나 사마르칸트 역시 포위 닷새만에 함락되었다. 성벽은 파괴되고 주민은 쫓겨났으며 수없이 살해되었는데, 장인(匠人) 3만 명 만은 노비로 몽골병에게 분배되었다고 한다. 그러나 터키계는 한 사람도 남김없이 학살되고 호라즘을 편든 것에 대하여 경고를 했다.

호라즘의 샤(국왕)는 망연자실하며 어쩔 바를 몰랐다. 그저 달아날 뿐이었는데, 신사년(고종 8 : 1221)에는 제베와 수부타이(Souboutai : 速不台)가 호라산(Khorāsan : 이란 동북부)에 침입했다. 이곳에도 부유한 도시가 많이 있었는데 혹은 미리 항복하여 약탈을 모면했지만 대부분 저항했다가 주민들의 학살과 방화로 까마귀들만 극성을 떠는 폐허로 변한다.

칸도 호라산에 진출했고 남서로 방향을 바꾸어 현재의 아프가니스탄에 침입했는데 일부는 힌두쿠시 산맥을 넘어 바미얀(Bāmiyān)을 공격한다. 바미얀은 현 아프가니스탄에 속하는데 불교 유적으로 유명한 곳이다. 대암벽에 뚫은 불당·승원 등의 석굴이 있으며 그중에서도 35m와 58m의 높이를 가진 석불은 유명하며, 5세기 이후 수백 년에 걸쳐 건설된 것이었다.

이곳에서 차가타이의 아들 모아트간이 유시(流矢)를 맞고 죽었는데, 격노한 칸은 그 지방 일대의 생물은 남녀·가축·들판의 새에 이르기까지 모두 죽이라는 엄명을 내려 수십 년 동안 죽음의 고장으로 만들었다.

이어 칸은 가즈니(Ghazni)로 진격했는데 발리안에서 서정(西征) 중 유일한 패배를 한다. 적장은 제라르 웃딘으로 그는 몽골군을 격파하자 재빨리 인더스 강까지 후퇴했으며 칸도 그것을 추격한 것이다.

인더스에서의 전투가 최대 격전이었다. 웃딘은 도저히 당할 수 없다고 생각되자 엄청난 금은을 강물에 버렸고 자기도 높이 6m의 벼랑에서 애마와 함께 몸을 날렸다. 이를 뒤따라 많은 호라즘의 군사도 강물에 뛰어들었지만, 몽골병은 높은 데서 화살을 쏘아댔고 강물은 적병의 피로 붉게 물들 정도였다. 웃딘은 대안에 이르러 패잔병을 수습하자 다시 남쪽 델리로 달아났고 몽골병은 이를 추격

하여 무르탄·라호르·페샤바르·메리크푸르〔이상은 현 파키스탄〕
의 여러 도시를 석권했지만 너무나도 더워 칸이 있는 가즈니로 돌
아갔다.

임오년(고종 9 : 1222) 봄에 칸은 귀국할 것을 계획하며 가즈니의
파괴를 명했다. 오고타이는 인구 조사를 구실로 전 주민을 성 밖에
내보내자 기술을 가진 공장(工匠)을 가려내어 본국으로 보내는 한
편 나머지는 모두 죽였다.

이보다 앞서 호라즘의 무하마드 샤는 몽골병에 쫓겨 카스피해의
작은 섬으로 달아났고 그곳에서 늑막염을 앓으며 쓸쓸하게 죽었다
(1220년 말). 제베와 수부타이, 그리고 주치는 조르지아에 침입했
고 약탈과 방화를 계속하면서 카프카스 산맥을 넘는다.

킵차크(Kipchak)인은 다가오는 몽골병을 피하여 그들의 부녀
자·가축·재산을 수레에 싣고 키에프 후국(侯國)으로 달아났다.
러시아는 아직 통일 국가라는 게 없었고 거의가 미개지인데 키에
프와 모스크바 근처를 중심으로 후국들이 있었던 것이다. 이때 킵
차크와 친척되는 무스타라프가 제후들 모임을 키에프에 소집하고
몽골과 대항할 것을 맹세했다. 킵차크는 기뻐하고 기독교로 개종
하며 이들과 함께 몽골군과 싸우기로 맹세했다.

러시아·킵차크 연합군은 1223년 5월 31일〔일설엔 1224년〕카르
카 강 기슭에서 싸웠다. 연합군은 보병 8만 2천과 기병 1만이었다.
몽골군은 아무리 많아도 2만 정도였으리라.

처음에 연합군은 적의 선봉을 무찔렀는데 교묘한 몽골군의 유인
전술에 넘어가 대패했고 러시아군만 1만 6백의 전사자가 있었다고
한다. 이 전투가 러시아의 운명을 결정했으며, 러시아인은 250년
동안 몽골인의 지배 아래 들어가는 것이다. 말이 250년이지 그 동

안 러시아의 핏속에 몽골인의 피가 얼마나 섞였는지 신만이 아는 일이다.

이 전투가 있은 뒤 몽골군은 저항다운 저항도 받지 않고 남러시아의 도시들을 석권했으며 도니에플 강으로부터 진격하여 아조프해 연안 및 크리미아 반도에 도달, 흑해 북안에 있던 도시 국가를 모조리 유린했다. 그리하여 계미년 말 몽골군은 볼가·카마강 지역에 나타났고 용감한 슬라브족 계통의 불가리아인과 격전을 벌였는데, 이들도 복병을 만나 태반이 섬멸된다.

그러나 이때의 몽골군 진격 기록은 남겨진 게 거의 없고 제베와 수부타이는 칸의 명령으로 회군하여 사마르칸트로 돌아온다. 다만 주치만이 킵차크에 남았는데 그는 킵차크 한국(汗國)을 건설했고 그가 죽자(1226년쯤?) 그의 아들 바투(Batu:拔都)가 뒤를 잇는다.

피비린내나는 칸의 일생에 야율초재의 존재와 장춘진인(長春眞人)의 이야기는 흥미마저 느낀다. 진인〔유교의 성인과 같은 칭호〕은 신사년에 칸의 초빙을 받아 당시 70여 세였으나 산동성의 내주(萊州)로부터 문자 그대로 수만 리의 여행을 한 뒤에 힌두쿠시의 북쪽 자락에서 칸과 만났다. 그 제자 이지상(李志常)이 기록한 기행문 《서유기(손오공이 등장하는 《서유기》는 이것에서 제목을 딴 듯싶다)》는 13세기 중앙 아시아의 지리·풍속·몽골인의 정복 직후의 사실을 아는 가장 요긴한 사료(史料)가 된다.

칸도 인간이니만큼 현세의 쾌락과 불로장수를 위해 진인을 초빙했던 것이다. 그는 도교에서 말하는 금단에 대해 듣고 그것을 간절히 바랐다. 그래서 칸은 74세의 진인을 만나자 대뜸 물었다.

"진인이 멀리 와주었는데 대체 무슨 장수약이 있는가?"

"위생(衛生: 양생. 섭생)의 방법은 있지만 불로장수의 약은 없습니다."

칸은 이 대답에 낙담하거나 분노하지 않고 오히려 그 솔직한 대답에 감명을 받았다. 칸은 이로부터 바쁜 틈을 타서 진인과 자주 만났고 계미년(고종 10 : 1223)에 사마르칸트에서 휴식할 때에는 진인의 도화(道話)를 듣는 기회가 많았다.

언젠가 칸은 몽골인이 본능적으로 두려워하는 우레에 대해서 물었다. 진인이 말했다.

"들은 바에 의하면 몽골의 사람들은 여름철 강에서 미역을 감지 않고 의복을 빨지 않으며 펠트를 짜지 않고 들에 버섯류가 나더라도 채취가 금지되어 있는데, 그것은 하늘의 위광(威光)을 겁내기 때문이라 합니다만 이는 천도를 좇는 길이 아닙니다. 저는 일찍이 3천 가지의 죄 가운데 불효가 가장 크다고 들었습니다. 그래서 하늘은 우레로 타이른다고 합니다. 지금 몽골에는 부모에게 불효인 자가 많다고 들었습니다. 칸께서 위덕(威德)으로 백성에게 불효를 계고(戒告)하신다면 우레 따위는 겁낼 것이 없습니다."

칸은 이 말에 감명을 받았고 곧 황자들에게 그 이야기를 들려주었다.

이듬해인 갑신년(고종 11 : 1224) 정월, 칸은 귀국길에 올라 군을 시호운(Sihoun) 강 오른편까지 이동시켰다. 이어 2월 치르틱〔타슈켄트의 강 이름〕 강변의 초원에 텐트를 쳤는데 그 달 여드렛날, 부근의 산에서 멧돼지 한 마리를 잡으려다가 낙마하여 하마터면 목숨을 잃을 뻔 한다. 이때 진인은,

"천도는 산 자를 존중합니다. 지금 칸의 나이는 이미 높습니다. 부디 사냥을 삼가해 주십시오. 칸께서 낙마하신 것은 하늘의 경

고입니다. 멧돼지가 덤벼들지 않은 것은 하늘이 지켜 주었기 때문입니다."

몽골인의 전통적 신은 하늘(텡겔리)이었다. 몽골인에게 있어 사냥은 전쟁이나 같았다. 진인은 비유 화법으로 그 살육과 전쟁을 간한 것이다.

장춘진인은 야율초재와 좋은 글벗이고 말벗이었다. 초재의 시집 《담연(湛然)거사집》에는 진인과 시를 주고받은 것이 나온다. 칸은 을유년(고종 12 : 1225) 여름, 드디어 본국으로 돌아왔다.

고려는 고종 6년 합진(哈眞)이 와서 수교하기로 약속했는데 최충헌이 죽은 후 뒤를 이은 최우는 강경파였던 모양으로 동 8년 재추(宰樞)들이 최우의 도방에 모여 몽골의 방비를 의논했다는 기사가 보인다. 이어 동 10년 최우는 송경의 나성(성벽)을 수축하고 황금의 13층 탑을 만들어 흥왕사에 둔다. 이것이 모두 몽골에 대한 방비였다고 해석된다.

갑신년(고종 11 : 1224) 11월, 몽골의 사자 저고여(著古與)가 왔다가 이듬해 정월 돌아가는 길에 압록강 근처에서 피살된다. 이것이 몽골군 침입의 구실이 되었다는 것인데 과연 그럴까?《원조비사》에 의하면 이 당시 요의 야율유가도 죽어 요동은 이른바 주인 없는 혼란에 빠져 있었다. 사자를 죽인 도적이 고려인인지 거란인인지 모를 일이다.

아무튼 몽골은 즉시 공격해오지 않았다. 칸은 아직도 귀국중이었고 고려보다 급한 서하국 공격이 있었기 때문이다.

칸은 을유년(고종 12 : 1225) 가을, 에스이 비를 동반하고 서하 공격군을 일으켰지만 도중 알부카에서 야생마 사냥을 하다가 낙마하여 그 치료를 위해 지체했다. 제장들은 일단 귀국했다가 다시 오자는 의견이었고 칸도 그럴 생각이었는데 서하에 문책 사자로 보냈던 자가 돌아와서 우유부단한 서하왕 이현(李睍)보다 오만한 그의 재상 아샤 감보의 도전적 언사를 전하자 격분했다. 아직도 몸에 열이 있었지만 서하 공격을 명했는데 뜻대로 되지는 않았던 것 같다.

병술년(고종 13 : 1226) 가을, 몽골군은 영주(靈州)를 공격했고 서하군 10만을 깼으며 동년 12월 중흥(中興)을 공격했다. 그러나 성벽은 높고 해자는 깊어 칸은 공격 수단을 찾지 못했다. 정해년(고종 14 : 1227) 봄이 되고 여름이 되었으나 성은 함락되지 않았다.

칸은 육반산(六盤山)으로 더위를 피했는데 동년 8월에 죽는다. 그 죽음에 대해서도 설이 몇 가지 있는데 칭기즈 칸은 오고타이와 투루이 등 두 아들을 머리맡에 불러 유언했다. (1)후계자는 오고타이고, (2)금은 원수이므로 반드시 멸할 것, (3)장례는 비밀에 붙일 것 등이었다.

고려는 병술년에 왜구가 창궐하여 남해와 서해 연안을 약탈하고 금주(金州 : 전주)까지 침입했다. 그러나 이듬해 카마쿠라 막부는 국서를 보내어 사과했으므로 최우도 박인(朴寅)을 왜국에 보내고 있다. 오고타이는 쿠릴타이를 거쳐 기축년(고종 16 : 1229)에 칸이 되었다. 고려는 그 동안 귀중한 몇년이 있었는데 어찌하여 다가오는 몽골의 침입에 전혀 대책을 세우지 않았던 것일까?

국 난(國難)

　신미년도 저물어가고 있었다. 추사 김정희는 이재 권돈인에게 두 번째의 답장을 쓰고 있었다.
　그러나 이 해 12월 홍경래(洪景來:1780~1812)의 난이 일어나고 있다. 그는 서북인의 차별에 분개하고 가산(嘉山) 다복동에서 궐기했는데 불과 한 달 남짓으로 가산을 비롯하여 박천(博川)·정주(定州)·태천(泰川)·곽산(郭山)·선천(宣川)·철산(鐵山)·용천(龍川)의 사람 수만 명이 호응했다. 차별이 얼마나 심했고 원망이 얼마나 쌓였는지 짐작되고도 남음이 있다.
　그러나 실록에만 단편적으로 전해지고 있을 뿐이라 그 전모는 알 길이 없다.
　홍경래는 난을 일으키기 전, 반드시 충분한 계획과 조직이 있었으리라고 추정된다. 동지인 김사용(金士用)·우군칙(禹君則)·이희저(李禧著)·김창시(金昌始) 등이 그 조직의 브레인이었고, 먼저 가산 군수 정기(鄭耆:1768~1811, 자는 탁원) 부자를 죽이고 이어 그 옆 고을인 정주·곽산·선천을 유린하자 사기는 충천했으며, 김사용에게 병력 5천을 주어 철산·용천을 점령하고, 다시 의주까지 진격하라면서 헤어졌다. 그리고 자신은 평양의 감영군을 따돌리면서 태천·박천을 점령했다고 여겨지는 데 차질이 생겼다.
첫째는 김사용 부대의 소실(消失)이었다. 용천까지는 점령했는데 어째서 부대가 흩어졌는지 분명치 않다. 그리고 홍경래의 본군은 안주(安州)성에서 시간을 허비했다. 안주 목사 조종영(趙鍾永 : 1771~1829)이 결사적으로 성을 지키는 바람에 순무사인 이요헌(李堯憲 : 1766~1815, 자는 계술)이 조정의 금군과 황해도의 병력을 이끌고 올 시간적 여유를 주었다.

홍경래는 비로소 안주성 공격을 단념하고 북으로 올라갔는데 도중 송림(松林)에서 관군을 만나 패하고 정주성으로 들어간다. 이요헌은 중군 박기풍(朴基豊)을 보내어 이를 공격토록 했지만 저항이 의외로 완강했고 경래는 다음과 같은 격문을 지어 성 밖에 화살로 쏘아보냈다.

'朝廷待關西人 若糞土久矣, 文不過持平掌令 武不過僉使萬戶(조정에서는 관서인을 똥구덩이에서 살 듯 대접한 지가 오래였다. 문관은 고작 장령·지평에 지나지 않고 무관은 기껏해야 첨사·만호가 아니던가).'

이 격문을 보아서는 한자를 해독하는 일부 향사의 불만인 것처럼 해석되나 사실은 그것만이 아니었다. 그러기에 압도적인 관군의 포위 아래 절망적 상황이었지만 넉 달이나 버티었고 홍경래가 유탄을 맞아 죽은 뒤에도 저항은 얼마쯤 더 계속된 것이다. 순무사는 박기풍을 류효원(柳孝源 : 1751~1813, 자는 사백)으로 바꾸었고 드디어 성이 함락되자 생포된 남녀 2천9백83명을 모두 참수한다.

추사는 물론 당장은 그 소식을 몰랐으리라. 그런 소문을 어렴풋하나마 알게 된 것은 12월도 거의 다 가고서였다. 우선 걱정되는 것은 연경에 간 동지사의 귀국이었다. 난이 파급되고 반군에 점령된 지역은 추사도 전년에 왕복한 고장이라서 더욱 염려되었다.

그러나 추사는 애써 세상사를 초월하려고 했던 것 같다. 이재에 대한 추사의 다음 편지는 매우 철학적이다.

'보낸 편지에 대해 균함(勻函 : 답장)이 없어서인지 자나깨나 마음은 오로지 하나로 부어져 숨기려 해도 얻게 된다 했습니다만, 지금 균함이 와서인지 지췌묵로(紙瘁墨勞 : 지쳐 버려 고단하다는 비유) 마치 입에서 아교풀이 생긴 듯이 망연(茫然)할 따름입니다. 이를테면 득실의 있고 없음에 따라 사람의 상정(常情)은 이와 같이 뒤집히고 말아, 이른바 동동왕래(憧憧往來), 벗따라 강남간다는 똑같은 생각을 하게 되는 것일까요? 역(易)의 크나큼은 오고감(왕래)과 변천・순환(소장)의 기(機 : 조짐)가 깊은 감응(교감)에 있는 것이고, 이발(已發)되어 인사(人事 : 사람이 하는 일 모두) 앞에 나타나는 것인데 셋[여기선 양효가 셋 겹친 꼴]이 일치되는 놀랍고 슬픈 탄식이라는 뜻입니다.'

솔직히 말해서 전후의 일들과 분리되어 나타나는 편지 사연이라 무슨 뜻인지 이해하기가 어렵다.

그러나 열쇠는 있다.

즉, 추사의 제1신에 대한 이재의 의견을 비록 완곡하고 신중한 표현이나마 단호히 반대하고 있음을 알 수가 있다. 열쇠라 함은 동동왕래인데, 이것은 추사가 제1신에서 거론한《역경》하권 첫머리에 나오는 함(택산함)의 괘≡≡ 구사의 상전풀이로 '憧憧往來 未光大也'였다.

동동이란 당나라 육덕명(陸德明) 저술의 〈경전석문〉에 의하면 앞으로 일어나는 일, 곧 앞날, 왕래가 잦다는 것, 마음이 안정되지 않아 불안정하다는 세 가지 뜻이 있고, 오늘날엔 보편적으로 어떤 일을 동경하면서도 마음이 안정되지 않는 상태라고 해석된다. 여기서 함괘☰☰를 보아주기 바란다.

이 괘의 특징은 육효를 각각 신체의 각 부분에 비유하여 해석하고 있다. 번거로워 각 효의 설명은 생략하지만 요컨대 구사는 구삼고(股 : 다릿살)의 위·구오의 매(脢 : 등심·등허리의 살) 아래에 위치한 심(心 : 심장, 마음)에 해당되며, 함괘의 中 곧 한가운데이다. 이것은 매우 중요한 힌트이다.

그래서 이제 권돈인의 족보를 찾아보았다. 그랬더니……

좀더 신중을 기하기 위해 편지를 더 읽어본다.

'무릇 왕래·소장은 하나의 뚜렷한 천리로서 결코 두 가지는 아닌데 어찌 예와 지금이 다르겠습니까? 지금의 설자[주장하는 이]는 모두 왕래·소장을 하나의 판에 박힌 문자처럼 비[천지비 : 천지가 막히고 통하지 않음]가 가면(지나면) 태[지천태 : 음양이 화합됨]가 오고 태가 가면 곧 비가 온다든가 군자의 도가 왕성하면 곧 소인의 도가 쇠퇴하며 소인의 도가 왕성하면 군자의 도는 쇠퇴한다는 식으로 번갈아 교체된다고 합니다. 그러나 역의 대도는 방통·변통의 연유로 이와 같이 당치도 않은 해석을 두려워합니다.

만약에 이렇듯 일월의 운행과 한서(寒暑)의 변천을 잡아 늘리거나 한다면 그것은 다만 해는 오지만 달은 오지 않을 것이며 추위는 가더라도 더위는 가지 않을 터이니, 어찌 이를 옳다고 하겠습니까? 여기서 동동왕래의 뜻[의의 : 정신]을 밝게 나타내고 사람에게 내거는 것은 모두가 아직은 깊이 궁구되지 않아서입니다.

동동왕래를 또한 지금의 주장자 말로 한다면 사의(私意 : 사사
로운 해석)와 닮았다고 할 수 있습니다. 그러나 만일에 그러하다
면 원문의 貞吉悔亡〔옳다면 길로서 후회되는 일은 없다〕은 저 공
자가 일컫는 바 천하가 동귀(同歸 : 직역하면 동일한 것으로 귀결된
다)이고 수도(殊塗 : 직역해서 길이 다름, 그러나 수도동귀라는 숙어
로 묶어 처음엔 길이 달라도 하나로 귀결됨)라도 일치되는 것이며
어떻게 백 가지의 생각을 가지고서 이를 풀이한단 말입니까?
 함괘의 초육과 육이는 도를 잃은〔실도 : 부정 위치가 옳지 않음〕
것입니다. 그러므로 이 구사에 있는 동동왕래는 항(뇌풍항)☰☰
에서 변통(변화되어 막힌 것이 뚫림·화합)이 되고 익(풍뢰익)☰☰
이나 손(산택손)☰☰으로서 정길회망이 이루어지는 것입니다.
만약에 동동왕래로서 사의(私意)가 된다면 정길회망은 잘못 있
는 것(위치의 불중정)이 됩니다.
 또 상전에 동동왕래 미광대야(光大는 廣大임)라고 했습니다만,
그 미광대야로써 동동왕래가 되는 까닭은 넓고 크나큰 것에 이
른다는 것이며, 미광대는 곧 실도입니다.
 지금 동동왕래로서 곧바로 미광대(未光大)의 뜻이 되고 있으
니, 정길회망은 지금의 어중이떠중이 점쟁이 따위로선 마땅하고
평리한 자리가 없을 것입니다.
 합하(閤下 : 존칭)의 동동왕래란 뜻(의의 : 정신)은 아마도 크다
는 것과 다다르다는 것인 듯싶습니다만, 다시 항괘·익괘·손괘
의 변통 정신의 깊은 궁구를 더하심으로써 정길회망이 곧 군자
의 도가 왕성할 때 소인의 도가 쇠퇴한다는 것은 역시 옳지 않음
을 아시리다.'
먼저 이 편지는 이재가 추사의 제1신이 잘 납득되지 않고 미진하

다 싶어 추가로 함괘·구사의 상전 원문 '貞吉悔亡 未感害也. 憧
憧往來 未光大也'를 문의하자, 그것에 답한 것처럼 보인다.
 그래서 추사는 주로 동동왕래를 중심으로 하여 역설을 전개하고
있다.
 역리를 잘 모르는 필자로서 이를 초심자와 함께 배운다는 의미
로 해석을 시도한다면, 현대적으로 이 함괘는 감응·부부의 도를
말하는 것이라 하고 싶다. 좀더 부연한다면 추사는 이미 제1신에
서 함괘를 남녀·음식의 가르침으로 파악하고 접근했었다.
 남녀·부부 관계나 음식은 인간의 기본적 욕구이며 선비 곧 군
자가 좀처럼 입에 올리지 않는 주제였다.
 그러나 역에 나타난 일련의 괘는 남녀·부부 또는 음양·천지니
하는 비유적 표현을 쓰고 있기는 하지만, 근본적 문제에 관련되고
있음은 아무리 도학 군자라도 비켜가거나 무시할 수는 없는 것
이다.
 문제는 왜 이재에게 답장 형식으로 씌어진 추사의 역설이 이런
부부·남녀 문제에 언급되고 있는 것일까?
 제2신 역시 현대인으로선 비유로, 더욱이 역리로 해설되고 있어
이해하기는 어렵지만 상전을 자세히 읽어보면 이해가 된다.
 중복되지만 함괘·구사의 위치는 세 양효 즉 ―〔양〕이 겹친 中
(중앙)에 있고 심장에 해당된다고 말했다. 마음(심장)은 신체 중에
서 가장 예민한 것이고, 따라서 구사효가 함괘의 주체였다.
 그런데 다른 다섯 효는 모두 무엇인가와 함(감응)한다고 설명되
나 이 효만은 교감된다고 하지 않는다. 이천은 이것을 설명하여,
생각컨대 마음의 성질이 다른 육체 부분에 비하여 종잡을 데가 없
기 때문이라고 해석했다. 계속해서 정이천은 마음은 바깥에 있는

외물(대상)에 감응되어 반응하지만, 그 감응 방식이 올바르고 또한 지속적이어야 한다고 주장했다. 이를테면 이성에 대해 음심(淫心)을 품거나 상위자에 대해 아첨하는 마음을 갖는 따위는 모두 부정(不正)한 감응이다.

그런데 이 괘의 구사는 애당초 양효로서 음위(짝수)에 있다. 그러므로 점괘상 이미 '부정'이고 正을 지속하지 못한다. 그래서 효사는 역의 말로 점치는 자에게 경계·충고를 하는 것이다.

마음을 바르게 하고 그 올바름을 지속한다면[貞], 길이 되고 구사의 입장으로서 있어야 할 터의 뉘우침도 소멸하리라. 만일에 마음이 안정되지 않고 갈팡질팡 흔들리고 있다면[동동왕래], 혹은 正을 지켜내지 못하고 사사로운 욕망의 대상에만 감응된다면 광대한 범위의 대상이 감통(感通 : 광대)되지 않는다. 그래서 공자는 〈계사전〉에서 '憧憧往來 服從爾思'의 말을 인용하여 다음과 같이 설명했다.

'역에서 '동동하여 왕래하면 벗이 그대의 뜻을 좇게 된다'고 했다. 이것에 관해 공자는 말했다. 천하에서 무슨 근심하며 생각해야 할 일이 있겠는가. 천하의 사물이란 돌아갈 곳이 모두 마찬가지로서 그곳에 이르는 길이 다를 뿐이며 결과는 하나의 것인데, 생각하며 머리를 회전시키는 방식이 다를 뿐이므로 천하에서 무엇을 생각하며 근심하는 일이 있겠는가. 천지·자연의 무심(無心)한 작용을 보더라도 해가 지면 달이 뜨고 달이 지면 또한 해가 떠오르며 일월이 서로 번갈아 오고가므로 자연히 밝음이 생기는 것이고, 추위가 지나면 더위가 오고 더위가 지나면 추위가 오며 한서가 서로 추이(推移)함으로써 자연히 1년이 형성된다. 그런데 이 오가는 일은 증감(增減)·굴신(屈伸)이 같은

것이다. 그리고 왕래·굴신이 서로 연관되고 감응됨으로써 큰 효과가 나타나는 것이다.'(〈계사 하전〉)

공자의 이런 말은 추사의 편지 내용과 일치된다. 그러나 추사는 《역경》이나 이천설을 충실히 좇고 있으면서 얽매임이 없는 해석을 한다. 추사가 비난하는 지금의 설과 다른 점이 있다면, 바로 앵무새처럼 종래의 설을 묵수하는 사람들처럼 굳어진 사고방식이 아닌 유연한 데 있는 것 같다.

그것이 두드러진 충돌을 보이는 점이 남녀·부부 관계였던 것이라고 생각된다. 역리는 엄연히 건곤·음양으로 설명되듯 음양의 합일이 곧 만물 생성(生成)의 원리라고 하고 있건만, 그런 것을 외면한 채, 말하자면 눈 가리고 아웅하는 식의 생각을 깨부수는 데 있었던 게 아닐까?

그리고 이런 함패의 역설(易說)을 편지로 주고받게 된 연유인데, 그것은 제2신 첫머리의 '숨기려 해도 얻게 된다'의 구절로 암시되듯 이재는 역시 문의 편지를 보내는 데 꽤나 망설였다고 여겨진다. 왜냐하면 이재 역시 추사와 마찬가지로 슬하에 자녀가 없었고 초취 부인 송씨를 상처하자 재취 부인으로 한씨(韓氏)를 맞았으며, 계자(양자)로 덕성(德性)을 맞고 있다.

걱정했던 동지사 일행은 임신년(순조 12 : 1812) 정월 스무나흗날 무사히 돌아왔다. 정주성의 처절한 공방전은 이 해 4월까지 계속되지만 관군이 겹겹으로 에워싸고 있어 공적 왕래는 지장이 없었던 것 같다. 다만 일행이 빨리 돌아온 것은 역시 난과 관련이 있고 기록을 보면 청도 압록강 일대에 군대를 출동시켜 엄중한 경계를 했다고 한다.

추사는 돌아온 초재 조용진 편에 희비가 엇갈리는 소식을 듣는다. 스승인 담계 옹방강은 시암(詩盦)이란 편액과 행서의 대련, '如松柏之有心 而忠信以爲寶(송백과도 같은 마음이 있어 충신으로서 보배를 삼네)'를 써보냈다. 옹성원도 홍두산장(紅豆山莊)이란 편액과 편지를 보내왔는데 뜻밖에도 그의 형님 옹수배의 부음을 전했다. 추사는 암연(暗然)한 마음이었다.

"만 2년도 채 지나지 않았는데 김의원에 이어 옹의천(翁宜泉)마저 세상을 떠나다니. 더욱이 의천은 지난해 9월 초여드렛날 운명했다고 한다. 오호라!"

하고 추사는 탄식했다.

연보에 의하면 주야운도 〈추산소정(秋山小幀)〉을 보내왔다고 했는데 이것은 〈추사소정〉의 잘못인 듯싶다. 뛰어난 화가이기도 한 야운 주학년은 추사를 위해 작은 초상화를 그렸을 게 분명하기 때문이다.

야운에 대한 추사의 시 두 편을 소개한다면, 먼저 〈주야운이 유월 초사흗날 술을 걸러 나의 생일을 맞겠다며 약속했는데, 이날을 맞아 애석한 마음 금할 수 없어 되는 대로 시 한 수 짓네〉이다. 이것이 언제 지은 것인지? 아마도 신미~임신년 사이인 듯싶다.

야운 생각이 나자 먼저 귀적(鬼籍)에 든 근원·의천의 생각도 나고 연경의 벗들도 그리워져 암연불금(黯然不禁)이란 표현을 썼으리라.

하늘 끝의 흘러내리는 눈물 그림도 새로운데/유월 초사흗날 슬픈 마음 갑절일세./멀리 의도시옥(야운의 서재명)이 추억되니/한 잔의 술이 아득하니 날아와 생일을 빌어주누나.

(天涯涕淚畵圖新 六月初三倍愴神 政憶擬陶詩屋裏 遙飛一盞作生辰)

〈주야운의 그림에 제하다〉
십 년의 가슴 속 깊은 골과도 같은 정이여/야운의 묵묘는 하늘이 내려준 것일세./금 하나에 학 한 마리 도리어 일도 많아/다섯 마바리(현감의 기준 부임 행차)엔 마땅히 그림만 싣고 가소.
(十載胸中邱壑情 野雲墨妙自天成 一琴一鶴還多事 五馬惟須載畵行)

밤도 깊었다.
내일이면 한식인 임신년의 봄이었다.
"그래서 뭐라고 하던가요?"
"……"
하고 이부인은 추사에게 물었다.
그날 저녁 무렵 추사는 여종을 불러 새 바지를 내오라 하고 그것으로 갈아 입었다. 이씨는 무심코 여종에게 물었지만, 뜻밖의 사실을 알았다. 추사의 바지에 얼룩이 생겨 갈아 입은 것인데, 부인은 여종의 말에 놀랐다.
"아씨마님, 나으리께서 약주를 드시다가 엎질렀는지……."
그러자 이씨 부인은 더 이상 여종에게 묻지는 않았고, 지금 추궁하는 것이다. 추사는 얼버무렸다.
"간난이가 말이죠!"
부인은 그날따라 술기운이 전혀 없었는데 추사가 바지를 적실 만큼 실수를 했다고는 생각되지 않았다.

"그것은 아까도 말했지 않소. 오늘따라 부인께서 이상하구려."
하며 추사는 시치미를 뗀다.
 부인은 가벼운 질투를 느낀다.
 남편이 지금도 간난이를 누님처럼 생각한다는 건 이해가 된다. 이해하면서 가끔, 문득문득 질투 비슷한 것을 느끼는 건 무슨 까닭일까……?
 어둠 속이라 남편의 표정까지는 알 수 없지만, 남편이 싱글싱글 웃고 있다는 것을 부인은 느낄 수 있었다.
 추사가 다시 손길을 뻗친다. 부인은 그런 남편의 가슴을 밀어냈다. 그러자 추사의 손은 아래로 내려와서 부인의 손을 만지작거렸다. 쓰다듬기도 한다.
 부인은 욱하며 치미는 슬픔을 가까스로 참았다. 여인은 너무도 행복할 때 슬픔을 느끼는 것이었다. 그것이 변하여 강짜로 바뀜을 추사는 알고 있었다. 너무도 잘 안다고 할까……
 그래서 이따금 부인을 상대로 우스갯소리도 하며 껄껄 웃는다.
 그러나 오늘은 부인의 흥분이 한계를 넘은 듯싶다.
 "내 실토하리다. 오늘 심심해서 간난이의 집을 찾아갔지요. 그러자 간난이는 늘 하는 버릇으로 옥이를 나에게 잠깐 안아주라며 떠넘기고 부엌으로 갔던 거요."
 "어머나!"
하고 부인은 맞장구를 치려다가 어금니를 옥물며 참았다.
 여인의 슬픔 중 아이를 낳지 못하는 설움이 어쩌면 가장 컸다.
 선비가 아무리 친하더라도 여종의 자식을 안아 준다는 건 파격적이고, 그것을 태연히 맡기는 간난이도 간난이려니와 또한 그것을 마다하지 않는 남편이 원망스럽다.

그러나 이씨 부인은 그런 감정을 참았다. 오죽하면 남편이 갓난 애를 안고 싶어할까, 그렇게 돌려 생각한 것이다.

그것이 또한 여인의 슬픔을 증폭시킨다. 가벼운 질투마저 느끼게 만들었다.

"그런데……."

하고 추사는 말을 잇는다.

"글쎄 옥이가 내 바지에 오줌을 쌌던 것이오."

"어머나!"

하고 이번에는 부인도 무의식중에 외쳤다. 외치고 나서 후회했지만 소용이 없었다.

추사는 빙그레 웃었다.

아내의 감정 고비는 지나간 것이다. 아내는 필사적으로 참고 있지만 그녀의 작은 손이, 그 손가락 하나하나에 이르기까지 마음을 전해주고 있다.

'동동왕래가 광대야.'

했다고 한다면 잘못일까── 추사는 안심하고 아내에게 들려주었다. 추사도 아내의 감정을 폭발하지 않도록, 살얼음판을 딛고 강물을 건너듯이 말했지만, 이제는 안심이었다.

인간의 감정(마음)이란 일단 폭발하고 나면── 그것이 작은 배출 밸브라 할지라도 분출하면 대폭발은 일으키지 않는다.

"그래서 간난이가 달려오고 세숫대야로 물을 떠오며 바지를 지려 잡았지만 한 번 엎질러진 물은 도로 돌아가지 않는 법……."

"그래서요……."

부인의 목소리엔 아직도 굳은 부분이 남아있었지만 봄기운이 감돌았다.

"호령을 했지. 이 바지 꼴을 어떻게 하겠느냐고? 만약에 호랑이 아씨마님이 이것을 안다면 가만히 있지 않을 거라면서."
"설마요?"
하고 부인은 조그맣게 웃기조차 했다.
　추사는 그런 부인의 손을 놓아주고 자기의 손으로 옮겼다. 이번에는 추사의 손을 밀어내거나 하지 않는다.
"아무튼 설설 비는 간난이에게 내일 백악산에 올라가 치성을 드리는 제물을 차려오라고 했지."
　그 말을 하는 순간 아내의 젖가슴이 꿈틀했지만, 그뿐이었다.
"전화위복이었어. 근원도 산제를 올려 주었는데 옹의천의 넋을 달래 주어야 하지 않겠소. 겸두 겸두 당신의 아이를 비는 치성도 할 겸……."
"제가 또…… 지난해에도 갔었는데……."
하고 이부인은 어둠 속에서 얼굴을 붉혔다. 요컨대 그녀의 슬픔이란 오직 그것뿐이었다. 월성위 궁의 종부로서 자녀가 없다면……그녀는 생각만 해도 아찔했으리라. 무거운 의무감이 천만 근의 무게로 그녀의 가슴을 찍어 누르고 있었으리라.
"지성이면 감천이라고 하지 않았소! 1년 아니라 10년이고 나는 기다리겠소. 얼마나 귀하게 아끼는 당신인데."
　이부인은 젖가슴에 아픈 통각마저 느꼈다. 그러나 그 아픔은 모든 슬픔마저 녹여준다. 그녀는 이때 마음속으로 맹세했다. 앞으로는 무슨 일이 있어도 질투하지 않으리라. 그렇게 생각하자 뜨거운 눈물이 볼을 타고 내렸다.
　이윽고, 추사는 말했다.
"부인, 아까는 왜 나를 밀어냈소?"

"몰라요!"
"꼭 대답을 듣고야 말겠소."
부인은 추사의 말을 어디까지 믿어야 할지, 농담인지 진담인지 분간을 못할 정도였다. 워낙 엉뚱한 소리로 가끔 웃기는 남편이기에——.
"당신에게…… 사랑 어른에게 이상한 냄새가 나서죠."
지금은 부인도 웃음을 참고 그렇게 말할 수 있었다.
"냄새라고? 아, 담배로군."
초재 조용진은 연경으로부터 가져온 담배를 선물로 주었다.
청국의 끽연 풍속은 조선과는 또 달랐다. 이른바 코담배로 비연(鼻煙)이었다.
"돌아가신 초정 선생과 친했던 청람(青嵐) 기윤(紀昀:1724~1805)은 담배를 어찌나 좋아했는지 똥구멍에서 연기가 나올 정도였소. 돌아간 옹의천도 마찬가지로 콧구멍이 굴뚝 같았지만."
"어머나!"
추사도 연경에 갔을 때 처음엔 어리둥절했다. 이것은 유리창에 갔을 때도 본 일이지만, 크기는 아이들 주먹만한 것이 모양과 색깔도 갖가지이고 대개는 유리로 만들었는데 옹수배는 마노제(瑪瑙製)의 고풍스런 것을 가졌고 조각도 되어 있었다.
추사는 그것이 귀중한 약이라도 넣고 다니는 것쯤으로 생각했다. 알고 보니 삐엔호〔鼻煙壺〕라고 한다.
'비연호가 무엇인가?'
추사는 좀처럼 이해가 되지 않아 옹수배에게 물었더니 사나부(士那富)라는 한자를 써보인다. 그러나 더욱 모를 일이었다〔영어 Snuff의 중국식 음사〕.

다만 옹수배의 설명에 의하면 선교사 리마두(마테오 리치)가 처음으로 강희제에게 바쳤고 궁중에서 유행되었는데, 지금은 차부(車夫)·판부(販夫 : 점원)에 이르기까지 즐겨 피운다고 한다.

추사가 거기까지 이야기를 들려주자 부인은 생각난 것처럼 반문했다.

"그런데 왜 싱글싱글 웃고 계시지요?"

"생각이 나서요."

"무슨 생각입니까?"

"그때 나는 옹수곤에게 물은 일이 있어요. 당신 형님은 콧구멍이 굴뚝처럼 시커멓게 삐엔을 즐기는데 당신은 왜 안 피우느냐고? 그랬더니 자기는 마누라가 싫어하기 때문에 담배는 안 피운다는 것이었소."

마침내 이부인은 추사를 꼬집었고 추사의 입에서는 작은 비명 소리가 연신 터져 나왔다.

임신년은 추사로서는 어수선하게 지나갔던 것 같다. 4월에 정주성이 함락되고, 6월에는 그 논공행상이 있었으며 세자(익종 : 1809~1830)를 책봉한다. 이때 세자는 겨우 만 세 살인데 꽤나 서둘렀던 것 같다. 어쨌든 자하 신위가 책봉사의 서장관으로 7월 열여드렛날 연경으로 가게 되었다. 따라서 자하편에 보낼 편지며 예물 준비로 바빴던 것이다.

아직 그런 결정이 나기 전인 음력 5월과 6월은 비도 많아, 사서(史書)를 읽을 기회가 많았다.

그런 역사로서 몽골은 1227년 칭기즈 칸이 죽은 뒤에도 금에 대한 공격을 계속했다. 1228년 대창원(大昌原 : 섬서 경양)에 침입한 몽골군은 금나라 평장정사 완안합달(完顔合達)에게 패하여 8천의 군사를 잃는다. 따라서 금군의 사기는 올랐지만 이미 기운 대세를 돌이키지는 못했다.

오고타이는 이 무렵 한족 사천택(史天澤) 등을 만호장에 임명하여 금 토벌의 앞잡이로 내세웠다. 그리하여 1230년 오고타이와 투루이는 섬서 남부의 60여 고을을 유린하고 봉상(鳳翔)을 함락시켰지만, 이 무렵 남송이 몽골의 사신을 죽이는 사건이 발생하여 양국 간에 전쟁이 비로소 시작된다.

신묘년(고종 18 : 1231)과 임진년(고종 19 : 1232)의 두 차례에 걸쳐 몽골의 살리타이(Salitai : 撒禮塔)가 마침내 고려에 침입하고 엄청난 피해를 주었으나, 이때 몽골은 고려를 정복할 뜻은 없었다고 생각된다. 왜냐하면 그들에게는 금의 토멸과 새로이 남송과의 전쟁이 있었기 때문이다. 그런데 최우는 일을 잘못 처리했다. 몽골은 임진년 정월, 72명의 다루가치(darughachi : 達魯花赤, 행정관)를 두고 물러갔다고는 하지만 이는 주로 북부 지역이고 점차로 회복할 수도 있었다. 성급하고 과격한 것만이 애국은 아니다. 그러나 고려는 이 72명의 다루가치를 모두 죽였다.

대체로 몽골군은 성곽 도시에 대한 공격에서 엄청난 출혈을 강요당하고, 고려와 같은 산악 지대의 공격엔 그들의 정예 기병으로서도 어쩔 수가 없었다.

임진년에 몽골은 투루이, 수부타이 같은 맹장이 하남을 공격하고 낙양, 변경을 포위했지만 이 두 곳만은 좀처럼 함락시키지 못했다. 더욱이 10월 투루이(1193~1232)가 40세의 나이로 병사한다. 원래는 그가 칸이 될 위치에 있었으나 그렇지 못했다.

그는 네 아들을 두었는데 망구(mangou)·쿠빌라이(Coubilai)·

홀라구(Houlagou), 아릭보가(Aric-Boga)가 그들이다. 살리타이 역시 동년 12월 재차 침입, 용인의 처인성(處仁城)에서 승려이던 김윤후(金允侯)의 화살을 맞고 죽는다. 최우는 그보다 앞선 6월에 왕과 그의 도방을 강화섬에 옮기고 끝까지 싸울 태세였다.

계사년(고종 20 : 1233) 4월, 몽골의 사자가 와서 항복을 권했지만 불응했고 오히려 이자성(李子晟 : 1214~1251)이 각지에서 몽골군의 잔적과 협력자를 죽였다. 그리고 가을에는 서경의 필현보(畢賢甫)·홍복원(洪福源 : 1258년 졸)이 반란을 일으켰는데 병마사 민희(閔曦)가 이를 평정하여 현보는 죽였지만 복원은 몽골로 달아났다.

이 무렵 몽골은 금과 마지막 혈전을 벌이고 있었다. 오고타이는 계사년 6월, 낙양과 변경을 동시에 공격하여 전자는 함락시켰으나 후자는 끄떡없었다.

변경은 둘레가 12리(중국의 1리는 576m)의 방형(方形)이었다고 한다. 몽골병은 더위를 무엇보다 싫어했던 모양이다. 칸이 전쟁중 여름이면 피서를 했다는 기사가 보인다.

이때도 칸은 조병문(趙秉文) 등을 시켜 금황제에게 항복을 권고했고 인질로 27가의 명문 자제와 몽골에 협력한 사천택 등의 처자 및 수를 잘 놓는 여자, 그리고 매 사육의 기술자 등을 인도하라는 매우 관대한 요구를 했다.

이 조건에 아직 어린 금애제를 둘러싼 문신들은 얼씨구나 하며 동의했다. 그런데 양쪽의 강경파가 이 강화에는 불만이었다.

수부타이는 노포(弩砲)를 대나무 숲속에 숨기고 공격 준비에 여념이 없었으며 금국의 완안백산(完顔白散)도 끝까지 싸울 것을 다짐했다.

노포는 일종의 투석기(投石機)로 성벽 몇 군데에 구멍을 뚫긴 했지만, 금병은 쇠가죽으로 틀어막고 방어했다. 오히려 금병이 신무기를 사용했다. 즉, 쇠항아리에 화약을 채우고 성벽으로부터 수직으로 드리우며 적병이 접근하면 폭발시켰다. 또 화약을 장전한 화창(火槍)이란 것도 있었는데 이는 활처럼 쏘는 것으로 적진에 떨어져 폭발하면 10보 이내의 것이 박살났다. 몽골병은 이 두 가지 무기를 가장 두려워했다.

6월에 수부타이는 성을 강공(强攻)하여 16일 동안 싸웠고 양쪽의 사상자는 합계 백만에 이르렀으나 함락되지 않았다. 그래서 수부타이도 공격을 중지하고 몇십 리를 물러났지만, 성안에서 전염병이 발생하여 찬바람이 부는 8월까지 숱한 사람이 죽었다. 《라시드》에 의하면 7월말까지 약 50일 동안 성문을 나온 관의 수가 90만에 이르렀다고 기록했다.

수부타이는 9월에 다시 공격을 시작하면서 그 전주민을 죽일 것을 칸에게 청했다. 야율초재는 이 무렵 중서령(中書令)으로 있었는데 칸에게 가서 건의했다.

"그들은 반항했다 하더라도 전쟁이 끝나면 대왕의 백성입니다. 더욱이 그 중에는 다수의 장인(匠人)들과 그 가족이 포함되어 있습니다. 깊이 통촉하십시오."

당시 변경에는 각지에서 온 피난민까지 합쳐 약 140만의 사람들이 있었다. 칸은 초재의 말을 좇아 수부타이에게 성이 함락되면 금의 황실과 대관(大官)만을 죽이라고 허락한다.

이리하여 갑오년(고종 21 : 1234) 정월에 입성하자 약 1천 명의 사람들을 본보기로 죽였고, 5백 명의 남녀를 37량의 수레에 실어 몽골의 도읍 카라코룸(cara-couroumn)에 압송했다. 금의 멸망이었다. 그 중에는 태후와 여러 희빈, 공자의 51대손 공원조(孔元措)도 포함되어 있었다.

　원호문(元好問 : 1190~1257, 자는 유지)은 원·금대의 으뜸이라 일컫는 시인인데 바로 금의 유민이었다. 섬세하고도 농염한 시로선 고금의 제1인자라고 한다.

　그의 시 〈아이들과 같이 피지 않은 해당화를 노래하다〔同兒輩賦未開海棠〕〉는 그런 그의 특징을 잘 나타낸다고 했다.

　　알이 고른 해당의 꽃봉오리가 푸른 잎 그늘에 점점이 달려있고/연지를 칠한 듯 조금 붉었는데 단단하니 다물고 아직 피지 않았네./은근히 꽃가지의 이슬을 머물도록 붙들게나/만일 이슬이 떨어지면 곧 붉어져 버려 애석하게도 봄은 지나리.
　　　（翠葉輕籠豆賴勻　胭脂濃抹蠟痕新　殷勤留著花梢露　滴下生紅可惜春）

　섬세한 표현은 도저히 옮길 수 없을 정도다. 원문 그대로 완미하는 게 좋다.

　을미년(고종 22 : 1235) 윤 7월, 탕쿠트(Tangcoute : 唐古. 주치의 3남)가 고려에 침입하여 용강(龍岡)·함종(咸從)·삼등(三登 : 이상은 평안도)을 점령했고 일부는 안변(安邊 : 함경도)에도 나타났다. 이듬해인 병신년에도 몽골은 병력을 증파하여 남경(한양)·평택·아주(아산)·온수(온양)·죽주(죽산)·전주·고부에도 나타났다. 더러는 교전하여 이들을 물리치거나 죽이기도 했지만 몽골의 세력은 충청도 이북을 유린한 셈이다.

한편 남송은 금이 멸망하자 기뻐했지만, 그것이 내일의 자기들이 겪을 운명일 줄은 꿈에도 몰랐다. 이를테면 육유(陸游 : 1125~1210, 자는 무관)는 남송 제일의 시인인데 〈시아(示兒)〉라는 시에서 금에 대한 증오와 송의 앞날을 걱정하고 있다.

'죽어버리면 만 가지의 일도 본디 공임을 알지만/다만 아쉽게도 구주의 통일을 볼 수가 없으리라./우리의 남송군이 북으로 중원을 평정하는 날,/제삿날에는 잊지 말고 이 늙은이한테 알려다오.
　　(死去元知萬事空　但悲不見九州同　王師北定中原日　家祭無忘告乃翁)

구주는 중국 전체를 가리키는 말이지만 원래의 중국을 말하기도 한다. 중국은 황하 유역에서 일어나 팽창을 계속했다. 이민족의 침략을 슬퍼하고 있지만 그때마다 강토가 넓어지고 있다는 데도 주목할 필요가 있으리라.

양만리(楊萬里 : 1124~1206)도 저명한 시인인데 범성대(范成大 : 1126~1193, 자는 치능)도 문인으로 이름이 높다. 치능(致能)은 호가 석호거사(石湖居士)이고 기행문 《오선록(吳船錄)》은 후대까지 남았다. 다음은 그의 시 〈횡당(橫塘 : 둑의 이름)〉이다.

남포에 봄이 오면 강물은 푸르름으로 넘치고/돌다리며 붉은 탑은 예전 그대로 아름답네./해마다 벗을 배웅하는 횡당의 둑길/봄비의 수양버들 가에 화방(畫舫 : 채색한 놀잇배)이 매어져 있네.

〔南浦春來綠一川 石橋朱塔兩依然 年年送客橫塘路 細雨垂楊繫畫船〕

 송대(북송과 남송)의 문화는 인쇄와 출판의 발달로 많은 서적이 나타났다는 데 특징이 있으리라. 이 시대에 유교의 경전이며 문집 등이 인쇄되어 많은 사람들 눈에 띄게 되었다.《팔만대장경》도 그 중의 하나이다. 읽을거리로는 심괄(沈括 : 1031~1096, 자는 존중)의《몽계필담》, 그리고 육유의《노학암필기(老學庵筆記)》등이 있다.
 《몽계필담》은 앞에서도 몇번 소개되었지만 다시 자고(紫姑), 석유(石油)에 대해 소개하겠다.
 ──옛날부터의 풍속으로 정월 대보름날 밤 자고라고 부르는 뒷간 귀신 마중을 한다. 자고는 산동 내양(萊陽) 사람으로 이경이란 자의 소실인데, 본마누라가 강짜를 부려 정월 보름날 뒷간에서 죽였다. 천제가 이를 가엾이 여기고 뒷간 귀신으로 삼았다. 반드시 정월이 아니라도 언제고 이 귀신맞이는 가능하다.
 경우 연간(1032~1037)에 태상박사〔조정의 제례 전문가〕인 왕륜(王綸)의 집에서 자고신을 맞았더니 그 딸한테 강신되어 스스로 옥황상제의 후궁이라 하면서 아름다운 문장도 지었다. 지금 이것이《여선집》이라며 전한다.
 그 문집에는 몇 가지의 필체가 있고 굳센 필력이 있으며, 예사 전예와는 달라 조전전(藻牋篆)·찰금전(茁金篆)이니 하며 10여 종의 명칭이 있다.
 나도 어려서 왕륜이 아버지와도 친교가 있어 왕씨집 아이들과 논 일이 있고 그 필적을 보았다. 자고는 자주 나타났는데, 다만 상반신만 드러낼 뿐 하반신은 항상 구름으로 가려져 있었다. 쟁(箏)

을 잘 탔으며 그 처량한 음색은 듣는 자로 하여금 넋을 잃게 만들었다.

그 집 딸은 언젠가 자고신으로부터,

"구름을 타고서 나와 놀지 않겠니."

했으므로 승낙하자 뜰에서 흰구름이 뭉게뭉게 솟았다. 딸이 구름 속에 발을 들여놓자 신은 말했다.

"네 신발 밑에 더러운 흙이 묻었다. 신발을 벗도록 하라."

그래서 버선발로 구름을 탔는데 마치 햇솜을 밟는 것만 같고 지붕까지 올라갔으나 다시 내려오고 말았다.

"너는 아직 때가 되지 않았다. 다시 오마."

그 뒤 왕씨의 딸은 시집갔지만 자고신은 두번 다시 강신을 하지 않았고 왕씨집에 아무런 탈도 남기지 않았다.

──부주(鄜州)・연주(延州 : 섬서성 북부)에선 석유가 난다. 옛날 《한서》〈지리지〉에 '고노현(高奴縣 : 연주의 지명)에서 지수(脂水)가 난다'고 했는데 바로 이것을 말한다.

석유〔석유란 말은 심괄이 처음으로 이 책에서 사용〕는 물가에서 솟는다. 모래・자갈이나 물과 섞여 펑펑 솟는다. 고장 사람들은 꿩의 꼬리 깃을 이것에 담그어 독에 옮겨서 석유를 모은다. 아주 검고 대마처럼 잘 타는데 그을음이 많아 연기가 닿은 진막 따위는 모두 시꺼멓게 되었다.

나는 이 유연(油煙 : 그을음)을 쓸 수 없을까 궁리하여 그것을 모으게 하고 먹을 만들어 보았더니, 옻처럼 검은 빛이 나며 송연묵(松煙墨) 따위는 어림도 없었다. 그래서 유연묵을 대대적으로 만들었다. 연천석액(延川石液)이라는 게 그것이다.

생각컨대 석유는 매우 다량으로 있으며 땅속에서 무한정 솟으므로, 소나무가 때로는 고갈되는 것과는 다르다. 현재 제노(濟魯 : 산동성 일대 옛 제나라·노나라)는 송림을 구경할 수 없고 태행(太行 : 산맥명. 산서성)·경서(하남성)로부터 강남에 이르기까지 소나무는 거의 없어져 민둥산이다. 먹을 만드는 자들이 소나무 대신 아직 유연을 사용치 않음은 석유의 이점을 모르기 때문이리라〔현재의 중국에서 실제로 석유가 채굴된 것은 불과 수십 년래의 일이며 주로 동북 지방 신강성 등에서 생산되는 모양인데 위치는 비밀이다〕.

다음은 육유의 《노학암필기》에 수록된 것들이다.

── 가흥(嘉興) 사람 문인무덕(聞人茂德 : 문인이 성씨)은 이름이 자(滋)인데 유가이다. 손님에게 음식 대접하기를 좋아했지만, 고작 두부나 채소류 정도였다.

고을의 사람들이 문객(門客 : 서생·서사. 대갓집의 가계·편지 대필 등)을 고용할 때는 대개 이 사람의 추천을 받았다. 또 책을 많이 소장하고 있으며 기꺼이 사람들한테 빌려 주었다. 그래서 자칭 복덕방이고 책방이며 두부집이라고 했다.

나는 젊었을 때 그와 더불어 칙국(勅局 : 천자의 칙서 따위를 관장)에서 일한 적이 있지만 경의(經義)를 말하면 무궁무진 샘솟듯이 나왔고 극히 독창적 의견을 가졌는데 문자·음운학에도 정통했다.

또 상서〔우리의 승지〕 안경초(晏景初 : 북송의 문인. 재상 晏珠의 증손)가 어떤 선비의 묘지명을 작성하고 주희진(朱希眞)에게 보였다.

"대단히 훌륭합니다. 다만 넉 자가 빠진 것 같군요."

하면서 어디가 빠졌느냐고 물어도 말하지 않았다. 재삼재사 묻자 희진은 글의 어떤 부분을 가리켰다. 경초가 보았지만 아무리 생각해도 누락된 표현이 없는 것 같았다.

"대체 무엇이 부족하오?"

"불행우세(不行于世)의 넉 자를 첨가해야 하겠지요."

불행우세란 세상에서 통용되지 않는다는 뜻이다. 경초는 얼굴이 시뻘개졌지만 희진이 돌아간 뒤 곰곰이 생각하고, '장어가(藏於家)'의 석 자를 첨가했다. 자기 집에만 간직한다는 뜻으로, 결국 희진의 의견을 좇은 셈이었다.

또 옛도읍〔변경〕에서 이화(李和)의 군밤이라고 하면 천하에 유명하다. 남들이 아무리 흉내 내어도 도저히 미치지 못했다.

소흥 연간(1131~1162)에 진복공(陳福公 : 진장경. 공으로 복국공이 됨)이 사신으로 연산(燕山 : 연경의 별칭)에 갔을 때 두 사내가 군밤을 열 포대씩〔사신은 정·부사 두 사람〕 가져와서 선물했다.

이것으로 군밤은 금인(동이)으로부터 비롯됨을 알 수 있다.

승 법일(法一 : 雪巢선사)·종고(宗杲 : 불일선사, 대혜선사라고도 하며 《정법안장》의 저자)가 동도(변경)로부터 난을 피하여 대강(양자강)을 건넜다. 몸뚱이 하나만의 피난으로 삿갓을 썼을 뿐이다. 그러나 종고는 삿갓 속에 황금 비녀 하나를 숨겨가지고 있었으며 자주 살며시 꺼내보았다.

그것을 안 법일은 종고가 측간에 간 틈을 타서 황금 비녀를 꺼내어 강물에 던져 버렸다.

종고는 돌아와서 비녀가 없어진 것을 알고 안색이 변했으나 아무 말도 하지 않았다. 법일은 꾸짖었다.

"너와 함께 생사의 큰 일을 배우고 있는데 물건에 연연한단 말인가?"

또 한마디. 오늘날 천한 사내를 한자(漢子)라 부르는 것은 오호(五胡)가 중국을 어지럽혔을 때 시작되었다. 북제(北齊)의 위개(魏愷)가 산기상시(散騎常侍)로부터 청주(산동성)의 장사(長史)로 전임

발령이 났는데 그는 한사코 사양했다. 선제는 매우 성을 내면서 말했다.

"고집 불통의 한자(놈)이다. 내 모처럼 벼슬을 주었는데 받지 않다니!"

이것이 그 증거이다.

태평(太平) 시대(976~983), 종한(宗漢)이란 이름의 황족이 있었다. 이 사람은 자기의 이름이 그렇게 사용되는 것을 싫어하고 한자라고 하는 부분을 병사(兵士)라고 호칭하도록 했다. 그래서 그의 집에선 모두 이 말을 썼다.

그의 아내는 나한(羅漢)을 존중하고, 그의 아들이 한서를 배울 때 그 집 노비들은 이렇게 말해야만 했다.

"오늘은 마님이 스님을 불러 십팔 대아라 병사를 공양하십니다."

라든가 혹은,

"오늘은 도련님이 스승께 병사서를 배우셨습니다."

라고 하였다. 당시의 사람들이 이 말을 전해 듣고 모두 배를 잡고 웃었다.

승 행지(行持)는 명주(明州 : 절강성 조현) 사람으로 선승이었다. 여요(餘姚)의 법성사(法性寺)에서 주할 때 매우 가난했는데 다음과 같은 게를 지었다.

'큰 나무는 큰 껍질에 싸이고(大樹裏大皮),
　작은 나무는 작은 껍질을 걸치네.(小樹纏小皮)
　뜰앞의 자형나무는(庭前紫荊樹)
　껍질이 없어도 세밑을 넘기네.(皮無之過年)'

그 뒤 행지는 설두사에 주했다. 설두사는 사명산(四明山)에 있고 천동사・육왕사와 더불어 명찰로 일컬어졌다.
 신임 태수가 어느 날 인사차 세 주지를 초대했다. 태수는 천동사의 주지에게 귀하의 절에는 스님이 몇 사람 있느냐고 물었다.
 "천오백 명입니다."
 같은 질문을 육왕사 주지에게 했더니,
 "천 명입니다."
라고 한다. 끝으로 행지화상에게 같은 것을 물었다. 그랬더니 행지는 손을 꼽아보고 나서 대답했다.
 "백스무 명입니다."
 "세 사찰의 명성은 대체로 비슷한데 어째서 승려 수에 그와 같이 차이가 납니까?"
 "저의 절은 실제 수효입니다."
 태수는 그 대답을 듣자 손뼉을 치며 웃었다.
 당시 도읍에선 여종을 사려면, 아직 한번도 남의 집에 들어간 적이 없는 신출내기를 일생인(一生人)이라 하면서 귀하게 여겼다. 그 대부분이 순박하고 조신하기 때문이다.
 나는 촉중(蜀中 : 성도를 말함)에 있을 때 하진지(何搢之)와 함께 관보를 본 적이 있는데 거기에 갑자기 신규 채용된 자의 이름이 올라 있었다. 그러자 하진지는 한 사람의 이름을 가리키며 말했다.
 "이 사람은 일생인이야. 발탁된 것도 당연하지."
 "어째서인가?"
 "한 번 관리가 된 적이 있는 자는 남으로부터 새암을 받고 더구나 갖가지로 욕을 얻어먹고 있기 때문이라네. 그러나 새로 임명된 자라면 결코 그럴 염려가 없는 셈일세."
 그리고 이것은 문인 무덕의 이야기다.

설탕은 원래 중국엔 없었다. 당태종 때 외국에서 공물로 가져왔다. 그 사자에게 이것은 무엇이냐고 물었더니,
"감서(甘蔗 : 사탕수수)의 즙을 졸인 것으로, 그 졸이는 방법은 외국과 같습니다."
라는 대답이었다.

그래서 중국에서도 설탕이 나타났다. 당 이전의 책에서 당(糖)이라는 것은 모두 술 지게미를 가리킨다. 당해(糖蟹)니 당강(糖薑)이니 하는 따위가 모두 그것이다.

송의 건국 초기엔 《문선》이 존중되고 당시의 문인은 주로 이 책을 애완했다. 그러므로 초(草)라면 반드시 왕손(王孫)이라 쓰고 달은 망서(望舒)라고 했으며 산수는 으레 청휘(淸暉)라고 표현했던 것이다.

경력(慶曆 : 송인종 연호, 1041~1048) 이후에야 작자는 그 진부함을 꺼려하고 일신(一新)했던 것인데, 당시의 사람들은,
"《문선》에 무르익으면 반은 수재이다(문선에 능통하면 진사 급제는 반쯤 된 것이다)."
라고 할 정도였다. 그런데 건염(建炎 : 남송 초기 1127~1134) 이래로 소씨〔소준·소식·소철의 3부자〕의 문장이 존중되고 배우는 자는 모두 이를 따랐다. 특히 촉인들이 소문(蘇文 : 이들은 촉 출신)을 존중하며 '소문에 익으면 양고기를 먹고 소문에 서툴다면 나물이나 먹는다(가난을 면치 못한다는 뜻)'는 말이 유행되었다〔우리는 《고문진보》를 존숭했다. 송인 黃堅이 지었다고 하나 확실치 않음〕.

북방의 민가에선 길흉사에 백석(白席)이라는 게 있고 말을 아뢰이는 자가 있지만 대개는 천박하여 입에 올릴 수도 없다. 한위공(韓魏公 : 한기. 송인종·영종·신종의 3조를 섬김)이 벼슬을 사임하고

업(鄴 : 현 하남 임장현)에 귀향갔을 때 일이다.

하루는 친척집 경사의 잔치에 참석했다. 그리고 식사를 마치자 쟁반의 여지(荔枝 : 과일 이름. 양귀비가 좋아했다는 남방산)를 집어들고 먹으려 했는데 백석이 노래하듯이 알린다.

"위국공께서 여지를 잡숫고 계십니다. 부디 여러분도 여지를 함께 들도록 하십시오."

위국공은 그 말에 흥이 깨져 여지를 도로 내려놓고 먹으려 하지 않았다. 그러자 백석이 또 외쳤다.

"위국공께서 악발(惡發)하셨습니다. 여러분, 부디 여지를 원래의 곳에 내려놓으십시오."

이것에는 어지간한 한기도 웃음을 터뜨렸다. 악발이란 당시의 말로 성낸다는 의미였다〔주자의 성리학에서 미발이니 이발이니 하는데, 발이란 당시 많이 사용된 듯〕.

또 성도의 사대부집 가헌(家憲)은 매우 엄격하다. 석모행(席帽行 : 행이란 거리임)에 사는 범씨(范氏)는 부친이 벼슬하지 않아 가난할 때 백룡환이란 환약을 팔고 있었는데 임관된 날부터 약장사를 그만두었다. 성북의 곽씨(郭氏)도 된장을 팔고 있었지만 벼슬하면서 폐업했다. 어느 쪽이나 시정(市井)의 장사꾼이 되어 돈벌이를 하는 게 깨끗하지 못하다고 여겼기 때문이다.

또한 선비집 자제는 빈부의 차가 없이 모두 갈대를 심지로 짠 포의(布衣 : 무명옷)를 입었고 손가락 굵기의 비좁은 홍요대(紅腰帶)를 매고 있었다. 조금이라도 이것과 다른 복장을 하면 선비가 아니라면서 비웃음을 샀다.

이상이 당시의 사회상인데 남송에서 제4대 영종이 죽고 이종(理

宗)이 선 것은 칭기즈 칸이 죽기 2년 전의 일이었다. 남송은 금을 증오하는 나머지 한때는 몽골군과 협력하여 금을 공격한 일이 있고, 따라서 금이 멸망하자 기뻐했다. 송에서도 이런 장래의 걱정을 전혀 하지 않은 것은 아니다.

몽골군이 막강하다는 것은 협동 작전을 해본 경험으로 잘 알고 있었다. 그러나 몽골군에도 결점은 있다며 낙관하는 장군들도 있었다.

몽골군의 약점으로는 야전(野戰)에선 강하지만 진지전·공성전(攻城戰)은 아직도 미숙하고 특히 수전(水戰)은 유치하다고 여겼다.

이런 지적은 일리가 있지만 진실로 옳았느냐, 하는 점에선 결과적으로 문제가 있었으리라. 아무튼 송의 대책은 국경선을 따라 이를테면 장성처럼 요새를 구축하는 일이었다.

송은 국방을 3지역으로 구분했는데 동쪽 양회(兩淮) 지구는 회수가 자연의 요새 역할을 하고, 서쪽의 사천(촉한 일대) 지구는 대산관(大散關)을 중심으로 산악들이 첩첩으로 이어져 있어, 비교적 방위가 쉽다. 가장 염려되는 것은 중앙의 형호(荊湖 : 형주와 호북성) 지구인데, 한수(漢水)를 끼고 있는 들이 남송의 옆구리를 찌르는 형국이었다. 그래서 남송은 양양(襄陽)을 견고하게 무장하고 장강에는 거대한 군함을 띄우고 지원 태세를 갖추는 등 만반의 준비를 했다.

이종 초기에는 전조부터 오랫동안 재상으로서 권세가 있는 사미원(史彌遠)이 계속 정권을 잡고 있었으며, 미원은 경험이 풍부한 실무형 정치가라서 큰 실책을 저지르지 않았다.

그러나 경제 상태는 극도로 악화되어 있었다. 특히 미원의 전임

재상 한탁주(韓侂胄)가 금에 대해 무모한 전쟁을 걸고 패전을 하였기 때문에 그 뒤처리를 하고자 악전 고투한 것이다.

한탁주는 군비를 조달하기 위해 지폐를 발행했고, 지폐 발행은 은이나 금의 뒷받침이 없어 물가가 뛰어올라 서민의 생활은 어려워졌다.

그래서 나라의 재정 적자를 보전하기 위해 지폐를 또 발행하면 인플레가 생겨, 재정은 더욱 궁지에 몰리게 마련이었다.

북송에선 구법당과 신법당의 당파 싸움이 있었고, 남송 초기엔 왕안석의 진보파(신법당)가 아직 세력을 가졌으나, 한탁주에 의해 보수파(구법당)가 정권을 잡았다. 주자학이 한탁주에 의해 탄압됨은 이미 말했다.

그러나 주자학은 젊은 유생의 마음을 사로잡는다. 이 유생들은 주자학의 일면만 배우고 이상과 현실을 혼동했다.

정치는 학문적 진리로만 해결되는 것은 아니다.

이종은 주자설 신봉자로서 사미원이 죽은 뒤 친정(親政)을 하게 되자, 현실에서 유리된 이상 정치를 펴려고 했다. 그래서 연호를 소정(紹定)에서 단평(端平)으로 고친다(1234). 소는 종래의 정책을 계승한다는 보수적 냄새가 있어 단(바로잡는다)이란 의미로 고친 것이다.

당시 남송의 수도 임안에서는 유생들의 데모가 빈번했는데, 재야의 주자학자 진덕수(眞德秀 : 1235년 졸·호는 서산, 자는 경원)·위요옹(魏了翁 : 호는 학산, 자는 화보) 등 두 사람을 조정에 등용했다. 진보파의 학자·유생은 물론이고 일반 사람들까지 눈을 동그랗게 떴다.

서산은 이종을 배알하자 먼저 정심(正心)·성의(誠意)가 무엇보다 제왕에겐 필요하다 강조하고 자기의 저술《대학연의》를 바쳤다. 그러나 진덕수는 곧 병사했고 위요옹도 이윽고 조정을 떠나 버려 '단평의 경화(更化)'는 아무런 열매도 없이 불과 3년만에 실패했다. 그래서 연호가 또 바뀌어 가희(嘉熙)라고 한다(1237).

한편 무술년(고종 25:1238)이 되자 몽골병은 멀리 동경(경주)까지 침입하여 황룡사의 불탑 등을 파괴하고 불을 지르는 만행을 저질렀다. 이어 조현습(趙玄習) 등 2천여 명이 몽골의 요동 총관이 된 홍복원의 부추김을 받고 조국을 등지는 반란도 있었다. 그리하여 고려에서는 장군 김보정(金寶鼎)을 보내어 철병을 요청했던 것이다.

칸은 고려왕의 입조를 조건으로 철병한다. 고려로서는 참으로 마지못했던 모양으로 기해년(고종 26:1239) 12월 신안공(新安公) 전(佺)을 몽골에 보냈고 이듬해 9월 몽골 사신과 함께 돌아온다.

이때 몽골에는 변화가 있었다. 오고타이는 젊어서부터 폭주하는 버릇이 있었고 그 때문에 칭기즈 칸의 꾸지람을 듣는 일도 한두 번이 아니었다. 그래서 칭기즈 칸은 차가타이를 시켜 감독을 명했고 매일 저녁 그 마신 술잔의 수를 조사 보고토록 했다. 이윽고 오고타이는 칸이 되었는데 다시 폭주하는 버릇이 되살아났다.

야율초재는 이것을 걱정하고 어느 날 술통의 꼭지를 가지고 칸 앞에 나아가 충고했다.

"칸이시여, 이 꼭지를 보십시오. 쇠꼭지라도 몇년이 지나면 이렇듯 녹이 슬고 부식되어 부스러지게 될만큼 약해집니다. 하물며 사람의 창자가 매일처럼 마시는 독주에 견더낼 수가 있겠습니까?"

오고타이도 그 명백한 증거를 보자 몸서리를 치고 술을 끊었지만 며칠이 지나자 다시 술을 마셨고 마침내 쓰러졌으며 신축년(고종 28 : 1241) 12월에 향년 56세로 죽는다. 위암이었던 것 같다.

오고타이는 《라시드》에 의하면 자유 활달한 성질의 소유자로서 특히 재물에 담백했다고 한다. 그가 카라코룸에 궁전을 지을 때, 어느 날 보물 창고에 가보았더니 발리차스(balischs : 몽골의 화폐. 1 발리차는 5백 miscal 무게의 금은)가 가득 차 있었다. 칸은 주위를 돌아보며 말했다.

"이 화폐가 나에게 무슨 소용이 있느냐. 누구든 발리차스가 필요한 자는 와서 가져갈 만큼 갖도록 하라."

이런 이야기도 전한다. 어느 날 칸이 형님인 차가타이와 사냥에서 돌아오는 길에 회교도 한 사람이 물에 들어가 미역감는 것을 보았다. 하절에 미역감는 것은 몽골에서는 예의 우레를 두려워하는 까닭에 국금(國禁)이었고 위반자는 사형이었다.

차가타이는 엄격한 법률 지상주의자이고 또한 회교도를 싫어했으므로 즉시 법관에게 넘겨 사형 언도를 내리도록 했다. 칸은 법관에게 판결을 하루 늦추라고 요청하며, 심복을 죄인인 회교도에게 은밀히 보내어 다음과 같이 진술하라고 일러주었다.

"너는 불행히도 돈을 물에 빠뜨렸다고 진술하라. 그것을 찾기 위해 생명마저 돌보지 않으며 물에 들어갔다고……."

이튿날 법관의 재심이 있었는데 회교도는 칸이 일러준 대로 진술했다. 그러자 오고타이는 법정에 부하를 보내어 칸의 뜻을 전하도록 했다.

"이 회교도는 비록 국법을 어겼으나 집이 가난하여 죽음도 무릅쓰고 빠뜨린 돈을 찾으러 물속에 들어간 것이다."

그곳에 다시 칸의 부하 십인장이 은조각 하나를 강물 속에서 발견했다며 법정에 제출했으므로 법관도 정상을 참작하여 석방했다. 그러자 칸은 그 회교도에게 10발리차스를 생계비에 쓰라며 주었던 것이다.

칸은 또 치세 초기에 몽골인의 관습과 칭기즈 칸의 법(야사)에 의해 가축의 허파를 베거나 하면 안된다는 것을 다시 확대하여 가축은 목을 따서 죽이지 못한다고 엄명했다〔몽골은 죄인의 목을 매달거나 멍석말이로 질식시켰다〕.

이 법은 회교도에겐 일대 타격이었다. 회교도는 목을 딴 가축의 고기만 먹을 수 있는 것이다.

어떤 회교도가 한 마리의 양을 장에서 사서 집에 끌고가는 것을 한 킵차크인이 발견하고 몰래 미행했다. 그리고 그 집 옥상에 잠입하여 회교도가 양의 목을 따고 잡는 것을 똑똑히 보았다. 킵차크인은 즉시 이를 고발했다. 칸은 세심한 주의를 기울여 가며 자초지종을 듣고 나자, 예의 회교도는 무죄 석방하고 고발한 킵차크인은 가택 침입죄를 적용하여 오히려 사형에 처했다.

이는 오고타이의 성격이라기보다 몽골인의 기질을 전하는 이야기인 듯싶다.

오고타이는 몇명의 황후와 60명의 희빈이 있었다. 관습을 좇아 제1황후로 멜키트부 출신인 투라키나(Tourakina)가 감국이 되어 쿠릴타이를 소집했다. 투라키나의 소생은 5형제로서 쿠욕(couyonc)·쿠퍼·쿠추(coutchou)·카라자르·카라취란 이름이었다.

오고타이는 생전에 제3남 쿠추를 가장 사랑하고 그를 후계자로 마음먹었는데 1236년에 병사했으므로 그 장손 실라문〔한자로 朱烈門〕을 총애했다.

투라키나는 장남 쿠욕(1206~?)을 칸으로 선출하고 싶었다. 그러나 쿠릴타이는 병오년(고종 33:1246)까지 성립되지 않는다.

그 까닭은 이때 칭기즈 칸의 손자들이 분열되고 적대감을 가졌으며, 특히 바투가 총회의에 오지 않았기 때문이다.

그 사이 고려에서는 계묘년(고종 29:1242)에 최우가 이름을 최이(崔怡)라 고치고 독재권을 강화하며 장군 송백공(宋白恭) 등 30여 명을 무고하게 죽이고 있다. 특기 사항으로선 동년 9월에 일본의 사신이 강화섬까지 와서 공물을 바치고 있다. 당시 왜국은 중국과의 길이 끊겨 있고 문화 등의 흡수로서는 고려가 유일한 창구였던 것이다.

최우(최이)는 30년 동안 정권을 마음대로 주물렀는데, 이규보는 그의 서평론에서 최충헌을 신품 제1로 꼽았다. 서거정의《필원잡기》에 의하면 이는 권력자에 대한 아부라며 공적으로는 인정되지 않는 거라고 한다.

그러나《이상국집》에서 최우의 글씨는 진행초가 모두 뛰어났다고 기록한다. 초서는 마치 매가 빠르게 하늘을 날며 바람이 가볍게 안개를 거두는 것만 같다고 썼다. 진행서는 진마(陣馬)가 목도 가지런히 행진하며 대오를 흐트리지 않는다고도 표현했다.

진양공(晉陽公 : 충헌도 같은 시호라서 구분되지 않음)은 일찍이 대관전(大觀殿)의 편액을 썼는데 기상국(奇相國 : 기홍수・자는 대고) 또한 현판 글씨를 잘 쓰기로 자타가 공인했는데, 이것을 보고 탄복했다는 것이다.

동시대의 서화가로는 김군수(金君綏)가 있는데, 바로 김부식의 손자이며 호는 설당(雪堂)이라 했다. 가법(家法)을 터득하여 묵죽에 묘가 있었고 필법도 예사롭지 않았다. 또 한생(韓生)으로 이름을 요환(了幻)이라 하고 자는 이수(而誰)라는 승려가 있었는데 죽림을 그지없이 사랑했다. 백의(白衣) 관음상을 모사했는데 그 곁에 대나무 한 쌍이 그려졌다고 한다.

역시 《이상국집》이 전하는 것인데, 석귀일(釋歸一)이란 법명을 가진 선승이 있었고 그는 또 소나무를 잘 그렸다. 여름날 그가 그린 송백의 족자를 법당에 걸어두면 청풍이 부는 것만 같아 오히려 한기를 느꼈다고 표현했다.

이주(李湊 : 1231년생·자는 호연)는 필찰(筆札)에 능했고 곽예(郭預 : 1232년생·자는 선갑)는 필체에 있어 일가를 이루었으며, 사람됨이 담백하면서도 강직한 데가 있고 대관이 되고서도 겸손했는데 글씨에 그런 고결한 풍도(風度)가 있었다며 《고려사》는 전한다.

또 김효인(金孝印 : 1254년 졸·병부상서)은 성품이 엄한 것이 의연했고 어려서부터 글읽기를 좋아했는데 글씨를 잘 썼다. 고종 11년에 세운 청하(淸河)·보경사의 원진(圓眞)국사비는 그의 필적이었다. 또 이영(李穎)은 고종 중기에 관직에 오른 한림학사인데 성품이 온화한 것이 아름다운 수염과 구레나룻이 얼굴을 가렸으며, 초서와 예서가 뛰어났었다. 몽골의 사신 조양필(趙良弼)이 와서 그 필적을 보자 진작 알지 못한 것이 한이라며 탄식했다. 같은 무렵의 인물로서 주열(朱悅)은 문장과 필법에 있어 우뚝한 존재였다.

이상의 사람들은 난세에 태어나 문아(文雅)의 도를 실천한 셈이었다.

순조 12년·임신(1812) 7월에 덕인(德寅)은 세자로 책봉된다. 뒷날, 익종으로 추증된다. 덕인은 이때 네 살이지만 만으로는 세 살도 채 되지 않았다. 이렇듯 서두른 까닭은 세자가 안김 김조순의 따님인 순원(純元)왕후가 낳은 첫번째 원자였기 때문이다.

안김은 그야말로 춤을 덩실덩실 추며 기뻐했으리라.

이들로선 세자 책봉까지 3년을 기다린 것이 오히려 이상할 정도였다. 안김이 이 어린 원자에게 얼마나 기대를 걸었는지 기록이 증명한다.

이보다 두 달 보름 전인 5월 1일, 영상 김재찬(金載瓚 : 1746~1827)은 세자사(世子師), 좌상 한용귀(韓用龜 : 1747~1828)는 세자부(世子傅)로 임명되고 있다. 사와 부는 현대의 개념으로는 세자 교육을 담당하는 스승이지만, 물론 뜻은 다르다. 이것은 중국식 관제인 태사(太師)·태부(太傅)에서 비롯된 것인데, 우리나라에선 세자의 교육 기관으로 시강원(侍講院)이 있으며 사는 글자 그대로 글공부를 가르치는 책임자이고, 부는 예의 범절과 같은 훈육 책임자라고 하겠다. 물론 관직이 높은 대관이므로 겸직이고, 무슨 일이 발생하면 책임을 진다.

해석(海石) 김재찬은 자를 국보(國寶)라 하며 무관 출신으로 홍경래 난 평정에도 공이 있었다. 해석은 연안 김씨로 우직했지만 안김과 가까웠으며 명신으로 꼽힌다.

한용귀는 청주가 본관이고 자는 계형(季亨)이며 호는 만오(晚悟)였다. 만오는 대체로 인품이 원만하고 무난한 일생을 마쳤다. 좌상으로 기사(耆社 : 기로소. 2품 이상으로 70세 이상)에 들고 퇴관하여 고향에서 유유히 노후를 보냈는데 사후에 영의정이 추증된다.

우상은 김사목(金思穆)인데 자는 백심(伯深)이며 호는 운집(雲集)이다. 운집은 경김으로 추사와 본이 같지만 파가 전혀 다르다. 생몰 연대가 불명이고 경력도 간단히 알려졌을 뿐이다.

김운집은 영조의 을유년(1765) 진사에 급제하고 임진년에 문과 급제하여 이조판서를 역임했고 기사년(1809)에 우상이 되었다. 정치적으로는 무색(무당파)이었던 것 같다.

아무튼 네 살의 세자 책봉은 당시로서도 이른 편이었는데, 순원왕후의 입김이 강했다. 벌써 수년 전의 일이지만 병인년(1806)에 안김이던 우상 김달순(金達淳)이 이런 의견을 말한 일이 있었다.

"영묘조(영조)의 박치원(朴致遠)을 포상토록 함이 어떻소?"

정초의 중신 회의에 참석했던 대신들은 달순의 이런 의견에 깜짝 놀랐다.

'다른 사람도 아닌 안김의 달순이 왜 저런 말을 할까?'

하고 영상 해석은 생각했다.

박치원은 본관이 밀양이고 자는 사이(士邇), 호는 읍건재(泣愆齋)인데 바른 말을 잘하는 인물이었다.

읍건재는 영조의 신축년(1721)에 당시의 노론 4대신 조태구(趙泰耉)·김창집(金昌集) 등을 탄핵했다가 귀양을 갔었다.

김창집은 바로 영안부원군 풍고 김조순의 5대조였다. 좀더 구체적으로 설명한다면 너무도 유명한 청음 김상헌(1570~1652)의 손자로서 퇴우당(退憂堂) 김수흥(金壽興: 1626~1690), 문곡 수항(壽恒: 1629~1689) 형제가 있고 김창집(1648~1722)은 수항의 아드님이었다. 한편 김달순의 자는 도이(道邇)였는데 퇴우당의 5대손인 것이다.

문곡(文谷)은 4형제를 두었는데 모두 명신록에 올랐다. 몽와(夢窩) 김창집, 농암(農岩) 김창협(金昌協: 1651~1708), 삼연(三淵) 김창흡(金昌翕: 1653~1722), 그리고 노가재(老稼齋) 김창업(金昌業: 1658~1721)이다.

몽와는 숙종 때의 영의정으로 장희빈 문제로 남인을 몰아내고 이어 소론파와 싸웠다. 이어 소론의 공격을 받아 쫓겨나고 사사[왕명으로 죽음을 내림]된다. 직계는 아니지만 조순과 달순은 모두 김창집의 5대손으로 되어 있다.

농암은 대제학까지 올랐으며 도학의 대가라고 유림에서 존경받았다. 도학이나 유학이나 같은 말인데 도(성리)라는 의미로 그렇게 부른다.

당쟁이 아무리 심하고 정실 인사가 있었다고 하여도 대제학만은 아무나 앉지 못한다. 영의정은 정치적 기용이 있을지 모르나 대제학[특별히 문형이라고 함. 성종 이후 성균관장을 말함]은 부당한 인사라고 생각되면 삼사(三司)는 물론이고 전국의 유림이 들고 일어나 맹렬히 반대했기 때문이다. 이것은 하나의 불문율이었다.

농암은 예조판서를 지내는 등 관계에 나갔으나 백부와 부친이 당쟁에 휘말려 타계했기 때문에 벼슬을 포기했는데, 그 죄가 신원(伸寃)되자 약천(藥泉) 남구만(南九萬 : 1629~1711)의 추천으로 대제학이 된다. 이것을 보면 교육의 총수는 명망있는 원로의 추천이 필요했음을 알게 된다.

삼연 또한 시인으로서 문명이 높았고 성리학에도 밝았는데 벼슬은 별로 하지 않았다. 그러나 우암과 함께 화를 당했다는 점에서 노론파의 추앙을 받았다.

끝으로 노가재인데, 이분은 일생을 두고 벼슬하지 않았으며 형제들 가운데 가장 문명이 높고 또 화가였다. 화양 서원에 우암의 초상이 세 종류 있었는데 그 중 하나는 노가재가 그린 것이었다.

그런데 문곡의 후손은 그 뒤 빛을 보지 못한다. 양자도 있었겠지만, 몽와의 아드님은 제겸(濟謙)이라 하는데 승지밖에 못했고 김조순의 대에 이르러 비로소 가운이 만회된다. 다시 제겸의 아들이 성행(省行)이고 성행의 증손 영근(泳根 : 판돈녕을 지냄), 그 아들이 병준(炳駿 : 호조참판)이었다. 쉽게 말해서 중시조인 문곡의 직계 자손은 별로 영달하지 못한 셈이다.

그런데 동고 김조순도 제겸의 증손으로 나와 있다. 동고로 말하자면 대제학을 지내고 있어 덕망과 문명이 알려졌던 것이고, 또 그렇기 때문에 따님이 왕비로 간택된 것이다. 혈통과 집안은 문제가 없고 까다로운 심사에도 통과되었다. 달순은 삼연 김창흡의 현손(玄孫 : 4대손)이었다.

조순과는 멀다면 멀겠으나 당시의 이미지로선 그렇지가 않다. 또 달순의 행적은 없어져 알 수가 없지만, 바로 삼연의 직계라는 점에서 조순과 겨루는, 혹은 우월감을 가지고 있었다. 동시대의 인물로 산본(山本) 김희순(金羲淳)이 있는데 이분은 김상헌의 형님 김상용(金尙容)의 7대손이라서 정말로 멀었다. 산본은 글씨를 잘 썼는데 안동의 삼태사 묘정비(廟庭碑)·대구 동화사(桐華寺) 인악(仁岳)대사 비문은 그의 필적이다.

김달순의 대담한 말은 김재찬 등에 의해 김조순에게 알려졌다. 동고는 분개했을 테지만 강경한 것은 순원왕후였다.

"누구 때문에 정승 자리를 얻어 하는 것이죠? 그런 주제에 우리 집을 깎아 내리다니!"

순원왕후는 그 뒤의 행장(行狀)으로 보아 격렬한 성격의 여성이라고 믿어진다. 권세욕이 강했고 순조를 손아귀에 쥐고 흔들었던 여장부이다.

김달순은 즉시 파직되고 4월에는 약사발이 내려진다. 달순도 예기치 않은 결과였으리라. 사실 중대한 문제도 아니잖은가. 백여 년 전의 일이고 또 몽와 김창집은 직계 조상도 아니잖은가!

더욱이 박치원은 이유야 어쨌든 전조(前朝)에선 강직한 선비로서 죄를 받은 일도 없다. 그런 그를 소론파 내지 남인을 회유하는 방책으로 포상하자는 의견을 내놓았는지도 모를 일이다.

그런데 결국 사사되고 말았다. 그리고 이 해 5월, 이미 말했지만 완당의 친척들이 철퇴를 맞았다. 김한록·귀주 부자 등 경김의 관직이 추탈되고 역모로 다스려짐으로써 그 가족들은 다시 돌아오지 못할 절도(絶島)로 추방되었다.

이것은 물론 영조의 계비 정순대비 승하에 따른 하나의 정변이었지만 집안 망신이라고도 할 김달순 사건을 사람들 이목에서 돌리기 위한 정치적 계산도 있을 것 같다.

순원왕후가 세자 책봉의 주동 인물이라고 추정된다. 안김은 홍경래 사건으로 위기를 맞았다. 그러나 왕비는 세자 책봉을 감행함으로써 그 위기를 극복했다.

왕실 족보인 《선원보》를 보면 순원왕후는 2남 3녀를 두었다. 제2 왕자는 일찍 죽어 이름도 없고 기록도 없다. 그리고 김씨가 잇따라 낳은 명온(明溫)·복온(福溫)·덕온(德溫)공주는 무사히 장성하여 출가하고 있다.

요절한 제2 왕자는 세자 책봉 전후에 죽었을 가능성이 크다. 유아로서 성장의 갈림길인 홍역·천연두의 과정을 거치기 전에는 세자로 책봉되지 않는 게 관례였다.

순조는 다른 역대의 왕처럼 후궁도 많지 않고 한두 명이었다. 이것은 이례적인 사실이고, 따라서 후궁 소생의 자녀도 숙의 박씨가 낳은 따님이 하나 있었는데 영온(永溫)옹주라고 했으며 세 공주보다 나중에 태어났다. 10세 안팎에 죽었으리라.

그러고 보면 권세욕은 곧 독점욕인데 왕비는 중년이 되기까지 다른 여성의 접근을 일체 용납하지 않았다는 결론이 나온다.

대궐의 후궁에서는 대비가 없다면 왕후가 절대 권력자이고, 이 당시 정조비 효의(孝懿)왕후 김씨(청풍)가 있었으나 희미한 존재였다. 권세란 주어져도 성격상 이를 휘두르지 못하는 경우도 있는 것이다.

추사는 7월 초, 장마도 끝무렵이 되어 구름이 빠르게 흐르는 하늘을 올려다보면서 집을 나섰다.

"오늘은 돌아오지 않을 거요. 혼자 자기 무섭다면 간난이라도 불러오시구려."

이씨 부인은 미소짓고 대답했다.

"자하골에 가시는 것이겠죠? 신승지(신위)를 만나시면 하실 말씀도 많을 테니 내일 늦게까지 계시다가 오셔도 좋아요. 그러나 약주는 많이 드시면 안됩니다."

"핫핫핫……. 부인을 한번 놀라게 해주려고 했는데 실패로군. 그럼 갔다올 동안 문을 단단히 잠그고 있어요. 누가 와서 업어가면 곤란하니까."

이씨 부인은 요즘 명랑해졌고 종들이 없는 곳에선 남편의 농담도 곧잘 받아넘기곤 했다.

이씨 부인에게는 비록 아이를 갖지 못하는 슬픔이 있었으나, 남편의 변함없는 애정에 행복감마저 느끼고 있었다.

추사가 자하골에 이르렀을 때 자하는 마침 퇴궐한 뒤였고, 무엇인가 정리하고 있다가 반갑게 맞는다.

"어서 오게나."

"방해가 되지 않을런지요?"

"방해는! 그렇지 않아도 연행에는 추사가 선진이니까 하인에게 몇자 적어 보내어 물어볼 참이었는데."

사실, 추사도 자기의 경험을 자하에게 들려주기 위해 갔었다.

"무슨 일인데요? 저로선 연경에 가시면 옹소재 선생을 꼭 찾아 보시라는 말씀을 드릴 겸 왔지요."

육당 최남선의 증언으로 우리나라의 옹방강체는 신위와 육교(六橋) 이조묵(李祖默 : 1792~1840)이 썼다고 하는데, 이때 자하는 추사에게 여러 가지 도움말을 들었다고 생각된다.

그날 추사는 자하와 잠시 한담을 나누고 돌아왔다. 연행 준비에 바쁜 자하를 방해하지 않기 위해서이다.

그리하여 7월 18일, 추사는 책봉사 일행을 모악재 너머까지 배웅하고 〈송자하입연(送紫霞入燕)〉이라는 시를 선물한다. 모두 10수나 되며 서문이 붙어있다.

이 시를 전하면서 추사는 이렇게도 말했다.

"외람된 말이오나 자하 선생이 만 리를 걸어 연경에 가시더라도 수확은 오로지 하나, 소재 노인 한 분을 만나뵐 수 있는 것입니다."

이것은 서문에 들어있는 말이지만 이때의 추사 심정 전부였다.

'자하 선배께서 만 리를 건너 중국에 들어가시니, 놀라운 경치와 뛰어난 볼거리를 몇천 몇억 보실지 나로선 모르지만, 소재 노인을 만나보는 것만은 못할 터이다.

옛날의 게(偈)를 설명하는 말로 세계〔우주 세계〕에 있는 것이라면 그 전부를 내가 다 보았지만 부처 같은 것은 없었다 했는데, 나는 자하의 이번 나들이에 있어 역시 그 말과 같은 심정이다.

소재가 차(次 : 순서를 정함)하고 제한 천제오운첩(天際烏雲帖)의 절구 운(韻)에 이르러선 신(贐 : 먼길을 떠나는 이에게 주는 전별)을 받든 것으로 그밖에는 한마디도 이에 미치지 못하는 것이다. 오로지 이것이 소재의 구하여 마지않는 일인데〔한 글자 결〕시 하나로서 한 가지의 일을 증명할 수가 있고 필화(筆話)의 한 단락(段落)을 이루고 있으므로 탑(榻)에서 비바람〔육유의 시 '筆落驚風雨'에서 온 말로 놀라운 글씨임〕을 대할 때며 술잔이 날고 시전(詩箋)을 자를 즈음에 이로써 길을 아는 노마(老馬 : 겸칭, 보잘것 없는 안내자)로 삼아 보아주실 수도 있으리라.'

〈천제오운첩〉은 옹담계가 소장한 소동파의 〈천제오운도〉의 오자인 듯싶다. 그러나 본문의 시어에서 첩이란 말이 자주 나오므로 첩과 도는 겸용하는 것인지도 모르겠다.

또 추사는 아마도 연경에 갔을 때 이 그림을 보고 그것에 제한 소재의 절구 운을 적어 두었다가 송별시를 지으면서 그 운자를 사용한 것 같다.

한 가닥 먹구름 동쪽 바닷가인데/가을 달의 무리처럼 희미하게 섣달의 눈을 비추네.(墨雲一縷東溟外 秋月輪連臘雪明)
 〔원주·홍검전의 시어라고 함〕
소재의 시는 꿈속 게처럼 들어 증거가 되니/태잠의 풍미는 본디 같다네.(聞證蘇齋詩夢偈 苔岑風味本同情)
한학과 송학을 아울러 헤아리니/워낙 깊고도 드높아 끝이 드러나지 않네.(漢學商量兼宋學 崇深元不露峰尖)
의례는 나누어 이미 금고문을 증빙했고/또한 춘추를 고증하여 두력을 곁들였네.(己分儀禮徵今古 更證春秋杜歷添)

〔소재는 주자학을 경학의 정통으로 여겼고, 저술로 《의례금고문고》 《춘추주보》《두씨장력》이 있었다(원주)〕

원기는 혼돈을 헤치듯 당과 진을 순환했고/전자의 기세도 붓 끝이 날카롭다네.(混淪元氣唐沿晉 篆勢蒼茫到筆尖)

〔난정첩이 바로 전세인데 선생의 필법은 이를 닮았다(원주)〕

옹탑과 숭양이 하나의 정신을 처들었고/모두가 계첩의 판향이로세.(邕塔嵩陽拈一義 都從稧帖辨審添)

〔선생은 화도사비를 보고 더욱 난정의 참맛을 깨쳤다고 했으며(난정이 곧 계첩) 숭양첩의 君자는 바로 난정첩의 群자라고 본 것이 소재의 묘체였다(원주)〕

시경헌(담계의 서실)의 풍우에도 놀랐지만/남창 깨진 곳을 봉황의 꼬리가 쓸고 있네.(詩境軒中風雨驚 南窓掃破鳳凰翎)

〔〈남창보죽도〉가 있는데 이는 나양봉(羅兩峰:1733~1799, 자는 돈부·나빙)의 필적이었다. 자하가 대그림을 잘하여 이 말을 인용했다(원주)〕 소파란 뚫어진 곳에 보죽도를 걸어 놓았다는 비유.

강추사(강덕량의 자)는 갔지만 완벽은 남았고/황소송(황이의 호)은 와서 석경을 탁본했네.(江秋史去留完璧 黃小松來搨石經)

〔자하는 일찍이 청송당(聽松堂) 소장의 송설체 진적 大자를 모사하여 나에게 보여 주었다. 그런데 소재에게 들어온 일본이 또한 있었는데 소재는 잔자를 수정하고 이름하여 완벽첩이라 했다. 강추사가 선물한 것임(원주)〕 청송당은 성수침(成守琛:1493~1564).

누각 앞의 산 해는 붉음이 남아 맑은데/분전지의 쾌설(왕희지의 쾌설시청첩)은 같으면서 다르다고 하여(樓前山日澹餘紅 快雪粉箋說異同)

〔숭양첩의 진적은 바로 송나라의 분전지인데, 쾌설첩의 각은 소재본

이 아니었다. 쾌설첩의 원본은 분전지가 아니고 제와 발도 똑같은 한 종이었다. 모두가 소재의 세밀하고도 상세한 고증이 있었다(원주)〕

만 리의 그대에게 청안〔백안의 반대, 호의의 눈빛〕을 허락했고/ 일찍이 부채 면의 봄바람을 찾았다오.(萬里許君靑眼在 會於扇底覓春風)

〔나는 일찍이 숭양첩의 시를 부채머리에 모사했는데, 포치가 자못 어려워 자하의 지도를 받았다(원주)〕

백 번 모사한 우설은 모두 저마다로서/또 하나는 구하동의 막대 짚은 몸이로세.(百摹雨雪摠塵塵 又一九霞洞裏春)

〔동파 초상의 〈우설시본〉은 모두 모사되어 소재에게 제공되었다. 또 동파 초상으로 막대 짚은 일본은 선생이 일찍이 제하기를 '구하동이 열리면 막대 짚은 소리가 오려는가' 했음(원주)〕

관우지본이 전하는데 송하가 제공한 것이고/자고의 벼루에 그려진 것은 어떨까.(觀右誌傳松下供 何如子固硏圖人)

〔육겸정(陸謙庭)에게 관우지본이 있었는데 선생이 감정하여 진영(眞影)이라고 했다. 송하는 육겸정의 호인 듯싶다. 자고는 송의 조맹견(趙孟堅 : 남송 말에서 원나라 초의 사람)의 자인데 그가 사용하던 벼루 뒷면에 동파의 상이 그려져 있었다고 함〕

동파의 석초가 지금껏 남아있는데/그 그림이 소재의 서화선을 눌렀다오/회사(회수와 사수)로 가는 길 달 그림자는 밝기만 하고/솔바람에 꿈을 깨고 보니 아직도 선하구나.(東坡石銚今猶在 圖壓蘇齋書畫船 淮泗道中明月影 松風夢罷尙涓涓)

〔동파공의 석조(돌주발)는 지금껏 우수촌(尤水村 : 우통의 호)의 집에 있는데 그림을 수촌이 모사하여 소재에게 주었다(원주)〕

삼백 년이 지났지만 이 나인과 비할 사람이 있을까/석범청 위에서 종풍(정통으로 내려오는 것)을 세웠네/팔월 생신에 모임이 원만하여/푸른 구름 붉은 숲 그 속에서 복을 빌었네.(三百年來無比翁 石帆亭上聞宗風 團成八月生辰日 祝嘏碧雲紅樹中)

〔어양(漁洋 : 왕사정의 호, 1634~1711)의 〈추림독서도〉는 문점(文點)이 그린 것으로 어양의 생신 축하로 만든 것인데 지금 소재가 수장하고 있다. 첫구는 어양의 초상을 위한 찬사이고 석범정은 바로 어양의 옛집이었다. 선생에겐 〈소석범정저록〉이 있다(원주)〕

실제로 밟아보며 정신이 깃든 것을 엿보는 것인데/무슨 일로 창랑은 선리로 따지는 것인지/일대의 이재는 단숨에 달리지 않고/십 년의 들뜬 기를 흔적없이 쓸어내리.(自從實際覻精魂 底事滄浪禪理論 一世異材收勿騁 十年浮氣掃無痕)

〔선생의 시론이 이와 같았는데 당시 미처 자세히 듣지 못했기 때문에, 자하의 이번 연행으로 또 들어 밝히고자 한다(원주)〕 창랑은 청나라 엄우(嚴羽)의 호인데 그의 저서 《창랑시화》에서 선리(禪理)로 시를 해설했다.

당비와 송의 판본 알짜가 다 모아졌는데/한대의 그림이 손들에게 더욱 자랑할 만하네/공벽(동군 보옥) 하도는 일찍이 보았지만/봄눈에 찍힌 기러기 발톱(과거지사)이 서글프네.(唐碑宋槧萃英華 漢畫(무량사 화상)允堪對客誇 拱璧河圖曾過眼 雪鴻怊帳篆留沙)

〔우세남의 묘당비는 바로 당나라 때의 탁본이고, 시윤장(施閏章)이 주석한 〈소시(蘇詩)〉〈산곡(황정견)〉〈후산(后山)〉 등 여러 시집은 송본임(원주)〕

이상이 〈송자하입연〉의 전문인데, 요컨대 담계 옹방강을 그리워하는 추사의 진정이 역력하게 드러난다.

자하는 임신년 10월 초하룻날 돌아왔다. 갔다가 며칠 있지도 못하고 바로 돌아온 모양이다.

그래도 자하는 짬을 내어 옹방강을 방문했고, 추사가 부탁한 편지와 예물을 전하는 한편, 담계의 석묵서루를 참관하여 그곳에 있는 엄청난 탁본을 볼 수가 있었다. 담계는 자하편에 〈동파담계소조(小照 : 작은 초상화)시책〉을 만들어 보내주었다. 역시 스승의 정은 멀리 떨어져 있어도 끈끈하기만 했던 것이다.

임신년 10월 22일, 이번에는 동지사편에 다시 편지를 쓰느라 추사는 눈코 뜰 새없이 바빴다. 이때의 동지사는 정사 심상규(沈象奎 : 1766~1838, 자는 치교), 부사는 박종정(朴宗正)・서장관은 이광문(李光文)이었다.

계유년(순조 13 : 1813) 초 이들은 돌아왔는데 왕여한(汪汝翰)의 그림 〈자하소조〉에 담계가 제사를 썼고 옹성원이 제시(題詩)했는데 추사도 이것에 제시했다. 그뿐 아니라 주야운도 구양수, 황정견, 그리고 옹방강의 초상화를 그려 자하편에 보냈던 것이다.

이것은 주야운이 약속한, 해마다 6월 초사흗날이면 추사의 생일 축하를 위해 술잔에 술을 붓겠다는 정을 다시금 일깨워 준 선물이었다.

추사는 추사대로 생일상을 받으면서 보내준 구양수・소동파・황산곡, 그리고 옹담계의 소조를 벽에 걸고 마치 그들과 더불어 회식하듯이 했다.

계유년도 순식간에 지나고 있었다.

당시 조정에선 홍경래의 난과 세자 책봉 등으로 재정 압박을 받고 있었다. 기록을 보면 계유년 11월에 신주전(新鑄錢) 6만 5천냥을 굽고 있다. 그래도 호조에선 돈이 없다 야단이고 서민은 물가고에 시달렸으며 경향 각지에는 도적이 횡행했다.

이 해 6월 초닷새에 유당 김노경은 비변사 제조(提調)로 자리를 옮겼다. 비변사는 지금의 안보회의 같은 것이다.

그리고 이재 권돈인, 육촌 형 김교희(金敎喜 : 1783~?)·팔촌 형 도희(道喜 : 1782~1860)가 문과에 급제하고 있다.

지금은 다 없어졌지만 노비들끼리 서로 부를 때 남자라면 별감, 여자라면 한임이라 했다. 이는 원래 대궐에서 나온 말이라고 한다. 별감(別監)은 대궐의 하인으로 고종 때 사람 박제형(朴齊炯)에 의하면,

'각 전에 별감이라는 게 있고 주로 포도군관·정원(政院)의 사령·금부(禁府)의 나장(羅將) 및 상궁(尙宮)의 친정붙이들, 외척의 청지기, 무인 따위를 통틀어 일컫는다.'

고 하였다. 따라서 명확한 정의(定義)는 없었던 셈이다. 알기쉽게 권부(權府)의 하졸(下卒)에 이르기까지 이에 해당되고 일반 사대부 집의 노(奴)에게도 쓰였다고 할까……

물론 별감도 그 속하는 관아에 따라 유세를 부렸다. 예를 들어 금부는 대전(왕)에 딸린 기관으로 역모 사건이 발생하면 대신이라도 별감의 취조를 받고 체포, 압송되기도 한다. 이런 별감들에는 평소에도 특전(?)이 있었다.

말하자면 기생에는 서방 있는 사람과 없는 사람의 두 가지가 있었는데, 이런 별감으로 기부(妓夫)의 자격을 주고 부수입도 올리게 해주었던 것이다. 또한 기부에는 일종의 등급이 있고, 우리말로 '노는 계집'을 갈보라고 했지만 그런 창부(娼夫) 노릇을 하는 자도

물론 있었다.

 한편 한임은 곧 궁녀를 말한다. 한자로 궁녀를 항아(姮娥)라고 미화했는데 항아가 변하여 한임이 된 셈이다. 궁녀의 순수한 우리 말로서 이두 문자는 수사리(水賜理)——수수리인데, 이런 무수리로서 때로 임신하여 자식을 낳는 경우가 있었다. 이런 아이는 민간에 내려주어 처리했고 구사(丘賜)라고 불렀다. 그런 아이는 성장하여 노비가 되었지만, 구사를 한자의 구사(驅使 : 마소처럼 부리는 것)로 해석하는 설도 있었다.

 노비 제도는 시대에 따라 변하고 언어 또한 변하게 마련이다. 특히 왜란과 호란 뒤에는 알게 모르게 사회 전반의 풍속도 바뀌었다고 추정된다.

 그리하여 영조 때에 이르러 노(奴 : 남자종)로서 양녀(良女 : 양반집 딸)와 혼인하고 그 사이에 생긴 자녀는 어머니 편을 좇아 양민(良民 : 보통 사람)으로 인정했다. 노비간에 낳은 자녀는 그대로 노비 신분일 뿐이었지만.

 추사의 시대는 이런 기성 관념이 하나 둘 무너지고 있었다.

 그리고 보면 옛날에는 우리가 모를 사회 변동이 더 많았을 것이다.

 예를 들어 몽골의 침입 역시 많은 영향을 주었다. 신라 이후에 이루어졌던 풍속도 이때 변동이 있었음은 충분히 예상된다.

 고려 고종의 병오년(고종 33 : 1246)의 단오절에, 남녀의 그네타기 놀이를 금했다는 기사가 보인다. 남녀간의 풍속 교정을 위한 조치라 생각되는데 당시엔 보다 분방한 남녀 교제가 있었다.

 최이는 그 이듬해인 정미년에 출가했던 서자 만전(萬全)을 환속

시켜 최항(崔沆 : 1257년 졸)이라는 이름을 쓰게 한다. 이것도 자녀가 없어 서둘러 서자를 환속시켰다고 해석된다.

몽골에선 연기되던 쿠릴타이가 병오년 7월에 개최되었고, 쿠욱〔한자는 貴由〕이 칸으로 선출된다. 주로 홍복원의 책동이라 생각되는데, 정미년에 철수했던 몽골병이 다시 와서 염주에 주둔했다.

그런데 무신년(고종 35 : 1248) 봄, 쿠욱이 43세로 죽어 몽골은 다시 혼란에 빠진다. 고려에선 최항이 권력을 계승하고 있었지만 이 정보를 입수하자 다시 몽골과 대결할 것을 결심하고 주민을 가까운 섬에 이주시켰다.

쿠욱은 심한 알코올 중독으로 죽었는데 짧은 재임중 기독교의 예배당을 영토 안에 설치하도록 했다는 기록이 교황청에 남아있다. 그리하여 성프란시스코파의 선교사들이 파견되었던 것이다.

쿠욱이 죽자 오골가이미치 황후가 감국이 되고 쿠릴타이를 소집한다. 쿠욱을 보이콧했던 바투도 이 총회의에는 참석할 것을 약속했다.

이때 쿠빌라이가 맹렬한 활동을 벌여 자기의 형님 망구를 추대하려는 공작을 벌인다. 이리하여 바투는 오다가 중간에서 돌아갔고 망구는 신해년(고종 38 : 1251) 여름, 칸이 된다. 이때 고려는 최항이 완전히 정권을 장악했는데(최이는 1249 졸) 계모인 대씨(大氏)와 그 일가붙이 등 수십 명을 죽이는 포악을 저질렀다. 이 무렵의 고려사가 미분명하여 진상은 불명이다.

망구(1208~1260)가 칸이 되자 바투는 물론이고 오고타이의 손자 실라문(주열문)의 불만이 가장 컸다. 그리하여 실라문은 마침내 다른 왕자들과 반란을 일으킨다.

애당초 칭기즈 칸은 법으로 직계 공자의 처형은 절대로 해서는 안된다고 했다. 따라서 망구는 이들을 특사하려고 했지만 그의 일족과 장군들이 이를 반대하여 실라문은 자결했고, 70여 명의 몽골 귀족들이 처형된다. 남자는 참수였지만 여자는 가죽 포대에 담아 질식사시키고 강물에 던졌다(1252).

이어 망구는 대사막 남방, 곧 중국의 총독으로 쿠빌라이를 임명했으며 기독교·불교·도교를 모두 권장했는데 특히 나모(Namo)를 국사로 임명한다. 이것이 라마교의 시작이 된다.

한편 고려에선 임자년(고종 39 : 1252)에 충실(充實)도감이라는 것을 설치하고 한인(閑人 : 직업 없이 빈둥거리는 자·건달)·백정(白丁 : 무위무관의 서민)을 조사하여 군대에 강제 편입시킨다. 이로 보아 백정이 천민의 호칭이 되는 것은 후세의 일이다.

몽골이 물러갔다가 다시 압록강을 건너 침입한 것은 계축년(고종 40 : 1253)의 일이었다. 그들은 전주에 이르렀고 춘주(춘천)·충주성을 포위한다. 고려에선 안경공(安慶公) 창(淐)을 몽골군에게 보내어 산성·해도의 진지를 파괴하고 주민을 뭍으로 나오게 한다는 약속을 했지만, 갑인년(고종 41 : 1254)에 몽골은 물러가면서 남녀 20여 만을 끌고 갔던 것이다.

이때부터 고려와 몽골의 줄다리기가 시작되는데, 고려는 끝까지 강화섬에서 나오지 않았으며 저항을 계속했다. 정사년(고종 44 : 1257) 윤4월에 최항이 죽고 최의(崔竩 : 1258년 졸)가 뒤를 잇자 몽골과의 화평 움직임이 나타났다. 그러나 이것에 불만을 느낀 류경(柳璥 : 1211~1289, 자는 천년)이 최의를 죽였으며, 정권은 왕에게 돌아간다. 또 이때 조휘(趙暉)가 반란을 일으켜 몽골군에 투항함으로써 화주(和州) 이북(함경도)이 몽골에 돌아갔고 쌍성총관부가 두어졌던 것이다.

한편 쿠빌라이는 한족인 요추(姚樞)를 발탁하고 교묘히 점령지의 민심을 수습하면서 남송 토멸을 추진한다. 그는 종래의 몽골 장군과는 타입이 달랐고 정치적 수완도 아울러 갖추고 있었던 것이다.

이리하여 쿠빌라이는 대리(大理 : 티베트)를 정복했고 그 아우인 홀라그는 바그다드를 점령하여 5백 년 동안 계속된 아바스(Abbas) 왕조를 멸하고 그의 한국(汗國)을 건설한다(1258).

쿠빌라이의 사령관은 수부타이(1253년, 73세로 졸)인데 그의 아들 올량합대(兀良合臺)가 그 지위를 계승하여 싸웠다. 그리고 대리국을 멸하자 그 여세를 몰아 정사년(1257)에는 교지성(交趾城 : 하노이)을 함락시켜 몽골의 세력이 안남까지 뻗쳤다.

연보를 보면 계유년에 옹성원은 '원사현 천관산제영(元四賢天冠山題詠)'의 소재 중무본(重撫本 : 탁본의 잔자를 보수했다는 뜻)을 기증했다는 기사가 보인다. 여기서 말하는 원나라 4현이란 황공망·예찬 등을 말하는 듯싶은데, 이야기의 전개상 뒤로 미루겠다.

도희·교희 형의 문과 급제로 추사는 무언의 압박감을 받았으리라. 이것은 추사의 계사(繼嗣) 문제도 얽혀 있어 복잡했다. 언젠가 유당이 그런 문제를 돌려가며 말했을 때, 추사는 마지못해,

"소자에게도 생각이 있습니다. 앞으로 2, 3년은 더 배우고 싶습니다."

라고 대답했지만 실제로 무슨 계획이 있었던 것은 아니다.

추사는 젊어서부터 인생 무상관(無常觀)에 깊이 빠져 있었다. 여러 흔적이 그것을 뒷받침한다.

아마도 추사가 인각사비(麟角寺碑)에 관심을 가졌던 것도 갑술

년(순조 14 : 1814) 경부터라고 여겨진다.

　인각사비의 정식 명칭은 보각국존 정조탑비(普覺國尊靜照塔碑)이다. 정조라면 낯이 설어도《삼국유사》를 남긴 일연(一然 : 1206~1289)선사라면 누구나 그 이름은 안다. 즉 정조는 선사의 탑호이고 보각국존은 시호이다. 선사의 이름은 중국까지 알려져 있어 을해년(순조 15 : 1815) 정초에 옹성원이 인각사비의 고증과 탑본을 부탁한 것도 그 전에 편지로서 그런 말이 오갔기 때문이었다.
　이 탑비가 옛날부터 알려진 까닭은 왕희지 글씨의 집자비(集字碑)라는 데도 이유가 있었다. 추사는 탑본을 구하여 세밀한 고증을 한 결과 왕희지체가 아니라는 결론에 도달했다.
　인각사는 신라 때부터의 고찰로 현 경북 군위군 고로면에 있는데 비문이 마멸되어 반도 판독할 수 없지만, 다행히 강원도 평창의 월정사(月精寺)에 사본이 남겨져 있어 그 전문을 읽을 수 있다.
　선사는 속성이 김씨이고 장산군(章山郡 : 현 경산군) 사람인데 이름은 현명(見明), 자는 회연(悔然)이며 나중에 일연이라고 개명했다. 아홉 살로 해양(海陽) 무량사에서 설교를 들었고 이어 13세로 대웅(大雄) 아래서 삭발하여 계율을 받았다. 그리하여 각 도량을 찾았으며 구산(九山 : 선종의 아홉 문파)의 수제자로 네 번이나 추천된다. 그리고 정해년(고종 14 : 1227) 겨울 선불창(選佛場)의 상상과(上上科)에 올랐다.
　선사의 일생은 몽골의 침입과 그 지배의 국난기와 겹친다.
　그 뒤에 선사는 문수의 오주(五呪)를 염하며 좌선했는데 문득 벽 사이로 보살이 현현하며 사명을 일러주었다.
　무주거(無住居) ——
　선사는 이때 그것이 무슨 뜻인지 몰라 난야(蘭若)라는 대덕(大

德 : 승려의 지위)에게 물었다.
"저는 장차 어떻게 하면 좋습니까?"
"무주(無住)."
일연은 그때 비로소 깨달았고, 자기의 사명은 난세를 만난 중생의 구제에 있다고 자각했다.
승려의 몸이면서 그저 염불이나 외우며 산림에 있는 것이 아니라, 조금이라도 대중의 생활에 뛰어들고 그들의 고통을 덜어주는 게 의무라고 생각했다.
일연선사는 또 이 무렵 입버릇처럼,
'생계불멸(生界不滅)·불계부증(佛界不增)'
이란 말을 되뇌이며 참선했다. 그러다가 하루는 진리를 깨닫고 동문에게 말한다.
"나는 오늘에야 삼계(三界 : 인간의 생사로서 왕래할 수 있는 욕계·색계·무색계)가 한낱 허깨비와 같은 꿈임을 깨달았다."
여기서 우리 인간의 일생을 생계라 보고 불계를 불타의 가르침이라고 하자. 불멸이란 멸망하지 않는 것인데 불교의 교리와도 어긋나지 않는다. 불교에선 현상만이 멸망되는 것이지, 근원적인 것은 공(空) 또는 무(無)이고 멸하거나 멸하지 않거나 하는 일도 없는 것이다. 또 부증이란 지나치지 않는다는 것, 유가에서 말하는 중(中)과 같다.
이렇게 생각할 때 일연의 깨달음은 생계불멸과 불계부증의 해답이고 '무주'와도 통하는 것이었다. 이리하여 일연은 삼중대사(三重大師)라는 존호가 내려졌고 병진년(고종 43년 : 1256)엔 선사(禪師)의 칭호가 가해진다.
이보다 앞서 기유년(고종 36년 : 1249)엔 재상을 지낸 정안(鄭晏)

이 남해(南海)의 자기집을 희사하자 그곳에 사(社)를 만들고 정림사(定林寺)라고 했다. 일연선사는 그곳에 주하며 도량을 개설한다. 기미년(고종 46년 : 1259)에 대선사가 되었는데, 이때는 몽골과의 화해 기운이 감돌아 강화도에서 항전을 계속하던 조정이 나오려는 무렵이었다. 대선사는 문자 그대로 선종의 지도자인데, 일연은 조계종(曹溪宗)에 속했다고 한다.

신유년(원종 3년 : 1262)에 선사는 개경으로 갔었고 선월사(禪月社 : 社는 寺와는 성격이 다르지만 편의상 통일했음)를 개설하고 그곳에 주했다. 이어 을축년(원종 6년)에 문하인 목우(牧牛)화상의 간청으로 다시 남으로 돌아와 어오사(魚五寺)에 주했고 곧이어 인홍사(仁弘社)로 옮겼으며 이곳에서 11년간 주한다.

무진년(원종 39년 : 1268) 여름엔 조정의 명으로 선종의 고승 1백명을 모아 운해사(雲海寺)에서 《대장경》 낙성의 모임을 가졌는데 일연선사는 그 맹주가 되었다. 이때 낮에는 금석문을 읽고 밤에는 종취(宗趣 : 종지 교리)를 논했는데, 여러 고승들이 의심나는 점을 질문하면 상세히 설명을 해주어 모든 사람이 탄복하고 존경해 마지않았다.

선사의 저술로 《어록(語錄)》《조도(祖圖)》《대장수지록(大藏須知錄)》《제승법수(諸乘法數)》《조정사원(祖廷事苑 : 30권)》《선문염송사원(禪門拈頌事苑 : 30권)》이 있는데, 비문에는 《삼국유사》에 대해 언급이 없다.

그 뒤 일연선사는 병란으로 다수의 사원이 황폐됨을 안타깝게 여기며 이것의 중수(重修)를 조정에 건의, 인홍사를 인흥(仁興)이라 개명하고 조정에서 사호(寺號)를 쓴 액자가 내려졌으며, 또한 포산(包山)의 동쪽 기슭에 용천사(涌泉寺)를 중수하기도 했다.

그리고 정축년(충렬 3년 : 1277)에는 왕명으로 운문사(雲門寺 : 경북 청도군 운문면 소재)에 주했는데, 신사년(충렬 7년 : 1281) 왕이 원(元)과 연합하여 왜국을 공격할 때 동도(東都 : 경주)에 행행하자 선사는 이미 75세의 고령이었지만 행재소로 가서 동정(東征) 성공의 법회를 열었다. 이 동정은 태풍을 만나 무참한 실패로 돌아갔지만, 당시 충렬왕은 동도까지 내려가 독전했던 것이다. 이듬해 재삼 사양했음에도 불구하고 왕은 국존(국사나 같음)을 책봉하고 '원경충조(圓徑沖照)'라는 호칭을 내린다.

《삼국유사》는 '국존조계종 가지산하(迦智山下) 인각사 주지·원경충조(圓鏡沖照)대선사·일연 찬'으로 되어 있다.

비문의 圓徑과 圓鏡이 다르다. 이것은 중국의 고전에서도 흔히 발견되지만 발음이 같다면 다른 글자를 빌렸다. 가령 승려명으로 많이 사용되는 惠자를 慧자로 쓰는 경우이다. 또 《고려사》〈지리지〉의 良州와 梁州가 동음 이자였다.

이런 것은 학자의 연구 분야이지만 앞으로 나올 추사의 변·시·편지 등에도 이런 것이 많이 발견된다.

국존은 국사와 같은데, 대조국사(大朝國師), 즉 대조는 원나라이고 그 나라에서 쓰는 국사를 꺼려하여 국존이라고 했다는 말이 비문에도 명기된다.

선사는 도시의 번화함을 싫어하고 임오년(충렬 8 : 1282), 어머니가 96세로 졸하자, 비로소 하산하여 고향집을 찾았다.

이때 조정에서 인각사를 그의 주처로 마련해 주었다. 선사는 인각사에 주하자 구산문(九山門) 도회(都會)라는 것을 열었고 선종의 구산 종파가 이때 최고로 융성했다고 한다. 이어 기축년(충렬 15 : 1289) 6월에 입적했는데 향년 84세 법랍 71년이었다.

비문에선 또한 선사의 사람됨을 언급한다. 평생에 해학일지라도 실없는 말을 한 적이 없고 꾸밀 줄을 몰랐었다. 사물을 진솔하게 대했고, 제자나 신도를 대할 때 국존의 높은 자리에 있었으나 결코 얕보거나 차별하지 않았다. 학문에 있어 스승없이 독학했지만, 저절로 궁통(窮通)했고 막힘이 없었다. 《대장경》을 모두 독파하여 그 오묘한 이치를 터득했음은 물론이지만 유가를 비롯한 제자백가에 이르기까지 깊이 알았다. 과연 《삼국유사》의 저자다운 깊은 학식과 경험이 있었다고 여겨진다.

문제는 인각사비인데, 제자인 운문사 주지 청진(淸珍)이 왕명을 받아 을미년(충렬 21 : 1295)에 세웠다. 비문 전면은 시강 겸 지제호이던 민적(閔漬 : 1248~1326)이 글을 짓고, 뒷면[陰記]은 승려 산립(山立)이 찬했는데 왕희지의 집자비라서 글씨를 쓴 사람은 따로 없는 셈이다. 그러나 와당도 지적했지만 법첩(法帖)이나 금석문에 나와 있는 왕희지의 글씨에 비하면 너무나도 생동(生動)하는 기운(氣韻)이 없어 진적으로 믿어지지 않는 것이다.

원래 '법첩'이란 것은 남북조 시대 왕희지·왕헌지와 이밖에 수많은 명가(名家)들이 배출하여 유려(流麗)한 서풍(書風)이 완성된다. 그리하여 후세 사람들이 이런 명필의 글씨를 석각하든가 목각하여 탑본을 떠내고 이를 장정한 것이 법첩이었다. 그러므로 법첩은 남조 서가들의 것이고 북조의 것은 없었다.

이것에 대해서는 또 말하겠지만, 알기쉽게 말해서 법첩은 습자를 위한 교과서였다.

그러나 후대로 내려오면서 법첩은 재각(再刻)되는 과정에서 본래의 글씨와는 동떨어진 것이 나타났다. 즉 모사하는 과정에서 신운(神韻)을 잃었다.

인각사비도 이런 재탕·삼탕되는 과정에서 본디 글씨의 생동기운의 맛을 잃은 게 아닐까?

추사는 을해년에 모처럼 옹성원의 부탁을 받고 현지에 한번 내려가리라 마음먹고 준비했는데 누가 생각이라도 했겠는가!

옹수곤은 이해 8월 28일, 30세라는 나이로 세상을 떠났다.

믿어지지가 않았다. 그 전년에 아들 인달(引達)을 낳았다고 그렇게도 기뻐하며 편지를 보내왔었는데…….

벗을 잃고 보니 누구보다도 다정했던 그의 생각이 난다. 나이도 동갑이고 학문에 대한 열정도 비슷했다.

오호라! 추사는 새삼 인생 무상을 느끼지 않을 수가 없었으리라.

선문의 구산파(九山派)는 개산(開山) 순서로 (1)홍척(洪陟)을 대조사로 하는 실상산(實相山: 남원의 실상사), (2)실질적 대조사인 보희(普熙)의 가지산(迦智山: 장흥의 보림사), (3)범일(梵日)을 대조사로 하는 자굴산(闍崛山: 강원 명주의 굴산사), (4)혜철(惠哲)을 대조사로 하는 동리산(桐裡山: 곡성의 태안사), (5)무염(無染)을 개조로 하는 성주산(聖住山: 보령의 성주사), (6)절중(折中)의 사자산(師子山: 영월의 흥녕사), (7)도헌(道憲)의 희양산(曦陽山: 문경의 봉암사), (8)심희(審希)의 봉림산(鳳林山: 창원의 봉림사), (9)이엄(利嚴)의 수미산(황해도 해주의 광조사)이다. 종파에는 성쇠가 있게 마련이고 이들을 모두 소개할 지면은 없다. 다만 몇몇 조사와 그 종파의 자취를 아는 것도 무익하지는 않으리라.

우리나라 선승의 선구자는 아무래도 김대비(金大悲)인 듯싶다. 그는 당나라에 유학하여 당현종의 개원 10년(722), 홍주 개원사에서 제6조 혜능의 수좌(首座)로 있다가 귀국했다. 일설에 스승이 돌아가자 그 목을 훔쳐가지고 돌아와 공양한 것이 하동 쌍계사의 육조정상탑(六祖頂相塔)이라고 한다.

《전등록(傳燈錄)》에 의하면 이야기가 조금 다르다. 즉 개원 원년 (713) 7월 1일 스승(혜능)이 문인에게 말했다.

"난 신주(新州)로 돌아가련다. 너희들은 속히 배를 마련하라."

제자들은 그것이 스승의 유언임을 알고 사모하며 그대로 머물러 있기를 간청했다.

"제불이 출현하여 열반할 때가 되었음을 알려주었다. 왔다면 반드시 떠나는 게 이치가 아니냐? 그리고 나의 이 껍데기는 돌아갈 곳이 있다."

"스승께서 돌아갈 곳을 어떻게 아십니까?"

"올 때에는 모른다마는 잎은 지고 뿌리로 돌아간다는 걸 알지 않느냐?"

그러자 제자들은 또 물었다.

"스승의 법안(法眼 : 다시 태어나지 않음을 참으로 아는 일)은 누구에게 전수하려 하십니까?"

"도를 아는 자, 또는 마음을 없앤 자가 얻게 되리라."

"너무 막연하여 무슨 말인지 모르겠습니다."

"내가 입멸한 뒤 5, 6년 지나면 내 목을 가지러 오는 자가 있을지니라. 그러니 내 말을 듣고 적도록 하라. 위로 머리는 어버이를 봉양하고 안으로 입은 반드시 먹게 되니, 달도 차면 이그러지듯 꽉 차게 될 때 난을 만나게 마련이다."

제6조 혜능은 또 이렇게도 말했다.

"내가 떠나고 70년이 지나면, 동쪽에서 두 보살이 올 것이다. 하나는 재가이고 다른 하나는 출가자로 그들은 때를 같이하여 나의 종파를 일으키고 크게 번창하리라〔재가자는 品日이고 출가자는 無染임〕."

말을 마치자 6조는 신주 국은사(國恩寺)로 갔고, 목욕을 한 다음 결가부좌한 채로 입적했다. 그것이 그 해 8월 초사흗날이었다.

이때 소주(韶州)·신주 두 군에선 영탑을 세우기로 했었지만, 6조의 '내 시체가 갈 곳이 따로 있다'는 말이 있어 쉽게 결정하지 못했었다. 그래서 두 태수는 함께 분향하고 축수한다. 향불 연기가 흘러가는 곳이 곧 6조가 가고 싶어하는 장소라는 결정을 하기로 했다.

향로의 연기는 마치 샘솟듯이 뭉게뭉게 피어올랐으며 구름가듯 조계(曹溪 : 혜능이 주한 곳)를 곧바로 꿰뚫는다. 이리하여 11월 13일 탑을 쌓고 유해를 모시기로 했다.

당시의 소주 태수 위거(韋據)가 비문을 짓고, 제자는 목을 가지러 온다는 기록이 생각나 옻을 물들인 베로 목을 감고 무쇠로 잎사귀를 만들어 다시 이를 보호했으며, 달마대사 소전(所傳)의 신의(信衣 : 서역산 직물임)로 염하고 탑 안에 안치했다.

그런데 10년이 지난 개원 10년 팔월 초사흗날 밤중에 탑 안에서 쇠줄을 끄는 소리가 들려, 놀란 승도들이 모두 잠이 깼다. 한 장정이 도망치는 모습이 보였고, 살펴보니 6조의 목부분이 없어지지 않았는가!

그제야 도둑이 든 것을 알고 절안이 발칵 뒤집혔고 현령 양간(楊侃)·태수 류무공(柳無恭)이 군사를 동원하여 닷새만에 범인을 석각촌(石角村)에서 잡았다. 그리고 엄중한 취조를 한 결과 범인의 이름이 '장정만(張淨滿)'이고 신라승 김대비의 꼬드김을 받아 목을 절취했다는 것을 알았다. 그러나 김대비는 이미 유학중이던 개원사를 떠나 귀국한 뒤였다.
 6조의 제자는 혜능이 기록하라 이른 뜻과, 그리고 아무래도 풀리지 않았던,
 '우만지난(遇滿之難) 양류위관(楊柳爲官)'
의 구절도 비로소 분명해졌다. 우만지난의 만은 범인 장정만이 목을 가져가는 재난을 만난다는 뜻이고, 양류위관은 현령 양간과 태수 류무공이 관원이 되어 이 사건을 해결할 것이라는 예언이었다.

 범인은 물론 극형에 처하여 마땅하다. 그러나 류무공은 조계산에 가서 범인 장정만에 대한 처단 여부를 묻는다. 이때 상족(上足 : 고제자)이던 영도(令韜)는 대답했다.
 "국법으로선 마땅히 주살해야 하나 불법은 자비로운 것이오. 더욱이 처벌은 평등(平等)해야 하는데 한 사람은 바다를 건너 귀국했고, 공양을 위한 것이라 하니 용서해 주기 바라오."
 또 최치원 찬의 쌍계사 진감국사(眞鑑國師)비에 의하면 혜소(慧昭 : 773~850)가 당에 입국하여 진감에게 선을 배운 뒤 귀국했고, 지리산 화개곡(花開谷)의 옛 절터를 지나게 되었다. 혜소는 퇴락한 암자를 중수하여 옥천사(玉泉寺)라 했고 육조 영당(影堂 : 초상화 등을 모신 건물)을 사찰 안에 따로 지었다. 이 옥천사가 쌍계사의 전신이다. 육조 영당을 모신 까닭은 혜소의 스승 진감이 제6조 혜능과 함께 기거하며 참선했기 때문이다.
 후세 사람들은 이 영당은 '육조 머리뼈를 공양한 자리'라 했으며, 완당 김정희도 이곳을 방문하며 '육조 정상탑'이라는 현판을 썼고 또 '세계일화(世界一花) 조종육엽(祖宗六葉)'이라는 짝구를

썼다. 선종은 하나이고 6조로부터 퍼졌다는 의미인 듯싶다.

《삼국유사》에도 소개되는 범일(梵日)이 곧 품일(品日)이고 혜소와도 같은 무렵의 인물이다.

동리산의 혜철(惠哲 : 784~861)은 곧 대안사(大安寺 : 태안사의 전신, 전남 곡성 소재)의 '적인(寂忍)선사비'에 그 행적이 나와 있다. 선사는 6조 문하 회양(懷讓)의 도통을 받았고 지혜와 신통력이 뛰어났다.

당에서 귀국하여 무주(武州 : 전라도 광주)에 이르러 가뭄이 극심할 때 비를 내렸고, 산불의 맹렬한 불길 속에서 몸을 피하지 않았는데 난데없는 소나기가 쏟아졌다는 영이(靈異)를 나타낸다.

곡성 동남에 동리산이 있는데 산 속에 못이 있고 주위의 봉우리들이 모습을 거꾸로 비추면서 절경을 이루고, 계곡물이 거기서부터 흘러내리는데 인적마저 드물었다. 전설에 의하면 맑은 호수가 아닌 늪으로서 모기·등에가 극성을 부려 마을 사람들이 괴롬을 당했다. 선사가 그런 악충을 몰아내고 정사(精舍)를 마련했는데 곧 대안사의 창건이었다.

한편 체징(體澄 : 803~880)이 곧 보조(普照)선사이고 가지산 보림사에 '보조선사 영탑비'가 전한다. 보조선사는 속성이 김씨이고 웅진(熊津) 사람인데 불법을 염거(廉居)선사로부터 배웠고, 가지산 보림사(장흥)에서 문파를 열 때 그 제1조를 달마로 하고 제2조는 염거, 제3조는 자기라고 하였다. 제자들이 매우 많았고 국존 보각선사에서 보았듯이 그 선문은 번창한다.

다음은 무염(無染 : 799~888)선사인데 역시 최치원 찬의 대낭혜화상(大朗慧和尙) 백월보광지탑비(白月葆光之塔碑)가 성주산(충남

보령 남포 소재)에 전한다. 무염은 신라 경문(景文)·헌강(憲康) 양조의 국사·선화상〔화상은 중국에선 승려란 뜻인데 우리나라에선 특히 고승을 일렀음〕으로 사람들의 존경을 한몸에 받았고 입적하자 서민에 이르기까지 모두 상을 입었다.

처음에 화상의 유체를 선실(禪室) 안에 안치하고 2년간에 걸쳐 돌로 밀봉하고 흙으로 무덤을 쌓아 올리려고 하였다. 그러자 무주 도독 소판일(蘇判鎰)·집사 시랑 관유(寬柔)·패강(대동강) 도호 함웅(咸雄)·전주 별가 영웅(英雄) 등은 모두 왕손인데,

"출가한 분인데 하필이면 토장이냐?"

하고 이의를 제기하는 바람에 제자인 소현(昭玄)·통현(通玄)과 사천왕사 상좌(上座)인 신부(愼符) 등이 상의하여 탑을 세우기로 했다. 참고로 오분율(五分律)에 의하면 일하(一夏 : 夏安居를 한 번 했다는 뜻. 석존 당시부터 여름에 학습을 함)부터 구하(九夏)는 하좌(下座), 10하로부터 19하까지는 중좌(中座), 20하부터 49하까지는 상좌, 위는 기숙(耆宿)이라 하여 모든 사문의 존경을 받는다. 아무튼 이리하여 백월보광탑비가 탄생된 셈이다.

무염은 무열왕의 8대손이고 아버지는 주천(周川), 어머니는 화씨(華氏)였다. 화상은 어려서 걷거나 앉을 때 반드시 합장으로 상대편과 대했고, 여러 아이들과 놀 때에도 모래에 불탑을 그리거나 쌓거나 했다. 그리고 아홉 살에 처음으로 글을 읽기 시작했는데 줄줄 외웠기 때문에 사람들이 해동의 신동이라고 불렀다.

이어 설산(설악산)의 오색석사(五色石寺 : 양양 오색동 소재)의 법성(法性)선사에게 입문했고 있기를 수년, 법성은 더 가르칠 것이 없다 탄식하고서 다른 곳에 가기를 권한다. 그리하여 부석사(浮石寺)에 갔지만 여기서도 만족할 수가 없어 마침내 바다를 건널 것을

결심했다.

그러나 배가 중간에서 파선하여 널빤지 하나를 의지하고 보름 가까이 표류했는데 가까스로 떠밀린 곳이 검산도(劍山島 : 현 흑산도)였다. 그리고 때마침 당나라로 가는 김양(金陽)의 배를 타고 산동반도의 지부(芝罘)에 이르렀던 것이다.

이리하여 선사는 각지를 유력(遊歷)했는데 향산(香山)에서 백낙천(772~846)을 만나 대담을 했다.

백낙천은 무염에게 말했다.

"나는 이제까지 사람을 많이 겪어 보았는데 당신과 같은 신라 사람을 만나보기는 매우 드문 일이오. 뒷날 중원에서 선종이 끊기게 되면, 해동에 물어야만 하리라."

그곳을 떠나 마곡(麻谷)의 보철화상(寶撤和尙)에게로 갔는데 작무(作務 : 노동)도 가리지 않고 열심히 했으며 남들이 어렵게 여기는 일을 오히려 쉽다며 몸을 아끼지 않았다. 보철은 이런 무염의 고행을 보고 말했다.

"옛날 나의 스승이던 마화상(마조)은 나에게 말씀하시기를, 봄꽃은 우거지지만 가을에 열매가 적고 도수(道樹)에 오르려는 자는 슬프게도 조롱을 당한다고 하셨다. 지금 너에게 심인(心印 : 인가)을 주겠는데 나중에 기공(奇功)을 세우거든 뜯어보되, 지금은 결코 개봉하지 말라.…… 그리고 동봉한 가르침은 모름지기 구참(鉤讖 : 6조의 예언?)에서 비롯된 것이지만, 해돋는 곳의 선남자(善男子)는 기근(機根 : 불교를 수용할 바탕, 능력)이 거의 무르익었느니라. 네가 만일 동인(東人)으로서 목어자(目語者 : 이심전심하여 통함)를 얻게 되면 이를 이끌도록 하라."

이리하여 귀국한 무염은 북쪽으로 가려고 했는데 우연히 김양을

만났다. 김양은 선사가 북으로 가려는 것을 알자,
 "선사는 나와 함께 가도록 합시다. 웅천 곤우(坤隅 : 웅천은 지금의 公州, 곤우는 남포 성주산임)엔 작은 절이 하나 있는데, 그곳은 우리 조부이신 용수을찬(金仁問의 별명)이 봉해졌던 곳이오. 이렇게 만난 것도 인연이니 함께 가도록 합시다."
하고 권했으며, 무염도 승낙하고 성주산으로 갔는데 얼마 되지 않아 신도들이 많아져 큰 절이 되었던 것이다.
 황해도 해주 수미산의 '광조사 진철대사 보월승공탑'은 곧 이엄(利嚴 : 870~937)의 공양탑이었다. 이엄은 속성이 김씨이고 계림(鷄林 : 경주) 사람인데 전란의 시대를 살았던 분이다. 나이 열둘에 가야 갑사(岬寺)에 투신하여 덕량(德良)법사에게 배웠고 반 년도 못 되어 삼장(三藏)을 고루 탐구했다. 스승은 말하기를,
 "유가의 안생(안회)이요, 불가의 환희로서 이로써 후생가외(後生可畏)임을 알았다."
고 하였다. 이윽고 그는 도응(道膺)대사가 선문의 법사(法嗣)임을 알고 천리길을 멀다 않고 찾아가 현관(玄關 : 오묘한 禪理에 이르는 관문)에 섰다.
 대사가 묻는다.
 "헤어진 지가 멀지 않은데 어째서 이리도 빨리 만나러 왔는가? (一別匪遙 再逢何早)"
 "진귀한 게 있다 하여 친히 모시고 이끌음을 얻기 위해 어찌 다시 오지 않겠습니까?(未曾親侍 寧導復來)"
 이것이 이른바 선문답으로 두 사람은 물론 처음으로 만난 사이였다. 그럼에도 이런 문답을 하고 있다.
 이엄은 도응 아래서 6년을 수행한다. 대사가 하루는 또 말했다.

"도란 사람에게 멀지 않고 사람은 능히 도를 널리 퍼뜨릴 수 있다. 동산(東山 : 선의 법문)의 종지는 다른 것이 아닌 사람에게 있는 것이다. 나는 너에게 우리 동산파의 가르침을 전수하고 동에도 선교하고 싶다."

이리하여 이엄은 귀국했지만(911), 이때는 이미 궁예와 견훤이 일어나 싸우던 때였다. 당시의 김해(金海) 지군부사(知軍府使)이던 소율희(蘇律熙)가 승광산(勝光山)을 선정하여 당을 시주했는데, 선사는 이곳에서 선림(禪林)을 위해 12년 동안 주한다. 이것이 조정에도 알려져 시중 권설(權說)·태상(太相) 박수문(朴守文)을 보내어 불렀다.

그리하여 내원(內院)의 주지로 있기를 권했으나 사양했고, 연좌(蓮座)를 베풀어 선을 설했을 뿐이다. 이어 왕은 해주에서 영봉을 가려 정사를 짓고 광조(廣照)라 했는데 선사는 비로소 스승의 명인 동림(東林 : 동산파)의 사를 가졌던 셈이다. 동림의 문파는 창성(昌盛)했고 이웃의 고을까지 미쳤다. 그리고 대사는 속년 67세, 법랍 48년으로 법당에 앉은 채 입적한다.

봉화(奉化) 태자사의 낭공대사 백월서운탑비(朗空大師白月栖雲塔碑)에 대해선 이미 말했지만, '동산의 법문'은 대경대사(大鏡大師) 현기(玄機 : 861~931)에게도 전해졌다. 대경대사에 대해선 지평(砥平)의 보리사(菩提寺)에 그 탑비가 있다. 이때쯤 신라는 완전히 망하여 고려 시대로 접어들고 있었다.

왕건 태조는 불교를 독신하고 또한 《십훈요(十訓要)》란 것을 남겼으며 제5 왕자가 출가하여 증통(證通)대사가 된다. 《십훈요》는 도선국사의 설을 쫓아 만들어졌는데 고려 시대를 통해 국법처럼 중시되었다. 고려 정종(靖宗) 10년(1044)조에 보면 처음에 홍왕사

(興王寺)를 덕수현(德水縣)에 창건했지만, 이를 양천(楊川)에 옮기려고 한다. 그러자 지중추원사인 최유선(崔惟善)이 간한다.

"태조의 훈요로서, 도선국사가 나라의 산천 순역(順逆)을 세밀히 살피고 사찰의 자리를 정한 것이므로 이를 바꾸어선 안된다고 하셨습니다. 그런데 후대의 왕과 대신, 후비(后妃)에 이르기까지 경쟁하듯이 원당(願堂)을 세워 지덕(地德)이 심히 훼손되었던 겁니다. 지금 전하께서 조종 누대의 절을 옮기시고 아울러 재정을 낭비하려 하시니 불가합니다."

정종은 이 말을 들었다. 이때 시중 이자연(李子淵 : ?~1086)도 간했다.

"최근에 흥왕사를 덕수에서 양천으로 옮기신다는 소문이 있자 백성들이 남부여대하며 피난하고 있습니다. 아무쪼록 명을 거두십시오."

당시의 풍수 사상이 얼마나 뿌리 깊고, 또한 불교와도 관계가 있었는지 추측됨직하다. 사실 《도선 명당기(明堂記)》에서 '서강(西江) 변은 유군자 어마명당(有君子御馬明堂)의 곳'이라 하여 많은 사찰이 건립되었던 것이다. 따라서 흥왕사를 옮긴다는 말에 사람들은 민감하게 반응했던 셈이다.

전주의 금산사(金山寺)에 있는 혜덕왕사 진응탑비(慧德王師眞應塔碑)의 주인공은 소현(昭顯 : 1038~1096)대사이다. 바로 이자연의 아들이다. 대사는 경학과 시서에도 능했다고 한다.

원래 금산사는 이름을 무악사(母岳寺)라고 하며, 견훤이 창건하여 산성으로 사용하기도 했었다. 비문에는 결자(缺字)가 많지만, 대사의 누이들 셋은 모두 문종(文宗)의 후비(后妃)로 당시의 이른바 권문이었다.

　대사는 태어나면서 이마가 넓고(이하 5자 결락) 그 피부에 점이 있어 응진(應眞)의 상(아라한의 상)이 있었다고 한다. 11세에 매안사(梅安寺)의 인공(麟公) 아래서 축발했다. 인공이란 바로 원주(原州) '법천사지광국사 현묘탑비'가 전하는 해린(海麟:984~1070) 스님이다. 해린·소현이 모두 선종 계통은 아니고 자은(慈恩)이 찬한《법화현찬》《유식술기》의 장소(章疏)를 저술한 것으로 보아 법상종〔고려 말 이후 단절된 듯〕이었던 것 같다.

　소현은 24세로 대선장에서 급제하여 대덕이 되고, 32세로 중대사(重大師)에 올랐으며 42세로 금산사의 주지가 되었다. 대사는 일찍이 금산사의 승지(勝地)를 택하여 집을 하나 세웠는데 원(院) 중앙에 금당(金堂) 한 곳을 만들고 비로자나불 등을 그렸다. 이 원에서 대사는 문종 말년부터 입멸하기까지 앞에서 말한《법화현찬》등의 장소 32부 353권을 교정하여 그것을 목판 인쇄하고 반포하는 법시(法施)를 했던 것이다.

　비석은 입적한 15년 뒤의 신묘년(예종 6:1111) 제자 승통(僧統)·도생(導生) 이하 천여 명이 발기하여 세웠지만 비문의 찬·서자가 결락되어 불명이다. 그러나 유희해(劉喜海)의《해동금석원(海東金石苑)》에 이오(李贅) 찬·정윤(鄭允) 서로 나와 있으며 아마도 김정희·명희 형제의 협력으로 알았던 것 같다.

진흥왕 순수비(眞興王巡狩碑)

 육교 이조묵(李祖默 : 1792~1840)은 전주 이씨 영해군(寧海君 : 세종의 아드님)파로 영조말의 우상이던 이창의(李昌誼)의 종손이고 이조판서를 지낸 이암(彜庵) 병정(秉鼎)의 아들이다. 그의 자는 강다(降茶)인데, 육교는 대체 언제 누구를 따라 연경에 갔던 것일까?
 왜 그것이 문제되느냐 하면 추사와의 관계를 따져보기 위해서이다.
 육교는 향년 49세라는 짧은 일생이었으나 서화 관계 서적에 모두 그의 이름이 올라있고 시는 옥계(玉溪 : 당의 李商隱, 813~858), 글씨는 산음(왕희지), 그림은 대치(大癡 : 황공망, 1269~1354)의 버금이라는 이른바 시서화 삼절로 꼽히고 있어서만도 아니다. 육교는 바로 옹담계·성원 부자와 교유했고 서화와 금석에 있어서도 추사와 비슷한 길을 걸었는데《완당 전집》에서 그의 이름을 거의 발견하지 못한다는 점이다.
 어째서일까?
 나이로 보아서, 옹성원과 교유했다면 임신년 또는 계유년에 연행했다고 추정된다. 물론 그 전일 수도 있다. 하지만 추사보다 먼저 옹담계를 알았다고는 생각되지 않는다.

육교는 또 그 일생에 벼슬하거나 하지 않았다. 교유도 많았던 것 같지 않다.

어쨌든 《육교집》에 의하면 옹담계·성원 부자와 교유가 깊었고, 담계는 몸소 육교를 맞아 그가 소장하는 동파의 〈천제오운도〉의 진적을 가려내고 '중소재'라는 글씨와 함께 그에게 선물했다. 그리하여 육교는 자기의 서실을 보소재라고 불렀다. 생활은 넉넉했던 모양으로 당시 서화·고완(古玩)의 소장으로선 한나라의 으뜸이라 일컬어졌고, 저서로 《나려낭림고(羅麗琅琳考)》가 있었다. 낭림은 아름다운 옥돌을 의미한다.

육교는 산수·난죽도 잘 그렸는데, 소재는 그런 육교의 재질을 간파했던 모양으로 이를테면 조간(趙幹)의 〈단림노옥도(丹林老屋圖)〉, 유송년(劉松年)의 〈추강조어도(秋江釣魚圖)〉, 관부인(管夫人:조맹부의 부인)의 〈수정계간도(水亭鷄𩵋圖)〉, 예운림(倪雲林:예찬의 호, 1301~1374)의 〈소림노옥도(疎林老屋圖)〉, 왕숙명(王叔明:왕몽의 자)의 〈범라산도(范羅山圖)〉, 구십주(仇十洲:명대의 구영)의 〈은산누각도(隱山樓閣圖)〉, 여기(呂紀:명대 화가, 호는 낙우)의 〈노주설안도(蘆洲雪雁圖)〉, 문오봉(文五峰:명의 문백인의 호)의 〈추림배회도〉와 같은 명화, 제환공의 향로·방초투계(芳草鬪鷄)가 그려진 주발 등 모두 제시가 있는 명품들을 아낌없이 보여주었다. 여기 열거한 명화 등은 추사의 〈송자하입연〉이란 시에서 보았듯이 비록 그림의 이름은 나오지 않았으나 추사도 본 것들이었다.

육교는 동파 진적의 묵죽도를 선물 받고 그 감회를 적었다. '나는 본래 흰 비단에 그려진 인물화로 노인을 좋아하지 않았는데, 동파 노인의 묵죽 진적을 최근에 얻고 보니 바로 시가 내 뜻과도 같아 기뻤다.(性命猶輕藏古迹 眉山墨竹間前因, 尺塹不僧千尋

勢 寸幅多排數掘身. 末學何能窺妙諦 後生還怕玩傳神, 鳥雲寶笈甘追補 莫是蘇齋服役人)'

제3구 '척참불군천심세'는 필세를 표현한 말로 직역한다면 천길의 깊이라도 얽매임이 없게 파는 듯한 기세를 말하는 것 같다. 그렇게 이해하면서 시를 숙독하면 그림의 기교와 소재의 보수 솜씨를 찬탄하고 있음을 알게 된다. 옹소재는 옛 탑본을 수복(修復)하는 비상한 재주가 또한 있었다. 그리고 이 시를 접하고서야 〈천제오운도〉가 묵죽도임을 알게 된다.

학산(鶴山) 윤제홍(尹濟弘 : 1764년생)의 육교 평에 의하면 '서화를 그리는 데 사용하여 닳아빠진 독필(禿筆)이 상자에 그득 쌓였는데 하나도 버리거나 하지 않았고, 금석 고증에 29년이라는 청춘의 대부분을 보내면서 궁극의 경지에 도달했으며 경전으로 풀이하려 했다'고 증언한다.

스스로도 〈위서호제난죽(爲西湖題蘭竹)〉이란 시에서 말했다. '病鍵松風古銚軒 喜蘭怒竹復誰論, 銀釵去體眞奇事 更有新詩破棄(早의 차자)昏.' 이것도 한 편의 로맨스를 읽는 것만 같다. 서투른 번역을 한다면 다음과 같다.

'병든 몸으로 고조헌에서 솔바람을 듣노라면, 누구라서 거듭 난을 기뻐하고 대나무는 성낸다며 따지려 하겠는가. 은비녀를 뽑는 일이야말로 진짜 훌륭한 일로, 새로운 시가 또한 샘솟아 이른 어스름도 깨어 버린다.'

서호부인이 은비녀를 전당 잡혀 손님에게 술을 대접했다는 작자의 주로 볼 때, 이 시의 제목도 비로소 명확해지고 육교의 심정도 이해된다. 여기서 서호부인이 누구냐고 캐는 것은 작자의 청신한 정신을 모독하는 것 같아 그만두겠다.

결론적으로 육교는 추사와 만날 기회가 전혀 없었다. 그 자신 누구와도 만나고 싶어하지 않는 고독벽이 있었다. 서화를 사랑하고 금석——주로 석경을 탐구했는데 때로는 정신이 침잠(沈潛)하면서 난죽으로 감정을 발산시켰다고 추정된다. 끝으로 섭지선(葉志詵 : 1779~1862, 추사와도 친교)의 평을 소개한다면, 육교는 준상(峻上)의 재질에다 맑고 굳센 기개가 있는데, 붓을 펼쳤다면 삼당(三唐)을 본받았다고 했다.

한 가지 참고로 말한다면 육교의 경우만 아니라, 서화의 평은 천기를 겸하는 것이며, 이것은 중국뿐 아니라 우리나라 전통이기도 했다.

고려의 고종은 재위 46년이고 춘추 68세로 기미년(1259) 6월에 승하했다. 태자 왕전(王倎 : 1219~1274)이 뒤를 이었으니 원종(元宗)이다. 원종은 강화섬에서 나가기로 결심하고 몽골군의 철수와 피납자 및 도망자의 인도를 요구했다. 이때 홍복원도 죽은 다음이라 몽골은 이에 응했다. 그리하여 신유년(원종 2 : 1261)에 태자 왕심(王諶)을 몽골에 보냈지만 곧 돌아온다. 이 무렵 몽골은 망구가 1259년에 죽음으로써 권력 투쟁이 벌어지고 있었다.

망구는 52세에 죽었는데 과단성이 있고 폭음을 즐기지 않았으며 후비라도 사치를 엄격히 금하고 몽골병의 약탈 행위를 금했다고 한다. 망구는 희첩이 많고 황후 소생으로 형제가 있었으나 아직 어려 문제가 되지 않았으며 바투도 이 무렵엔 죽고, 그 아들 새인(sain)은 한국(汗國)의 유지만도 벅차기 때문에 경쟁 상대가 되지 못했다. 그래서 쿠빌라이가 칸으로 선출됨은 누구나 의심치 않았는데 막내동생 아릭부가는 몽골의 관습인 말자 상속법을 내세워 자기가 칸이 되어야 한다고 주장했다.

이리하여 형제가 싸우게 된다.

쿠빌라이는 몽골 고원의 유목 생활을 좋아하지 않아 한족인 유병충(劉秉忠)을 시켜 성곽 도시를 건설케 했으며 개평부(開平府)라고 명명했다. 개평부의 위치는 오늘날 불명인데 장성의 최북단(산서성) 용강(龍岡)이라는 산기슭이었다고 한다. 쿠빌라이는 칸에 취임하고 남송을 토멸하고자 몸소 대군을 이끌고 악주(鄂州)를 포위했으며, 남송의 우승상 겸 추밀사인 가사도(賈似道)는 싸우기보다는 음모와 술수로서 권력을 유지하고 몽골과 강화할 궁리만 했다.

그럴 참인데 급사가 달려와 아릭부가가 칸의 지위를 노린다고 알렸던 것이다. 가사도는 이런 급변이 있는 것도 모르고 ①송황제는 몽골 칸에게 신하로서 대한다 ②해마다 은 20만 냥과 깁 20만 필을 공물로 바친다 ③몽골과 송의 국경선은 장강으로 정한다는 세 가지 조건을 내놓았다.

쿠빌라이는 유리한 조건이므로 이를 받아들이고 북으로 군을 돌렸다.

가사도는 이런 굴욕적 강화를 송이종에게 보고하지도 않았고 몽골군의 철수를 마치 격퇴한 것처럼 선전했던 것이다. 한편 아릭부가는 쿠빌라이가 쿠릴타이에 참석하려고 오면 이를 죽일 음모를 꾸미고 기다렸지만, 칸은 결코 서두르지 않았다. 그는 연경을 중도(中都)로 정하여 본거지로 삼는 한편 정보를 수집하고 있었던 것이다.

그래서 아릭부가의 계획은 수포로 돌아가고, 그는 마침내 망구의 아들들 및 차가타이의 손자들 지지를 받아 칸이 된다. 신유년의 일로 쿠빌라이는 그것을 기다렸던 것처럼 군을 움직였고 동년 말고비 사막 남단에서 양군은 부딪쳤다.
 전투는 두 번에 걸쳐 벌어졌는데 결국 아릭부가는 패하여 멀리 서쪽으로 달아났으며 각지를 방랑하다가 갑자년(원종 5 : 1264)에 쿠빌라이의 대천막에 나타났다.
 아릭부가는 쿠빌라이 앞에 꿇어 엎드렸는데, 칸은 말없이 응시했고 동생의 얼굴이 눈물로 젖은 것을 보자 그도 눈시울을 붉혔다.
 "오, 아우여! 나와 너 두 사람 중 어느 쪽이 정당하냐?"
 아릭부가는 떨리는 목소리로 대답했다.
 "앞서는 저였지만, 지금은 칸이십니다."
 그곳엔 망구의 장남 아스타이도 있었다. 쿠빌라이는 그를 보자 외쳤다.
 "너는 한 할아버지 자손을 죽였다!"
 "나는 당시 주인이신 아릭부가의 명령을 받들어 그들을 죽였던 것입니다. 지금은 쿠빌라이 칸이 주인입니다. 그 주인의 명령이라면 당신도 죽이겠습니다."
 쿠빌라이는 그 말에 반박하지 않고 항복한 반란자들에게 자리에 앉도록 권한 다음, 함께 술을 마시며 보냈다. 그리고 다음날, 태도를 일변하여 아릭부가・아스타이 등 반란 가담자를 재판에 넘겼다. 그 결과 그들의 부하 10명이 처형되지만 종족의 왕들 협의에 의해 두 사람은 특사되었는데 한두 해 사이에 병사한다. 인간이란 한 번 기가 꺾이면 오래 살지 못하는 것이다.
 병인년(원종 7 : 1266)에 훌라구가 죽자, 칸은 우르스[몽골 지배 지역]의 지배자로 이란・시리아 방면은 훌라구의 장남 아바카(Abaca), 바투의 우르스, 곧 러시아 일대는 바투의 손자 망구티무르(Mangou-Timour)에게 주었고 차가타이의 우르스[사마르칸트 이

동]는 차가타이의 증손 보르카(Borca)에게 주었다. 연고권을 인정한 것이다. 이렇게 되자 오고타이의 손자 카이도(Kaïdou)가 불만을 품고 중앙 아시아 일대에서 유격전을 벌이며 오랫동안 쿠빌라이를 괴롭힌다.

을축년(원종 6 : 1265)에 김준(金俊)을 시중으로 임명하고 있다. 김준은 이 무렵의 권신인데 일설에는 그의 아버지 윤성(允成)은 원래 최충헌의 종으로 그를 낳았다고 한다.

당시 한동안 뜸하던 왜구가 다시 창궐했고 그것을 방비하기 위해 삼별초(三別抄)가 조직되었던 모양인데 김준은 그것을 발판으로 정권을 거머쥐었다고 생각된다.

이때 남송에선 이종(理宗)이 죽었는데 이런 별난 시호(諡號)가 정해진 것은 비록 실패했다고는 하나 정주학에서 말하는 천리를 좇았기 때문이었다. 이때 남송은 여전히 유생들의 시위가 빈번했는데, 이는 유생에게 관리에 준하는 특권을 주었기 때문이며 정대전(丁大全)은 재상이 되자 태학생 진의중(陳宜中) 등 여섯 명을 유배한다. 이종의 뒤로는 도종(度宗)이 통치했다.

정묘년(원종 8 : 1267)의 기사로 고려에선 반부(潘阜)를 왜국에 보냈고 몽골의 국서도 전하여 왜왕의 입조를 재촉했다. 그러나 이에 불응하자 칸은 고려에 대해 전함 건조를 명했던 것이다.

그러는 한편 무진년(원종 9 : 1268) 말에 번부를 다시 왜국에 보냈던 것인데, 임연(林衍)이란 장군이 쿠데타를 일으켜 김준의 일족을 모두 죽이고 왕까지 폐하는 사건이 발생했다. 임연은 몽골에 대한 항전파로서 원종의 지나친 몽골 친선책에 불만을 가졌던 것이다. 이 무렵 쿠빌라이는 남송의 양양을 공격중이라 고려에 대한 여력

(餘力)은 없으리라는 판단을 한 모양이다.

그러나 경오년(원종 11 : 1270), 연경에 볼모로 가 있는 왕심의 요청으로 몽골군이 서경에 와서 주둔하자 왕은 다시 복위되고 임연은 울화병이 나서 죽는다. 임연의 쿠데타로 몽골은 자비령(慈悲嶺 : 황해도 황주)을 경계로 동녕부라는 것을 두고 직접 통치를 하기 시작했다. 그리고 신미년(원종 12 : 1271)에는 국호를 원(元)이라고 한다.

이때쯤 삼별초는 반란을 일으켰지만 진도·탐라로 쫓기고 있다.

쿠빌라이는 금의 옛도읍이던 연경이 폐허로 살기가 불편하자 임신년(원종 13 : 1272)에 그 동북에 새로이 성을 쌓고 이를 대도(大都)라고 부른다. 또 이 무렵 파크바(Pakba, 한자로 八思巴)가 티베트 문자를 일부 변경시킨 몽골 문자를 제정했다. 원래 몽골말로 승려(도사 포함)를 나모—라마(lama)라 불렀다고 한다.

10세기경 티베트에 들어온 불교는 애당초 힌두교와 밀교(탄트라 : Tantra) 색채가 농후했는데 이것이 토착의 봉교와 혼합되었다. 그리하여 파크바는 보다 불교에 가까운 석가파로 분열되어 있는 티베트 불교의 패권을 잡기 위해 대도에 나타났던 것이며, 남이 좀처럼 흉내내지 못하는 영이(靈異 : 기적)를 보여 다수의 몽골 귀족을 개종시켜 교왕의 칭호를 얻었다[14세기 말 투온 카 파(1357~1419)가 라마교를 개혁하여 성력(性力) 숭배나 부패 등을 추방하고 엄격한 계율주의를 채택했으며, 이들 개혁파는 종래부터의 적모파(赤帽派)에 대해 황모파(黃帽派)라고 불린다. 모자로써 파가 구별되는 것인데, 파크바가 티베트의 지배자가 됨으로써 당시의 기독교 사제가 쓰는 모자와 예배 의식 등을 모방했다고 한다. 즉 원추형의 모자였다. 이리하여 황모파가 적모파를 타도한 셈인데, 이들은 엄격한 계율을 지켰고 따라서 후계자를 위해 라마가 죽은 시각에 태어난 아이로 달라이 라마와, 판첸 라마를 정하는 제도를 갖는다.

달라이는 몽골말로 바다이며 한 사람인데 판첸은 그와 같지 않았다.

또 달라이는 관음보살의 화신(化身)으로 믿었으며 라사의 포타라 궁전은 곧 보타라정토〔補陀落淨土〕를 의미했다. 판첸은 아미타여래의 화신으로 신앙되었으나 달라이에 비해 그 신앙은 훨씬 약했다.

다른 한 가지인 밀교는 일본식 명칭으로 원래는 밀종(密宗), 또는 진언종으로 신라에도 들어왔으나 소멸되었고 왜국에 전해져 비밀교로서 존속된다. 최근 일본에서 말하는 밀교는 개혁되기 이전의 라마교와 궤(軌)를 같이 하는 것이며 이 문제는 뒤로 미루겠다〕

《삼국지연의》를 읽어보면 양양과 번성(樊城)은 전혀 다른 지역—— 적어도 몇십 리 떨어진 듯한 느낌이 들지만, 사실은 이때 배다리로 한수(漢水)를 사이에 두고 연결되어 있었다. 따라서 몽골군은 북안(北岸)의 양양을 공격한 지 3년이 지나도록 함락시키지 못하고 있었는데 쿠빌라이는 임신년(1272)부터 본격적인 양양 공격을 독려했다.

몽골의 장군은 아튜(Atchou)와 한족 유정(劉整)이었는데 양양과 번성의 연락을 끊고자 전함을 건조하고 수군 조련도 실시하여 점차로 효과를 나타내기 시작했다.

남송의 가사도는 여전히 사태의 심각성을 은폐하려고 했지만 양양이 고립되자, 범문호(范文虎)에게 10만 군을 주어 적극적으로 양양을 구하라고 명했다.

그러나 이때는 이미 몽골의 수군도 강력해졌고 겸하여 멀리 페르시아에서 부른 대포 기술자가 도착하고 있었다.

두 기술자는 알라이 웃딘(Alār-ud-din)과 이스마일(Ismaïl)인데 계유년(원종 14 : 1273) 초 전선에 도착하여 번성의 성벽에 대해 대포가 설치되고, 무게 150근의 돌을 발사시켜 깊이 예닐곱 자의 구멍을 뚫었다. 그 소리는 천지를 진동시켰다. 한자로 대포를 진천뢰(震天雷)라 함은 여기서 비롯된 것이다. 이와 동시에 아튜는 양양과 번성을 잇는 배다리를 공격, 이를 불태운다.

그리고 몽골군은 먼저 번성을 공격하여 이를 함락시켰고 성을 지키는 송의 장군 범천순(范天順)은 자결했다(1273년 2월). 번성 공격에 사용된 대포는 동년 11월 양양성을 향해 발사되었다.

이 대포의 위력은 이미 증명된 바 있다. 성의 수비병은 공포에 벌벌 떨었고 그 사이 용감히 싸웠던 여문환(呂文煥)도 칸에게 항복한다.

갑술년(원종 15 : 1274) 5월에 연경에 있던 세자 왕심은 원종이 병석에 눕자 서둘러 홀도로게리미실(忽都魯揭里迷失)공주와 결혼했으며 6월에 왕이 승하하자 귀국하여 왕위에 오른다. 바로 충렬왕(忠烈王 : 1236~1308)이며 원나라 공주는 곧 제국대장공주(齊國大長公主)인데, 이것으로 저 춘추시대의 제나라와 동이의 관계를 알 수가 있는 것이다.

동년 10월 김방경(金方慶 : 1212~1300)은 중군 박지량(朴之亮) 등과 더불어 고려군 8천을 지휘하고 여기에 몽한군(蒙漢軍) 2만 5천, 수수(水手 : 노젓는 사람) 6천 7백, 전함 9백여 척으로 합포(合浦 : 마산)를 출발한다. 그러나 태풍을 만나 성과 없이 돌아오는데 《고려사》에는 단지 '밤에 대풍우를 만나 전함이 암애(巖崖)와 접촉하고 다수가 깨졌으며 부사(副使) 김선(金侁)이 물에 떨어져 죽었다'는 기사가 보일 뿐이다. 적어도 일본측의 선전처럼 전멸 상태는 아니었던 것 같다.

  을해년(충렬 1 : 1275), 양양을 함락시킨 몽골군은 20만의 병력으로 강남 공격에 나섰다. 주장은 사천택이었으나 도중 병사하고 바얀(Bayan)이 총대장이 되어 아튜와 더불어 양주에서 도강 작전을 벌였다. 몽골의 수군은 양양의 수장이던 여문환이 지휘했다.

  장강을 건너자 파죽지세였다. 연안을 지키던 송군의 대부분은 싸우기도 전에 성문을 열고 항복했으며 구강(九江)·안경(安慶)·덕안(德安)·육안(六安)도 뒤를 따랐다. 가사도는 동년 3월 무호(蕪湖) 부근에 수군을 집결시키고 사자를 보내어 앞서 강화 조약 때 제시한 조건으로 협상을 시도한다(1275년 3월).

  그러나 바얀은 이에 응하지 않았고 진격을 개시하여 진강(鎭江)·강음(江陰)·화주(和州)를 점령했다. 《라시드》에 의하면 송군은 싸우지 않고 항복했는데 바얀도 부하의 약탈을 엄하게 금했으며 중국측 사료와는 상반된다.

  이어 바얀은 광덕(廣德)·상주(常州)·평강(平江)도 점령했는데 장세걸(張世傑)이 근왕병을 일으켜 저항한다.

  그리고 병자년(충렬 2 : 1276)에는 바얀이 마침내 임안에 입성하여(3월) 송공종(宋恭宗)을 잡아 연경에 보냈는데, 문천상(文天祥 : 1236~1282)이 도중에 탈출하여 황자인 단종(端宗)을 받들고 복주(福州)에서 기병했다.

  그러나 몽골병에 패하여 남으로 조주(潮州)까지 달아났고 다시 이듬해 가을, 문천상·장세걸 등은 패하여 멀리 광주(廣州)의 애산(厓山 : 홍콩 부근)까지 갔었는데, 문천상은 원병에게 붙잡힌다. 기묘년(충렬 5 : 1279) 2월에는 장세걸마저 애산에서 괴멸되고 황제는 바다에 몸을 던져 남송은 드디어 멸망했다.

문천상은 쿠빌라이의 회유에도 굴하지 않고 지하 감방에 감금되며 너무도 유명한 〈정기가(正氣歌)〉를 남겼다. 동시대의 시인 사방득(謝枋得 : 1226~1289) 역시 열렬한 절의(節義)를 지키다가 원병에게 잡혀 연경에 보내졌으며 그는 절식하여 죽었다. 〈문장궤범(文章軌範)〉은 사방득의 편집이다.

《고려사》를 보면 기묘년에 홍다구(洪茶丘 : 1244~1291, 홍복원의 아들)를 정동도원수(征東都元帥)에 임명했고 고려에 전함 9백 척을 다시 건조하도록 명한다. 그리고 신사년(충렬 7 : 1281) 5월에 몽골의 흔도(忻都)·홍다구, 고려측에선 김방경·박구(朴球)·김주정(金周鼎)·박지량 등이 합포를 떠났는데 《절요》에는 병력에 대해 언급이 없다.

《라시드》에 의하면 칸은 이와 별도로 남송을 정복하자 항장 범문호를 시켜 강남의 수군 10만을 동원하고 이들로 하여금 북상하여 고려 방면의 원정군 1만과 합류토록 했다.

다시 《절요》를 보면 김방경 등이 왜국의 세계촌(世界村)·대명포(大明浦)에 이르렀고 통사 김저격(金貯擊)으로 하여금 이를 타일렀다. 김주정이 먼저 왜군과 교전했고, 제군이 모두 하선하여 싸웠는데 낭장 강언(康彦)·강사자(康師子) 등이 죽게 되자 제군은 일기(一岐 : 일본명 이끼 섬)로 향했는데 수군 113명, 소공(梢工 : 키잡이) 36명을 풍랑에 의해 잃었다.

6월에 김방경·박구·박지량·김주정·형만호(荊萬戶) 등이 힘을 다하여 왜병과 싸우고 적의 목 3백여 급을 베었지만 왜병이 원나라 군에게 돌격해 왔고 다구가 말을 타고 달아나는 바람에 궤멸한다. 왕만호가 다시 측방을 공격하여 50여 명을 베자 왜병은 이내

물러갔고 다구는 가까스로 화를 면했다. 다음날 또 싸웠지만 패했고, 군중에 돌림병이 크게 유행되어 모두 3천여 명이나 죽었다.

흔도와 다구 등은 싸움이 불리하자 회의를 열고 범문호가 기일이 지나도록 오지 않으니 회군하자고 했다. 원래 강남군은 6월 보름까지 일기섬 남쪽에서 만나기로 되어 있었다. 김방경은 회의에 참석했으나 아무런 발언도 하지 않았다. 제1차 원정에 실패하고 귀국하자 홍다구의 모함을 받아 혹독한 고문을 받고 대청도(大靑島)로 유배되었는데, 이번 원정을 맞아 귀양이 풀리고 원정에 참가했던 것이다.

다시 10여 일이 지났는데 다구는 여전히 회군하자는 주장만 반복했고, 비로소 방경이 발언했다.

"성지를 받들어 석 달치 양식을 가지고 원정을 왔는데, 아직 한 달치가 남았소. 강남군이 와서 힘을 합쳐 공격하면 반드시 섬오랑캐를 멸할 수 있으리다."

이 말엔 누구도 감히 반대하지 못했다. 그런데 범문호의 만군(蠻軍 : 원에선 남송인을 오랑캐라고 했음) 10여 만이 탄 3천5백 척의 군선은 때마침 태풍을 만나 모두 물에 빠져죽고 시체가 조석(潮汐) 때마다 포구로 밀려와서 가로막아 배가 다닐 수 없었다.

김방경은 중랑장 박온(朴昷)으로 하여금 이를 상륙토록 했지만, 대재부(大宰府 : 큐슈 하카다의 막부 관아)에 이르러 누차 쳤다가는 물러나곤 했다. 그리고 만선(蠻船 : 곧 강남군) 50척이 따라오자 거듭 쳐들어가서 갑옷・궁시・마필 등을 노획했다. 이 때문에 박온은 섭장군(攝將軍)에 임명된다.

이상이 기록의 전부인데, 이것을 보면 태풍을 만난 것은 범문호의 강남군이었고 방경과 흔도의 연합군은 무사했던 것 같다. 그리하여 그냥 돌아올 수가 없어 다소의 전과를 올리고 귀국한 것이다.
 왜국측의 기록을 보면 알맞게 불어준 태풍을 신의 가호라 하고 〔후대에 이르러 이를 神風이라고 함〕 다수의 포로를 잡았는데 강남군은 모두 살려주고 고려인은 닥치는 대로 죽였다고 한다……
 그러나 윤8월에 흔도·홍다구는 무사히 돌아왔고 이번에는 김방경을 모함하거나 하지 못했다. 《라시드》에 의하면 계미년(충렬 9 : 1283), 칸은 제3차 일본 원정을 계획하고 고려에게 5백 척의 전함 건조를 명하는 한편, 승상 아타가이(Atagai)를 시켜 수군을 강남·절강·복건에서 징집하라고 했지만 누구도 이를 찬성하는 자가 없었으며 때마침 발생한 안남(월남)의 반란 때문에 연기되었다. 정식으로 왜국 원정이 중지된 때는 병술년(충렬 12 : 1286)이며, 그 동안 입은 고려의 피해는 엄청난 것이었다.

 이 무렵 조계산 수선사 제5세가 자진(慈眞 : 1215~1286)이고, 제6세는 원감(圓鑑 : 1216~1293) 국사였다.
 그리고 이장용(李藏用 : 1201~1272)은 벼슬이 문하시랑까지 올랐고 저서로 《선종종파도(禪宗宗派圖)》《화엄추동기(華嚴錐洞記)》가 있으며, 《제왕운기(帝王韻記)》로 알려진 이승휴(李承休 : 1223~1300)도 이 시대의 증인이었다. 이 무렵의 기록을 보면 충렬왕은 공주와 함께 걸핏하면 원나라에 갔고 국민은 그야말로 도탄에 빠져 있었다.
 원감국사는 속성이 위씨(魏氏)이고 정안(定安) 사람이며 가문은 선비 집안으로 그 자신도 안암(安庵)이라는 호를 가졌다.
 대사는 19세에 장원 급제했지만 일찍부터 출가하기를 마음먹는다. 그러나 41세에 비로소 출가하여 처음엔 김해의 감로사(甘露社)

에 주했다. 그러다가 원오(圓悟 : 자진국사)를 만났고 그 법통을 잇는다.

임진년(충렬 18 : 1292)에 이르러 열흘쯤 몸져 누웠다가 일어나고 목욕하자 옷을 갈아 입은 다음 제자들에게 말했다.

"삶이 있으면 죽음이 있다는 게 인간의 정해진 일, 나는 마땅히 갈 것이다. 너희들은 호주(好住)하라."

제자들은 게(偈)를 청했다.

'해를 거듭하여 예순일곱 해(77년의 잘못임)/오늘 아침에야 모든 게 마쳐지리라./고향 길은 평평하고/길머리도 분명하니 잃는 일도 없다./손에 겨우 대지팡이 하나라도/도중은 기쁘고 넘어지지도 않으리라.'

(開過行年六十七 及到今朝萬事畢. 故鄕歸路坦然平 路頭令明未會失. 手中纔有一枝筇 且喜道中脚不跌)

만덕(萬德)장로가 물었다.
"스승님 따라 고향길로 가려면 어디로 가야 합니까?"
"눈을 똑바로 뜨면 된다."
"그것은 어떤 길입니까?"
"그것을 알면 깨닫는 거다."

선(禪)은 자득(自得)이라고 했다.

까닭은, 인생의 참된 의의(意義)에 도달하려면, 일단은 스스로 이를 실험(경험)하고 실증하지 않으면 안되기 때문이다.

스승으로부터 전해 듣는 것만으로는 거짓인지 확실한지 파악하지 못한다.

단지 증득(證得)한다는 점에선 언설(言說)도 지해(知解)도 선 아닌 게 없다. 그러나 최초의 출발점은 아무래도 이런 기존의 가르침이나 지식을 초월하는 데서 출발해야 하는 모양이다.

해동에 주자학을 도입한 최초의 유학자는 안향(安珦 : 초명은 裕, 1243~1306)으로 고려 충렬왕 때의 사람이다. 주희보다 백 년 뒤의 사람인데 현재 전하는 저서는 없고, 다만 일찍이 원나라에 가서 유학을 깊이 연구했다는 말만 전한다.

그리고 귀국하여 황폐한 태학(국학)을 보고 육영 재단(育英財團)을 설립한다. 교육자로서 그는 선성(先聖)과 칠십자(七十子)의 화상·제기·악기·경서·사서를 구입했다. 그리하여 만년에 주희를 사숙(私淑)하여 그 초상화를 벽에 걸어놓고 스스로 회암(晦庵 : 주희의 호)의 회자를 따서 회헌(晦軒)이라는 호를 쓴다.

회헌의 제자 이재(彝齊) 백이정(白頤正)은 해동 주자학의 기초를 닦은 학자로 평가된다. 그의 제자로선 익재(益齋) 이제현(李齊賢 : 1287~1367)이 있다.

역시 회헌의 제자로 역동(易東) 우탁(禹倬 : 1262~1342)은 정전(程傳 : 정이·정호의 학문)을 처음으로 소개한 유학자로 알려졌다. 우탁은 영해(寧海) 사록(司錄 : 법관인 듯)으로 있을 때 고을에 팔령(八鈴)이란 무속 사당이 있었는데, 이것이 민심을 현혹시킨다 하며 때려부수고 바다에 던졌다. 또 충선왕이 숙창원비(淑昌院妃)를 승격시키자 이에 분격하여 짚자리를 등에 멘 다음 상복을 입고 도끼를 가지고 대궐 문앞에 엎드려 간하기도 했었다. 만년에는 경상도 예안(禮安)에 살았다.

국헌(菊軒) 권부(權溥 : 1262~1346) 역시 회헌의 제자인데《효행록》을 찬하고 주자의 《사서집주》를 간행했다고 한다.

쿠빌라이는 갑오년(충렬 20 : 1294) 정월에 죽었는데 향년 80세였다. 쿠빌라이가 살았을 때 정적은 저 오고타이의 손자 카이도〔海都〕였다. 카이도는 한때 유력한 몽골의 공자들을 규합했는데 그 중에는 카단(Cadan : 한자로 哈丹)도 포함되어 있다. 고려의 충렬왕 16년(1290)조에 삼군을 동변에 보내어 합단을 대비케 했다는 기사가 보인다.

합단이 곧 카단이다. 카단은 동년 12월, 수만의 군사를 이끌고 화주·등주〔모두 함경도〕에 침범했고, 이 소식을 듣자 왕과 공주는 강화섬으로 피난을 갔다.

우리의 상식으로는 함경도에 나타난 카단에 놀라서 왕이 피난까지 갈 필요는 없다고 생각되기 쉽지만, 개경과 함경도는 의외로 가까운 거리이며 왕은 안심할 수가 없었던 것이다.

과연 이듬해에는 카단이 철령을 넘어 원주에 이르고 그곳을 점거한다. 원주의 읍민은 치악 산성으로 피하여 이들과 싸웠고, 카단은 이길 수 없다고 깨닫자 근처를 약탈하고 남쪽으로 내려갔다. 4월에 원병이 이르렀고 고려군은 이들과 연합하여 연기(燕岐)에서 무찔렀으며 각지로 흩어진 잔병을 잡는 데 힘을 기울였다. 이렇게 힘들여 잡은 카단의 무리는 원(元)의 지시로 백령도와 같은 섬에 보내졌다.

쿠빌라이는 제1황후 소생으로 네 아들이 있었는데 몽골의 관습인 말자 상속제에 의해 제4남 나목한(那木罕 : 한족식 이름도 쓰기 시작)을 후계자로 선정했다. 그러나 그는 카이도에게 포로로 잡혀 제2남 진금(眞金)이 선정된다. 그 뒤 나목한은 돌아왔지만 칸의 미움을 받아 감금되고 자살했으며 진금도 병사한다(1268).

그래서 오랫동안 태자가 없었는데 1293년에 이르러 중신인 바얀이 진금의 부인이 청하는 부탁을 받아 고령인 칸에게 세자 선정을 건의했다.

 진금에게는 카말라(Camala), 티무르(Timour : 몽골어로 무쇠) 형제가 있었다. 이 티무르가 우리의 성씨처럼 사용되고 있다.

 카말라는 언변이 없었는데, 쿠빌라이가 죽자 진금의 부인이 감국이 되어 티무르를 선출했다. 이 쿠릴타이에 충렬왕과 공주도 참석했으며, 이때 세자인 왕장(王璋 : 뒤의 충선)은 카말라의 딸 보탑실린(寶塔實憐)공주와 결혼했다.

 충렬왕과 공주는 귀국했는데 이듬해 정유년(충렬 23 : 1297) 5월 제국대장공주가 갑자기 죽는다. 향년은 불명이다.

 그래서 세자는 돌아왔는데 7월에 내시 도선기(陶盛器)와 궁녀 백야단(伯也丹)·백야진(伯也眞), 중랑장 김근류(金瑾流) 등 40여 명을 죽인다. 이것은 백야단이 무비(無比)와 더불어 왕의 총애를 다투었는데, 그것을 빌미로 삼은 것이었다.

 세자는 왕에게도 힐문했다. 어머니 제국공주의 죽음은 총애를 다툰 여자들의 투기 때문이 아니냐고.

 왕은 할 말이 없었다. 아들이라도 세자는 칸의 사촌 매부이고 왕은 공주가 죽어 세력이 없었다.

 세자는 다시 무비를 고문했고 관련자로 무녀와 승려를 잡아들여 그들이 왕비를 저주했다는 자백을 받아낸다.

 이는 완전히 무고한 죄인을 양산한 것이고 그의 일생에 씻을 수 없는 오점을 남긴다. 세자는 재능이 뛰어나고 문장과 시서화에 있어 비상한 천분이 있었으나, 아무튼 이때 스물세 살의 젊은이였다. 인간은 열 살 안팎이라도 차분히 생각하고 이성적으로 행동하는 사람도 있지만 30·40세가 되어도 세상 물정을 모르는 자가 종종 있는 것이다. 특히 고난을 경험하지 못한 인간이라면.

이래서 왕궁이 벌벌 떨며 숨을 죽이는 참인데, 세자는 또 진사를 지낸 최문(崔文)의 아내로 과부가 된 김씨가 절세 미녀라는 소문을 듣고 백야단 자매와 무비 등 총비를 한꺼번에 잃은 부왕의 고독을 위로하기 위해 침실로 들여보냈다. 이 김씨가 숙창원비(淑昌院妃)로 봉해지는 것이다.

세자는 10월에 연경으로 돌아갔는데 왕은 조인규(趙仁規 : 1237~1308)를 원나라에 보내어 양위할 뜻을 전한다.

이리하여 무술년(충렬 24 : 1298)에 세자와 세자비가 돌아왔고 왕은 왕위를 물려준다. 그러나 원나라에도 양식파는 있어 먼저 조인규와 그 딸로서 세자에게 바쳐진 조비(趙妃)를 연경에 연행했고 이어 8월에 세자와 세자비는 다시 원으로 돌아간다. 8개월 동안 충렬왕은 자리에서 밀려났다가 다시 복위했던 것이다.

이때의《고려사》를 보면 거의 해마다 동녀(童女)를 몽골에 보내고 있다. 《라시드》에 의하면 원나라 후궁의 궁녀들은 거의 미녀가 많기로 알려진 달단부[타타르] 출신이었다고 했지만 고려의 여인 또한 그것 못지않았던 것이다. 명태조 주원장도 조선의 여자를 구하며 괴롭힌 것은 부끄러운 역사의 진실이었다.

티무르 칸(1265~1307)은 비교적 명군에 속하고 운남(雲南)을 평정한 것이 이른바 그의 치적이었다.

신축년(충렬 27 : 1301)에는 카이도가 다시 병력을 끌어모아 공격했지만, 칸의 조카 해산(海山)이 이를 무찔렀고 이때 해도는 패주하다가 죽는다. 해도는 일생에 41회나 전투를 치렀고 거의 진 적이 없다 하여 몽골인 사이에선 인기가 있었다.

정미년(충렬 33 : 1307) 3월, 왕이 두려워하는 세자, 곧 충선왕(忠宣王 : 1275～1325)이 돌아온다. 이것은 그 해 정월에 티무르 칸이 42세로 죽었기 때문이다.

칸은 후계자가 없었다.

감국이 된 복로한(卜魯罕)은 쿠빌라이의 제3남 망가라의 아들 아난답(阿難荅)을 앉힐 속셈이었다. 그래서 당시 티베트에 가 있는 아난답에게 밀사를 보냈다.

그녀는 당시 인기가 있는 해산·팔달(八達) 형제에게 권력이 넘어가는 것을 원치 않았다. 해산은 해도의 잔당을 감시하기 위해 변경에 있었고, 팔달은 회경부(懷慶府)에 유배중인 어머니와 함께 있었다. 형제와 가까운 합랄합손(哈剌哈孫)은 회경에 밀사를 보내는 한편 해산에게도 알린다.

이리하여 음모는 미연에 방지되고 아난답과 그의 일당으로 좌승상인 아고타이(Agotai)는 체포되어 사형 선고가 내려진다.

다만 집행은 해산이 돌아오기까지 보류되었고 복로한도 주모자로서 체포·감금되었다.

쿠릴타이는 상도(上都)에서 개최되고 해산은 3만의 정예 군대를 끌고 왔으며 이런 무력 시위도 있고 해서 칸이 된다.

해산의 칸 즉위식 광경이 기록으로 작성되어 전한다. 칸으로 선출된 해산은 내고(內庫)에서 수레로 비단과 금은을 가득 실어오게 하고 그것을 손에 잡히는 대로 사람들에게 나누어 준다. 숱한 진주가 땅바닥에 흩어져 하늘에 가득한 별과도 같았다.

잔치는 1주일 동안이나 걸쳐 계속되었는데 매일 암말 40필과 양 4천 마리가 도살되었다. 제사에 쓸 암말 7백 마리와 양 7천 마리의 젖을 쏟았는데 그 젖이 흘러 칸의 대천막 근처는 마치 내가 흐르는 것 같았다. 이 마양(馬羊)은 오나욘(Onayon)이라 일컫는 행복을 가져온다고 믿어졌다.

해산은 이어 친아들이 있었지만 팔달을 태자로 정했고 다시 아난답의 처리에 들어갔다. 그 자리에 모인 제왕·제장들은,
'칭기즈 칸의 대법(大法)에 의해 죽여야 한다.'
고 했으므로 아난답·아고타이·복로한의 형이 집행되었다. 아난답은 열렬한 회교 신자로서 그의 부하 15만의 병사는 태반이 회교도였다. 《코란》을 줄줄 외웠고 아라비아어도 쓰고 말할 줄 알았다.

복로한은 여자라서 멍석말이를 하고 강물에 던져졌다.

해산의 종교는 물론 라마교인데 《호경》을 몽골어로 번역케 하여 전 제국에 반포하고 이것을 읽도록 장려했다. 그러나 해산은 너무나도 주색에 빠져 1311년 31세로 죽는다. 팔달이 그 뒤를 이어 칸이 되었다.

충선왕은 시정의 첫조치로 외종 형제의 혼인을 금하는 등 매우 전향적인 정책을 시행하기도 했다. 그보다 왕은 연경에 있을 때 그 저택에 '만권당'이라는 것을 두고 당시의 원나라 학자·문인들과 사귀었다. 《고려사》를 보면 요수(姚燧)·염복(閻復)·원명선(元明善), 그리고 조맹부(趙孟頫 : 1259~1322)가 있었다. 조맹부의 자는 자앙(子昻)이고 호는 송설도인(松雪道人), 호주(湖州) 오흥(吳興 : 현 절강성 오흥현) 사람으로 원대를 대표하는 서가이다. 특히 우리나라에서 많이 알려진 인물이다.

고려왕과 원 문화인들의 교유는 충선이 쿠빌라이의 외손자라는 점에서만도 아니리라. 만권당에는 이들이 보고 싶은 명화·서적

(글씨)들이 많았다.

김안로(金安老 : 1481~1537)의 《용천담적기(龍泉談寂記)》에서,
'노국대장공주(魯國大長公主 : 제국대장공주의 잘못)가 가져온 집물(什物)·기명·간책(簡册)·서화 등을 배로 실어왔다. 지금껏 전하는 명화·보축(寶軸 : 글씨 족자) 등은 대부분이 이때 생긴 것이다.'
라고 했다.

그러나 바로 충선과 조맹부 등의 중간에서 활약한 이가 익재 이제현이었다. 그는 조맹부 등과 깊이 사귀었을 뿐 아니라 그의 촉체(蜀體 : 송설체)를 우리나라에 도입했다. 촉체를 잘 쓴 이로선 행촌(杏村) 이암(李嵒 : 1297~1364)이 있지만 그의 아들 이강(李岡)도 글씨를 잘 썼다. 행촌의 글씨로는 정묘년(충숙 14 : 1327)에 세운 문수사 장경비가 대표적이다.

이 때문에 송설체는 고려말부터 조선조 초기에 걸쳐 《증도가(證道歌)》《자지가(紫芝歌)》《천자문》《적벽부》《동서명(東西銘)》 등이 각지에서 각판(刻板)되어 일반에게 널리 전습된다. 촉체는 왕희지의 진체(晉體)와 대비되는 말로, 그 유래는 분명치 않으나 류득공(柳得恭)의 《경도잡지》에서,
'蜀은 肖의 잘못이고, 肖는 趙의 반쪽을 말한다.'
고 풀이했다.

한편 옹성원의 부고를 받고 추사는 한동안 망연자실했다. 여기서 〈제옹성원소영(題翁星原小影)〉이란 작품이 탄생한다. 그것을 읽어보면 다음과 같다.

단정하고도 웅장하며 유려한데/굳셈 가운데 아리따움이 있어
라.(端莊雜流麗 剛健含阿娜)

소동파의 글씨 평을 빌어/그대를 말함이 좋겠지.(坡公論書句
以之評君可)

이 그림 중 열의 일곱은/씩씩함이 미처 영글지 못했으나(此圖
十之七 莊健則未果)

찬란하게 빛남을 훼방하지는 못했고/여의주처럼 전체로 갈무
리되었네.(弗妨百千光 都攝牟珠顆)

영락없이 그대가 이곳에 와서/나와 더불어 당 안에 함께 있으
니(惟是致君來 共我一堂中)

꿈은 검은 구름 만 리를 달리고/바람은 하늘을 휘돌아 파도치
네.(烏雲萬里夢 海濤廻天風)

노선생의 엄한 꾸지람 아래 모시던 기쁨이여/가르침 자리에
함께 배우고 받든 일이여.(覃室儼侍歡 蘇筵執役同)

글씨는 신령스런 정신이 모아지는 것인데/오묘한 이치는 원숙
했구려.(文字聚精靈 神理合圓通)

나는 비슷한 동갑으로 부끄럼만 더하고/생신을 맞고 보니 또
새롭구려.(愧我慚雌甲 生長又特別)

그대 집과의 묵연으로 생각하면/그대는 마땅히 섣달에 태어나
야 했네.(以君家墨緣 宜君生臘雪)

어찌하여 내 생일은/하필이면 유월로서 겹쳤을까.(如何我生日
而復在六月)

저 동파와 산곡처럼/그대와 나는 몸은 각각이라도 하나일세.
(依然蘇與黃 君我各分一)

바람바퀴는 크게 세상을 굴리고 있으니/예전의 꿈은 나로서

전세의 인연일세.(風輪轉大世 前夢吾夙因)

  삿갓 나막신 대지에 있으니/석범(왕사정)은 양진에서 물어보누나.(笠履存息壤 石帆叩梁津)

  붉은 전자에 맺힌 가을 무지개/내뿜는 기는 서려서려 높이 솟아라.(秘虹結丹篆 吐氣蟠嶙峋)

  고개를 돌리면 석당의 그림자여[원주·성원과 법원사 석당 아래를 거닐었다]/숨결 숨결마다 티끌이로세.(回首石幢影 息息與塵塵)

  광려산의 게를 듦과도 같아/동파공 모습 앞에 부옹(황정견)이 예배하네.(擧似匡廬偈 坡像涪翁拜)

  〔광려게는 동파가 여산에 갔을 때 그곳 서림사 벽에 제시한 것을 말하는데, 산의 참모습을 쉽게는 알지 못한다고 했다. 또 산곡이 동파에게 절하다는 것도 간곡한 우정을 말한다고 생각됨〕

  금석은 옛날의 기록을 펼치는 것이니/갈고 닦아 궁구하고 사해 밖에 알리네.(金石申舊約 鈇縷窮海外)

  솔바람에 돌솥의 울음은/하늘 소리에 답하는 구슬 금일세.(石銚鳴松風 琅琴答天籟)

  기다리는 생각이 새롭기만 한데/어느 사람이 종내 이것을 풀어줄꼬.(一念逾新羅 意有何人解)

  애틋한 추사의 마음이 엿보인다. 이 시가 언제 씌어졌는지, 옹담계의 80회 생신이 있던 임신년 이전에 씌어졌다 할지도 모르나, 시 전체에 흐르는 애감(哀感)을 볼 때 옹성원이 죽은 이후에 부고를 받고 썼다고 생각된다.

  을해년(순조 15:1815) 10월 그믐, 추사는 조종영(趙鍾永)의 자제

군관으로 연행하는 운석 조인영을 배웅했다.

이런 어느 날, 동리(東籬) 김경연(金敬淵)이 추사를 찾아왔다. 동리는 싱글벙글 웃는 얼굴이다〔동리에 대해선 차츰 밝혀지리라〕.

"아니, 무슨 일이 있었습니까?"

"이제야 찾았단 말일세. 정말 놀라운 박학이야."

"무엇이 말입니까?"

하고 추사는 조금 어리둥절했다.

"시문으로서 호적수를 찾고 있었는데 그런 사람이 자네라는 걸 알았네."

동리는 약간 흥분마저 하고 있었다.

"예? 제가 시문에 대해 무엇을 안다고 호적수 운운하십니까?"

추사는 겸연쩍어 했지만 동리는 껄껄 웃는다.

"추사도 그 사람과 똑같은 말을 하는군그래."

추사는 놀랐다. 점점 영문을 알 수 없었다. 그리고 조금은 화마저 났다.

"그럼, 동리 형께선 상대편에게 제 말도 하셨다는 겁니까?"

"노여워 말게. 자네가 충분히 적수가 된다고 믿었기에 나도 자랑하며 자네의 말을 했네. 그리고 그런 사람을 알게 되면 추사에게 분명히 보탬이 된다고 생각했지."

평소 동리가 추사에게 호감을 갖고 있다는 것은 그도 잘 알고 있다. 그래서 쓴웃음을 지으며 물었다.

"그런데 그게 대체 누구입니까?"

"중일세."

추사는 너무도 뜻밖이라서 되묻는 것도 잊었다. 그러나 동리는 조금도 개의치 않고 뒷말을 잇는다.

"이름은 초의(草衣)라고 하네. 아직 우리 또래이지만 정다산 선생과도 편지를 주고받을 정도이고, 다산도 높이 평가하고 있다네."

"다산 선생과?"

"그럼 나는 이만 돌아가겠네. 미관 말직이나마 출사하는 몸이니까. 찾아가고 싶다면 혼자 찾아가 보도록 하게."

동리는 벌써 일어서고 있었다. 정다산이란 말이 완당의 마음을 자극했다. 그러나 아직 결정한 것은 아니었다.

동리는 문을 열고 나갔다. 추사는 동리를 배웅하면서 사랑문 밖 툇마루에 나섰을 때 비로소 물었다.

"어디로 가면 됩니까?"

"핫핫핫……. 추사도 구미가 당기는 모양이군. 승가사(僧伽寺)의 해붕(海鵬)화상을 찾아가게나. 그러면 초의를 만날 수 있을걸세."

초의는 누구인가?

시문도 뛰어나고 다산과도 친하다면? 옛날의 명인(名人)들은 아호도 갖가지로 사용했다. 예를 들어 정약용(丁若鏞)하면 '다산(茶山)'이라고 연상한다. 그러나 《아언각비(雅言覺非)》에선 '열수(洌水)'라고 쓴다. 열수는 한강의 옛이름이고 우리의 것을 찾자는 의미로 이런 호를 썼으리라. 또 다산이란 호는 그가 전라도 강진(康津)에서 18년 동안 유배되며 집 뒤에 산다(山茶 : 동백)를 심고 또한 《동다기(東茶記)》를 저술한 데서 비롯된 것임을 아는 사람은 많지가 않으리라.

김정희도 호가 많지만 글씨로서 추사이고, 경학으로선 완당, 금석학으로선 예당(禮堂)이라고 부르는 게 옳다. 왜냐하면《예당금석과안록(禮堂金石過眼錄)》이라고 했기 때문이다.

어쨌든 다산의《동다기》는 바로 우리의 차라는 의미이다. 고증학을 떠나서 조선 사람으로서의 얼이 이 작은 책자에 깃들어 있다고 생각해야 한다.《아언각비》에는 산다와 차의 두 부분으로 나눠져 있다. 문장이 길지 않으므로 전문을 번역·소개하겠다.

'산다는 남방의 명목(名木)이다.《서양잡조(西陽雜祖)》란 책을 보면 산다는 높이가 한 길이 넘고 꽃으로 큰 것은 한 치가 넘으며 빛은 붉은데 섣달에 핀다고 했다.《본초(本草)》에서도 '산다는 남방산이고 잎은 매우 '차'를 닮았는데 두텁고 단단한 것이 마름모꼴이며 깊은 겨울에 꽃핀다'라고 했다.

소동파는 그의 시에서 잎은 두껍고 모서리가 무소뿔처럼 억세며, 깊숙한 꽃의 아리따운 모습이 하머리 붉음과 같네라 하였고 또 농익은 붉음이 마치 눈속에 핀 불과 같다고 노래했다.

내가 강진에 있을 때 산 속에서 많은 산다를 심고 있었다. 비록 꽃은 아름답지 않으나 참으로 자첨[소동파의 자]의 말 그대로였고 이미 겨울이건만 잎은 푸르고 꽃 역시 겨울이 한창이었다.

또한 열매는 많은 꽃잎이 서로 겹쳐져 있어 빈랑(檳榔)과 비슷했다. 이것을 기름으로 짜고 머리에 바르지만 끈끈하지 않아 부녀자가 귀하게 여기므로 역시 좋은 초목이다. 우리나라 사람은 산다를 소홀히 하며 동백(冬栢)이라 하지만, 봄에 피는 것은 이른바 춘백(春栢)이고 대둔사(大芚寺)에 이 나무가 많은데 이름하여 '장춘동(長春洞)'이라 한다.'

여기서 나오는 대둔사는 초의선사가 주한 곳이었다.《조선불교사》에도 그의 전기가 없어 상세한 것은 모르나 호암(湖岩) 문일평

(文一平 : 1888~1939)의 《다고사(茶故事)》에 초의(1786~1866)의 기사가 보인다. 불교사에서는 대둔사가 해남(海南)에 있다고 했는데, 호암은 초의를 진산군(珍山郡) 대둔산의 대둔사 승 의순(意恂) 선사의 아호로 적는다. 《여지승람》에는 진산군에 '대둔산'이 있고, 해남의 두륜산(頭輪山) 대둔사가 나와 있으므로 두 개의 대둔사가 있었던 셈일까?

다산과 호암의 기사에 잘못이 있는 것은 아니다. 해남 대둔사는 정조 12년(1788) 사문 천묵(天默) 등이 휴정(休靜 : 1520~1604) 서산대사의 사당을 짓게 해달라고 청원한다. 서산대사는 너무도 유명한 임진왜란 당시의 애국(愛國)·애족(愛族)의 고승으로서 속성은 최씨이고 안주(安州 : 평안도) 태생인데 10세로 고아가 되어 불서를 읽다가 사생설(死生說)에 느낀 바가 있어 출가한다.

이어 명산을 두루 편력하며 때때로 사람들을 깨우치는 경세(驚世)의 말로서 점차 세상에 알려졌는데, 선조대왕도 특히 선사의 시와 묵죽 그림을 탄복하는 어시(御詩)를 내리기도 했다.

임진왜란이 일어나고 왕이 용만(龍灣 : 의주)까지 파천하자, 대사는 달려와서, 승도로 병약한 자는 국운을 비는 축도를 올리게 하고 그밖의 장정은 부대를 편성하여 싸울 것을 건의했다. 이리하여 휴정은 팔도 십륙종(十六宗) 도총섭(都總攝)에 임명되고 유정(惟政 : 사명당)·처영(處英) 등이 승병 대장으로 평양을 수복하는 데 대공을 세운다. 서산대사 휴정은 입적할 때 문중에게 유촉한다.

"내가 죽거든 내 의발(衣鉢)을 반드시 해남으로 돌아가게 하고 싶다. 그곳에 두륜산이 있고 대둔이라는 절이 있느니라. 남으로 달마가 있고 북으로는 월출(月出), 서로는 선은(仙隱), 동으로 천관산(天冠山)이 있어 내가 참으로 평안히 잠들 곳이다. 왕화

(王化)가 아직 고루 미치지 못하여 백성이 우매한 미신에 젖어 있으니, 내가 그곳에 있으면서 나라에 대한 충성을 북돋우고 싶다."

이런 인연이 있어 정조대왕은 표충(表忠)이라는 현판을 내렸던 것이다. 동시에 예조정랑 정기환(鄭基煥)을 보내어 서산대사의 업적을 기리는 제례를 올리고〈해남 대흥사(大興寺) 서산대사 기속비명(紀續碑銘)〉도 짓게 한다. 대둔사가 변하여 대흥사가 된 것이고, 정조는 그 이듬해 밀양(密陽)에도 휴정을 위한 사당을 짓게 했던 것이며 표충사도 동서 두 곳에 있게 된 것이다.

초의는 속성이 장씨(張氏)이고 나주(羅州) 사람이었다. 정다산이 강진에 있을 때 대흥사(대둔사)에 주했고《동다송(東茶頌)》을 지었다.

다시 말해서 초의는 고려 때부터 전래하는 우리나라 고유의 다도에 정통한 달인이었고, 당시의 사람들이 음다(飮茶)에 대해 까맣게 잊고 있던 시절 우리의 국산차를 애음하고 사랑하는《동다송》을 지었던 것이다.

《동다송》은 내용이 많지는 않지만 다도와 차에 대한 귀중한 증언이 들어 있다. 예컨대 지리산 화개동(花開洞)엔 차나무가 4,50리에 걸쳐 심어져 있고〔곧 쌍계사 지역이다〕우리나라 최대의 다원(茶園)이었으며, 그곳에 옥부대(玉浮臺)란 절벽이 있는데 그 아래 칠불 선원의 스님들은 차를 채집하여 음용한다고 했다. 다산의《동다기》와 더불어 근세 조선의 귀중한 차 문헌이다.

정다산은《아언각비》에서 차와 산다를 구별했다.

'차는 겨울에도 잎이 푸른 나무이다. 육우(陸羽)의《다경》에서 첫째는 차(茶)요, 둘째는 가(檟)요, 셋째는 설(蔎)이요, 넷째는 명(茗)이요, 다섯째는 천(荈)이라 했는데 이는 초목의 명칭이지 마시는 맑은 차를 말한 건 아니다. 우리나라 사람들은 차라고 하면 환고(丸膏: 정제 또는 농축시킨 진액)를 탕으로 끓여 마시는 걸로 알고 있지만, 무릇 약으로서 애벌로 끓이는 것을 통틀어 차라고 한다. 귤껍질차·생강차·모과차·뽕가지를 삶은 상차(桑茶)·송지차(솔마디를 끓인 차)·오과차(五果茶)를 관습상 차라고 이름 붙여 부르는데 이는 잘못이다. 중국에는 이와 같은 예가 없다.

이동(李洞)의 시에 '나무 우거진 골짝에서 은사를 초대하기로 약속하고, 시를 읊조리며 잣차를 다리네(樹谷期招隱 吟詩煮栢茶)'라 했고, 송시(宋詩)에서도 한 잔의 창포차에 단 속을 박은 몇 개의 개피떡이로다(一盞菖蒲茶 數個沙糖綜)라고 했으며, 육유(陸遊)의 시에도 차가운 샘물은 절로 창포를 우러내는데, 불을 피우고 한가로이 감람차를 끓이네(寒泉自換菖蒲水 活火閒煮橄欖茶)'라고 했다. 따라서 차라는 말을 이와 같이 썼으므로 그저 달인다는 것과는 별개다.'

다산의 글은 우리가 무심코 사용하는 차라는 글자를 고증하고 정오(正誤)를 가려주는 것이다. 이런 것을 문자학(文字學)이라고 하려니와, 예당 김정희도 동리와의 편지에서 이런 문자에 대해 말하고 있다. 금석학에는 이 문자학 역시 필수적 분야였던 것이다.

추사는 곰곰이 생각했다.
"초의를 만나보도록 하자. 마침 과거 준비도 할 겸 승가사에 올라가 겨울을 나는 것도 나쁘지는 않으리라."
과거 응시생이 조용한 절간에서 공부하는 것은 고금을 통해 흔히 있는 일이다. 《완당집》에는 산에서 친구들과 어울려 놀았다는 시가 여러 편 소개되고 있다. 예를 들어 〈황산·동리와 더불어 석경루에서 묵다[與黃山東籬宿石瓊樓]〉라는 시가 있다. 석경루는 승가사의 당 이름일까?

　방에 들자 늘 비가 온다 의심되고/번뇌가 없으니 물소리를 그리네./개인 숲에 아침의 상쾌함마저 합쳐져/그늘진 골짝에도 밤 사이 밝음이 생겼네.
　(入室常疑雨 無煩繪水聲 晴林朝合爽 陰壑夜生明)
　명산의 장함은 점잖기 이를 데 없고/표연한 것이 세태와는 멀다네./솔바람이 서늘하여 뼛속까지 스미고/온갖 시상이 맑기만 하도다.
　(鄭重名山業 飄然不世情 松風涼到骨 詩夢百般淸)

　분위기만이라도 전한 번역이지만 추사의 칠절 〈소나기〉라고 제한(이미 나왔음) '樹樹薰風葉欲齊 正濃黑雨數峰西 小蛙一種靑於艾 跳上蕉梢效鵲啼'와 더불어 애창되는 시이다.

　초면이었지만 추사와 초의는 곧 친해졌다. 밤을 새우면서 시와 탑비와 불경 이야기를 하다 보니 벌써 새벽 독경 소리가 들렸다. 무엇이 이들을 이렇듯 가깝게 만들었을까? 진부한 표현이지만 서로 마음이 맞았던 것이다.
　추사는 고고(孤高)한 성격인데, 그럴수록 마음은 허전했다고 생각된다. 일찍이 어렸을 때 그 허전함을 채워준 게 관희(觀喜) 형이었다면 두 번째는 성원 옹수곤이었고, 이제 세 번째로 초의를 만났다고나 할까…….
"거사(居士)께서는 이제 좀 쉬시지요."
하고 초의는 말했다. 거사는 승려가 사대부를 호칭하는 말이다. 혹은 재가(在家)의 불교 신자를 말하는 뜻도 되리라.
"동지섣달의 긴 밤인데 벌써 새벽이 되었군요."
추사는 아직도 아쉬운 표정이다.
"그런데 참 이상한 일입니다. 근래에 이렇듯 많이 지껄인 적은 없었지요."
하고 추사는 얼굴이 상기되었다. 밤을 샌 대담이라고 하나 추사가 주로 말했던 것이다.
"시간은 아직도 많습니다. 그런데 김거사는?"
"병오생입니다."
하고 추사는 상대편의 말이 끝나기도 전에 의미를 알고서 대답할 정도가 되었다.
"역시!"
하고 초의는 파안대소(破顔大笑)한다.
 인연이란 있는 것이다. 보이지 않는 힘이라고 해도 좋다. 초의는 특히 그것을 느꼈다. 추사와 그는 동갑이었던 것이다.
 추사와 초의의 만남──그것은 승가사 주지 해붕화상 덕분이었다고도 한다.
 해붕(?~1826)은 이름이 전령(展翎)이고 자는 천유(天遊)이며, 법호가 해붕이다. 순천(順天) 사람으로 처음에 선암사에서 출가했으며 묵암(默菴) 최눌(最訥:1716~1790)선사의 법인을 받았다. 그리하여 문장이 주옥과 같았고 덕행이 선림에서 높았다. 당시 호남의 일곱 고붕(高朋)이라는 말이 있었는데 그 첫번째였다.

호남 칠붕이란 ①함양(咸陽)의 하정(荷亭) 노질(盧質. 자 秀爾)이고 ②남원의 복재(復齋) 이학전(李學傳. 자 季朋)이고 ③역시 함양의 운천(雲川) 김각(金珏. 자 大和)이고 ④곡성의 심두영(沈斗永. 자 永橋)이고 ⑤창암(蒼岩)의 이삼만(李三萬. 자 十千)이며 나머지 두 사람이 해붕과 초의였던 것이다.

그런데 해붕화상은 호걸형 대사로 누구한테나 '너'라고 불렀다. 이것은 성격이 오만해서가 아니라 천의무봉(天衣無縫), 그야말로 타고난 성품이었다.

추사는 나중에 그의 시 〈황산·동리·제공과 더불어 동령에서 폭포를 감상하다〔與黃山東籬諸公 賞瀑東嶺〕〉〈석경루에서 제공과 더불어 운자를 나누다〔石瓊樓諸公分韻〕〉 등 시를 읊고 있지만 대과 급제 전의 양반 자제로 산유(山遊)를 한다는 것은 어딘지 꺼림칙한 일이다.

'대과에 급제하여 가문을 빛내야 한다.'

이것이 무거운 짐처럼 어깨를 찍어누른다. 하지만 30 안팎의 젊은이란 역시 밤낮 무미건조한 책만 읽고 있는 데에 답답함도 느끼게 마련이었으리라. 그래서 선비들 중에는 몇몇 친구가 모여 시도 읊고 술도 마셨다. 해붕은 그런 선비들의 산유가 눈에 거슬렸던 모양으로 대뜸 욕설부터 했다는 일화가 전한다.

"너희들의 시는 썩은 냄새가 풍겨 코를 틀어막고 싶다. 시험삼아 내 시를 보도록 하라."

선비로선 처음에 별 미친 중이 다 있구나 싶었다. 던져진 종이쪽지를 보니 다음과 같은 시가 씌어 있었다.

'萬里黃金國 千層白玉樓, 混世界歌舞 盡大地風流'

통렬한 풍자였다. 직역한다면 '만 리 밖의 황금 나라에 천 층의 백옥루가 솟았고, 혼돈 세계의 노래와 춤이 어우러지니 지상의 풍류가 남김없네'이다. 그러나 시각을 달리하여 불교식으로 푼다면 '똥으로 가득 찬 나라에 허깨비 같은 누각을 쌓고 가무로 어지럽기만 하니 풍류도 끝장이다'라는 의미가 되리라. 그러면서 짝구가 되어 있고 운자도 맞는다.

선비들의 흥이 깨진 것은 둘째이고 혹은 분개하고 혹은 놀랐으리라.

일동은 이 시를 말없이 돌려보았고 입을 멍하니 벌렸을 뿐이다. 오히려 그것이 유명해졌고 추사도 그래서 해붕과도 알게 되고 그를 통해 초의를 알게 된 것이 아닐까 하는 추측도 가능해진다.

해붕화상은 이밖에도 전하는 일화가 있다. 한양 근처의 모 절에서 국재(國齋 : 비용을 왕실 부담으로 하여 선왕의 명복을 비는 재)가 있었다. 이름난 열 명의 법사가 맞아져 설법을 하였다. 해붕도 설법을 담당하고 단에 올라가 짧게 말하고 끝마무리로 말했다.

"대재법계현현묘(大哉法界玄玄妙 : 크구나, 오묘하고도 오묘한 일체 불법의 이치는)"

재가 끝나자 왕은 내시 한 사람에게 물었다.

"누구의 설법이 제일 훌륭했느냐?"

"해붕화상의 칠자법인(七字法印)이 가장 알기쉽고 뚜렷한 것이었습니다."

"과인도 그렇게 느꼈다. 많은 상을 내리도록 하라."

그리하여 내시는 왕명을 받고 비단과 은자(銀子) 등을 가지고 해붕을 찾아가 상감의 뜻을 전했다.

그러자 해붕은 기뻐하기는커녕 욕설을 퍼부었다.

"너는 궁중에서 상감을 모시며 성화(聖化)가 온백성에게 미치는 것을 보좌할 소임을 가진 자가 아니냐? 그런데 내가 오늘 법회에서 일곱 자로 설법을 마쳤을 뿐인데, 어떻게 말씀을 올렸기에 많은 재보를 내리시고 국고를 축나게 만들었단 말이냐! 너야말로 나라를 좀먹고 백성을 병들게 하는 자이다."
라며 하사품을 거절했다.

내시는 잔뜩 부어가지고 대궐에 돌아오자 사실대로 왕에게 아뢰었다. 그러자 정조는 오히려 이런 화상의 태도에 감탄하고 재차 순천 군수를 통해 하사품을 해붕에게 전하도록 했던 것이다. 해붕은 그 하사품을 몽땅 선암사〔전남 승주 소재〕에 내놓고 절을 수리하는 데 쓰도록 했다.

추사의 〈동리와 더불어 승가사 해붕화상을 만나다〉라는 시가 전한다.

    그늘의 석벽은 늘 비를 머금기 마련인데/아슬아슬한 봉우리에 한 그루 푸르름이라./솔바람이 탑을 쓸어주건만/북두는 은하수를 긷고 있네.
    (陰洞尋常雨 危峯一朶靑 松風吹掃榻 星斗汲歸甁)
    돌의 본디 모습으로 말한다면/새도 참선하는 글자 없는 경문이로다./이끼 낀 받침은 떨어져 나간 공이라/규전은 누가 새겼던고.
    (石證本來面 鳥參無字經 苔跌空剝落 虬篆復誰銘)

북한산이 곧 삼각산이고 백운·인수·국망의 세 봉우리가 세모꼴로 솟아 있다. 이 시는 승가사에서 비봉(碑峰)을 바라보며 지었으리라. 당시의 사람들은 무학대사(無學大師 : 1327~1405)의 전설을 누구나 믿고 있었다. 대사가 한양을 도읍으로 정할 때 만경대(국망봉)에 올라 지세를 살피고서, 용맥(龍脈 : 지맥)을 따라 남쪽으로 갔는데 거기 비석이 하나 있었다.

그리고 '무학이 잘못 찾아 이곳에 이르리라'는 석각이 되어 있었다. 이 비석이 있는 곳에서 다시 돌이켜 만경대로부터 정남(正南) 방향으로 나아갔더니 삼각산의 세 맥이 하나로 뭉친 성국(成局 : 지맥의 합류점)을 발견했고 그 아래 경복궁의 터를 잡았다는 것이다. 앞서의 비석이 있는 곳을 비봉이라 했는데 비석은 바로 진흥왕 순수비였던 것이다.

추사의 이 시로 보아 순수비 발견 전의 작품인데 해석은 자유롭게 할 수 있다. 순수비는 거대한 바위 위에 있었는데 당시 그곳에 오르기란 힘이 들었으리라.

추사는 그 표현을 늘 비에 젖은 것만 같다고 하였다. 다음의 '일타청', 꽃을 형용하는 일타홍이란 표현은 많지만 이는 참으로 독특한 표현이다. 그만큼 신선한 느낌을 준다.

일타청이란 그 바위 위에 한 그루의 소나무가 위태로이 나 있었음을 우리에게 시사한다.

석벽에 소나무가 날 리 없다고 생각되기 쉽지만, 소나무처럼 생명력이 강인하고 바위 틈 흙이 조금이라도 있다면 뿌리를 내리는 것도 있다. 우리 민족의 상징으로 잘 어울린다.

비봉은 표고(標高) 566m로, 강풍이 늘 분다. 그 바람은 추사의 표현을 빌릴 것도 없이 탑(비석)을 말끔히 청소해주고도 남는다. 그리고 '성두급귀병(星斗汲歸瓶)'이라는 구로 오래된 석비임을 설명한다. 예로부터 북두칠성은 국자로 표현되고 국자는 물을 떠서 병에 담는 도구이다. 함축하는 의미가 참으로 웅대하지 않는가.

오언율시의 경련과 미련에서 불교 냄새가 짙게 풍긴다. 미련(제7구, 제8구)의 첫머리에서 추사는 또한 솔과 이끼를 대비하고 있다. 우리 선인들은 중국에도 없는 독특한 우주관을 갖고 있었다. 우주관은 경학에서 보았듯이 인간의 성명(性命)이었다. 생명——장명(長命)——장수 사상이라고 해도 좋다. 그것은 '십장생(十長生)'이라 일컫는 해·구름·물·돌·소나무·대나무·잔디(띠풀)·거북·학·사슴인데, 이 가운데 띠풀이 불로초이고 이끼라는 설이 있다. 잔디는 영지(靈芝)로 변하는 것이고 이끼·버섯·지의(地衣)니 하는 것도 옛사람들은 엄격히 구별하지 않았던 것이다.

비봉의 '진흥왕 순수비' 발견은 병자년 7월의 일이다. 예당은 이때 '此新羅眞興大王巡狩之碑 丙子七月金正喜金敬淵來讀'이라고 새겼다. 석수장이를 불러 새겼을 것이므로 적어도 몇 차례는 비봉에 올랐다는 것이 된다. 이 시의 제목이 〈승가사 여동리 회해붕화상〉이므로 이때 대사도 함께 바위에 올랐던 게 아닐까? 전기가 없어 나이는 미상이나 추사보다 10여 년 연장이라고 가정한다면, 아직도 40대의 장년이다. 적어도 첫번째 등반은 그럴 가능성이 있다.

병자년(순조 16 : 1816) 겨울쯤이었다.

이 무렵 친하게 교유한 인사로선 여러 사람이 있었겠지만 운석 조인영, 황산 김유근, 그리고 동리 김경연이 있었다.

운석은 풍양 조씨로 이조판서 진관(鎭寬)의 아드님으로 특히 의리심이 강하고 조리가 밝았다.

이 세 사람과는 특히 금석학에 관해 담론했다. 《완당집》에는 황산과 동리에게 보낸 편지가 각각 세 통씩 수록되고 있다. 서독(書

牘 : 편지)이라는 것은 서화사에도 한몫을 담당한다. 서독은 서법과 시문 연구에 귀중한 문헌일 뿐 아니라 그 인물의 내면을 엿보게 하기 때문이다.

여기에서는 편지를 예로 들어 황산과 동리에 대한 완당의 마음을 읽고 싶다.

먼저 황산에게 보낸 편지 하나.

'삼가 찾아뵙지 못한 일간의 균체〔존체나 같고 높임말〕가 만안(萬安)하시며, 요즘 관아에 연일 나아가심으로 옥체에 손상이나 있지 않으신지요? 그러나 앙축하고 앙축하옵니다. 정희는 어젯밤에야 과시(科試)의 결과를 알았지만 혹시 방안(傍眼 : 과거의 제2석과 제3석)을 보시지는 않으셨는지요? 익숙한 솜씨로도 하나를 쏙 뽑아낸다는 것은 고금에도 드문 예이며, 밀려오는 밀물에서 박식으로 얻은 것입니다.

이 말에 큰 꾸지람이 있을 것이오나 저로선 한창 일어나는 귀댁 가운을 탄 용객(龍客 : 사위를 비유)이 비단을 다투는 일〔장원급제〕과도 같은 기적이라 저도 모르게 그만 감탄의 소리를 외치고 말았습니다.

축하로서 만만세이며 늦게라도 찾아뵙고 인사를 드릴까 합니다만, 언제 댁에 계신지 모르겠군요. 만일에 이재(권돈인)와 정담(鼎談)을 하게 해주신다면 더없는 바람이며, 이것은 아무쪼록 귀담아 주시기 바랍니다. 그럼 이만 줄이옵고 불비례(不備禮)합니다.'

이때 추사는 31세이다. 운석이 돌아왔다. 운석의 연행기는 문집에도 있지만, 이때 청의 유희해(劉喜海)에게 가져갔던 탁본 수십

본을 주어 유연정(劉燕庭 : 희해의 자)의 《해동금석원》을 탄생케 하는 계기가 되었다. 그리고 옹소재도 물론 방문했지만 깊은 접촉은 없었던 모양이다.

추사는 운석의 하인이 전해준 담계의 편지를 정월 스무닷새에 받아 읽었다. 담계의 편지 내용은 옹수곤에 대한 추사의 조의에 대한 감사 표시와 경학에 대한 질문을 친절히 회답해 준 것이었다. 추사는 담계뿐 아니라 완원과도 편지 왕래가 있었다.

따라서 운석과는 2월이 되어서야 만났다고 여겨진다. 운석은 추사를 맞자 흥분된 목소리로 입을 열었다.

"역시 연경에 가기를 잘했었네. 서화에 대해서는 별로지만, 금석에 있어서는 괄목한 것이 있었네."

추사는 미소짓는다. 연행을 경험한 그로선 실감이 나는 운석의 소감이었다.

"그야 누구나 느끼는 일이지요. 나도 꼭 기회가 있다면 다시 갈 생각이지만 옹담계 선생의 근력은 어떻습니까?"

추사는 편지로 늘 소식은 듣고 있지만 그래도 직접 만나보고 온 운석의 말을 듣고 싶었다.

"정정하더군. 친절히 만나 주었는데 역시 완당과 육교 이조묵의 소식을 묻더군."

운석은 옹담계가 소장한 석묵서루(石墨書樓)의 금석문을 보지 못했던 모양이다. 하기야 담계는 80세를 넘긴 고령으로 그럴 기력도 없었을 터이고, 성원 옹수곤이 살아 있었다면 운석을 친절히 안내해 주었을 것이다.

"그럼 완원 선생은 만나셨습니까?"

"아니, 그는 연경에 없었네. 그 대신 연정 유희해를 만났다네."

사실 추사도 완원과는 편지 왕래가 자주 있었던 것은 아니다. 추사는 해마다 동지사편에 안부 편지를 보냈었지만 그의 수서(手書)를 받기는 몇년에 한 번 꼴이었다. 그러나 금석학에는 완원을 빼놓을 수가 없다.

명대의 동기창(董其昌 : 1555~1636)은 그의 《화선실수필》에서 '선종(禪宗)엔 남북 2종이 있고 당대에 갈라졌지만, 그림의 남북 2종 역시 당대부터 갈라졌다……'고 했던 것이다.

그런데 완원 또한 '북비남첩론(北碑南帖論)' 혹은 '남북서파론(南北書派論)'을 처음으로 주장했다. 왕희지로부터 지영(智永)에 이르는 남조의 글씨는 격조가 높고 유려하지만, 그 진적은 모두 간독(簡牘 : 대나 나뭇조각에 쓴 것)에 의한 것으로 자연히 행·초서가 많고 해서체는 볼 만한 자료가 적다. 만일 정해(正楷)의 모해(模楷)를 구하려 한다면 비문에 의할 수밖에 없다.

더욱이 진무제는 함녕(咸寧) 4년(278)에 조서를 내려,

'비석은 사미(私美)를 나타내고 거짓을 흥장(興長)하는 것이다.'

라며 이의 건립을 금했고, 이어 동진의 의희(義熙) 연간(405~413)에도 배송지(裵松之)가 이를 논하여 금지케 했다. 서진이 멸망한 뒤에는 이런 금제(禁制)가 휴지 조각이 되어 북방에선 비석이 활발히 세워졌지만, 남방에선 이것이 오래 지속된다. 더욱이 명태조 주원장은 비석을 모아 축성의 재료로 썼다고 하며, 따라서 강남에는 육조의 묘비로 잔존하는 것은 손가락으로 꼽을 정도였다. 이것과 반대로 북방에는 비갈과 마애가 각지에 존재하고 풍부히 남아 있다. 그래서 해서의 발달을 연구하려면 북비(北碑)를 연구해야만 하는 것이었다.

때문에 남조의 서가 필적은 '법첩'으로 전해졌던 것인데, 북비

는 오히려 비문으로밖에 남겨지지 않게 되고 말았다. 그러나 앞에서도 말했지만 이 법첩이란 것이 후대에 이를수록 번각(翻刻)에 번각을 거듭하여 원형(原形)을 잃기에 이른다. 완원은,

'무릇 글씨로선 남북의 양파가 있다. 동진·유송·제·양·진(陳)이 이른바 남파이고 위(魏)의 종요(鐘繇)·위관(衛瓘)으로부터 왕희지를 거쳐 지영·우세남에 이르는 서가가 이를 대표한다. 조(趙)·연(燕)·북위·북제·북주〔이상 5호 16국에 속함〕·수(隋)가 곧 북파로서 종요·위관·색정(索靖)으로부터 최열(崔悅)·노심(盧諶)·요원표(姚元標)·조문심(趙文深)·정도호(丁道護)를 거쳐 구양순·저수량에 이르는 서가는 이 파를 대표한다. 그리하여 남파의 글씨는 법첩에 의해 전해지고 북파의 글씨는 비석에 의해 남겨졌다. 다만 법첩은 자주 번각되어 참된 맛을 잃고 말았지만, 비석은 옛날 그대로의 모습을 간직하고 있으므로 법첩을 버리고 비문으로 돌아가야 한다.'

고 주장했다.

완원의 이런 설에는 물론 이의가 있다.

예컨대 포세신(包世臣)은 각의북비(刻意北碑)를 배워 그 마음가짐을 《예주쌍집(藝舟双輯)》에서 소개했고, 청말의 강유위도 《광예주쌍집(廣藝舟双輯)》을 저술하여 완원설을 적극 옹호했다.

그러나 송학의 그것처럼 한족측의 주장은 이것에 반대한다. 그 예로 서진이 멸망하면서 낭야〔산동 반도 아래〕의 왕도(王導 : 왕희지의 백부)가 종요의 선시표(宣示表)를 가지고 장강을 건넜다고 전해지는 것은 남파의 글씨가 북으로부터 전해졌음을 말하지만, 양(梁)의 서가(書家) 소자운(蕭子雲)을 배운 왕포(王褒)가 북주로 들어가 귀족들 사이에서 중시되고, 조문심 또한 그로부터 배웠다는

것은 남파의 글씨가 북파에 전해진 것이라고 주장한다. 따라서 북파고 남파고 구별이 없다는 것이며, 이를 강력히 주장한 것은 안지추(顔之推 : 531~602, 《안씨가훈》 저자)였다.
 그러나 남파 서가의 글씨는 대부분 간독류이고 행초(行草)가 많아 해서를 알려면 역시 북비를 본받아야 한다는 완원의 주장은 누구도 부인 못하는 사실이다.
 추사는 그런 것을 운석에게 들려주고 싶었지만 그만두기로 하고, 그날은 집으로 돌아왔다.

 을해년 7월, 추사는 동리와 더불어 비봉의 '진흥왕 순수비'를 발견한다. 당시 비봉의 비석은 전설로선 사람들에게 알려져 있었으나 실제로 올라간 사람은 좀처럼 없었다. 오히려 '황초령비(黃草嶺碑)'로 알려진 함흥(咸興)의 진흥왕 순수비는 옛날부터 알려져 있었다. 오산(五山) 차천락(車天輅 : 1556~1615)은 선조 때의 뛰어난 문장가인데 그의 문집 《오산집》에 이 비석의 기사가 나온다. 또한 조금 빠른 유학자 학봉(鶴峰) 김성일(金誠一 : 1538~1591)은 선조 7년(1574) 함경도를 여행중 이 비석을 보았다는 기사가 연보(年譜)에 나온다. 이밖에 《대동금석서》《성호사설》에도 인용된다.
 그러나 삼각산의 순수비는 추사가 발견하기 이전에는 그 소재를 몰랐던 것이다. 혹 올라간 사람이 있었겠지만 무심코 보았을 정도였으리라.
 특히 동절에는 빙판이 생기고 미끄러운 데다가 위험하여 동반하는 사람이 없었다.
 동리와 추사는 이런 대화를 주고받았다.
 "추사, 힘들게 올라왔군. 그런데 올라서고 보니 역시 만경대답군그래."

추사는 그곳에 있는 기묘한 비석에 눈길을 보내고 있었다.

"무엇을 보고 있나?"

하고 동리는 뒷말을 삼켰다. 동리도 그제야 비석을 발견했던 것이다. 그들은 가까이 다가갔다. 비석이 온통 푸른 이끼로 덮여 있다. 이끼가 없는 비면은 거무스름하니 변색되어 있고 손가락으로 비벼보았지만 아무런 글씨도 보이지 않았다. 그런데 추사는 넋을 잃은 듯이 이끼가 덮인 비석을 응시한다.

동리가 중얼거렸다.

"틀림없는 비석인데, 이것은? 몰자비(沒字碑)인가, 아니면 무학비(無學碑)인가?"

그래도 한동안 추사는 말이 없었다. 추사는 《금석과안록》에서 승가사 진흥왕 순수비라 제(題)하고,

'바위를 깎아내어 부(趺:비석의 받침돌. 보통 거북 등에 올려놓아 귀부라고 함)를 만들고 위에 네모진 처맛돌을 올려놓았다. 지금 그 처맛돌이 벗겨져 아래에 떨어져 있다. 전액(篆額:보통 비석 전면에 이수(뱀 비슷한 게 얽혀있는 조각) 아래 전서로 쓴 것)이 없고 음기(陰記:비석 뒷면의 비문)도 없다.(鑿岩爲趺 上加方簷 今其簷脫落在下 無篆額無陰記)'

라고 썼다. 그러니까 소박한 형식의 옛날 석비인데 이끼로 덮여 있었던 것이다.

동리가 삭정이를 주워가지고 와서 비면의 이끼를 벗겼다.

"글씨가 있다!"

두 사람은 동시에 외쳤다. 그런 다음에 추사는 정신이 없었다. 그 역시 삭정이를 주워가지고 이끼를 벗기는 데 열중했다.

"동리 형, 조심해요. 비면의 문자가 상할지도 모릅니다."
"물론이지."

그들이 비석 앞뒤의 이끼를 벗겨내는 데 반 각(시간) 이상은 걸렸을 터이다. 따라서 그곳에서 굽어볼 수 있는 경치를 감상하는 것도 잊었다.

비석은 북한산 문수암(文殊庵) 뒤쪽으로부터 말잔등처럼 동남방으로 향한 거암 위에 있는데 방향 역시 동남향이다. 그곳에서는 남한·용문(龍門)·수락산(水落山)이 보이며 한강이 우측에서부터 장안의 뒤를 감돌면서 흐르는데 아득하게 구름 사이로 서해가 보인다. 그리고 비석은 바위 꼭대기 부분을 쪼아내고 3단으로 기단(基壇)을 만들고 부(받침돌)로 삼았다.

그리고 바위와는 다른 돌인데 견고한 화강암이고(나중에 측량된 것이지만) 받침돌(부) 위 비석 높이(碑身)는 다섯 자 한 치 두 푼, 폭은 두 자 세 치 여섯 푼, 두께는 다섯 치 닷푼이었다.

황초령비나 승가 진흥비나 비문은 12행인데(물론 결자가 있다) 각 행의 문자 수는 다르다. 《완당집》〈이비고(二碑攷)〉를 보면 황초령의 고증이 분량도 많고 세밀한데, 이는 진흥왕 순수비에 대한 연구가 종합적으로 이루어졌고 그 사이에 연구가 많았다는 것을 증명한다.

여기에서는 먼저 승가 진흥비에 대해서, 그것도 '이끼와 비문'에 대해 쓰고 싶다. 그러니까 추사가 발견할 당시 비록 비문은 마멸되어 결락되고 있었을망정 그나마 이끼가 어느 정도 보호막 구실을 했던 게 아닐까 하는 점이 있기 때문이다.

추사와 동리는 이끼를 대충 벗겨내고 어렴풋이 글씨가 있다고 판별했으나 직접 읽을 수는 없었다. 이런 경우 탑본에 의해 비문을 판독할 수가 있다.
 여기서 추사와 동리(해붕화상 동행)는 일단 내려갔다가 다음날쯤 탑본을 뜨기 위해 올라왔다는 추리가 성립된다. 그러나 이것은 중요하지 않다.
 《완당집》〈이비고〉의 '승가 진흥왕 순수비' 부분을 보면 판독한 비문을 소개한 다음, 아래와 같이 적고 있다.
 '오른쪽(책의)은 신라 진흥왕 순수비로서 현재 경도(京都 : 한양)의 북쪽 20리, 북한산 승가사 곁의 비봉 위에 있다. 길이 여섯 자 두 치 세 푼, 넓이(폭) 석 자, 두께 일곱 치〔후대의 측량과는 다르며 크다는 데 주목〕.
 바위를 깎아내어 부(趺)를 만들고 위에 네모진 처맛돌을 올려 놓았으나 지금은 그 처맛돌이 벗겨져 아래에 떨어져 있다〔경술국치 이후 조사 보고에 의하면 이 떨어진 것은 미발견〕. 전액은 없고 음기도 없다. 모두 12행인데 글자가 모호하며 매 행마다 몇자인지 판별할 수는 없다.
 아래로 제6행의 상(賞)자와 제8행의 사(沙)자를 끝자로 삼고, 맨 위로선 지금 남아있는 제1행 진(眞)자를 가장 높은 것으로 삼는다. 그러나 그 위로는 판독할 수가 없고 비문 전체로 판별할 수 있는 건 70자이다〔즉, 제1행은 眞興大王及衆臣等巡狩△△△時記 …… 로 되어 있는데 이것으로 제1행이 끝난 것인지, 아니면 문장이 그대로 계속되는 것인지, 추사는 〈이비고〉에서 고증하고 있다〕.
 그런데 상호 비교하여 보면, 제1행의 맨 꼭대기 眞자로부터 제8행의 제일 아래의 沙자를 기준하여 1행은 21자이다. 판별할 수 있는 것은 제1행 12자, 제2행 3자, 제3행 4자, 제4행 3자, 제5행 7자, 제6행 4자, 제7행 3자, 제8행 11자, 제9행 11자, 제10행

8자, 제11행 4자, 제12행은 분명치가 않아 한 글자도 얻지 못했다.
　……중략[북한산의 역사적 배경 설명 생략]

　그런데 이 비문 제1행의 대왕(大王)이란 글자, 제5행의 충신정성(忠信精誠)자, 제7행의 도인(道人)자는 모두 황초(령)비와 같으며 또 부지(夫智)는 곧 황초비의 대아간비지부지(大阿干比知夫知: 대아간은 관직명, 비지부지는 인명)인데 智와 知가 같은 자로 사용된다. 급간미지(及干未智: 급간은 관직명, 미지는 인명) 역시 황초비에 있는 것인데 두 비는 같은 때일까?

　제8행의 급간내대지(及干內大智)의 급간은 곧 관직명이고 내대지는 사람 이름이다. 같은 줄의 간남천군주사(干南川軍主沙)의 간은 관직명인데 아간(阿干)·잡간(迊干)처럼 아래에 붙여 사용한다. 지금 탁본을 보건대 干자 위 글자가 迊자 비슷하나 감히 확정하지는 못했다. 군주(軍主)란 곧 도독(都督)인데,《삼국사(기)》〈직관지〉에 도독은 아홉 명이요, 지증왕(智證王) 6년 이사부(異斯夫)로 실직주(悉直州) 군주를 삼았고, 문무왕 원년에 총관(摠管)으로 고쳤으며 원성왕 원년엔 도독이라고 일컫는다. 위계(位階)는 급찬부터 이찬까지이고 이는 외관(外官: 지방관) 중의 상위자이다. 沙는 주거하는 곳의 부(部: 부족 단위?) 이름으로 이 위쪽에 인명이 있었던 듯싶다. 제9행의 대나△지(大奈△智)는 관직명이고 〈직관지〉에 대나마·나마의 두 사람이 있는데 이곳에 기재한 대나△가 그것이다. 지(智)는 곧 인명의 상단(上段: 윗칸, 결자임)이고 차나(次奈) 역시 인명으로 하단(下段)이 비어있는데, 이 관명의 빈 곳은 틀림없는 나마일 것이다.

　……하략[비석 발견 경위를 설명]'

추사의 진흥왕 순수비 발견과 비문의 탑본은 운석 조인영을 홍분케 만들었다. 추사는 물론 다른 선배나 친구에게도 알렸지만 그 중에 가장 열성을 보인 것은 운석이었다. 그래서 《완당집》의 〈이비고〉에서 '정축(1817) 6월 8일 김정희·조인영이 와서 나머지 68자를 살폈다'는 기록을 비석 측면에 새겼다.

여기서 주의할 것은 두 가지 점이다. 추사는 운석보다는 네 살 연하이고 당시의 관습으로 선후배 관계가 명확했을 텐데, 역시 첫 발견자인 추사의 이름을 먼저 석각했다는 점이다. 두 번째는 추사가 탁본에 의해 판독한 것은 70자인데 비석에 남은 글자 68자를 살폈다는 내용이다.

비봉 등반은 당시로서 아무 때나 할 수 있는 게 아니며, 역시 전인미답(前人未踏)의 곳이었다고 생각된다. 또 70자가 68자만 언급된 것을 보면 예당과 운석 사이에서 탑본의 글자를 대상으로 검토와 토론이 있었다고 여겨진다. 〈이비고〉에는 70자 전부가 나와 있지만 운석은 끝내 68자만 인정했던 게 아닐까? 이 결과 추사는 자기의 70자설을 담계에게 알렸고, 운석은 운석대로 68자설을 유연정에게 알려 《해동금석원》〈보유권일(補遺卷一)〉에 올리도록 했다고 추측된다.

서체는 육조 해서체이고 글자의 지름은 한 치였다.

추사가 운석 조인영에게 보낸 편지는 한 통만 전한다.
역시 북한산 순수비에 관한 것으로 병자년의 장마철이었다고 추정된다.

'비바람으로 사람이 그립고 정 붙일 곳도 없는데 형께서는 무슨 생각을 하고 계십니까? 문을 잠그고 홀로 들어앉아 재차 비봉의 고비 탁본을 꺼내어 반복하며 세밀히 보았습니다. 제1행 진흥대왕 아래의 두 글자는 처음에 구년(九年)으로 되어 있었을 겁니다. 구년이 아니면 곧 '순수' 두 자 또는 그 아래 신(臣)자 비슷한 게 있고 臣자도 아니면 관(管)자이며, 管자 아래 경(境)자가 붙는 것은 드물지가 않으므로 이를 모두 합쳐 진흥대왕 순수관경(巡狩管境) 여덟 자입니다.'

이때쯤 추사는 이미 탁본의 70자 점검을 마치고 비문 해독에 들어갔음을 알 수 있다. 편지는 계속된다.

'이런 예는 이미 함흥 초방원(草芳院) 북쪽의 순수비 제7행 도인(道人) 두 자 또는 초방원 비 때의 '수가사문도인(隨駕沙門道人)'이란 말과 꼭 맞아 잘못이 없습니다.'

추사의 〈진흥이비고〉를 보면 황초비는 12행 총 272자 중 완전 해독자가 239자이고 불완전한 게 13자, 결자 17자, 공격(空格 : 띄어있는 부분) 3자로서 북한비보다 훨씬 완전하다. 그리고 추사는 다음과 같이 기록했다.

'비석의 상단은 이미 망실되어 그 규수(圭首 : 비석 머릿부분의 모난 것)와 전액(篆額)은 자세한 것을 모른다. 그러나 북한비와 이 비는 같은 때이고 이 비에 규수를 만들지 않음은 북한비와 같은 예라고 하겠다.'

추사는 그의 시문을 보아 후년에 황초비를 방문한 것이 분명한데, 이때는 황초비 탑본과 대조하며 해독에 힘썼다고 생각된다.

원래 황초비는 황초령에 세워져 있었던 것인데 그 정확한 원래 위치는 불명이다. 추사는 〈이비고〉에서 '이 신라 진흥왕 순수비는 함경도 함흥부 북쪽 백십 리의 황초령 아래에 있다. 비석은 지금 망실되고 있어 나는 단지 탁본 이단(二段)을 얻고 이를 맞추어 보앉는데…… 운운'이라고 기록했다.

　그런데 황초비의 존재는 비교적 빠른 시기부터 알려져 있었다.
　황초령이란 함경도 이원군(利原郡)에 있으며, 옛날엔 마운령(磨雲嶺 : 산맥)의 일부라고 여겨졌다. 그리하여 일제 시대 '장진 고원(長津高原)'이란 이름이 지도상에 표기되었지만, 황초령은 그 남단으로 되어 있다.
　황초령은 고려 때 이미 윤관(尹瓘)의 육성(六城) 축조(1107)와 관련이 있지만 순수비에 대한 기사는 보이지 않고, 구암(久庵) 한백겸(韓百謙 : 1552~1615)의 《동국지리지》에 그것이 나온다. 즉 구암은 이렇게 썼다.
　'동옥저는 지금의 함경남도인데 진흥왕이 지금의 안변(安邊)으로 비열주(比列州)를 삼고, 고원(高原)은 정천군(井泉郡)을 삼았다. 함흥의 황초령 및 단천(端川)에도 순수비가 있는데, 이는 동옥저를 신라가 빼앗은 때가 있기 때문이다.'
　그리하여 《동국문헌비고》〈여지고(輿地考)〉역대국계(歷代國界) 신라조의 기사가 있는데, 이는 구암의 《동국지리지》를 인용한 것이다. 그러나 순수비가 함경도에 둘 있다는 구암설은 의문의 여지가 있었다. 앞서의 《문헌비고》〈여지고〉는 여암(旅庵) 신경준(申景濬 : 1712~1781)이 집필 담당이었는데 그는 〈강계지(彊界志)〉에서 '함흥초방원비'는 인정했지만 '단천비문은 현재 상고되지 않았다' 하였고 추사도 《금석과안록》에서 '단천에 순수비가 있다는 것은 명확한 근거가 없다'고 한다.
　그런데 구암과 같은 시대 사람인 차천락은 그의 《오산설림(五山說林)》에서 흥미로운 말을 하고 있다. 오산은 선조 때의 대문장가로 그의 시를 석봉(石峯) 한호(韓濩 : 1543~1605)가 병풍에 글씨로써 명나라 이여송(李如松)에게 선물했을 정도였다.
 '의춘령(宜春嶺)은 갑산(甲山)에서 닷새 일정이고 백두산 아래와 가깝다. 짧은 비석이 풀 속에 가려져 있는데, 신립공(申砬公)이 남병사가 되어 여진을 치러 왔을 때 나도 이것을 볼 기회가 있었다. 높이 겨우 다섯 자, 넓이 두 자 가량. 글자는 필진도(筆陣圖)와 같았지만 작았고, 태반이 결락(缺落)되어 있었다. 비문에서 말하기를 황제는 고구려왕이라 했고, 탁부(啄部) 모모인 예닐곱 명이라 했는데 나는 탁부가 어떤 관직인지 해독할 수 없었다. 그 뒤 하곡(荷谷) 허봉(許篈:1551~1588,《홍길동》의 작가 허균의 형님. 학자)에게 물었는데, 그는 말하기를 내 일찍이 고사(古史)를 보았지만 탁부는 지금의 대부라고 하더라……'
 오산이 보았다는 이 비석을 황초령비라고 하는 것인데, 어쩌면 '단천비'인지도 모른다. '탁부'라는 글자는 황초령비에도 나오지만 고구려왕 운운은 없는 말이다.
 오산보다 앞선 학봉(鶴峯) 김성일(金誠一)의 연보에, 그가 일찍이 선조 5년(1572) 함경도 지방을 여행하고,
 '황초령은 북청(北靑)·삼수(三水)에 있고 위아래 수십 리에 사람이 살지 않으며 '위'에 짧은 비석이 있는데 신라 진흥왕이 세운 것이라고 한다.'
고 했는데, 이것도 '단천비'의 존재를 말하는 것처럼 들린다. 이밖에 《성호사설》에서는 '삼수현에 초방원비가 있고 곧 신라 진흥왕 순수비……'라고 했으며, 《대동금석서》에도 '초방원비는 삼수에 있는데 진흥왕 순수기(巡狩記)이다. 신라 진흥왕 29년, 진(陳:중국의 남조)의 임해왕 광대(光大) 2년(568) 무자(태세)에 세웠다'고 한다.

또 《문헌비고》(권14)에,

'진흥왕 순수 정계비(定界碑)는 함흥부 북쪽 '초방원'에 있고 〔《문헌비고》는 〈영조본〉〈정조본〉〈광무본〉이 있는데 후대로 내려올수록 내용이 부실하다. 단천비가 빠짐〕 비문에서 생략하여 가라사대 짐은 태조의 기틀을 받아 왕통을 계승하며 스스로 삼가하고 몸을 조심했느니라. 또 가로되 사방으로 경계를 넓히고 국토와 백성을 얻되 이웃 나라와의 신의와 화평을 맹세하며 사신 왕래를 하였노라. 또 가로되 세차(歲次:태세)로서 무자년 가을 팔월에 관경(管境)을 순수하며 민심을 탐문했노라.'

그런 뒤 사관의 의견이 첨부되고 있다. '초방원은 함흥부 북쪽 황초령 아래에 있지만, 방(坊)은 《여지승람》의 황(黃)과 음(발음)이 서로 가깝다. 《해동집고록(海東集古錄)》〔저자 불명. 책이름만 전함. 구양수의 《집고록》처럼 비문 목록〕》에 비문은 12행이고, 매행 35자, 총계 420자인데 마멸하여 판별할 수가 없게 되어 판별할 수 있는 것은 겨우 278자'라고 했다.

이렇듯 사람마다, 기록마다 조금씩 다른 것은 실제로 현지 답사는 않고 문헌을 참조하여 기록한 탓이라고 생각된다. 그러나 어쨌든 황초비를 최초로 깊이 연구한 것은 역시 추사 김정희로서 후세의 연구도 〈이비고〉를 참조하고 있다.

'비문에서 말하는 팔월 스무하룻날 계미(일진)와, 또 말하는 세차(태세) 무자 가을 팔월을 살펴보건대, 이는 신라 진흥왕 29년 세차로 무자년(568)이고 곧 개원하여 대창(大昌)이라고 한 해이다. 이는 고구려의 평원왕 10년·백제 위덕왕 15년·중국으로선 진의 폐제(廢帝) 백종(伯宗)의 광대 2년이고, 북제(北齊) 위(緯)의 천통(天統) 4년, 후주(後周) 무제 옹(邕)의 천화(天和) 3년,

후량(後梁) 세종 규(巋)의 천보(天保) 7년에 해당된다(중략 : 이하 신라의 역사 등 설명).'

여기서 중요한 것은 진흥왕이 '대창'이라는 연호를 쓰고 있다는 점이다. 대창에 앞서는 개국(開國)이다. 그리고 그 뒤의 각국 연호는 비문 건립의 해를 고증한 것이지만, 추사는 남조고 북조고 차별 않고 이를 모두 공평하게 인용한다.

이것은 아무것도 아닌 것 같지만 당시의 사회에선 앞선 생각이었다.

'《신라 본기(本紀)》에서 법흥왕 23년(536), 비로소 연호로 건원(建元) 원년이라 칭했고, 진흥 12년 개원하여 '개국', 29년에 개원하여 '대창'이라 했으며, 이때 천자의 제도를 쓰기 시작했기 때문에 비문에서 '짐'이라 칭하고 제왕 건원의 말로 이 해에 대창이라 개원했던 것이다.'

당시의 사대주의자들이 해동에 무슨 연호가 있는가 하며 믿으려 하지 않는 것을 깨우쳐주기 위해 이런 설명을 덧붙였던 것이다.

'……중략〔신라 진흥왕 때의 관등 인명 등의 고증〕

── 草坊院在今咸興北百餘里 草黃嶺下, 坊輿地勝覽 作黃坊 黃音相近 ──정희가 살펴보건대 황초령은 함흥부의 북쪽 일백 십 리에 있고 영 아래 원(院)이 있는데 고금의 기록이 혹은 草坊, 혹은 草方, 혹은 草黃, 혹은 黃草라고 쓰고 있지만 사실은 모두 같은 것이다. 근세의 문익공 유척기(兪拓基 : 1691~1767)댁 소장의 《금석록(《해동금석록》으로 비문의 대조용으로 씀)》에서 말한 삼수초방원 진흥왕 순수비는, 대체로 삼수군에 草坪院이 있고 또는 草坊이라 칭한 까닭에 지금의 사람들이 혹 삼수에서 이를 찾으려고 한다면 헛일이 되리라.

또한 이 비문의 제2행 맨 아래에 '짐'자가 있고 제3행 제일 위에 소(紹)자가 있지만, 상단은 이미 탈락되어 '소'자 위로 지금 몇자가 있었는지 알지를 못한다. 그러나 《문헌비고》에서 말하기를 朕紹太祖之基라 했으므로, 紹로 곧장 朕자를 잇게 한 것은 잘못이다. 왕의 칭호를 王統이라 한 것도 틀린 것이다.

《해동집고록》에선 비문이 12행이고, 행은 35자로 완전하며 420자로 비문이 되는데, 마멸이 되어 판별할 수 없고 식별할 수 있는 것은 겨우 278자라고 한다. 정희가 보기로선 12행의 각 행이 35자이면 완전한 비문은 공격이 없어야만 420자가 된다.

그러나 지금 탁본으로 현존하는 것을 보게 되면, 제1행에서 아래쪽에 공격 7자가 있고, 제6행에도 공격이 하나 있으며, 제7행에도 공격이 두 자 있으므로 420자가 될 수는 없는 것이다. 이 설은 엉성하다고 하겠다.

또 탁본의 글자로 완전한 것은 239자이고, 불완전한 것은 13자인데, 지금 판별할 수 있는 것은 겨우 278자라고 한다. 또 말하기를 행마다 35자라고 하는데 모두 미지이면서 무엇을 근거로 하는 걸까? 이때 본 것도 지금의 탁본에서 벗어나지 않을 터인데 이를 멋대로 추측한 허공에 걸려있는 설이라고 하겠다. 하략――'

여기서는 진위 여부는 둘째로, 의심나는 점을 가차없이 해부하고 고증하려는 추사의 태도가 돋보인다.

그것은 다시 운석에게 보낸 편지로 돌아가 보아도 확실해진다. 이 편지에서도 추사는 남천(南川)에 대해 결자를 하나하나 메워나가면서 고증한다. 즉 북한산비에 대하여,

'제8행에 '남천'이란 두 자가 있지만, 이 두 글자는 이 비석의

고실(故實 : 역사적 사실)을 충분히 말해주는 요점이라고 생각합니다. 진흥왕 29년에 북한산주가 폐지되고 남천주를 두었던 것이며, 이는 29년 이후에 세워야만 마땅하므로 16년에 북한산주를 순행하고 평정하여 봉작할 때 세운 것이 아닙니다〔이는 《삼국사기》 진흥왕 16년조에 왕은 북한산성을 순행하고 국경을 정했다를 반박함〕.'
라고 했던 것이다.

아무튼 추사의 북한산비 발견은 사람들의 관심을 끌었다. 그리고 탑본을 뜨는 일이 무슨 유행처럼 되었다.

개중에는 몰상식한 사람도 있어 비문을 손상시켰다. 예컨대 광개토대왕비를 말한다면 비면에 쇠똥을 칠하고 이를 불로 태워 탁본을 뜬 일도 있다고 한다. 이렇게 다수의 탁본을 뜨게 되면 분명치 않은 글자가 훼손되어 더욱 마멸되었을 터이고 종이를 두들기는 과정에서 여린 돌이 부숴지기도 했으리라.

그리하여 옛날의 탁본과 현재의 탁본에 차이가 생기는 법이고 귀중한 문화재가 파손되는 것이다.

이는 여담이지만 이런 금석학의 열기는 특히 우리나라에서 수십년이 지나기 전에 식어버렸고 마침내는 망각되었으며, 황초비는 북한산비보다도 더 비참한 운명을 걷는다.

운석 조인영의 《승가사 방비기(僧伽寺訪碑記)》에 '또 살펴보건대 함흥부의 초방령에 진흥왕 북순비(北巡碑)가 있지만 지금은 망실되었고, 다만 탁본이 있다. 글씨체는 해서를 닮았고 예서를 닮았는데 매우 고아롭다'고 하였다. 이 《승가사 방비기》가 언제 씌어졌는지 불명이나 정축년(1817) 이후 수년이 지나지 않아서이리라. 이

진흥왕 순수비(眞興王巡狩碑) 389

계(耳溪) 홍양호(洪良浩 : 1724~1802)의 글에 이런 기사가 보인다.
 '경술년(정조 14년 : 1790)에 유한돈(兪漢敦)이 함흥 통판(通判 : 부윤)으로 가면서 나한테 인사를 왔었다. 나는 그때 가거든 편지나 하라고 당부했다. 이때 조정에선 장진부(長津府)를 신설하고 함흥과 갑산 사이에 있게 했는데, 관내에 황초령이 있고 거반 2백 리 떨어져 있었다. 비석이 영마루에 있었으나 쓰러져 산 아래로 굴러 떨어지고 아래가 모두 부러졌으며 지금은 단지 허리 부분만 반쯤 남아있었다. 보니까 진흥왕 북순비였다.
 탁본을 하나 나에게 보내주었는데, 비문의 글자를 보니 질박한 것이 굳세고, 문맥은 끊기고 결자가 있어 읽을 수가 없었다. 그 중에 시종한 관속의 이름이 나열되었는데, 가로되 탁부(啄部)·아간(阿干)·대사(大舍) 등이 있었고 이는 모두 신라 초의 지명·관위였다. 어찌 진귀하지 않겠는가!'
이것으로 황초비가 무참한 꼴로 오랫동안 방치되고 마침내는 그 소재마저 묘연하게 된 것을 알 수 있다.
 따라서 추사는 처음에 탁본으로 〈진흥이비고〉를 고증하고 연구했던 셈인데 〈신라관경비(新羅管境碑)〉라는 아주 중요한 논고(論攷)가 있다. 이것은 이재 권돈인의 질문에 해답한 것이라고 하며 추사 만년의 작이다.
 '진흥비는 낭선군(郎善君 : 《대동금석서》의 저자, 선조의 왕손) 때 하나가 드러나고 하나는 유문익공(유척기) 때 드러났지만, 마침내 이것을 탐구하는 자가 없었지요. 함흥의 윤광호(尹光護)가 약탁(略拓)을 몇개 뜨기는 했지만 그 뒤 관탁(官拓)으로 말미암아 드디어 매몰되고 민간에서는 형적도 없게 되었습니다. 아우(정희)는 지금까지 40여 년이나 이 비문을 얻고자 고심하며 매번

북행자에게 널리 찾아줄 것을 부탁했지만, 한 사람도 응답한 사람이 없습니다.

  그러므로 안다고 해야 저 새발의 피와 같은 것이지만, 낭선군의 비문은 이단(二段)이고 유문의 때의 이 비는 일단(一段)뿐이라 하일단(下一段)이 없어 더욱 고대됩니다. 만약에 하일단을 거듭 얻게 된다면 더욱 신기한 것이 되어 두려울 게 없을 겁니다.'

그러니까 추사는 낭선군 때 나타난 탁본 2단과 유척기 소장의 1단만으로 비교 검증할 수가 없어 함경 감사였던 권이재에게 간절히 구득(求得)을 부탁한 셈이다. 금석문 연구자로서 불완전한 유척기의 탁본에 없는 하일단을 얻게 되면 연구에 아무런 두려움도 없을 거라는 표현이다. 계속해서 추사는 강조한다.

  '이 비문은 한낱 해동의 금석 조종(祖宗)을 위해서만이 아니고 신라의 강토와 국운을 연구할 수 있는 것으로, 그 실마리를 풀면 비열홀(안변)에 있지 않고 어째서 훨씬 먼 황초령에 있는지 알 것입니다. 금석이 가진 중요성이란 사승(사기)에 비해 이와 같은 것이며, 옛사람이 보물처럼 귀하게 여긴 까닭입니다. 어찌 한낱 고물(古物)인 데 그치겠습니까?'

추사의 애국심이 엿보이며, 그가 진흥왕의 연호를 말한 이유도 이런 데서 발견된다. 당시 '애국'이란 말은 없었고[혹은 아주 희박하다] 민족 사상도 두드러진 것은 아니었는데 추사는 그것을 자각하고 있다. 따라서 유교나 중국의 《사기》를 통해서나마 그것을 읽어내는 능력을 가져야 했다. 보통 유교에 정통하고 경학에 밝은 것만이 능사는 아니다. 이미 '송학'에 이르는 과정을 두서없이 필자는 전개시켜 나왔지만, 그 속에서 '동이'란 무엇이며 '우리 겨레'

는 어떤 위치에 있는가를 설명하기 위해서였다.
  추사의 말은 계속된다.
  '또 한 가지 기(奇 : 이상한 것, 진귀한 것임)한 점도 있는데, 이 비석은 진(남조) 광대(光大) 연간의 것이고 육조 금석은 지금에 이르기까지 약전(略傳)되고 있습니다. 따라서 이 비석은 마치 서로 닮고 있어 보기에는 한때 유행된 중국 내외의 기풍과도 멀지 않고 그리하여 당시 신라가 '마음으로 사모하고 손으로는 따랐던(심취와 모방) 중국풍을 볼 수 있습니다. 또 그 서체가 예서 같기도 하고 해서 같기도 하여 이는 육조 서법으로서 아직도 옛날 규범을 타파하지 못한 채이며 연묘(姸妙 : 아름답고 교묘함)한 겁니다.'
  어느 시대고 떼거리라는 게 있고 파벌은 있다. 더욱이 당시는 글씨쯤은 누구나 쓰고 또한 벼슬의 도구였다. 그리고 우리 것은 천대하고 중국의 것은 숭상하는 시대였다.
  만일 추사의 이 주장을 지금의 매스컴처럼 떠벌였다면 어떤 결과를 가져왔을까? 육조 시대의 서법은 바로 이왕을 비롯한 남파의 글씨체가 아닌가!
  추사는 진흥왕비를 예서도 아니고 해서도 아닌〔似隷以楷 : 이는 운석도 동의한 결론이다〕서체로서 바탕은 육조체이나 좀더 옛날의 고체를 닮았다고 말한다.
  금석학의 묘미란 이런 데도 있었다. 서가로서 추사체의 완성과 진흥비 연구가 완당 김정희의 필생 사업이었다.
  추사는 덮어놓고 주장하는 게 아니다. 다음에서 그것을 말한다.
  '또 증거를 더하는 자료로서 부지(夫知)·급간(及干) 등 관직명과 인명이 있고, 상세히 고증함으로써 국운이 밖으로 뻗는 것을 많이 알 수 있습니다. 아우로서 이 비석의 논고(論攷)가 한 권 있습니다만(〈진흥이비고〉를 가리키는 듯) 일자 일획·지명 하나 인명 하나라도 세밀한 핵증(核證)을 가하지 않은 게 없고, 한 권으로서 많다고 하겠으나 욕심으로 이번의 부탁 말씀을 올리는 것이지요. 그리고 초고는 있지만 아직도 정리가 되지 않아 미완성이고 또한 정리한 뒤에 비로소 올려 보여드릴 생각이라 올리지 않았으니 용서해 주시기 바랍니다. 지금 이미 비석을 얻으셨지만[今旣得碑] 다시 황폐하고 어지러이 우거지는 풀 속에 버려두시면, '대독(고관의 존칭)'이 돌아오신 뒤 필연코 다시 진흥왕의 크고도 빛나는 공도 매몰되고 말겠지요.'

이것은 매우 중요한 대목이다.

이 〈신라관경비〉는 현재 유포되는 《완당 선생 전집》[1934년 발행, 永生堂판의 복각본]엔 수록되어 있지 않으며, 아마도 일본인 손에 들어가 있다고 여겨지지만 《금석과안록》의 저본(底本)이 되었다고 믿어진다.

아무튼 여기서 글 가운데 '금기득비(今旣得碑)'라는 구절이 주목된다. 완당의 《진흥이비고》를 연구한 이마니시 류[今西龍]를 비롯한 일인(日人)학자들은 《금석과안록》 및 《이비고》의 '비금망실(碑今亡失)'이라는 구절을 인용하여 추사는 황초비가 재발견된 것을 몰랐을 거라고 말한다.

그러나 이는 정확하지 못한 고증이라고 생각된다.

즉, 윤정현(尹定鉉)이 철종(哲宗) 3년(1852) 산골짝에 뒹굴고 있는 진흥왕비 토막을 발견하여 산 아래 중령진(中嶺鎭)에 옮기고 지명마저 '진흥리'라 고치고 있기 때문이다.

침계(梣溪) 윤정현(1792~1874)은 헌종 9년(1843)에 문과 급제하고 이조와 예조판서 등을 거치며 향년 82세로 졸했는데 무난한 일생을 보낸 인물이다. 침계가 문과 급제한 지 10년도 못 되어 감사까지 승진한 것은 좀 빠른 느낌이 있지만, 〈신라관경비〉의 편지 상대가 이재가 아닌 이 윤정현이었던 것이다.

왜냐하면 이재 권돈인이 함경감사로 있던 것은 순조의 임진년(1832년 10월)부터 임기 2년인 갑오년(1834년 8월)까지이고, 침계는 철종의 신해년(1851년 9월) 함경 감사가 되고 있다. 따라서 〈신라관경비〉는 추사가 북청(北靑)에 유배된 후였다고 짐작된다.

추사는 끝으로, 이렇게 말한다.

'지금은 이미 천 년이 지난 한 조각의 남은 돌이라도 세상에 있게 되면 구름이나 연기처럼 허무하니 변멸(變滅)하지는 않겠지만, 뒷사람으로서 이를 지나치게 우러르며 꾸민 나머지 과장할까 두렵습니다. 그러므로 작은 것이라도 소홀히 해서는 안되고 영문(營門 : 감영, 특히 함경도는 지금의 전방이나 같음)에 가져오는 일은 매우 아름답지만 그 일을 너무 부풀리게 해서는 안될 겁니다. 제 의견으로 영구 보존책을 말씀드리면, 언제 어디서 이 비석이 굴러떨어질지 모르므로 곧 개척하여 강토를 정한 실적〔비석을 지칭〕을 다른 곳에 옮기도록 하는 게 어떻겠습니까? 만일 그렇게 하시려면 영구지책을 세우심이 가장 좋습니다.'

그러니까 추사의 이 글은 침계가 황초비를 중령진에 옮기기 이전의 것이고, 윤정현은 추사의 충고를 받아들여 지붕 있는 각(閣) 안에 이 비석을 안치하고 그 옆에 간단한 내력을 적은 비석을 따로 세웠던 것이다.

일본인 학자의 연구에 의하면 따로 세운 비석도 윤정현의 찬문(撰文)으로 되어 있지만, 실은 추사의 필적이고, 각 안에 2자 3행의 '眞興北狩古竟'이라는 편액이 걸려 있었다. 이런 비각(碑閣)은 함흥 거주의 진흥왕 자손이라 일컫는 김씨들에 의해 보존되었다.

이제껏 번역한 본문 중 2단이니 1단이니 하는 것은 추사가 구하여 참조했던 탁본에서 비롯된 말이다. 비문을 뜰 때 비면을 커버할 크기의 전지(全紙)가 없어 둘로 나누어서 떴기 때문에 상단·하단의 설이 생겼다는 의견이다.

그리고 황초비와 북한비는 한말(韓末)의 격동기를 거치면서 다시 잊혀졌는데 앞서의 이마니시 류의 연구로 1920년대에 활발해진다. 이마니시는 이두·고려사·금석문 등에 적잖은 자취를 남겼지만, 한인으로서 그에 못지 않은 업적을 남긴 것은 육당 최남선이었다.

육당은 1929년 함경도에 갔을 때 이원군(利原郡) 동면에서 정조(正祖) 때의 사람 율계(栗溪) 강필동(姜必東)의 《이성고기(利城古記)》를 발견하고 황초비의 소재를 찾아냈다. 그것은 복흥사(福興寺) 뒷산인 운무봉에 있음을 알아 실지 답사를 한 것이다. 이리하여 이 발견이 진흥왕 순수비의 재평가와 금석학 연구에 다시 불을 붙인 계기가 되었다. 그것이 6·25동란을 거치면서 지금 어떻게 되었는지 궁금할 따름이다.

병자년(순조 16 : 1816) 11월, 김노경은 경상 감사가 된다. 이 무렵 추사는 《실사구시설(實事求是說)》을 쓴다. 북한산의 순수비를 발견한 이래 탑비에 대한 사람들의 관심은 높아졌고, 이것은 그것에 대한 추사의 금석학 가이드라고 하겠다.

'실사구시는 《한서》〈하간헌왕전〉에서 비롯된 말로 실속이 없는 것이라면 한낱 공소(空疎)한 것으로 타락된다.'

예컨대 실생활을 떠난 학문은 헛된 것이고 성현의 가르침과도 어긋난다.

그럼, 과거의 학문은 어떠했는가?

'한유(漢儒)는 스승으로부터 전승된 경전의 훈고(주석)를 아주 정밀하게 하는 데 힘썼지만, 성리(性理)니 인의니 하는 것은 이 때의 사람들은 알고 있어 깊이 논할 필요도 없었으며 추명(推明: 추리)을 많이 덧붙이지 않을 수 없었다.

또 진인(晉人)에 이르러선 노장(老莊)·허무의 사상을 가르쳐 학문이 타락되고 공소해져 사람들의 학술을 일변케 만들었다. 불도가 크게 행해지자 깨달음에 이르는 걸 선기(禪機)라 했지만, 지리멸렬된 것이 규명할 수도 없게 되어 학술이 또 일변되었다. 이는 한마디로 실사구시와는 상반되는 것으로서 남과 더불어 산다는 게 없는 거다.

양송(북송과 남송)의 유가는 도학을 천명하고 성리 등 사물의 정밀한 면까지 규명했지만, 이것도 실은 옛사람이 드러내지 못했던 것을 드러내게 했을 뿐이다. 또한 육왕(陸王) 등도 생각해 보면 공허한 것이며 심지어는 유학에 불교를 끌어들여 불교 사상이 섞인 유학이 된 것이다.'

물론 총론적(總論的)인 논단(論斷)이지만 상당히 과격한 일면도 없잖아 있어 보인다.

'성현의 가르침을 만일 비유하여 훌륭한 재상가의 주인 거처인 당실(堂室)이라고 한다면, 문과 뜰을 지나지 않으면 들어가지 못한다. 훈고자는 바로 이런 문과 뜰에 해당되고 평생을 문정(門庭)의 곳에서 바삐 뛰어다니며 당에 올라 방에 들려 하지 않는 노복(하인)이나 같다.'

요컨대 훈고자는 지엽말절(枝葉末節)에 얽매이는 자이고 대성할 자는 못된다.

'진송(晉宋) 이후 학자는 고원(高遠)한 것을 바라고 공자를 존숭하며 이로써 성현지도를 삼으려고 했지만, 이것이 천박한 것이 되었고 혹은 당연한 과정을 싫다 하고서 이를 버렸으며, 따로 초묘(超妙)·고원한 곳을 찾기에 이르렀다. 이는 바로 허황된 꿈을 꾸는 것이나 같은 일이다. 제대로 들어가야 할 곳은 놔두고 엉뚱한 데서 방황하는 꼴이다.

무릇 성현지도란 몸소 실천하는 데 있는 것이지, 공리공론을 일삼는 게 아니다. 배움에 있어 마음을 고르고 기를 누르고서 널리 배우되 힘써 실천하며, 오로지 실사구시라는 말 한마디만 실행하면 되는 것이다.'

추사는 이런 글을 쓰는 한편 몸소 장문의 편지를 보내준 스승 담계와 완원에게 각각 북한비에 대한 보고 등을 적어 보냈으리라.

추사 김정희는 정축년(순조 17 : 1817) 2월쯤 경상도에 갔었다고 추측된다. 전년 동짓달에 유당 김노경이 경상 감사로 내려갔기 때문에 경상도를 둘러보고 옹성원이 생전에 부탁한 '무장사비'를 찾아볼까 해서이다. '무장사비'에 대해서는 추사도 이미 들은 바가 있었다.

이계(耳溪) 홍양호는 그의 문집에서 무장사의 '아미타여래 조상비'를 찾았다고 적고 있기 때문이다.

그런데 '무장사비'가 보이지 않는다. 추사는 경주에 여러 날 묵으면서 비석의 잔편(殘片) 두 조각을 마침내 찾아낸다.

현재 박물관에 남아있는데, 비신은 세 조각으로 되어 있고 대석·중석·소석(小石)이라 불린다. 추사는 이 중 두 개를 찾아낸 셈인데 비문은《삼국유사》에 나와 있는 것이라 판독보다도, 그것이 왕희지 집자인가를 자기의 눈으로 확인하는 데 중요한 목적이 있었다.

물론 왕희지의 집자임이 확인되었다. 이 발견의 중요성은 앞에서도 말했지만 서사상 매우 중요한 의미를 갖는다.

추사는 곧 탁본을 떴겠지만 비석 측면에 옹방강 부자와의 금석 인연을 석각했다. 그것에 의하면 잔비의 발견은 정축년 음 4월 29일이었다.

경주에서의 추사는 신라의 구적도 탐방했는데 진흥왕릉을 맨 먼저 찾아갔으리라. 추사는 곧 상경하여 7월에는 운석과 더불어 '북한산비'를 찾고 있는데, 〈신라진흥왕릉고(新羅眞興王陵攷)〉도 경주 방문에서 얻은 성과였다.

'태종무열왕릉 위쪽에 네 개의 큰 능이 있는데, 읍 사람들은 이것을 조산(造山 : 인공산)이라고 말한다. 조산은 모두 능인 것이다'.

실제로 경주에 가서 신라의 왕릉을 보게 되면, 보통의 능과는 달리 둥근 산처럼 쌓아올려진 것을 보게 된다. 이것은 신라 왕릉의 특징이고 어떤 의미가 반드시 있을 터이다. 추사는 그 점을 고증하지는 않았지만, 단순히 진흥왕릉을 찾아내기 위해 이 논고(論攷)를 썼던 것일까? 필자는 그렇지 않다고 느껴지지만, 추사는 역사가는 아니기 때문에 그런 의문을 가지고서도 언급을 피했을 것으로 생각된다.

'봉황대 동서로 조산이 가장 많지만 연전에 산 하나가 무너졌고 그 안이 공동(空洞)이며 검고 깊은 것이 한 길 이상이나 되었다.

모두 돌로 이것을 쌓았고 덮여져 있어 옛날에는 왕릉도 조산은 아니었다. 이것이 조산으로 능을 만든 게 아닌 하나의 증거이다.'

당시는 물론 후세처럼 '고고학'이란 이름으로 왕릉을 파헤치거나 개인의 묘소라도 건드리는 일은 없었다. 따라서 그 안에 무엇이 부장(副葬)되어 있는지 추사로서 알 리가 없었겠지만, 상당한 호기심을 가지고 이런 '조산'을 바라본 것만은 틀림이 없다.

'지(志)에서 말하기를, 진흥왕릉은 서악리(西嶽里)에 있고 진지(眞智 : 진흥왕 다음. 재위 576~579)왕릉은 영경사(永敬寺) 북쪽에 있다고 했는데, 영경사 북쪽이 서악리이다. 태종릉 역시 영경사 북쪽에 있다고 했지만, 이 영경사 북쪽이라는 게 바로 서악리인 까닭이다. 문성(文聖)·헌안(憲安)의 두 왕릉도 함께 공작사(孔雀寺) 터에 있는데, 이 공작사 터가 역시 서악리의 별명이다. 혹은 서악리라 말하고 혹은 영경사 북쪽이라 하고, 혹은 공작사 터라고 하는데, 이는 똑같은 한 곳이고 글에 있어 조금 다를 뿐이다. 따라서 태종릉 위쪽의 사대릉은 조산이 아니고 곧 진흥·진지·문성·헌안의 네 왕릉인 것이다.'

태종무열왕의 능소는 이 비석으로 확인되는데, 그 위쪽의 사대왕릉은 확인할 수 없었던 셈이다. 그러나 추사는 고사(古史)를 읽고 문헌상으로 이를 고증하는 방식을 택하고 있다.

그런데 추사의 이런 설에 이견을 말하는 사람도 있었다. 추사는 다음에서 그것을 해명한다.

'문성과 헌안은 함께 태종의 후손으로서 태종릉보다 위에 있다는 것은 부당하며 도장법(倒葬法 : 자손이 조상보다 위에 묘를 쓰는 법)으로서 뒷사람들이 꺼렸던 일이다. 그러나 옛날엔 그렇지가 않았으며, 또한 태종릉과 네 능은 비록 같은 산자락에 있지만 약간 오른쪽으로 사이를 두고 있어 물론 아무런 장애도 되지 않는다. 네 산으로서 네 능을 만듦은 의심할 데가 없다.
 내가 경주에 갔을 때 고장의 노인 몇 사람과 더불어 근처를 두루 답사하고 찾았지만 다른 능이란 없었다. 지리상으로도 증험되고 사지(史志)에 나오는 네 능과 네 산의 수도 이와 같이 들어맞았다.
 아아, 진흥대왕과 같은 놀라운 기공(奇功)이 있고 궁검(弓劍)으로서 업적을 남긴 이가 아무런 표적도 없이 인멸되고 말았으니 그 아래의 세 능에 대해선 또 무슨 말을 하리요.'
 북한비를 발견했던 추사로선 진흥왕릉은 꼭 찾아가고 싶은 곳이었고, 혹시 무슨 비석 조각이라도 있는지 무장사의 조상비 이상으로 찾았을 터이다.
 강토를 넓히고 순수비를 남긴 진흥왕인데 어째서 정작 당신의 능엔 아무런 비석도 없는 것일까?《삼국사기》를 보면 특별한 정변(政變)이 있었던 것도 아니다.
 진지왕은 진흥왕의 차남인데 태자가 일찍 죽었기 때문에 뒤를 이었고, 다시 진평왕(眞平王 : 재위 579~632)도 죽은 태자의 아들로 장기 집권을 한다. 이해가 되지 않는다.
 신라의 국운이 진흥왕 때부터 더욱 상승하여 삼국 통일로 이어지는데 그 사적이 남겨진 게 없다. 추사는 그것을 한탄하고 있다. 혹시 당(唐)의 간섭이 있었던 것일까? 아니면 고려 중기의 김부식 등으로 대표되는 사대 사상 까닭에 스스로 없애버렸던 것일까?
 정축년 10월, 옹방강은 긴 편지로 경학에 대한 질문에 대답했는데, 담계는 이미 고령이라 그가 사랑하는 제자 섭지선(葉志詵)이 그런 편지의 대필을 하였다. 추사는 인각사비와 무장사비의 탁본을 보냈던 것이며, 섭지선은 담계의 지시로 '희평석경(채옹 서)'과 구양순의 '구가각석(九歌刻石)' 탁본을 보내준다.

가정적으로 추사는 이 해 섣달, 서자인 상우(商佑)가 출생하고 있는데, 학문적으로도 정축년은 수확이 많은 해였다. 이어 무인년 (1818) 정월에 섭지선으로부터 다수의 탁본이 보내졌는데 이것은 항례인 동지사편에 보낸 편지와 탁본 등에 대한 교환이었다. 그리고 정월 26일, 담계 옹방강이 졸하여 그 부고가 날아왔다.

추사로서는 참으로 충격이 아닐 수 없었다. 비록 서로 국적이 다르고 몸은 수천 리나 떨어져 있었지만, 담계는 그가 진심으로 존경하고 배울 수 있는 대선배요 스승이었다. 담계에 대한 추사의 경도(傾倒)를 지나치다고 비웃는 속좁은 사람도 있었던 모양이다.

"아무리 잘났다 해도 옹방강은 청국인이 아닌가?"

다음의 시는 그것을 반박하는 추사의 심정을 노래한 것이라고 이해된다.

〈담계의 글씨를 북쪽 방에 간직하고 '보담'이라 한 가르침의 편액을 거듭 담계 보소재로 차하고 시를 짓다〔覃溪書藏之北 籤扁其齋曰寶覃 仍次覃溪寶蘇齋韻〕〉

보담을 보소라고 일컬은들 어떠리/대추나 마름을 즐긴 것도 탐식자로선 마찬가지일세/세상 일은 겹치고 같지 않으나 웃음으로 참고/두십이에 오자수를 짝짓는 무식과도 같네.

(寶覃何如稱寶蘇 嗜棗與芰同饞夫 世事因因百堪笑 杜十姨配伍髭鬚)

추사의 시를 어렵다고 앞에서 말했지만, 지금 곰곰이 생각해보
니 표현을 일부러 어렵게 한 게 아닌가 싶어진다.
 사실 추사를 새암하고 헐뜯는 사람이 많았다. 지금에 와선 그들
이 누구였는지도 알 수 없지만, 아무래도 이 시를 읽어보면 그런
느낌이 든다.
 이 시는 제목부터 좀 색다르지만, 고사(故事)를 인용하면서도 그
런 고사를 꼭 알지 않아도 알게끔 되어 있다. 표현이 좀 이상하겠
지만 시구를 이해하면 이해하는 대로, 무식하면 무식한 대로 받아
들이라는 풍자가 들어 있다.
 먼저 대추와 마름. 고사로서 증자(曾子)의 아버지 증석(曾晳)은
대추를, 굴도(屈到)는 마름을 좋아했다고 한다. 그러니까 주전부
리인데 이는 큰 허물은 아니다. 그러나 추사는 보담을 보소로 하면
어떠냐 하는 말을 하고 있다. 적어도 스승의 훈계〔齋〕를 바꾼다는
것은 비록 아호일망정 곧 실례인데, 그런 반문(反問)에 뒤이어 대
추나 마름을 먹는 것도 같은 일이 아니냐고 속좁은 이에게 일격을
가하고 있는 것이다.
 두십이(杜十姨)와 오자수. 이것에 대한 신호열씨의 역주에 의하
면, 양용수(楊用修)의 말로 '항주에 두습유(杜拾遺)의 사당이 있는
데 시골 선비가 그것을 '두십이'라고 잘못 썼고 엉뚱한 여자로 만
들었다' 그런 무식은 너무도 유명한 오자서〔춘추시대의 충신. 복수의
상징〕를 오자수로 쓰는 것과 같다는 뜻이다. 오자서는 몰라도 오자
수라는 사람이 없음은 누구나 아는 일이니까.
 이런 시구를 볼 때 추사의 뜻이 이 시에서 어디에 있는지 알고도
남음이 있으리라.

담계를 제사하려는 나도 닮았다고 않을 수는 없겠지/해외 유
파라도 배움엔 같다고 생각되네./한 세상 뛰어남과 칠백 년이
다를까/만 리 떨어진 명월을 보는 것도 구구하네.
 (我欲祭覃能無似 流派海外思沾濡 一世勝它七百年 明月萬里鑑
區區)

 이 대목도 전절과 같다고 생각한다. 일단 긍정한 다음 그것을 뒤
엎는 표현, 즉 전절에서 스승의 훈계를 바꾸면 어떨까 한 것과 마
찬가지로, 담계를 제사하려는 자기는 오자서를 오자수로 쓰는 무
식쟁이와 닮았지만, 하고 상대편의 공격을 인정한다. 그리고 나서
나라가 다르고 사상(유파)이 다르더라도 배울 것이 있다면 배우는
게 당연하잖는가 하며 비유한다.
 이것은 마치 대추나 마름을 좋아했다는 증석이나 굴도를 비난하
지 않는 것과 마찬가지가 아닌가 하는 생각과 같다. 그들은 성인
증자의 아버지라고 해서 따르고 옹방강은 오랑캐라고 해서 배척하
는가? 첨유(沾濡)라는 것은 비 같은 것을 맞아 몸이 젖는 일인데,
학문의 혜택을 비로 보고 싶다.
 칠백 년이란 말이 설명 부족인데, 역시 신호열씨의 역주를 보면
옹방강과 그가 존경한 소동파를 가리킨다고 하였다.
 그러니까 추사를 비난한 사람들에게, 역시 소동파는 괜찮고 옹
방강은 어째서 안되느냐 하는 의미가 된다. 하기야 명월도 보는 각
도에 따라 구구한 의견이 있다며 추사는 웃고 있지만.
 여기서 주목되는 것은 담계의 제사 운운한 구절이다. 이 시는 아
마도 담계의 부고를 받고 지은 것이라고 추정된다. 추사는 부고를
듣자 간단한 제물을 차리고 추모의 축문을 혼자 읽었으리라. 제목

의 북쪽 방에 옮긴다는 것도 매우 시사적이다.

연보를 보면 정축년부터 기묘년에 걸쳐 추사의 가문에 경사가 잇따른다.

정축년 동짓달에 김노경이 병조참판이 되고, 섣달에는 다시 이조참판, 곧이어 같은 달에 예문관 제학, 기묘년 정월에는 공조판서가 되었다. 3월에는 왕세자 이호(李旲)의 책봉이 있었다. 책봉과 동시에 세자빈이 정해졌는데, 바로 운석의 형님인 석애(石厓) 조만영(趙萬永 : 1776~1846)의 따님이 간택되었다. 세자는 순조 9년(1807) 기사생인데 생모는 안김 김조순의 따님 순원왕후(純元王后)이다. 따라서 세자는 이때 11세였던 셈이다.

원래 순원왕후는 원자말고도 왕자가 하나 더 있었으나 돌도 지나기 전에 요절한다. 이밖에 명온(明溫)·복온(福溫)·덕온(德溫)의 세 공주가 있다. 왕후는 남다른 투기심도 있었던 모양으로 순조는 역대의 다른 왕처럼 희빈을 가까이 하지 못했고 서자인 왕자도 없다. 그리고 이때보다 수년 뒤라고 생각되지만, 숙의 박씨가 총애를 받았고 그 소생 영온(永溫)옹주가 하나 있었으나 출가 전에 죽는다.

아무튼 안김의 세도 정치는 이때 확고한 세력을 구축했고 그 권력은 순원왕후로부터 비롯된다.

한편 유당 김노경은 세자의 책봉례가 끝나자 같은 달 예조판서가 된다. 권력이 있는 자리는 아니지만, 세자의 혼례를 앞선 시기라서 중요했다. 그만큼 유당은 안김과 가까웠다.

그리고 드디어 추사는 문과에 급제한다. 운석 조인영은 동방(同榜)이었다. 추사는 여러 모로 사람들의 주목을 받고 있었다. 글씨로서 이전부터 알려져 있었지만 북한산비의 발견이 그의 이름을 높였던 것도 틀림이 없다.

한편 노경은 예조판서로 5월에 가례도감(嘉禮都監) 제조(提調)가 되었고 국혼 일체를 지휘했다. 정희는 정희대로 월성위 종손이 문과 급제를 했다는 명목〔이것은 관례임〕으로 조정에서 제수가 공급되고 아악까지 연주되는 영예를 입었다.

추사로선 자신의 문과 급제가 기쁘기도 했지만, 동리 김경연이 사은사(謝恩使 : 세자 책봉과 가례를 보고함) 서장관으로 연경에 가게 된 일이 자기 일처럼 기뻤다. 곧 편지를 섭지선에게 보내어 담계의 조문을 하는 한편 석묵서루에 소장된 엄청난 금석문의 흩어짐을 걱정한다.

대개 대학자로서 훌륭한 장서와 문화적 가치가 있는 명품(名品)·진품(珍品)일지라도, 일단 본인이 사망하게 되면 그것은 순식간에 흩어지기 쉽다. 더욱이 담계 옹방강은 그 아들 수배·수곤이 일찍 죽었고, 그 손자는 아직 어려 심혈을 기울인 수집품들이 없어질까 겁난다. 물론 섭지선을 비롯한 제자들이 있기는 하지만, 수장품도 하나의 재산으로 볼 때 남남이었다.

실제 옹방강의 소장품은 어떤 경로를 거쳤는지 일본에 많이 흘러들어갔다. 세상에 공표된 것 이외에도 많은 일품(逸品)들이 그들 손에 수장되어 있다고 추정된다.

이는 어떤 저명한 일본인 학자의 기록인데 무슨 전리품을 얻은 듯이 자랑스럽게 기술(記述)되어 있다.

오대징(吳大澂)은 청말의 금석·문자 학자로 소주(蘇州) 오현(吳縣) 사람이다. 자는 청경(淸卿)이고 호는 항헌(恒軒)으로 저서에 《가재집고록》《설문고주보(說文古籒補)》《항헌고금록》 등이 있다.

항헌은 특히 옛 청동기·와당(瓦當)·인장 등을 많이 수장하고 그런 것에 새겨진 '전서'의 전문가로서 주대(周代) 주서(籀書) 연구의 제일인자였다. 주서는 주대의 명문(銘文)에 나타나는 것이므로 진한 이후에 사용된 전서보다도 고체(古體)이고 그의 연구는 후한 허신의 《설문해자》에 나오는 고체 문자의 부족을 보충하는 것이다.

청일 전쟁이 일어나자 그는 호남 순무로서 휘하 장병을 이끌고 출동했다. 그는 진중에서도 소장하는 고대의 청동기 명문·인장 등을 휴대했으며 부하 참모들에게 강의하기도 했다. 이윽고 그는 평양을 지키게 되었는데 일본군의 공격을 받아 귀중한 문화재를 몽땅 잃었다.

문제는 그 과정이다. 예의 저명한 일본인 학자 기술에 의하면, 오대징은 포탄이 낙하하는 속에서 아편을 흡유하여 정신없이 잠자다가 기습을 받아 허둥지둥 요동까지 도망쳤다는 것이다. 이는 새빨간 거짓말로 훈련과 장비면에서 열세인 청군이 패배했을 뿐이고, 사실은 이런 고문화재를 약탈한 변명에 불과하다.

그야 어쨌든 추사도 담계 선생 소장의 금석 탁본 등이 산일되지는 않을까 매우 염려했다. 그런 염려를 편지로 썼으리라. 섭지선은 기묘년 10월 사은사로 연경에 갔었던 좌의정 한용귀(韓用龜: 1747~1828)의 서장관인 동리 김경연 편에 많은 탁본과 서화를 보내준다. 그 중에는 '무량사화상(武梁祠畫像)' '돈황태수비' '위방비(衛方碑)' 등도 포함되어 있었다.

10월 말이면 동지사가 출발하게 된다. 이때 종매형이던 이학수(李鶴秀)는 동지 부사, 그리고 이재 권돈인이 서장관으로 연경에 갔다. 그리고 이 동지사 편에도 이듬해 경진년 정월, 섭지선은 문징명(文徵明)의 '난죽' 횡폭·전유성(錢維成)의 '화훼' 횡폭 등과 동방달(董邦達)의 '서영첩(書楹帖)', 성친왕(成親王)의 '영첩', 그리고 《소재 경설》 등을 보내주었다.

어느 것이나 추사가 탐냈던 것으로 섭지선의 정성을 새삼 느낄 수가 있었다.

추사는 출사 전의 시간을 〈이비고〉 집필로 보냈다고 생각된다. 문과에 급제했다고 즉시 조정에 등용되는 것은 아니다. 하나의 관례로서 짧으면 한두 달, 길면 몇달의 시간적 말미를 주었다.

사실 문과 급제는 선비로서 본인의 영광일 뿐 아니라 가문의 명예가 되므로 집안 어른들에 대한 인사와, 조상에 대한 고제(告祭)라는 게 있다. 또 정승을 비롯한 원임(原任:전임) 대신과 선배를 찾는 것도 빼놓을 수 없는 예의였다.

이런 관례는 후대가 될수록 차츰 없어졌지만 당시로선 아직도 도덕의 기본이었다. 만일 원임 대신이 이미 작고했다 하면, 그 궤연이나 사당에 고제한다.

추사는 번암 채제공, 연암 박지원, 초정 박제가의 집을 찾아 고제를 했으나 한편 가슴이 아팠다. 특히 이 무렵 번암의 집은 '남인'의 영수로 완전히 몰락하고 있었다.

한편 '북한비' 발견의 영향을 받아서인지 두 가지 주목할 기사가 《실록》에 보인다. 무인년(1818) 2월, 고려조의 능소로서 도굴된 것을 사굴(查堀)했다는 기사이다.

사굴은 도굴의 현황을 조사하는 것이지만, 다소나마 조상의 문화재에 대한 관심으로 볼 수가 있다.

또 하나는 동년 12월에 완성된 《서운관지(書雲觀志)》이다. 서운관은 궁중의 비각(秘閣)인데, 아마 이때 도서 목록을 정리했던 것 같다. 아무래도 민간의 소장은 뻔한 것이고 국가적 규모로서의 경적과 서화 수집은 바람직한 일이다.

추사는 문과 급제를 하자 이런 서운관의 책도 볼 수 있을 거라는 기대감을 가졌었다.

언제부터인지는 모르나 추사는 초의선사말고도 혼허(混虛)라는 스님과 친교를 맺고 있었다.

이 스님에 대해선 알려진 게 거의 없으나 《완당집》에 보면 혼허 선사에게 준 시가 몇편 보이는데, 관음사(觀音寺 : 시흥군)에 주했다. 〈증혼허(贈混虛)〉가 그 하나이다. 상당히 수준 높은 작품이다.

대낮에 산머리 삿갓 쓰고 지나가니/탕씨 성 가진 사람 문득 맞아 반기누나./방내에서 놀다가 일찌감치 보리 세계 들더니/지금은 게시로 폭포 소릴 듣는구려.
(卓午山頭載笠行 姓湯人忽喜歡迎 游方昔入菩提界 詩偈今聞瀑布聲)

은지 삼관은 일념에서 비롯되니/천룡 일지로 법등을 이었다네/돼지 굽고 죽순 굽던 꿈도 옛일이니/강의 가을 바람에 정도 아득하오이.
(銀地三觀由願力 天龍一指繼燈明 燒猪燒笋追前夢 江上秋風渺渺情)

탕인(湯人)은 승려를 가리키는 은어이다. 면도로 민 머리가 물을 끓이는 도구인 놋쇠의 '탕관'처럼 번쩍거리는 데서 온 말이다. 동시대의 방랑 시인 김삿갓을 연상시키는 해학의 맛도 있다.

방(方)은 방내, 곧 속세이고 방외는 속세를 초월한 세계를 말한다. 위진(魏晉) 시대의 '죽림 칠현'처럼 현실 세계에 환멸을 느끼고 노장 사상을 좋으며 살은 이들이 방외의 사람이다.

또 은지삼관(銀地三觀)은 이른바 공(空)과 거짓[假]과 중관을 말한 것으로, 알기쉽게 보리 세계라 해도 좋다. 천룡일지(天龍一指)도 《전등록》에 나오는 말이다. 어떤 중이 천룡을 찾아가 불법을 묻자 용이 손가락 하나를 세워 보여 깨달음을 얻었다는 것으로 선이란 결국 마음 하나에 달렸다는 뜻이다. 등명은 절에서 등롱에 켜는 불인데 곧 법통(法統)이다.

별로 어려운 시는 아니지만 씹을수록 맛이 나는 가구(佳句)이다.

초의와도 자주 서신 왕래가 있었다. 또 초의에 대한 시도 압도적으로 많다.

〈제초의 불국사시후(題草衣佛國寺詩後)〉. 이것은 초의가 불국사에 대해 시를 읊은 것을 보내오자 그 뒤에 덧붙인 것이다.

  연못의 다보탑이 법흥의 법대인데/선실의 꽃바람은 한결같이 아득하네./이것이 바로 영양의 뿔을 걸어놓은 자리며/누가 괴석에 장차 샘물을 쏟을고.
  (蓮池寶塔法興年　禪榻花風一惘然　可是羚羊掛角處　誰將怪石注清泉)

괘각(掛角)은 영양이 잠을 잘 때 나뭇가지에 뿔을 걸치고 잔다는 데서 온 비유로 세상에 흔적을 남기지 않는다는 의미라고 한다.

이야기가 전후하지만 정축년에 추사는 대구 감영에서 아버지를 만났을 때 좀 쑥스런 느낌이었다.
아내 이씨의 말이 귀에서 울리고 있다.
"남들은 모두 그러는데 서방님은 왜 안된다는 겁니까. 저는 더 이상 죄인이 되고 싶지 않습니다."
소실을 두라는 부인의 말에 추사는 뭐라고 해야 좋을지 몰랐다.
"그런 소리는 다시 하지 마시오!"
하지만 그것도 몇번 써먹은 말이다.
"서방님도 이제 서른을 넘기셨지 않아요. 밤낮 젊지만은 않습니다."
이씨 부인의 말에 간난이도 가세했다. 그래서 추사는 마침내 승낙했던 것이다.
"당신 좋을대로 하시구려."
그래서 소실을 맞았던 것인데 신혼 비슷한 한 달이 지나자, 역시 아내 보기가 쑥스러워 경상도에 가겠다고 말했다. 마침 숙제로 남았던 군위 인각사의 탁본을 떠서 옹수곤과의 생전 약속을 지켜야 한다는 명분도 있었다.
서울에서 영남으로 가려면 문경 새재를 넘거나 풍기의 죽령을 넘어야 한다. 추사는 전자를 택했다. 그리고 하인으로 데리고 간 오득이와 곧바로 상주까지 가서 하루를 묵었다.
그리하여 이틀 뒤 인각사에 이르렀지만, 이곳에는 이미 말한 왕희지 글씨를 집자했다는 일연(一然)선사인 '보각국존 정조탑비'가 있는 것이다. 추사는 그 탑비를 살펴보고 준비한 종이와 먹으로 탁본을 뜨면서 중얼거렸다.
"역시 왕우군의 진적은 아니다."

후세에 이르러 일제에 의해 조선 불교의 30본산(本山)이라는 게 강요된다. 그것을 보면 인각사는 영천(永川) 팔공산(八公山 : 대구의 그것과는 다른 산이름임) 은해사(銀海寺)의 말사(末寺)가 된다. 은해사는 신라 헌덕왕의 원찰(願刹 : 소원을 건 절)이고 원래는 '해안사(海眼寺)'인데 고려 때의 왕사이던 각자(覺玆)스님이 절을 확장하고 조선조 인종(仁宗) 때 은해사라고 개명했다.

헌덕왕이라면 우리나라에서 선종이 비로소 교종(敎宗)과 더불어 병립된 시대이다. 그리하여 왕건 태조의 천수(天授) 4년(918) '置海會 選緇徒之制'라고 했다. 운주(運州) 가야산 보원사의 법인국사비(法印國師碑)에 나오는 말이다. '해회'란 곧 승과(僧科)를 말하는 이두이고, 치도(緇徒)란 '검은 옷의 무리'인데 당시는 승려가 검은 옷을 입었다는 것을 알 수 있다.

추사는 대구로 가서 얼마 동안 있었다. 당시 경상도는 낙동강을 경계로 좌우도가 있었다. 이것은 전라도·충청도 역시 마찬가지인데 강의 서쪽은 우도이고 동쪽을 좌도라고 했다.

그것이야 어쨌든 이계 홍양호는 경주 부윤으로 있을 때 추사가 가기 57년 전 '무장사비'에 관심을 가지고 찾은 적이 있었다. 왜냐하면 무장사비가 왕희지의 집자비라는 말이 전해지고 있었기 때문이다.

이미 앞에서도 말했지만 왕희지의 진적은 중국에서도 없어진 것이었다. 왕희지 글씨는 송탁(宋拓)이 가장 오래인 것이지만 이것도 중각된 것이고 명탁(明拓)이라도 호사가들은 보물처럼 귀하게 여겼던 것이다.

그런데 무장사의 비문은 신라 애장왕 2년(당덕종 17 : 801)에 세운 것으로, 당시 아직도 진적에 가장 가까운 '성교서(聖敎序)'나 '난정서(蘭亭敍)'에서 채자(採字)한 것으로 추정된다. 이것이 왕희지의 집자가 틀림없다는 것은 연정 유희해의 《해동금석원》에 올라 증명되고 일본에서도 《서도전집》에 반드시 소개되고 있는 것이다. 그러므로 생전의 옹수곤 역시 인각사비가 왕희지의 집자비라는 말을 듣고 그것을 확인하기 위해 추사한테 부탁했던 것이다.

대구에 간 김에 무장사로 갔던 것은 그런 까닭인데 동리로부터 편지가 와 있었다.

'엊그제 선대의 제사가 있어 종가에 갔다가 비가 와서 돌아오지 못하고, 어젯밤에야 비로소 돌아왔는데 혜서(惠書)가 와 있어 한편 놀랍기도 하고 아쉽기도 했습니다. 아침에 뜯어보고 고마움을 올리려 했는데, 거듭 진흙길을 무릅써가며 전갈까지 보내주셨으니 너무도 불민(不敏)함을 뇌까릴 뿐입니다. 더욱이 습하고 찌푸린 날씨마저 갈수록 심한 데다가 자잘한 걱정마저 그치질 않아 괴롬이 많다고 하니, 정신의 씀씀이 나쁘지 않을까 염려됩니다.

전정(篆幀)과 비도(碑圖)는 원본과 함께 잘 받았습니다. 그리고 비도는 이 아우를 위해 세밀한 고증마저 해주시고 한 수고를 덜게 해주셨으므로 뭐라 감사의 말씀을 드려야 좋을지 모릅니다. 또 전정은 과연 가품(佳品)으로 글씨 용법이 벽락문(碧落文?)에 가까운 것이 속필(俗筆)은 아니므로, 이를 마땅히 걸어두고 늘 가르침으로서 감상하겠습니다. 《석경논어(石經論語)》에서 '의(意)와 억(抑)은 서로 통한다'는 옛 훈고(訓詁)인데, 이런 질문을 받자 이마를 쳤고 그 기쁨은 무엇과도 비할 데 없었지요. 만일에 형께서 찾아내 주시지 않았다면 깊이 감춰진 문자는 두레박줄 없는 빈 우물이 되어버리고 버섯이 기화(氣化)되어 썩어 벌레가 되는 꼴이었겠지요.

시(《시경》)에서 말한 이 抑자는 황보(皇父), 곧 담계(옹방강)의 시에도 이미 인용되고 있거니와 한시(韓詩 : 한대 韓嬰의 《모시주》를 말함)에도 抑과 意가 같다고 했으며, 《대대례(大戴禮)》나 《순자》에서도 이 글자를 많이 지어 意의 뜻으로 쓰고 있지만 意자는 희(噫)자와 통한다 하였고 또 의(懿)자와도 같다고 했지요. 《시경》〈억편(抑篇)〉이나 《한시외전》에서도 懿로 짓고 있으며 위소(韋昭 : 삼국시대 오의 학자)도 懿를 抑으로 읽는다고 했습니다. 이와 같은 유(類)는 일일이 예거할 수 없을 정도이지요.

무장비(鍪藏碑 : 경주 소재)는 과연 홍복(弘福) 자체이긴 하지만 인각비(麟角碑 : 군위군 소재)와 마찬가지로 집자(集字 : 위의 두 비문은 왕희지 글씨를 모은 것으로 전하나 추사는 부정함)가 아닙니다. 김육진(金陸珍)은 신라 말의 사람인데 비석의 연대는 지금 고증할 수는 없습니다.

정예(鄭隸 : 北魏代의 鄭道昭體를 말하는 듯싶음)를 끝내 얻지 못했다 하셨는데 이상한 일이며, 아우에게 글씨를 보충하라 하시지만 감히 사양하겠습니다. 다만 섭동경(葉東卿 : 자는 志詵이고 옹방강의 문인)의 예서 한 편을 얻었는데 이를 보내드리지요. 매우 볼 만하다 하겠으며, 그 대련(對聯)에 비한다면 좀 손색이 있지만 이는 그의 득의작(得意作)인지 아니면 저의 선입견(先入見)인지 모르겠습니다만, 보시고 바른 의견을 말해 주셨으면 합니다. 불선(不宣).'

황산보다는 동리의 편지가 딱딱한 편지의 격식을 차리지 않고 추사와 친밀한 느낌이 잘 나타나 있다. 이는 어디까지나 추측이지만 동리는 매우 열악한 환경에 있고 더욱이 가정적 고민과 지병(持病)마저 있었던 것 같다.

　동리는 나중에 또 등장하겠지만, 무엇보다도 그가 갑술년(1814)에 문과 급제한 몸이면서 경진년(1820)에 졸했다는 게 그런 추측을 가능케 하고 있다.

　동리는 바로 영조 때 영상을 지낸 청사(晴沙) 김재로(金在魯 : 1682~1759)의 손자로 같은 무렵의 급류정 김흥경(金興慶)과도 동료였다. 따라서 추사 가문과는 세교가 있는 선비로서 경학과 금석학에 일가견이 있었고, 그 점에서 추사와도 격의없는 사귐을 가졌다고 생각된다.

　그것보다 이 편지에서 무장사비와 인각사비가 왕희지의 집자비가 아니라는 것이 밝혀지고 있다. (제7권 척독(尺牘)편으로 계속)

소설 추사 김정희 6

初版 印刷	●1997年 4月 15日
初版 發行	●1997年 4月 20日

著　者●權 五 奭
發行者●金 東 求
發行處●明 文 堂
　　　서울特別市 鍾路區 安國洞 17~8
　　對替　010041-31-0516013
　　電話　(營) 733-3039, 734-4798
　　　　　(編) 733-4748
　　FAX　734-9209
　　登錄　1977. 11. 19. 第 1~148號

● 落張 및 破本은 交換해 드립니다.
● 不許複製・版權 本社 所有.

값 7,000원
ISBN 89-7270-527-6 04810
ISBN 89-7270-038-X (전10권)

金庸大河歷史小說

倚天屠龍記
의천도룡기

의천도룡기와 함께 떠나는
중국무협소설의 진수

역사의 감동

무림지존이 마침내 천검으로
용을 내리치며 호령하니
굴복하지 않는 자가 없도다
하늘을 우러러 벗하고 있으니
감히 누가 그를 제압하겠는가!

중국 대평원으로의 여행

이 소설의 시대적 배경은 중원대륙을
몽고족이 지배하던 원나라 말기에서
한족(漢族)의 부흥으로 명나라가 건국되기 이전의
혼란기로 주요 등장 인물은 대부분 역사에 기록되어 있는 실제 인물들이다.

金庸 著/任和伯 譯/전7권/신국판/

大河歷史小說

공허한 구름

혼돈과 절규속에 펼쳐지는 중국의 근대사, 허운 노화상! 그는 누구인가?

중생을 구제하는 진정한 구도자인가?
시대를 창조하는 개혁의 선구자인가?

불교소설의 새로운 지평을 여는 이 소설은
진정한 진리와 종교철학의 최고의 경지를 느끼게 합니다.
과연 불교의 참진리는 무엇이며
또 어떻게 실천되어야 하는가를
다시 한번 뒤돌아 보게하는 시대를 반영한
철학적 불교소설!

馮馮 著/曺誠佑 譯/신국판/전5권/